CAMILA TORRES

Mi refugio a la vera del mar

YOUNG KIWI, 2022
Publicado por Ediciones Kiwi S.L.

Primera edición, septiembre 2022
IMPRESO EN LA UE

ISBN: 978-84-19147-31-8
Depósito Legal: CS 600-2022

Corrección: Ana García De Polavieja

Código THEMA: YF

www.youngkiwi.com

Nota del Editor
Tienes en tus manos una obra de ficción. Los nombres, personajes, lugares y acontecimientos recogidos son producto de la imaginación del autor y ficticios. Cualquier parecido con personas reales, vivas o muertas, negocios, eventos o locales es mera coincidencia.

A todas las personas que alguna vez os habéis sentido pequeños, o que vuestros sueños no eran suficiente.
Sois más, sois increíbles y el mundo os necesita.
Nunca dejéis de soñar.

Para todas las chicas que, como yo, siguen soñando con personajes de moralidad cuestionable, con los que vivir un buen «enemies to lovers».

A Santi y Lucas, por ser los mejores hermanos que podría tener.
Os quiero, enanos, hoy y siempre.

«Por la calle rescato tu nombre de cada esquina y cada banco donde nos miramos
con la mano en el pecho y el suelo temblando, temblando.
Por la noche quiero que me duerma cada recuerdo de tu risa y de tu compañía
con el mundo apagado y la piel encendida, encendida».

Pablo Alborán,
Castillos de arena

«But there's a hope that's waiting for you in the dark
You should know you're beautiful just the way you are
And you don't have to change a thing
The world could change its heart
No scars to your beautiful
We're stars and we're beautiful».

Alessia Cara,
Scars to your beautiful

Capítulo 1

-KIRA-

Rantipole: (n.) un joven salvaje e imprudente.

Shake it off, de Taylor Swift, suena a todo volumen en mis oídos y, aun así, no logro quitarme de encima la sensación de que este año va a ser una mierda.

Intento no hacerlo. Pensar en positivo y todo ese rollo, pero, al ver los carteles que pasamos con cada kilómetro que recorremos en nuestro viejo *jeep* gris, noto cómo el positivismo se me escurre entre los dedos.

En fin, ni siquiera la reina Taylor puede lograr que mi humor mejore, cosa que apesta, porque significa que tendré que fingir y se me da fatal. Llevo ya un rato mirando a la nada por la ventana y, aunque esté en mi mundo, sé que los demás me han dejado este rato para mí y se lo agradezco.

A pesar de tener el volumen a mil, es imposible no oír la risa de fondo de June, la pequeña de la familia. Está sentada atrás conmigo y supongo que se reirá de alguna estúpida broma sin sentido que habrá hecho papá. Nuestras miradas se encuentran en el espejo retrovisor, y su sonrisa hace que se me caliente el alma.

No dura mucho el contacto. Lo dicho, me da mi espacio, y su atención se vuelve hacia lo que sea que Cosima, mi hermana mediana, le está diciendo. Tiene el móvil en sus manos y deduzco que le estará dando alguna dirección, aunque no sé yo si ha sido muy buena idea que sea ella la copiloto. Sin embargo, teniendo en cuenta que yo ahora mismo estaría mejor en nuestra antigua casa y no camino a un «nuevo futuro», como lo llama papá, y que June solo tiene siete años, por descarte es nuestra mejor opción.

Tal vez perdernos por el camino no sea tan mala idea, y haga recapacitar a papá que todo este plan está mal.

Pero cuando veo el letrero de «Bienvenidos a Sunset Bay» pasar ante mis ojos, sé que, una vez más, mi suerte apesta.

—Hemos llegado, tropa. Hogar, dulce hogar —exclama papá después de aparcar frente al garaje de nuestra nueva casa.

Tres palabras que me duelen en lo más profundo. De repente todo se me hace más pesado, más real. Y cuesta respirar. Porque, a pesar de que se supone que los cambios son buenos, este en concreto no me gusta.

Siento a Zarpas retorcerse inquieta en su caja.

Está en mi regazo, una de sus patitas se ha asomado entre la reja que hace de puerta para evitar que escape y se apoya en mi mano, como si quisiera decirme que está ahí, conmigo. Se la aprieto para devolverle la caricia y trato de controlar mi respiración mientras noto cómo mi familia va bajando poco a poco del coche.

La primera en hacerlo, y a la velocidad del rayo, debo añadir, es Cosi, que sale disparada de su asiento. Se lanza hacia la parte del maletero mientras grita que la primera se queda con la mejor habitación.

O eso logro entender. Aún llevo los cascos puestos.

Sé que, cuando ponga pausa a la música y me baje, ya no habrá vuelta atrás.

—¿Estás bien, Hadita? —pregunta mi padre a mi lado. Tiene un mote para cada una y, cuando los usa, sabemos que la cosa es seria.

Cuando me giro, veo que se ha sentado como buenamente ha podido sobre el sillín de June y, la verdad, la imagen sería muy cómica —que a sus cuarenta años esté contorsionado como si fuera miembro del Circo del Sol esperando por mí— si no fuera por la preocupación que veo reflejada en sus ojos.

Odio verle así, sé que no ha sido fácil tomar la decisión de dejarlo todo atrás, nuestra vida y empezar de cero, que cuidar a una universitaria, dos adolescentes y una niña pequeña solo no es fácil, porque, aunque Isla ya sea toda una adulta, como le gusta recalcar siempre, y esté en Edimburgo estudiando, siempre será su niñita. Todas lo seremos y no puede evitar preocuparse por nosotras. Pero tampoco puedo evitar el dolor y la rabia que siento ante todo esto. Ojalá fuera más fuerte.

—Lo estaré —le prometo porque quiero intentarlo y, para que vea que es cierto, me quito por fin los auriculares de los oídos y los guardo junto a mi IPhone dentro del bolsillo de la sudadera. Pequeños pasos, me digo a mí misma. Así se conquista el mundo—. Siento no haber sido la mejor de las hijas estas últimas semanas, *pa*.

—No tienes nada por lo que pedir perdón, pequeña. —Me coge las manos y las aprieta fuerte para luego dibujar pequeños círculos en forma de caricias, como hacía cuando tenía miedo de los monstruos del armario y no podía dormir. Mi caballero de brillante armadura siempre dispuesto a salvarme de todo—. Sé que los cambios asustan, pero te prometo que no habría tomado la decisión de marcharnos si no creyera que sería bueno para vosotras, sois mi mundo entero.

—Lo sé.

—Y quiero que recuerdes que siempre me tendrás, que puedes hablar conmigo de lo que sea, sé que no soy tan bueno dando consejos como lo era mamá, pero... —Su voz se va rompiendo de a poco y no puedo evitar el impulso de lanzarme a sus brazos. O al menos hago el mejor intento, lo que el espacio reducido del coche y la caja protectora de Zarpas me deja—. Te quiero, mi vida. Hoy y siempre.

—Hoy y siempre —repito nuestro lema tratando de luchar contra las lágrimas.

Cuando los dos nos apartamos, le sonrío y decido que, si quiero intentar dar lo mejor de mí, mi segundo gran paso será bajar del coche.

Después de ayudarle con las pocas cajas que quedaban en el maletero, los dos nos miramos satisfechos. Cosi y June hace rato que están dentro y dudo que salgan a echar una mano, así que supongo que nos toca hacer el trabajo duro.

—Este es un pequeño paso para la humanidad, pero un gran salto para Kira —comenta divertido al verme por fin levantar alguna de las cajas y llevarlas a la casa.

—Ja, ja, ja, qué gracioso —me burlo.

Antes de seguirle, echo un vistazo a la entrada porque hasta ahora no me había fijado en lo bonita que es la vivienda. Es una casa antigua, pero bien conservada. Con toques viejos y modernos en la decoración. La fachada es blanca con algunos detalles en negro, como las tuberías, las ventanas, el tejado o la puerta. Tiene un estilo victoriano que atrapa. Me gusta, es sencilla. Nuestro piso en Los Ángeles no era tan grande como esta, pero supongo que será interesante pasar de vivir en la gran ciudad a un pueblo pequeño de San Diego. Y creo que es ese último pensamiento y sentir a mi padre detrás lo que me da fuerzas para dar los pasos necesarios para entrar por fin.

Es entonces cuando la locura explota ante mis ojos. Aunque no me extraña, porque, si no, no serían mis hermanas.

—Papá, ¿cuándo tendremos conectado internet? —pregunta Cosi como si eso fuera una emergencia mundial—. Necesito actualizar mis redes y utilizar el ordenador.

—Papi, papi, ¿puedo jugar con Zeus en el jardín? —pregunta a su vez June, que está sentada al lado de una bola de pelo blanca.

Zeus es otra de nuestras mascotas, concretamente la de mi hermana pequeña. Somos cuatro en total y cada una tenemos un animal, nuestros padres nunca nos pusieron pegas en ese sentido, pero con los años no he podido evitar pensar si la gente ha llegado a creer que nuestra casa era un zoo.

Papá las mira a ambas tratando de decidir qué problema solucionar primero, si la adolescente adicta a la informática o la pequeña con un problema de focalización. No puede quedarse quieta o centrada en una cosa por más de cinco segundos. Así que decido intervenir por la salud de mi padre, claro. Y porque, si no, podemos estar aquí hasta mañana.

—Vale, vamos a ver, Cosi, ¿has acabado de desempacar todo tu equipaje? —le pregunto recibiendo una mirada no muy agradable, pero paso y sigo—. Sube a tu habitación y termina. Cuando lo hagas, ayúdanos con el resto. —Hace un amago de contestarme, pero soy más rápida, la conozco como la palma de mi mano y es demasiado fácil ganarla—. Cuanto antes acabemos con toda la mudanza, antes podrá papá ponerse con el tema de internet, ¿no crees?

—Mira que eres mandona a veces —masculla mientras se encamina hacia las escaleras, pero la oímos, claro que la oímos.

Será petarda la niña.

—¿Has dicho algo?

—¡Que te quiero, hermanita! —me grita desde arriba. Y yo me río mientras niego con la cabeza porque no tiene remedio.

Nos llevamos un año, pero a veces parece como si fueran más. Bueno, un problema menos, queda uno. Me giro hacia June, que está acariciando la melena de Zeus, y me acuclillo para estar a su altura, lo que el bicho aprovecha para darme un lametón. Genial, babas de chucho. Está claro por qué prefiero a los gatos.

—Peque, ¿qué te parece si terminamos de ordenar tu habitación y me la enseñas? Luego podrás jugar en el jardín todo lo que quieras. Podemos incluso hacer una carrera, ¿crees que seremos capaces de ganarle a Cosi?

En cuanto su sonrisa aparece en su pequeño rostro, sé que he dado en el clavo. Si es que otra cosa no sé, pero a competitivas a mis hermanas y a mí no nos gana nadie, tengamos la edad que tengamos. Da igual; si hay un reto, allá que vamos.

Se pone de pie de un salto y me coge la mano tirando de mí hacia un pasillo que supongo dará a su habitación. Le pido que se adelante y que enseguida la alcanzo mientras la veo perderse entre las paredes de nuestro nuevo hogar.

Zeus no tarda en seguirla, como su fiel guardián.

—Eres igual que tu madre, siempre sabes qué decir para resolver las cosas —me susurra acercándose, y siento la emoción temblar en cada palabra.

Me giro y le veo feliz a pesar de la tristeza que mancha su mirada. Es algo que he aprendido con los años. Que da igual el tiempo que pase. Cuando pierdes a alguien, ese dolor no se va nunca, solo aprendes a convivir con él. Eso te recuerda cuánto significó para ti, cómo de fuerte la amaste y que nunca te abandonará; esa esencia se queda aferrada a tu alma junto con los recuerdos. Y mi madre nunca se irá del todo.

—En el fondo, aunque no lo parezca, lo hacen fácil —le digo señalando donde antes estaban mis hermanas—. Aunque a veces sean un poco difíciles, siempre hacen lo correcto.

—Me recuerdan a alguien —me dice mientras me pellizca las mejillas, cosa que sabe que odio. Lo hace para fastidiar.

—¡Oye! Yo no soy difícil —le increpo, pero sin sonar del todo enfadada, con él es imposible.

—Yo no estaría tan seguro. —Coge una de las cajas y se dirige hacia la cocina. El salón comedor y la cocina forman un espacio abierto, lo que le da a la planta baja un espacio de mayor amplitud. Antes de seguir su camino, se gira una última vez hacia mí con esa sonrisa que ilumina el mundo, mi mundo, y sé que todo irá bien—. Yo que tú me daría prisa o tu hermana volverá aquí en cuestión de segundos.

—¡Mierda! —Y salgo disparada hacia la habitación de June, donde pasamos la tarde ordenando entre risas y juegos.

Después de cenar, hacer videollamada con Isla para contarle qué tal la mudanza y mirar un rato la tele los cuatro. Estoy molida, así que decido que es hora de marcharme a la cama. Mi habitación también está en el segundo piso y, aunque es un poco más pequeña que la de Cosi —ventajas de llegar la primera según ella—, tiene una ventana bastante amplia con un pequeño parterre, una enredadera en un lateral que va hasta el tejado y un roble alto pegado justo al lado. Me vendrá bien su sombra los días de calor.

Zarpas está tumbada en la cama, ya se ha coronado la reina de la habitación y supongo que de esta planta, su pelaje negro brilla con la luz del techo. Seguro que piensa que, cuanto menos tenga que ver a Zeus, mejor. En el fondo se aman, pero a veces el amor se convierte en guerra y los muebles pagan las consecuencias.

Termino de ordenar un par de cosas mientras escucho un poco de música clásica. La *Sinfonía n.º 5* de Beethoven lo inunda todo y mis dedos se mueven solos, buscando acariciar esas teclas que son como una segunda piel y danzan al aire. Me muevo al compás, con movimientos gráciles, hasta que termina, y paso de bailar *ballet* a escuchar *Levitating*, de Dua Lipa.

Es lo que tiene que tu lista de favoritos de Spotify sea tan variada y esté en aleatorio. Mi cuerpo siente el cambio de ritmo y lo abraza. Me muevo más rápido, más salvaje y libre, incluso no lucho contra la risa que se escapa de mis labios. Por unos segundos me olvido de todo y todos. Ni siquiera me doy cuenta de que la camiseta vieja de los Rolling Stones, que a veces uso para dormir y que me va unas tallas más pequeña de lo que debería, se ha subido un poco, revelando parte de mi estómago. O que la coleta mal hecha se ha ido deshaciendo de a poco hasta soltarse al final con el último movimiento.

Pero lo peor llega en el último giro. Cuando abro los ojos y le veo.

En la casa de al lado. Concretamente, la habitación que está frente a la mía. Antes estaba a oscuras, pero ahora está iluminada, y en el ventanal hay un chico.

Me está mirando y aplaude. Tiene la ventana cerrada, pero incluso en la distancia veo que se ríe. Entonces hago lo primero que se me ocurre después de los segundos de bloqueo mental.

Cojo rauda ambos lados de las cortinas y las cierro con tanta fuerza que acabo sentada en el suelo. He tenido pocos momentos de «tierra trágame» en mi vida, pero, Dios, nunca como este. Que me ha visto hacer el payaso desde su habitación.

¡Que tengo un vecino mirón! Lo que me faltaba ya.

Joder, creo incluso que es de mi edad, aunque con la distancia y la poca iluminación no sabría decirlo. Lo que sí pude ver fue su cara.

Y mierda, en ese momento supe que estaba en un lío.

Capítulo 2

-MATTHEW-

Eternitarian: (n.) persona que cree en la eternidad del alma.

—Oye, tío, ¿te has fijado en que tenemos vecinos nuevos? —pregunta mi hermano de la nada mientras trata de matarme con una catana. Bueno, a mí no, a mi soldado, pero el cabrón me está dando una paliza en el juego y lo último que quiero ahora es distraerme pensando en la vecina. Vecinos. Mierda.

—Eh, sí, claro. Algo vi ayer —suelto sin más, sin querer darle mucha importancia.

Y, aunque lo intento, veo venir el golpe tarde y pierdo la partida.

—¡Ja! He ganado, me debes veinte pavos —se chulea, y creo que es un poco un cúmulo de muchas cosas, el estrés del inicio de curso, el futuro, que hoy no he entrenado y lo que vi ayer, sumado a la vergonzosa paliza que me acaba de dar, que me lanzo sobre él y acabamos los dos en mi cama. Él esquivando mis golpes y yo tratando de acertar alguno. El que dijo eso de que el amor no duele no conocía nuestra relación.

—¿Se puede saber qué estáis haciendo? —comenta mamá desde la puerta. Tiene la cesta de la colada en la mano y, por la mirada que nos echa, no parece muy contenta—. Si habéis terminado de comportaros como críos, necesito que vayáis a hacer la compra.

—¿Tenemos que ir los dos? —pregunto, pero al segundo me arrepiento.

Me lanza una mirada de «si no tuviera las manos ocupadas, verías tú». Aunque no lo parezca, en esta casa nos queremos, solo que a veces el carácter nos puede.

—Si se lo pido solo a uno, este se enfadará y dirá que por qué le toca a él. —Nos mira a ambos antes de lanzar un suspiro resignado. Seguimos en la cama, solo que ahora nos hemos sentado y hemos aparcado los golpes para más tarde. Deja el cesto en el suelo y saca lo que creo será la lista del bolsillo del pantalón—. Aquí os la dejo, yo voy a ir al parque un rato con Emma. Mami tiene turno de noche hoy en el hospital, así que seremos nosotros cuatro para cenar. Podéis elegir una cosa cada uno. Sin pelearos, ¿entendido? —nos advierte, y en su tono rezuma la profesora que lleva dentro.

A pesar de que somos prácticamente adultos, bueno, a ratos, nunca desaparece ese tono maternal y esos comentarios que hacen que nos sintamos como críos. Y, aun así, basta una simple palabra suya para cuadrarnos cual soldados a la espera de nuevas órdenes.

Está preciosa aun con su moño casi deshecho, sus vaqueros favoritos y esa camiseta de superhéroes que Emma le regaló para uno de sus cumpleaños.

—Sí, mamá —contestamos a la vez.

Se marcha y vuelve a dejarnos solos, lo que aprovecho para coger la lista mientras recojo la poca ropa que tengo para lavar. Luego le tiendo el cesto a Jackson y, resignado por tener que ir a la compra un sábado por la tarde, se marcha a su habitación a cambiarse y recoger su colada.

Cuando me quedo solo después de adecentarme, decido asomarme de nuevo por si vuelvo a verla. Las cortinas siguen echadas y no puedo evitar reírme al recordar el momento en el que se dio cuenta de que la había pillado, por poco se las carga tratando de cerrarlas.

La verdad es que no esperaba verla. Ni siquiera me había dado cuenta de que los nuevos vecinos habían llegado. El entrenamiento había durado más de lo normal, pero el entrenador tenía claro que quería aprovechar los últimos días de verano antes de la vuelta a la rutina para retomar las sesiones. Y al ser el capitán no podía más que dar ejemplo. La siguiente semana será un caos, seguro. No solo por el inicio de clase, sino también por las pruebas del equipo, las nuevas incorporaciones... Me agobio solo de pensarlo.

Por eso después de la cena subí directo a mi habitación y estuve un buen rato en la ducha. Necesitaba relajarme. Cuando me asomé a la ventana, ni siquiera lo hice por un motivo en especial, pero un movimiento en la lejanía me llamó la atención y entonces fue cuando no pude apartar la mirada.

Su baile era algo hipnótico. Se movía como si flotara, y eso que a veces la perdía de mi campo de visión, sorprendiéndome, deseando que volviera a aparecer. Al principio era algo clásico, supongo que *ballet* o algo parecido, pero luego cambió de estilo y su cuerpo vibraba. Cuando la coleta terminó de deshacerse por completo y vi cómo su melena ¿rubia?, ¿o era un castaño claro?, desde la distancia era imposible de distinguir, bailaba a su alrededor, me vino a la mente el cuadro de *Ninfas y sátiro* de William-Adolphe Bouguereau y los dedos me cosquilleaban por pintarla.

Tuve que contenerme.

Joder, ni siquiera la conocía y ahí estaba, cual mirón viéndola bailar.

No pude evitar reírme y me fijé entonces que ella estaba haciendo lo mismo. Cuando me quise dar cuenta, estaba incluso aplaudiéndola, aunque no me escuchara, aunque no me viera. Como un público entregado que ha disfrutado de la mejor de las actuaciones. Pero entonces se giró. Luego las cortinas se cerraron y no volvieron a abrirse.

—¿Estás listo? —pregunta Jack desde la puerta sacándome de mi ensoñación. Lleva unos vaqueros rotos, una camiseta de los Meets y el pelo alborotado, pero él lo prefiere así, salvaje como él mismo llama a su estilo. Su mirada de hielo me recorre de arriba abajo y el movimiento incesante de su pierna demuestra sus pocas ganas de salir. Será mejor que espabile de una vez.

—Sí, anda, vámonos ya. Cuanto antes salgamos, antes volveremos.

Bajamos al salón y nos despedimos de mamá y de Emma, que están ultimando los preparativos para su excursión al parque.

—Pásalo bien, Enana —le digo mientras alboroto su cabello pelirrojo. Ella se enfada un poco porque no le gusta, pero a mí me encanta ver cómo se encienden sus mejillas. Ser el mayor debe tener sus frutos y uno de ellos es poder chinchar a tus hermanos, es ley de vida.

—No hagas nada que yo no haría —bromea Jack y le guiña un ojo, a lo que Emm se ríe. Esta cría de seis años va a acabar conmigo algún día. Miedo me da cuando comience a romper corazones.

—Venga, iros ya, panda de aduladores —nos echa mamá, por lo que cojo las llaves del coche y partimos.

Media hora después y con el carro casi lleno, estamos parados en medio del pasillo como dos imbéciles mirando lo último de la lista.

—Tiene que ser una broma —dice Jack mientras se revuelve el pelo. No deja de pasear la mirada entre el estante y el papel en sus manos. Los productos frente a nosotros parecen de otro planeta o tal vez seamos nosotros dos que nos sentimos como si estuviésemos ante el mayor enigma del universo, y lo único que nos queda por tachar de la lista.

—¿Y yo qué sé? —Le imito y miro todos los paquetes de compresas femeninas ante nosotros tratando de deducir cuál es el que debemos llevar—. Aquí solo pone dos paquetes de compresas, uno normal y otro con alas. Ah, y luego tampones, que no se nos olviden.

—Mamá podría haber especificado la marca, la verdad. ¿Te suena haber visto alguno de estos por casa? —me pregunta. Como si eso fuera a sacarnos de este lío.

Cuando acompañamos a nuestras madres a la compra, de esta zona se suelen encargar ellas y, la verdad, no suelo prestar demasiada atención a cosas que no vaya a utilizar yo. Total, como luego lo guardan en su baño, pues estamos apañados. Estoy por coger los primeros que encuentro cuando una voz a nuestra espalda nos interrumpe.

—Perdonad, ¿os importa? —carraspea y, cuando nos giramos, vemos a una joven que debe de tener la edad de Jack. Lleva unos pantalones cortos de deporte negros, y una camiseta de tirantes de Queen. Al estar tan cerca puedo ver que es casi tan alta como nosotros, y eso ya es, pero, por un momento, al verla, no sé por qué, es otra imagen la que se me viene a la cabeza—. ¿Os quitáis o qué?

Al parecer, ninguno de los dos nos hemos movido, y ante ese último comentario saltamos cual resortes de reloj. No me suena de nada, y en un pueblo como el nuestro acabas conociendo a todo el mundo. Por cómo la mira mi hermano, deduzco que tampoco. La veo coger un par de paquetes de marcas diferentes, y estoy a punto de comerme mi vergüenza y pedirle ayuda hasta que una segunda voz llega hasta nosotros, esta vez desde mi derecha.

—Cosi, ¿lo tienes todo? Se nos está haciendo tarde.

Me giro el primero y supongo que acabo tapando parte de lo que hay detrás, pero cuando nuestros ojos se encuentran sé que me ha reconocido.

Porque yo lo he hecho enseguida.

—Anda, mira por dónde, la bailarina —suelto sin más, me sale solo. No puedo evitar la sonrisa que se me escapa al volver a verla, esta vez sin tanta distancia que nos separe. Y porque tampoco soy capaz de quitarme de la cabeza su salida de escena tan patosa de ayer. Juraría que esas cortinas estuvieron a milésimas de romperse cuando las cerró de golpe.

—¡El mirón! —chilla instintivamente, y entonces la sonrisa se convierte en una mueca porque, vale, puede que me quedara viéndola más de la cuenta, pero, coño, dicho así sonaba...

—¿El mirón? —repiten cual eco los otros dos a mis espaldas, los había olvidado, la verdad. Es gracioso porque lo hacen a la vez, pero sus tonos no pueden ser más dispares. Mi hermano con una pizca de diversión, supongo que me esperará alguna que otra broma al llegar a casa, y la chica que venía con la bailarina lo hace preocupada, tanto que se coloca rápidamente a su lado.

—Eres el vecino que me espió ayer por la ventana —vuelve al ataque. Y, aunque quiere sonar cabreada, creo intuir cierto rubor en sus mejillas.

—Primero, no soy ningún mirón —comienzo a defenderme porque hemos empezado a llamar la atención de algunos clientes que pasaban a nuestro lado y, en segundo lugar, no quiero que tengan una idea equivocada—. Simplemente me asomé a la ventana y dio la casualidad de que tú estabas bailando en tu habitación. No es mi culpa si das un espectáculo digno de ver. —Termino dedicándole un guiño, ganándome seguramente algún que otro punto negativo.

—Eres un imbécil. —Es lo único que dice en respuesta, aunque la veo luchar por contenerse. Supongo que lo que tenía en mente era mucho peor. Creo que esta chica puede ser interesante.

—Me lo dicen mucho.

—Kira, tenemos que volver a casa, papá debe estar esperándonos para la comida —le dice la que deduzco será su hermana.

Ahora que las veo juntas y me fijo mejor, se parecen bastante. Así que se llama Kira, por fin puedo ponerle nombre. Lleva, a diferencia de su hermana, unos *jeans* azul claro y una camiseta algo desgastada con una de esas frases motivacionales que tanto le gustan a mamá. Lo que más me llama la atención son sus zapatos. Lleva unas Converse blancas algo desgastadas, pero tienen alrededor girasoles dibujados como si las hubiera tuneado ella misma. Esta vez su melena está recogida en una coleta y, con la luz de los fluorescentes del techo, parece como si se mezclaran los tonos caramelo y castaño algo más oscuro, como si danzaran cuando se mueve. Su hermana en cambio lleva su pelo suelto, y le roza los hombros. Y, aunque deduzco que Kira será la mayor, su hermana la supera en altura.

Parece que ese último comentario logra captar su atención, a lo que asiente. Cogen unos últimos productos y hacen el amago de irse. Jack me da un codazo, me señala los productos femeninos a nuestra izquierda y luego a las chicas como diciendo que haga algo.

Mierda, se me había olvidado.

—¡Espera! —Llego a su lado en segundos y menos mal que me hacen caso.

—¿Qué quieres? —contesta Kira secamente sin mirarme siquiera.

—Verás... —Me rasco la nuca algo nervioso, tratando de ver cómo pregunto esto dejando la vergüenza a un lado, aunque que sea ella a quien tenga que pedirle el favor, y más teniendo en cuenta nuestro corto historial, no me hace mucha gracia.

—Tenemos prisa, ¿sabes? —Ahora sí me mira y veo el enfado en sus ojos.

—Perdónala, hoy se ha levantado con el pie izquierdo —salta su hermana con una sonrisa, ganándose también parte de esa mirada llena de chispas—. ¿Necesitas algo?

Vale, no sé si es por la sonrisa que me dedica, o por molestar también a su hermana, pero me lanzo.

—Nuestras madres nos han pedido que compremos algunos productos para ellas, pero no nos han especificado ninguna marca y no sabemos muy bien cuál llevar —hablo tan rápido que no sé si me entienden del todo.

Ambas se miran antes de estallar en carcajadas. Al principio me enfada un poco ser la razón de su burla, pero algo en sus risas detiene el hilo de mis pensamientos. Y más cuando Kira me sonríe mientras se acerca a mí. Supongo que el pánico en mi mirada ha conseguido derribar parte de su enfado.

—Anda, ven, ¿qué es lo que necesitas? —me dice.

Yo le explico lo que nos pidieron y ella se pasea por el estante. Va cogiendo paquetes de aquí y de allá, diciendo las ventajas y desventajas de cada marca, yo la verdad no entiendo ni la mitad de lo que dice. Supongo que me dejo arrastrar, pero descubro que me gusta escucharla hablar.

—Y ya estaría. No sé si son las que suelen usar, pero estas marcas están bien. —Me tiende los paquetes y, cuando nuestros dedos se rozan, siento cierta descarga.

Supongo que ella también, porque se aparta enseguida. Me mira una última vez antes de girarse para irse, y no sé qué es lo que me impulsa a decir lo que digo.

—No esperaba que fueras una cobarde —le suelto.

—¿Perdona?

—Las cortinas. —Vuelvo a sacar a colación las malditas cortinas, pero porque ha sido lo primero que se me ha ocurrido. Lo acepto, no soy rápido pensando ante el estrés. Y probablemente existieran muchas mejores líneas o comentarios, pero de perdidos al río me lanzo con lo que tengo.

—¿Las cortinas? —pregunta entre el cabreo y la duda. Me gusta cómo sus ojos se encienden con emociones fuertes como el enfado, ¿lo harán con alguna más?

—Las cortinas. No has vuelto a descorrerlas. ¿Tienes miedo de que vea algo más, Bailarina? —la reto.

—No me llames así, y no tengo miedo a nada, que lo sepas. —Se ha acercado a mí y, a pesar de la diferencia de altura, veo la determinación en sus ojos.

—Entonces quítalas —la reto.

—Porque tú lo digas, ni siquiera te conozco.

—Matthew Jones. Un placer, vecina. —Le tiendo la mano como puedo para que no se caigan los paquetes.

Mira mi mano como si fuera de otro planeta y luego a mí.

—Eres muy raro, ¿lo sabes?

—Me lo han dicho alguna que otra vez.

Suspira, pero acaba claudicando y acepta el saludo. Su mano atrapada entre la mía parece demasiado pequeña, pero muy suave.

—Sigues sin caerme bien, que lo sepas. Y no pienso quitarlas —responde decidida, y yo sonrío.

Niega con la cabeza y esta vez sí que la dejo marchar.

—Yo no estaría tan seguro, Bailarina. —Aunque no creo que me oyera. Me gustan los retos y creo que Kira va a ser uno de los grandes.

Cuando llego hasta Jack, este me mira aburrido.

—Ya era hora, pensé que tendría que ir a por ti. —Pongo lo último de la lista en el carrito y por fin podemos ir a pagar—. Así que esas son nuestras vecinas, ¿eh, mirón? No están nada mal.

—Cállate, idiota, y ni una palabra a las mamás. ¿Entendido?

—Claro, claro. Pero, dime —mientras esperamos a que nos toque, se gira hacia mí y el brillo pícaro de su mirada hace que me dé un escalofrío—, ¿san Matt el perfecto ha encontrado por fin una rival a su altura por la que pecar?

—Lo dicho, eres idiota —le suelto. Él se ríe, pero me deja con el runrún en la cabeza, puede que este curso no sea tan aburrido como pensaba.

Capítulo 3

-KIRA-

Clinomanía: deseo excesivo de permanecer en la cama.

—Bueno, yo creo que te he dado el tiempo suficiente, que he aguantado como una campeona, y no le he comentado nada a papá, pero ya no puedo más —se queja Cosi mientras entra en mi habitación con cara de pena, como si así fuera a hacerle más caso—. ¿Qué narices ha pasado con el vecino y cómo es que no me lo has contado antes?

Se sienta en mi cama, por lo que me deja cero posibilidades de cambiar o evitar el tema. La verdad es que ha tardado más de lo que esperaba en decir algo respecto al encuentro del supermercado. Ayer no dijo ni mu, y hoy ha estado zumbando a mi alrededor como una mosca cojonera. Supongo que su curiosidad ha podido más. Y es que a cotilla no la gana nadie, puede detectar chismes a un kilómetro a la redonda y su capacidad para guardarlos y clasificarlos según orden de importancia y jugosidad puede llegar a dar miedo.

¿Que los robots serán el invento del futuro? Eso es que no conocen a mi hermana y sus capacidades de retención y espionaje. Lo que se está perdiendo la CIA.

Suspiro y dejo a un lado la novela que estaba leyendo.

Odio que me interrumpan y más si estoy en un momento álgido como ahora, pero sé que si no le doy lo que quiere no va a dejarme en paz. Y mañana empezamos las clases, así que no necesito añadir más nervios a mi ya de por sí elevado nivel de estrés.

—¿Qué quieres saber? No hay mucho más que contar. Ya lo dije en el súper. —La miro cansada, odiando interiormente la habilidad de mi hermana de estar siempre con una energía increíble, independientemente de la hora del día. Yo, en cambio, creo que en otra vida fui una marmota, porque vivo cansada la mayor parte del tiempo, estaría en la cama todo el día si pudiera.

Creo que «dormir» debería declararse patrimonio de la humanidad, porque lo hacemos relativamente poco, es una maravilla y no está al alcance de todos. Además de que cuando consigues dar unas cabezaditas en función de tu etapa evolutiva luego hace que te sientas más cansado, traduciendo: que si eres un adulto con problemas de adultos la siesta deja de existir y poder dormir por la noche se acaba convirtiendo en un privilegio.

Por cosas como esta entiendo que Peter Pan no quisiera crecer nunca.

—Todo obvio. —Y así, sin más, mi hermana me saca de mis desvaríos y me devuelve a la tierra.

—Yo... no sé, Cosi, estaba escuchando música y simplemente me puse a bailar.

—Hacía un tiempo que no lo hacías, ¿verdad? —Me mira con una sonrisa y sé que para ella es algo importante. Yo trato de no pensarlo demasiado, pero es verdad que hacía mucho que no me sentía... así—. Perdona, sigue.

—Pues eso, me puse a bailar y, cuando me quise dar cuenta, Matthew estaba mirándome desde su ventana —le explico, y el calor vuelve a apoderarse de mis mejillas como pasa siempre que rememoro el momento, aunque no sé muy bien por qué. Me enfada esa sonrisa chulesca que tiene y la forma de guiñarme un ojo... ¿Quién se creerá que es? Ni que fuera la mismísima reina de Inglaterra.

Aunque con esos rasgos que parece haberlos esculpido el propio Miguel Ángel, no me extrañaría que se lo creyese. Tengo ojos en la cara, y no puedo negar que guapo sí que es. Es alto, y los mechones castaños, rebeldes, que le caían sobre sus ojos verdes en nuestro encuentro hacían que quisiera apartarlos a un lado, cosa que nunca me había pasado. Su nariz recta y las líneas afiladas de su rostro solo hacían que le odiara más, algún defecto debería tener, digo yo. Creo que incluso pude ver un hoyuelo en el lado derecho, cerca del labio cuando sonreía... Mierda, mejor detengo ahí el rumbo de mis pensamientos.

—Así que Matthew, ¿eh? —El tonito con el que lo dice hace que me entren ganas de lanzarle una almohada. Si hay algo peor que ser la mayor, es que tus hermanas pequeñas aprovechen cada momento posible para meterse contigo. June aún no ha llegado a ese extremo, pero Cosi lo hace por ambas—. Veo que ya sabemos hasta su nombre. Para no importarte el vecino, estás muy informada, hermanita.

Respira, Kira, no puedes matar a tu hermana, eres muy joven para ir a la cárcel.

—Pero si se presentó en el súper —contesto cansada, pero la mirada que me devuelve me da mala espina y, aunque sé que me arrepentiré luego, no puedo evitar preguntar—: Esto te divierte, ¿verdad?

—Por supuesto. —Y me regala su mejor sonrisa.

Ya está, lo he intentado, lo juro, pero es superior a mí. Lo siguiente que sé es que una de mis almohadas impacta en su cara y hace que acabe cayendo de culo al suelo.

—Joder, Kira, serás bruta. —Sigue ahí, masajeándose las posaderas.

La miro desde arriba algo arrepentida, pero sin atreverme a acercarme del todo, con ella nunca se sabe. Sin embargo, me puede el verla ahí tirada, así que trato de ayudarla y entonces me doy cuenta de mi error. Tarde.

La misma almohada que he usado como arma está ahora en su poder y, antes de que pueda siquiera reaccionar, impacta en mi cara.

Y, mierda, tiene razón, sí que duele.

—¡Ay! —Acaba cayendo a mis pies y ambas nos miramos unos segundos sin movernos—. Cosima, eso ha dolido.

—Te lo mereces. —Me saca la lengua como única respuesta.

Con ese simple gesto, el caos estalla en la habitación. Ambas nos armamos con una almohada cada una y damos nuestros mejores ataques. Los gritos y las risas lo inundan todo. Caemos, nos levantamos, damos golpes bajos rodando por el suelo y sobre la cama.

Con esas pintas de haber vuelto de la guerra es como nos encuentra papá cuando entra en la habitación, supongo que atraído por el alboroto.

—¡Alto el fuego, alto el fuego, combatientes! —nos pide y alza las manos en señal de paz.

Los tres nos miramos y reímos por lo absurdo de la situación, pero así somos nosotros. Nos matamos y nos queremos, no hay término medio en esta familia.

Cuando conseguimos volver a respirar de forma normal, dejamos las armas en la cama antes de sentarnos y descansar un poco. Papá sigue en el mismo sitio, mirándonos feliz.

—Me alegra veros así de contentas, aunque sabéis que no apruebo la violencia. —Nos guiña un ojo antes de señalar el desastre que es mi habitación—. Espero que luego recojáis todo esto.

—Sííí —canturreamos ambas a la vez.

—Más os vale, jovencitas —trata de sonar serio, pero nunca le ha salido, así que acaba incluso riéndose de su pobre intento—. Venía a deciros que June ya está acostada y que vosotras no tardéis mucho más. Mañana será un gran día y conviene que no os quedéis hasta tarde despiertas, ¿de acuerdo?

Ambas asentimos y, antes de irse, se despide con un beso a cada una. Es una de nuestras muchas tradiciones. Siempre, siempre nos damos un beso de buenas noches.

—Hasta mañana, papi —nos despedimos antes de que se marche.

—Buenas noches, mis guerreras. Os quiero.

—Te queremos.

Ya solas, recogemos un poco la habitación, pero le digo a Cosi que puede irse a dormir. Ambas madrugamos mañana y papá tiene razón, es importante dormir lo que podamos.

—Que sepas que no hemos acabado la conversación, hermanita.

—Menuda lianta estás hecha. —Le doy su beso de buenas noches y la acompaño a la puerta—. Te quiero. Hoy y siempre.

—Te quiero. Hoy y siempre.

La veo marchar. Al cerrar la puerta y quedarme sola, no puedo evitar que las dudas por lo que mañana traerá me inunden.

Nuevo colegio, nueva clase y gente.

Odio los cambios y se me da fatal relacionarme. Cosi no tiene ese problema y sé que los tendrá a todos en la palma de su mano en cuanto empiece a hablarles, ella es así de encantadora. ¿Yo?, yo soy más un pato mareado en pleno oleaje. Así me siento en medio de un gentío que no conozco. Solo espero que mis miedos solo sean grandes en mi cabeza y no sea tan malo como me lo imagino.

De reojo veo las cortinas lilas que siguen cerradas y recuerdo enseguida el reto y brillo de su mirada. No sé qué narices me pasó por la cabeza para responderle así. Siempre me cuesta y más con extraños, pero es como si ante él saliera una nueva Kira, la que disfruta de los juegos de mesa de los domingos en familia, la adrenalina y la competitividad, la que quiere ganar siempre.

Esa Kira que solo guardo para mi familia.

Así que una parte de mí no se sorprende cuando acabo parada frente a la tela de algodón y después de unos minutos las abro de par en par.

Su habitación está a oscuras, pero sonrío por lo que he hecho. No pienso dejarle ganar. Ni que tenga poder sobre mí. Si se cree que podrá conmigo, está muy equivocado.

—No sabes con quién has topado, Jones —susurro para mí recordando su presentación y cómo su nombre se ha quedado grabado tan rápido en mi memoria, pero deseando que pudiese escucharme, e imaginándome sus miles de posibles respuestas. Seguro que acabaré viéndole en el instituto, solo hay uno en el pueblo, así que puede llegar a ser interesante.

¿Qué clase de persona es de verdad?

Con esa nueva perspectiva me voy a dormir con una sonrisa en la cara.

Capítulo 4

-MATTHEW-

Morosis: (n.) la más estúpida de las estupideces.

El pitido infernal de la alarma me destroza los oídos aun desde el suelo. Supongo que mi plan de lanzarlo a ver si así se callaba y me daba unos minutos más de sueño no ha sido el mejor que he tenido en mis diecisiete años de vida. Y encima tendré que levantarme a apagar el dichoso aparato del demonio. Si es que madrugar para ir a clase debería estar penado por ley, tener que levantarse pronto para estar horas sentado escuchando los mismos discursos de bienvenida de cada año no están pagados. Odio el primer día de curso, pero más aún el maldito despertador.

—¡Joder! ¿Dónde narices ha ido a parar? —mascullo aún medio dormido.

Salir del enredo de las sábanas me cuesta más de lo esperado y acabo con ellas enroscadas en los pies. De reojo lo veo iluminarse con cada nuevo pitido. Está cerca de la ventana, el problema es que, al tratar de dar unos pasos en su dirección, la sábana entre mis pies me dificulta el caminar. Y el hecho de estar aún medio dormido no ayuda, supongo que los astros se alinearon en ese momento para que, a pesar de mis intentos por liberarme, dando pequeños saltitos, acabe de culo en el suelo.

—Menuda hostia me he dado, vaya forma de empezar el día.

Lo único que me da un poco de satisfacción de todo ese horrible despertar es poder apagarlo por fin y que cese el ruido. Lo miro mientras trato de controlar las ganas de estamparlo contra el armario, hasta que unas risas casi inaudibles llegan desde la ventana. Y cuando me asomo, la veo descojonarse mientras trata de secarse las lágrimas.

Como estamos a finales de verano, aún hace bastante calor, por lo que duermo solo con un pantalón viejo de pijama y la sábana por si refresca por la noche. Trato de levantarme lo más dignamente posible para hacer frente a la vecina, aunque después del espectáculo poco puedo hacer. Supongo que me toca a mí recibir ahora, como en un partido.

—Bonita forma de aterrizar —comenta cuando consigue calmar su respiración algo agitada por las carcajadas. Eso hace que me fije más en el subir y bajar de su pecho y cómo su camiseta se amolda a su figura. Genial, ahora encima tendré que ducharme con agua fría, menuda mierda de lunes—, ¿siempre te despiertas con esa energía?

—*Nah,* solo los lunes, para empezar bien la semana —respondo y me coloco mejor para estar algo más cómodo. Hay un pequeño saliente junto a la ventana donde coloqué un par de cojines, por lo que me siento y apoyo la espalda contra la pared. Así puedo mirarla sin tener que estar de pie. Aprovecho mi posición para hacerle un repaso, como ella acaba de hacerme a mí, y no puedo evitar contraatacar—. Bonito pijama, por cierto. Sin duda las fresas te pegan mucho, Bailarina.

Tanto la camiseta como el pantalón corto seguro han visto mejores momentos, ¿será una constante en toda su ropa?, son de un rosa chillón y están llenos de fresas. Por todas partes. Y aunque me gustaría que ese dato me ayudara con mi problemita de más al sur, no le queda nada mal.

Pero supongo que no piensa como yo, ya que de repente vuelve a envolverle ese rubor como en nuestro anterior encuentro y la sonrisa se borra de su cara.

—Eres imbécil.

Esto me suena.

—Bienvenida al club, Bailarina.

—Que dejes de llamarme así, que tengo un nombre —se queja, pero, aunque veo la lucha que seguro se está fraguando en su mente, no se marcha ni se aparta de la ventana. Me gusta ese carácter que guarda. Estoy aprendiendo que es divertido verla saltar.

—Ya, pero me gusta más así —sobre todo porque parece que a ella no—; además, así no olvido cómo nos conocimos.

—Sí que eres raro. —Se gira hacia el interior de la habitación y dice algo que no logro descifrar—. ¿Sabes qué? Me da igual cómo me llames, tengo que irme, algunos nos preocupamos por no llegar tarde a clase.

—Sobre todo si es tu primer día, ¿verdad? —añado y veo la duda en sus ojos—, no dejes que te coman y listo. El insti es igual de aburrido estés donde estés.

—¿Que no me coma quién? ¿Gente como tú? —me increpa y, aunque sé que no lo ha querido decir así, mi mente va hacia otras direcciones. Mierda, necesito ya esa maldita ducha.

—Quién sabe, tan solo sé tú misma y ese rollo y supongo que vivirás para ver el resto de la semana.

—Ja, ja, ja, qué gracioso. —Puede ser, pero he conseguido ver el cambio que quería, al menos ahora hay decisión en sus ojos. Si consigue que le dure, tal vez lo logre—. Si el resto es como tú, no tengo nada que temer.

—Si tú lo dices, Bailarina. —Me encojo de hombros y, antes de marcharse, me saca la lengua, por lo que no puedo evitar soltar una carcajada en respuesta. Puede que yo esté algo loco, pero, por lo que veo, no se queda atrás.

—¿Se puede saber a qué viene tanto ruido a estas horas, tío? —pregunta Jack más dormido que despierto. Supongo que el alboroto que he montado le ha terminado de despertar. Siempre vive al límite y si puede robar horas de sueño lo hará, aunque eso haga que llegue tarde—. ¿Y con quién hablas?

—Con nadie. —Me levanto del alféizar y me alejo de la ventana. Kira ha hecho lo mismo y ya no la veo. Me acerco hasta mi hermano, que trata de medio espabilarse rascándose los ojos—. Me pido primero el baño.

Y dicho eso salgo pitando con los gritos de Jack de fondo. Ni de coña me gana a una carrera y menos estando tan sobado. En cuanto llego me tomo mi tiempo y, antes de salir, giro el mango de la temperatura y dejo que los últimos minutos sea el agua fría la que me empape.

—Ya pensábamos que la ducha te había absorbido —comenta mami desde detrás de los fogones. Está terminando de hacer el *bacon* y los huevos para el desayuno, pero como hoy tengo varias horas de entreno prefiero unas tostadas y fruta. A pesar de haber tenido doble turno en el hospital, siempre logra tener buena cara por las mañanas, no sé cómo lo hace—. ¿Listo para un nuevo curso?

—Ilusionadísimo, ¿no se me nota?

—Rezumas felicidad por todos los poros, cariño —bromea mamá mientras me abraza desde atrás y me revuelve el pelo.

Jack y Emma, mi hermana pequeña, están terminando sus desayunos y los saluda igual de efusiva antes de acercarse a mami para darle un beso en los labios.

Yo solo puedo sonreír al verlas tan felices, y más después de todo lo que han tenido que pasar para llegar hasta aquí. Sin duda, Hannah y Freida Jones son unas auténticas luchadoras. Freida es la madre biológica de Jack, fue madre soltera, y Hannah es mi madre biológica. Antes de conocer a Freida estuvo casada con mi padre, pero lo suyo no funcionó, así que se divorciaron, pero siguen siendo buenos amigos.

Las dos se conocieron en un concierto en Las Vegas y desde entonces no se han separado. Yo tenía diez años y Jack nueve cuando se casaron, y tres años después adoptaron a Emma, pero para nosotros no hay diferencias. Ambas son nuestras madres y tanto Jack como Emm son mis hermanos y daría el mundo por ellos. Y Hannah es mamá y Freida es mami para nosotros, no hay pérdida.

—¿Habéis acabado ya, chicos? Si no nos damos prisa llegaremos tarde a clase —comenta mamá. Es profesora en el instituto, da clases de inglés a los más pequeños.

—Yo ya estoy —digo mientras recojo mis cosas y las dejo en el lavavajillas. Tengo la mochila y el bolso con las cosas de entreno en la entrada, así que por mí podemos irnos cuando quieran.

Emma sube a por sus cosas y Jack la ayuda. Cuando ambos están listos le deseamos un buen día a mami y nos marchamos al instituto.

No nos encontramos a las vecinas al salir, por lo que deduzco que se ha tomado en serio lo de ser puntual.

Cuando llegamos al instituto, el aire que se respira es cálido. Hoy dejamos atrás el verano y comenzamos una nueva etapa. El próximo curso será el último que pise estos pasillos antes de ir a la universidad, tengo que esforzarme al máximo si quiero jugar con los mejores.

Jack y yo nos despedimos de mamá que, como siempre, lleva a Emma hasta su edificio. El instituto está cerca del mar, por lo que de fondo si uno se centra, puede escuchar las olas chocar con la arena y las rocas, incluso sobre el ruido de los alumnos al saludarse después de un tiempo sin verse.

—Pues nada —suspira mi hermano a mi lado—, supongo que ya no se puede retrasar más. Será mejor que vaya de camino a clase, a ver si veo a los chicos. ¿Nos vemos para comer?

—Claro, y no hagas nada estúpido —le advierto. Es buen chaval, pero tiende a rodearse de gente bastante bromista y aprovechan el primer día para liar alguna que otra.

—Que sí, que sí. —Comienza a marcharse mientras hace gestos con la mano tratando de quitarle importancia—. Tranquilo, papá, me portaré bien.

—Más te vale, nos vemos en la comida.

Miro el camino que hace al marchar y aprovecho para ver reencuentros de todo tipo. Amigos, parejas, desconocidos que chocan por primera vez... Lo que me trae a la cabeza a Kira y cómo habrá sido su primera impresión de Anchor High.

En cuanto entiendo por dónde van mis pensamientos, los desecho enseguida. No soy su amigo, ni siquiera la conozco, no tengo por qué preocuparme por ella ni nada parecido. Será mejor que imite a Jack y me ponga en marcha.

El instituto es grande, tal vez incluso ni coincidamos. ¿Qué probabilidades hay?

Capítulo 5

-KIRA-

Schlimazel: (n.) alguien que siempre tiene mala suerte.

Cuando digo que mi vida podría resumirse en *una serie de catastróficas desdichas* no miento. Mi lema es: «Si algo puede salir mal, saldrá mal». Pero es que, en el fondo, a las pruebas me remito:

1. ¿Primer día de instituto y casi llego tarde? *Hecho.*
2. ¿Que a papá se le olvidó reponer la gasolina en el coche y hemos tenido que salir todos corriendo para llegar a tiempo? *Hecho.*

Menos mal que en este pueblo todo queda relativamente cerca.

3. ¿Que mi hermana pequeña ha tenido la brillante idea de despertarme saltando en mi cama por lo que he caído del susto y ahora tengo un dolor de cuello horrible? *Hecho.*

¿Puede salir algo peor hoy?

—Lo siento, Kira —susurra June a mi lado mientras esperamos a que nos den nuestros horarios y venga alguien a explicarnos cómo funciona todo. Puedo notar en su voz que está triste, siempre hace bromas o comentarios la mar de dispares, pero en toda la carrera hasta el colegio ha estado callada en los brazos de papá.

—Tranquila, renacuaja, no ha sido nada. Y casi que prefiero despertar y ver tu carita a que lo haga la alarma del móvil. —Le sonrío y para tratar de devolverle algo de su alegría me pongo a su altura y le hago cosquillas. Su risa envuelve toda la oficina donde la secretaria nos ha hecho esperar a la directora, y los pocos empleados que hay por aquí se nos quedan mirando. Pues que miren, tanto me da.

Cosi está enganchada a su móvil. Juraría que ese aparato podría hacerse pasar por una extremidad más. Puede acabarse el mundo, haber catástrofes naturales o que nos invadan los alienígenas, pero, como mi hermana pierda su móvil, arde Troya.

Cuando hemos llegado, todo era un caos. No pensaba que hubiera tanta gente en un pueblo tan pequeño, pero, al parecer, tengo que revisar cómo mido las cosas porque o este pueblo no es tan pequeño como parece o la gente aquí se multiplica.

Papá quería acompañarnos, pero tanto Cosi como yo logramos convencerle de que era mejor que nos dejara a nosotras lidiar con todo. En parte, porque el resto de los alumnos desperdigados fuera del edificio ya nos miraban curiosos, lo único que nos faltaba para terminar de ser el centro de atención era que nuestro padre nos acompañara de la manita a clase. Le amo, pero mi nivel de vergüenza tiene un límite.

Lo bueno que tiene Anchor High, aparte de estar casi pegado a la costa y estar cerca de la playa, es que cuenta con dos edificios unidos por una gran plaza central, que divide la zona de primaria, donde irá June, y la de secundaria, es decir, la de Cosi y la mía.

Es mi primer año como *junior*, lo que significa que aquí comienza mi camino para elegir mi futuro. Todas las decisiones que tome a partir de ahora interferirán de una forma u otra estos dos últimos años de instituto antes de ir a la universidad. Si tan solo supiera qué es lo que quiero... Si no me sintiera tan perdida.

—Señoritas Young, disculpen la tardanza —suena una voz a nuestras espaldas, por lo que las tres nos giramos prácticamente a la vez. Es entonces cuando vemos a una señora que no debe ser mucho mayor que papá, supongo que rondará la treintena, y está sonriéndonos, aunque por el subir y bajar de su pecho deduzco que viene algo agitada. Tal vez habrá venido con prisa—. Me han retenido más de lo esperado, ¿han podido conseguir todo lo necesario? ¿Sus horarios y listas con los materiales?

—Sí, ya lo tenemos todo —le respondo mientras le enseño alguno de los papeles que nos han dado.

—Perfecto, síganme entonces. Me llamo Amanda Reynolds y soy la directora. Pueden dirigirse a mí como directora Reynolds si estamos en horario escolar, aunque… —su voz va perdiendo fuerza cuando de repente se detiene, se acerca a nosotras después de mirar que estamos solas en el pasillo, se agacha hasta la altura de June y le guiña un ojo— entre nosotras, podéis llamarme Amanda si necesitáis hablar conmigo. Estoy aquí para lo que necesitéis y podéis contar conmigo para lo que sea. Mi trabajo es que os sintáis seguras y cómodas durante vuestra etapa educativa. ¿Os parece?

—Gracias —contesta June con una sonrisa y después se presenta tendiéndole una mano. Como papá le enseñó.

Cosi y yo seguimos su ejemplo y, una vez hechas las presentaciones, la directora Reynolds nos da un *tour* rápido por las instalaciones. Primero acompañamos a June hasta su nueva clase. Al principio se queda quieta en el umbral de la puerta como si no quisiera entrar, por lo que me dispongo a intervenir, aunque no llego muy lejos. Su profesor se coloca a la altura de June y le dice algo que no logro entender, pero a lo que mi hermana ríe en respuesta.

Y con ese simple gesto sé que se la ha ganado. June solo se ríe con nuevas personas si logra conectar con ellas, por lo que me alegra ver cómo ha notado su incertidumbre y ha salido en su ayuda.

Me cuesta un poco dejarla, gajes de ser mayor, pero, al verla un poco más relajada, Cosi y yo continuamos con el *tour* hasta que le toca a ella. Hace un rato que ha guardado el móvil; aunque no está prohibido, sí que no se puede utilizar en horas lectivas. Será interesante ver cómo tiene la tentación tan cerca y no puede usarlo. En nuestro anterior instituto directamente no podíamos llevarlos.

Entra en su clase como si nada y, antes de que se cierre la puerta, oigo cómo la profesora la presenta. Así es ella, un torbellino a quien no le importa arrasar con todo a su paso.

A pesar de algunas similitudes, ambas somos muy diferentes. Mis hermanas han heredado el rubio de papá en diferentes tonos y, aunque el de Cosi sea más oscuro y se asemeje un poco a mi castaño caramelo, soy la única que tiene los rasgos más parecidos a los de nuestra madre. Cosi lleva el pelo corto, apenas le llega a los hombros, mientras que yo amo el largo de mi pelo, me llega a la altura de los omoplatos y, aunque en verano me muera de calor, nunca podría cortármelo tanto como Cosi. Ella tiene flequillo mientras que yo odio tener algo que me dificulte la visión, y nuestro color de ojos también es diferente. Tanto June como ella los tienen marrones como papá, y los míos y los de Isla son azules, como los de mamá.

Cosi ama vestirse a la última moda, salvo que al menos esté por casa, mientras que yo... Bueno, yo soy más de pillar lo primero que encuentro en el armario, y ya si eso después me fijo si combinan, aunque no presto mucha atención a esas cosas. Lo único que es sagrado en mi armario son mis Converse. No uso otro tipo de calzado y puede que tenga una pequeña obsesión con ellos.

Cuando dejo de perderme en el hilo de mis pensamientos y vuelvo a la realidad, me doy cuenta de que la directora se ha detenido frente a una puerta, la 102, y recuerdo la primera clase que tengo en el día: Literatura.

—¿Estarás bien, Kira? ¿Necesitas algo más?

Nos ha preguntado lo mismo a todas, por lo que, después de una larga respiración para tratar de calmar a mi ruidoso corazón, cosa que hago sin mucho éxito, le dedico una de mis mejores sonrisas, esas que he aprendido a usar como máscaras y niego con la cabeza.

Ella me devuelve la sonrisa y, sin decir nada más, abre la puerta. Tanto mi clase como la de mis hermanas habían empezado hacía un rato, por lo que la directora se acerca a la profesora y le dice algo al oído. Aún no me he acercado ni asomado. Es como si mis pies se hubieran quedado pegados al suelo.

Genial, y ahora me entra el miedo.

Solo espero que mis piernas funcionen y no me caiga al caminar. Lo que me faltaba ahora sería una entrada triunfal de esas que no se olvidan en todo el curso.

Veo que ambas me hacen señas, por lo que no puedo retrasar más el momento. Camino con el paso acelerado y en tres zancadas estoy a su lado. Eso sí, no he mirado a nadie por si acaso focalizar mi visión con quienes van a ser mis compañeros el resto del año me hacía caer.

La profesora, la señorita Clare, por lo que me ha susurrado antes de girarse hacia el resto de la clase, hace una pequeña presentación de quién soy, me pregunta si quiero añadir alguna cosa más, a lo que niego porque estoy segura de que mi voz sonaría como una gallina poniendo huevos.

Vale, puede que me haya pasado, pero que sería de risa... Eso seguro.

—Puedes sentarte junto a Jones, al fondo. Es el único asiento que está libre —comenta después de darme unas palmaditas en la espalda—. Nos vienes genial, ahora todos tenéis parejas para lo que queda de curso, y en las próximas clases os explicaré de qué irán vuestros trabajos finales para que podáis ir organizándoos bien. —Vuelve a dirigirse a mí antes de volver a lo que fuera que estuviera explicando—. Bienvenida a Anchor High, Kira.

Cojo fuerte el alza de mi mochila y esta vez sí que me permito unos segundos para observar a mis compañeros. Hay un poco de todo. Veo caras felices, supongo que algunos han acertado a la hora de hacer parejas, aunque otros no lo están tanto. Hay quienes están ya aburridos y eso que esto acaba de empezar, pero bueno. Algunos chicos me guiñan el ojo, a lo que niego y trato de evitar el contacto. Seguro será en forma de broma, cosa que odio muchísimo. Nunca sé cómo responder y acabo pareciendo una tonta.

Camino por el pequeño pasillo que hay entre los pupitres hasta casi llegar al final. No he querido enfocar aún mi atención en ese tal Jones con quien parece tendré que compartir al menos esta clase, solo conozco a una persona con ese apellido en este maldito pueblo y el universo tendría que ser demasiado jodido para juntarnos también aquí, ¿verdad?

Pero cuando lo hago y llego hasta el que será mi pupitre el corazón se me para y la mochila se resbala de mi hombro, cayendo al suelo. Haciendo bastante ruido, debo añadir, ganándome varias miradas curiosas. Pero las ignoro.

Lo hago porque estoy demasiado ocupada insultando al karma, el destino y a todo lo que se me ocurre mientras veo a Matt sentado, o más bien casi tumbado, con los pies sobre su pupitre, la silla aguantándose sobre dos de sus cuatro patas y sus brazos descansando detrás de su cabeza.

Si tan solo fuera su postura pasota, pero lo peor no es eso.

Lo peor es que me está mirando y sonríe. El muy cabrón está sonriendo como si ante él estuviera la mejor de las bromas, una que solo entiende él.

—Eso, Bailarina, bienvenida a Anchor High —susurra, y hasta yo puedo notar la guasa en su voz.

Sip, las cosas pueden ir a peor.

Capítulo 6

-MATTHEW-

Abditory: (n.) un lugar en el que puedes desaparecer; un escondite.

La verdad es que no pensé que el primer día de clase fuera a ser tan interesante.

Después de la clase de Literatura con la señorita Clare a primera hora, y encontrarme cara a cara con Kira, el día solo fue a mejor.

Al principio no la busqué con la mirada, o al menos eso trato de decirme a mí mismo. Estábamos bromeando con Louis, uno de mis mejores amigos, mientras hacíamos caso omiso al discurso de la profesora. En nuestra defensa, diré que acabábamos de empezar y ya estaba hastiado, me suele pasar bastante. Me cuesta enfocar mi atención en las clases si me aburro, y me pasa en algunas asignaturas. De ahí que tenga que esforzarme el doble cuando toca estudiar porque, aunque lo intento, mi atención dura apenas unos minutos hasta que me centro en otra cosa.

Según nos ha contado, le gusta mantener el misterio a veces, habrá un trabajo para entregar a final del semestre y tendrá que ser en parejas. Genial, con lo que a mí me gusta trabajar en grupo. Nótese la ironía, en realidad soy mucho más funcional por mi cuenta, qué se le va a hacer. El único momento en el cual me siento a gusto formando equipo es en los entrenamientos o en los partidos. El fútbol es mi vida, llevo jugando desde que era un crío, mi padre y mi abuelo han sido siempre unos apasionados del deporte y me lo han inculcado desde pequeño. Solo entonces me siento a gusto, mis compañeros son como mi segunda familia.

¿Los grupos para trabajos de clase? Eso ya es otra cosa.

Así que cuando veo cómo poco a poco se van juntando todos por sorteo, así es más diplomático según la profesora, aunque estoy seguro de que más de uno tiene un par de motivos que refutarían esa teoría, sé que alguien se quedará solo.

Somos impares, así que rezo a quienquiera que esté allí arriba para ser el elegido. Cuando el último papelito sale del tarro y no es mi nombre el que se esconde en él, no puedo evitar que una sonrisa se plante en mi cara. Hecha la hazaña del día me pongo cómodo y es entonces cuando la veo entrar.

Primero entra la directora, pero ella no tarda mucho en seguirla y, en cuanto pone un pie dentro, acaba convirtiéndose en el centro de atención de toda la clase.

Lo nota. Lo sé porque, a pesar de la distancia y que no me he movido de mi posición más que nada por comodidad, puedo ver cómo se tensa. Tal vez el resto no lo vea, pero yo sí.

Lleva el pelo atado en una coleta, pero algunos mechones se han escapado de su agarre y se posan libres sobre sus sienes. Esta vez lleva unos vaqueros cortos que dejan sus piernas a la vista, una camiseta de tirantes y por encima una camisa de cuadros que le llega hasta los muslos. Y, si no me escondo, no puedo evitar echarle un vistazo de arriba abajo. Me fijo entonces en que vuelve a usar unas Converse, pero esta vez son azul celeste. Tiene sujeta tan fuerte la mochila en su hombro derecho que creo que podría incluso romperla si lo intentase. Eso o sus dedos se pondrán pronto de otro color.

Después de las presentaciones, veo cómo la señorita Clare sonríe en mi dirección y por un momento casi me caigo de la silla. Menos mal que controlo el balanceo antes de acabar con el culo en el suelo, pero, maldición, conozco esa mirada y sé lo que va a decir antes de que las palabras salgan de su boca. No soy de sus alumnos favoritos, y eso que todos me adoran, pero, al parecer, mis encantos no funcionan con ella. Qué se le va a hacer.

—Puedes sentarte junto a Jones, al fondo. Es el único asiento que está libre.

Lo dicho, mierda.

Kira no me mira, tal vez ni siquiera sepa que soy yo. Ni siquiera mira en mi dirección para ver con quién le ha tocado formar pareja el resto del año. Simplemente asiente y echa un rápido vistazo al resto de alumnos antes de dirigirse al fondo.

O la zona oscura, como la llamamos. Porque los del fondo la verdad estamos como en otro mundo. Atendemos en clase, claro, pero entre que casi no se ve la pizarra y que, según qué profesor te toque, para poder escucharlo debes tener un doctorado en espionaje o saber leer los labios. Así que pasamos el rato como podemos.

Sé exactamente el momento en el que llega hasta su nuevo pupitre. Y sobre todo cuándo se da cuenta de quién se sienta a su lado. Su mochila resbala de su agarre de hierro y cae con un golpe sordo al suelo. Varias cabezas se giran en nuestra dirección interesadas por la escena, pero la profesora llama la atención bastante rápido, por lo que vuelven a centrarse en la pizarra.

O casi todos, porque estoy seguro de que Louis es uno de los que no se pierden detalle de nada de lo que pasa.

Sigue parada frente a mí y la veo murmurar algo, creo que logro distinguir algún insulto, aunque no estoy muy seguro de a quién van dirigidos. Por lo que sonrío aún más, sabiendo que eso la pondrá de malhumor. Y digo lo único que se me ocurre para llamar su atención.

—Eso, Bailarina, bienvenida a Anchor High.

Parece que con eso logro traerla de vuelta de donde sea que estuviera y se sienta tan rápido que no sé cómo logra no caerse de la silla. Recoge su mochila del suelo y comienza a sacar un viejo estuche y un cuaderno, supongo que para apuntar lo que sea que esté diciendo la profesora.

Buena suerte con eso.

—Esto tiene que ser una broma —susurra mientras garabatea la fecha y el nombre de la asignatura en la parte superior de la página en blanco. Así que es una de esas chicas—. Una horrible broma.

—¿Hablas conmigo, Bailarina?

—No.

—Vaya, ¿segura? Porque creo que si me contestas ya se considera una conversación.

Sé que trata de ignorarme, por lo que hago lo único que sé que hará que responda.

—¿Vuelves a ser una cobarde? —la reto mientras coloco la silla en la posición que toca. Me acerco a la mesa y a ella, y mientras que espero su respuesta apoyo la barbilla en mi mano para estar más cómodo.

—Eres imbécil —sabía que iba a responder, la vena en su cuello estaba comenzando a hincharse. Creo que lo tomaré como un aviso a partir de ahora.

—Me lo dicen mucho.

La profesora manda a callar en general, pero sé que en parte va por mí. Aunque apenas hago caso y sigo enfocado en Kira.

—¿No piensas prestar atención? —me dice mientras ella sí que parece hacerlo. No sé cómo ni qué puede ser tan importante, pero ya lleva media página escrita. Aunque tiene letra de médico, por lo que apenas puedo entenderla. Y sé lo que es eso, casi nunca logro descifrar lo que mami escribe para nosotros.

—Estoy prestando atención —a lo que me gano una mirada incrédula de reojo—, no necesito tomar apuntes. Está todo aquí—. Y señalo mi cabeza.

—Si tú lo dices.

No parece muy convencida, pero no dice nada más.

La clase no dura mucho, y en cuanto suena el timbre la mayoría sale pitando de clase. Normalmente tenemos unos cinco minutos entre clase y clase, pero en función de la que te toque a continuación tienes que correr más o menos.

Veo cómo Kira recoge sus cosas y saca un papel del bolsillo para revisarlo.

—¿Qué te toca ahora? —le pregunto mientras cojo mi mochila y me la coloco al hombro.

Me mira como si no esperara que siguiera ahí. En parte puedo entenderla, suelo ser de los primeros en irme, pero de repente la idea de quedarme y seguir molestándola un poco más no me parece tan mala.

—Tú debes de ser la nueva, ¿verdad? —comenta Louis a mi espalda y, la verdad, ya estaba tardando.

Kira lo mira sin saber muy bien qué decir. Así que decido que tal vez pueda ayudar un poquito.

—Este es Louis, puede parecer un trozo de pan, pero entre tú y yo, Bailarina —me acerco un poco más y acabo susurrando para que solo me oiga ella—, en cuanto coge confianza, es un pesado de narices.

Trata de disimular la risa, pero lo hace de pena.

—¿Se puede saber qué le estás contando? —me increpa mi amigo.

—Solo la verdad, colega.

—Seguro —me mira sin creerme ni un pelo, pero enseguida vuelve su atención hacia Kira—, ¿y qué era eso de «bailarina»? ¿Vosotros ya os conocíais?

Lo dicho, en cuanto toma confianza es un asco. Ahí está su tono burlón. Pienso algo ocurrente que decir, pero Kira se me adelanta.

—Es un estúpido mote que me ha puesto. —Me señala dejando claro que su postura sigue siendo la misma. Lástima porque, como le dije, así se va a quedar—. Somos vecinos. Me he mudado hace unos días con mi familia.

Louis silba en respuesta y nos mira a ambos, pero no dice mucho más. El muy mamón seguro que se lo está pasando en grande, estará deseando contárselo a Archer. Juega también en el equipo y, aunque me fastidie, es unos centímetros más alto que yo, cosa que saca a relucir siempre que puede. Tiene el pelo rubio y los ojos marrones oscuro.

—La verdad es que lo del mote es muy interesante —le suelto a mi amigo, recuperando así su atención mientras miro burlón a Kira. Sus mejillas no pueden estar más rojas—. Verás, la cosa es que nos conocimos de una forma muy original, yo estaba...

No puedo seguir con el relato porque de la nada las manos de Kira están tapando mi boca. Se ha acercado sigilosamente y está cerca. Muy cerca. Tanto que nuestras piernas se chocan y tengo que bajar un poco la cabeza para mirarla. Sus ojos echan chispas, pero el color sigue pintando sus mejillas, creando una imagen demasiado tentadora como para no retratarla.

—No hace falta que vayas contándolo por todas partes, ¿sabes? —me increpa—, y en realidad no fue para tanto —comenta, esta vez para Louis.

Él se ha quedado mirándonos, alzando las cejas sorprendido. Seguro que estamos montando una escena.

Sus manos siguen aún en mi boca, y el calor que rezuma de ellas traspasa su piel y se cuela en la mía. Nuestros ojos se encuentran y el calor comienza a sentirse demasiado fuerte, me pregunto si ella lo nota también.

Mi amigo estalla a reír y rompe el momento o lo que sea que fuera eso.

—Esto sí que es interesante. Pues encantado de conocerte, Bailarina —dice antes de marcharse y dejarnos a los dos plantados.

—No me llamo... —pero no logra decirlo antes de que se vaya, así que las palabras quedan flotando entre ambos—. ¿Ves lo que has conseguido?

—A mí no me parece para tanto.

—¿Todo es una broma para ti?

—Ya que pareces bastante lista, define «broma».

Bufa cabreada y vuelve su atención al maldito papel que supongo ha dejado en la mesa antes de hacerme callar. Lo coge y, mientras lo lee, la veo fruncir el ceño.

Antes de que pueda pararme se lo quito y leo su horario.

—¿Se puede saber qué haces? Devuélvemelo, imbécil.

—¿Ese va a ser tu apodo para mí a partir de ahora? Porque el mío es más bonito.

—Pues de momento puede, porque te pega demasiado.

Nos volvemos a quedar en silencio unos segundos hasta que trata de volver a quitarme el papel de las manos. Esta vez no me resisto. De todas formas, ya he visto todo lo que necesitaba.

Cojo la chaqueta del equipo de la silla, me la pongo antes de colocarme mejor mi mochila y me dispongo a caminar hasta la salida. No sin antes plantar mi mejor sonrisa y soltar un nuevo comentario que sé que le va a encantar. El día solo mejora por momentos.

—Será mejor que me sigas, Bailarina. —La veo dispuesta a discutir, por lo que le doy la espalda y camino hacia la puerta. Coloco las manos detrás de la cabeza antes de añadir—: Parece que tu suerte solo mejora, tenemos prácticamente el mismo horario. Si no quieres perderte y llegar tarde a tu siguiente clase, te sugiero que aceleres y vengas conmigo.

Sé que tarda un poco, pero en cuanto la oigo maldecir siento que he ganado, al menos esta vez.

Capítulo 7

-KIRA-

Gauche: (adj.) socialmente sin gracia.

—¿Se puede saber a qué viene esa cara de fantasma que me traes? —pregunta mi hermana en cuanto nos sentamos en la primera mesa libre que vemos en el comedor. Son casi las 12:30 y estoy muerta de hambre. Otra cosa no, pero me quitas la comida, y me matas. Y hablando de muerte…—. Si es que parece que en vez del instituto has entrado en el purgatorio, y supuse que para eso tardarías unos días más.

Simplemente le gruño en respuesta porque no me apetece ni pensar ni poner en palabras la mañanita que llevo.

Matt no mentía. Nuestro horario es casi el mismo. Aún sigo sin creérmelo.

Estamos juntos en Literatura americana, Álgebra II, Historia, Teatro y Química a última hora. Voy a empezar y acabar el día con él. De verdad que menuda suerte tengo.

Una patata frita acaba estrellándose en mi cara y, después de estar viendo unos segundos el arma del crimen, tengo que recurrir a todo mi autocontrol para no lanzarle mi batido a Cosi. Más que nada porque me encanta la blusa que lleva y me daría pena estropearla.

—¿A qué ha venido eso? —la increpo, pero acabo comiéndome la patata. Pensaba robarle alguna de todos modos.

—No me hacías caso.

Encoge los hombros y vuelve su atención a la comida. Como si con eso lo dijera todo. A veces me cuestiono cómo es posible que seamos hermanas.

Aquí sigo, pensando en qué he hecho en otra vida para tener que aguantar a Matt más de lo necesario. Sumándole la ansiedad que me provoca tener que lidiar con gente nueva y que no conozco. No hace falta que añada que eso ha ido fatal de momento, aunque no he tenido que socializar demasiado más allá de presentarme y de ignorarle.

En cambio, Cosima parece una rosa. Un pez que nada libre en el mar. Como si este fuera su mundo y ella la reina. Siempre ha sido así, su don de gentes es impresionante. Pero podría... No sé... Fingir un poco de miedo para sentirme menos rara. O sola.

Aunque eso me lo guardo y no lo digo.

—¿Vuelves a estar en tu mundo?

—Perdona, perdona. —Ahora es ella quien me roba un trozo de *pizza* de mi bandeja—. ¿Qué decías?

—Te preguntaba que cómo te está yendo el primer día, pero, visto lo visto, casi no hace falta que me respondas, la verdad.

—Ja, ja, ja. Con hermanas como tú, quién necesita enemigos, ¿eh?

—Para eso estamos —suelta socarrona, y trata de robarme otro trozo, con lo que se gana un golpe en la mano—. Serás bruta.

—Come tu propia comida, Cosi.

Un poco puedo compartir, pero hasta ahí. No hay nada que me guste más que comer de todo cuando quiera. Pienso que somos muy jóvenes y que la vida es demasiado corta como para darle una importancia que no merecen a comentarios de extraños que se creen con el derecho a opinar sobre la vida de otros.

—Deduzco entonces que te está yendo como el culo, porque además de despistada, de tener cara de estreñida, estás que saltas a la mínima. ¿Tan malas son las clases que has elegido? Las mías no están tan mal. Algunas son algo aburridas, eso sí.

—Mira que eres tonta, yo no tengo cara de estreñida, ¿verdad? —Mi hermana me mira sin hablar y me arrepiento de haberlo preguntado siquiera, si es que no aprendo—. Da igual, y no es por las clases por lo que estoy así.

—Ah, ¿no? ¿Y qué narices te pasa?

—El vecino —digo bajito para que nadie más me oiga, aunque con el ruido que hay en la cafetería no sería muy difícil. Pero por la cara que pone mi hermana, tal vez lo haya dicho demasiado bajo.

—¿Qué?

—Que es por culpa del maldito vecino, ¿vale? —Esta vez acabo hablando más fuerte de lo que pretendía, por lo que vuelvo a dar gracias por el barullo a nuestro alrededor—. Está hasta en la sopa.

Cosi pestañea una, dos y hasta tres veces sin apartar la mirada de mi cara antes de romper a reír.

Y su risa no es que sea de las más finas que existen. A ella le da igual, pero con Isla y June acabamos decretando que se parecía en parte a un cerdito cuando ríe. Un cerdito muy cuqui, pero un cerdito al fin y al cabo.

—No me jodas... que esto es... es por el mirón —suelta entre risas, por lo que casi me cuesta entenderla. Y ojalá no lo hubiera hecho, porque en palabras de mi hermana suena aún más vergonzoso.

Pero es que no es mi culpa. Es suya por tener el mismo horario. Por no dejarme en paz, por quedarse mirando lo que hago en vez de atender en clase, aunque diga que lo hace. Vale que me ha acompañado hasta las siguientes clases y me ha explicado dónde está todo, pero luego acaba estropeándolo con alguno de sus comentarios estúpidos.

Y, por lo que he visto, la gente le ama. No en plan acosadores, aunque alguna que otra chica tal vez lo haga. Pero he visto admiración en la gente que nos ha parado mientras íbamos a clase.

E incluso me ha presentado a algunos, aunque no tenía por qué hacerlo.

¿Por qué no puede comportarse de forma más indiferente y dejarme en paz?

Sería más fácil lidiar con esa versión que con la bromista porque no sé cómo reaccionar.

—Puedes parar de reírte de mí —le suplico a mi hermana—. Gracias, qué gran gesto por tu parte.

—Lo siento. Pero es que es buenísimo. Que has encontrado la horma de tu zapato y me muero por contárselo a Isla.

—Ni se te ocurra —la amenazo—, bastante tengo con aguantarle aquí, lo último que me falta es que mi hermana mayor se ponga también a bromear sobre el vecino y yo.

—¿Y de qué irían esas bromas, Bailarina? —comenta una voz a mis espaldas que hace que me enderece enseguida—. Porque me encantaría escucharlas.

No puede ser, ¿aquí también? ¿Qué tengo? ¿Un imán en la espalda o algo?

—¿Qué narices haces aquí? —Ignoro su pregunta y alucino aún más al ver que se sienta a mi lado.

Pero no solo él. De reojo veo cómo el chico que le acompañaba en el supermercado saluda a Cosi y se sienta a su derecha.

—Comer, es la hora del almuerzo, ¿os importa? —nos pregunta a ambas, pero mira solo a mi hermana.

—Por supuesto que no. De hecho, estábamos hablando de… —Se calla por la sorpresa en cuanto ve cómo el chico a su lado pega un salto.

—Ay, joder, qué daño. —Se masajea la pierna y yo quiero morirme y que me trague la tierra.

—Mierda, perdón —me disculpo enseguida—. Lo siento muchísimo, no iba para ti —aclaro mientras asesino con la mirada a mi hermana. Más le vale que capte el mensaje y ni se le ocurra terminar esa frase.

Por momentos como este, me planteo a veces el fratricidio.

—No te preocupes, puede que ahora no, pero por experiencia acabo ganándome algún que otro golpe a lo largo del día —trata de bromear, pero yo sigo sintiéndome fatal.

—Para que lo sepas, hermanita, este es Jack Jones, el hermano de Matt y otro de nuestros vecinos. —Ambos se sonríen como si fueran amigos de toda la vida y yo vuelvo a flipar. Ya no porque mi hermana sea de hacer amigos rápidos, pero ¿con el vecino también?

—Encantado, no tuvimos mucha oportunidad de presentarnos el otro día.

—Lo mismo digo, y perdona de nuevo por la patada.

—Tranquila, Bailarina, mi hermano en el fondo es de hierro, ¿verdad, Jackie? —Vuelve a adoptar una postura relajada a mi lado y me pregunto si es algo que hace en general. En clase está igual.

—¿Cómo logras que todo lo que dices acabe sonando a broma? —le increpa Jack, aunque creo por cómo se miran y sonríen que es algo normal en ellos.

—Es un don natural. —De repente, deja su batido en la bandeja y se fija en la mía. Me quedan unas pocas patatillas y veo lo que quiere antes siquiera de que se mueva—. ¿Vas a comerte eso?

—Ni. Se. Te. Ocurra —pronuncio cada una de las cuatro palabras para que le quede bien claro, además de coger el paquete como si fuera un tesoro. Me siento un poco Gollum, la verdad—. Si valoras en algo tus manos, ni lo pienses.

—Yo le haría caso, Matt. Con la comida y Kira no se juega —le advierte Cosi.

Mi hermana trata de ocultar su risa, aunque sin mucho éxito. Jack de repente parece estar más interesado en su plato que en otra cosa y Matt, Matt me mira de una forma que no sé descifrar. Y eso me pone nerviosa.

Hace gestos con las manos como si pidiera paz, pero veo cómo sigue mirando de reojo mi bandeja. Será cabrón, es un pozo sin fondo. Ha comido más que todos juntos y aún tiene hambre. Pues no pienso darle mis patatas.

—Buen chico —suelto de golpe al verle retroceder y me deleito con mi trofeo. En realidad, no es que sean gran cosa, pero son mías y eso es lo único importante.

—¿Qué tal te ha ido el examen? —me pregunta al cabo de un rato.

—¿Ya habéis hecho uno? —se sorprende Cosi, y no es para menos, yo tampoco lo esperaba, la verdad.

—Bien, no ha sido para tanto —contesto primero a Matt antes de dirigirme hacia mi hermana—. Y no ha sido un examen como tal, el profesor de Álgebra quería ver en qué nivel estamos. No cuenta como nota.

—Seguro que tú estás en menos cero, Matty —bromea Jack, que se gana una mirada nada cálida por parte de su hermano—. Ay, joder. ¿Qué os he hecho hoy?

Le veo masajearse de nuevo la pierna y esta vez no he sido yo la culpable.

—Uy, perdón. Se me ha escapado el pie.

—Eres imbécil —le suelta y siento como si me robaran mi línea. Aunque ahora entiendo más sus contestaciones.

—Me lo dicen mucho últimamente —responde, pero está vez sus ojos están fijos en mí y, antes de seguir disfrutando de lo que le queda del batido, me guiña un ojo.

Trato de ignorar el calor que me recorre porque no me apetece tratar de descifrar esa sensación. Así que intento desviar la conversación.

—¿Y a ti cómo te ha ido? —le pregunto. Porque, si no recuerdo mal, ha sido de los primeros en entregar.

—Bah, ya veremos —vuelve a escudarse en esa actitud pasota tan suya—. Como has dicho, no cuenta para la nota, simplemente para ver nuestro nivel.

—Si tú lo dices...

La campana suena unos minutos después. Veo cómo todo el mundo a nuestro alrededor empieza a levantarse y dejar las mesas redondas del comedor para irse por caminos distintos, hacemos lo mismo y nos despedimos de los chicos. Cosi y yo queremos ver si podemos saludar a June antes de volver a clase.

Después de recogerlo todo, me dispongo a seguir a mi hermana, pero su voz en mi nuca me detiene en seco. ¿Cómo puede haberse acercado tan rápido?

—Nos vemos luego, Bailarina. A partir de ahora el día solo puede mejorar. No vas a librarte de mí tan fácilmente.

Cuando me giro, veo que se ha acercado a un grupo no muy grande, pero que le recibe entre bromas y golpes en la espalda. Viendo esa camaradería y que llevan la misma chaqueta que Matt —es azul con las mangas blancas y lleva cosida en el pecho un tiburón y las iniciales del instituto—, deduzco que serán parte del equipo de fútbol. Trato de ignorar su último comentario y sigo a Cosi fuera de la cafetería, pero no puedo quitarme una cosa de la cabeza.

Por desgracia va a ser verdad eso de que no podré librarme de él. ¿Qué clase de año me espera?

Capítulo 8

-MATTHEW-

Nyctophilia: (n.) amor por la oscuridad o la noche; encontrar relajación o consuelo en la oscuridad.

—¡Jones, Callagh, Becker! —Las órdenes del entrenador, o más bien sus gritos, nos llegan sin necesidad de ningún altavoz. Este hombre tiene unos pulmones de hierro. Es gracioso cuando sus gritos no están dirigidos a ti—. Mis hijas corren más rápido que vosotros, ¡espabilad!

—¿Sus hijas no tienen cinco años? —pregunta Louis a mi lado, el pobre no deja de jadear. Me da a mí que poco entrenamiento ha hecho este verano.

—Las gemelas sí, Lindsay creo que es algo más grande —comenta Archer, el tercero en discordia y mi otro mejor amigo.

—¿Cómo narices sabes eso?

—Pues porque presto atención y las he visto en algunos partidos.

—¿Queréis dejar de hablar y centraros? —les riño. Son peores que unos críos—. Bastante tengo con gestionar la respiración, el cansancio, el calor y los gritos del míster. Como para sumarle una de vuestras conversaciones sin sentido.

—Te encantan nuestras «conversaciones sin sentido» —dice Louis mientras hace gestos con los dedos, como comillas en el aire, el problema es que no es de esas personas que pueden hacer más de dos cosas a la vez y por poco se cae—. No lo niegues.

—Eso, eso. —Archer tose y creo que está a punto de desmayarse. Sus rizos pelirrojos danzan al viento y las pecas de su cara se notan aún más cuando el sol le da en la cara. Serán vagos. Vale que llevamos casi media hora corriendo, sumado a la hora previa de entreno, pero podrían aguantar un poco más. O al menos no hablar mientras corren, joder—. En el fondo, nos amas.

—Pero muy en el fondo. —Y, dicho eso, aumento el ritmo aun cuando mis músculos me gritan por una tregua. Presiono el cuerpo hasta mi límite y los dejo atrás.

Nos queda una vuelta, por lo que meto el turbo. Aun estando así de cansados, somos los que vamos a la cabeza, así que hecho un vistazo hacia atrás para ver qué tal va el resto del equipo.

No están mucho mejor, la verdad. Sé que hemos vuelto de las vacaciones hace nada, pero o nos ponemos las pilas o no llegamos a la pretemporada en forma.

—Estáis hechos una mierda —nos dice el entrenador después de dar por finalizado el juego de hoy.

Los once nos sentamos en el césped y formamos un círculo a su alrededor para terminar de estirar antes de irnos.

—Lo siento, señor —Burck, uno de los novatos, trata de responderle, pero entre que lo hace demasiado bajito y que la mitad de lo que sale de su boca es aire, poco se le entiende.

—¿Has dicho algo, chaval?

El entrenador Adams normalmente no es tan cabrón, bueno... sí, pero en el fondo es un trozo de pan. Un trozo de pan al que le gusta ver sufrir a sus equipos. Y nosotros somos la prueba. Pero siempre nos empuja para dar lo mejor de nosotros y llevarnos a la victoria. Aunque eso no impide que en entrenamientos como este le odiemos un poco. Tiene cuarenta años, pero por su aspecto siempre ha aparentado menos. Es un hombre alto, fuerte, a quien le gusta cuidarse. Lo único que puede dar pistas de su edad son ciertas canas que comienzan a asomarse, aunque según él son experiencias de vida.

—Que lo siento. Sentimos, señor —dice por fin después de reencontrar milagrosamente su voz.

—Y más os vale. —Esta vez nos mira a todos, uno por uno, y su mirada brilla con una pasión que te revuelve por dentro. Se nota a la legua que ama su trabajo, antes de entrenador fue jugador y sabe lo que significa el éxito, la derrota y ser un equipo. Nos lo lleva inculcando desde siempre, tanto a los novatos como a los veteranos. Y una cosa está clara, odia perder—. Porque como no os pongáis las pilas nos van a machacar. Y yo no quiero ver a mi equipo machacado, ¿entendido?

—Sí —gritamos en respuesta.

—No os oigo, maldita sea.

—¡Sí, señor! —gritamos aún más fuerte y esta vez hay sonrisas en nuestras caras.

—Habrá que verlo. Por hoy podéis marcharos. —Comenzamos a recoger antes de irnos a las duchas, pero la voz del míster me detiene a medio camino—. Tú no, capitán, quiero hablar antes contigo.

—Alguien está en problemas... —canturrean los idiotas de mis amigos antes de salir corriendo. Por poco no se ganan una hostia. Ya los pillaré, ya.

Los veo marcharse y no puedo evitar notar las diferencias en ellos. Como si el verano los hubiera metido en una cápsula del tiempo.

Siempre hemos sido muy parecidos los tres, pero ahora que los miro noto que Archer nos ha sacado una cabeza a Louis y a mí. O que el pelo negro de Louis ha crecido bastante estas vacaciones y que, al parecer, ha decidido no cortar. Lo lleva atado en una coleta, pero estoy seguro de que le llega por los hombros. Pueden parecer nimiedades, pero son el reflejo de que el tiempo pasa. Y no puedo evitar pensar en el futuro, lo que hace que unos sudores fríos me recorran entero. El miedo sigue ahí, agazapado esperando el momento oportuno para hacer su entrada, como siempre. Lo último que veo es cómo Louis se sube a la espalda de Archer y le roba un beso cuando lo mira sorprendido, para después retarle a una carrera.

Lo dicho, a veces son peores que unos niños.

Dejo esa imagen atrás y me encamino hacia el centro del campo donde me espera el entrenador.

Tiene uno de los balones en la mano y trata de hacer girar la forma ovalada sin que esta se caiga. Lo hace divinamente, debo añadir. Yo lo he intentado y, aunque practique, no logro sujetarla y hacerla girar más que unos segundos antes de que se escape entre mis dedos.

—¿Quería verme, señor?

—¿Cómo lo llevas, chico? —me pregunta sin rodeos mirándome serio. Pero en su mirada también veo cierto calor y preocupación, como la que tendría un padre.

—Bien, señor, el primer día de clase ha sido —trato de buscar la palabra adecuada y no cagarla, es entonces cuando su silueta se cuela en mi mente y no puedo evitar sonreír— diferente, refrescante.

—Ya veo —me responde pensativo, pero al cabo de unos segundos una pequeña sonrisa también se cuela en sus facciones—. Procura que esa «frescura» te dure, ¿entendido? Hoy has sido de los mejores en el campo y te quiero así siempre, *quarterback*.

—¡Entendido, señor! Daré lo mejor.

—No espero menos, sé que aún es pronto, pero ya sabes cómo va esto. Que no te extrañe si en algún partido se deja caer algún ojeador. —Se rasca la cabeza algo pensativo—. Cada vez se interesan antes por vosotros. Seguro que las universidades acaban rifándote. Tú sigue como hasta ahora, ¿de acuerdo?

Asiento porque no sé si estoy seguro de que mi voz vaya a salir si intento responder con palabras. El hormigueo y el frío vuelven a aparecer y, aunque son tolerables, odio sentirme así.

—Bien, ahora vete a la ducha, apestas.

Cuando entro en el vestuario, veo que la mayoría ya ha acabado, pero el ambiente relajado y festivo que hay siempre se palpa enseguida.

—Aquí llega nuestro Capi, ¡y vivito y coleando! —se mofa Louis, que se cuelga de mi cuello tratando de hacer una llave para derribarme, pero se le da de pena y me lo quito de encima enseguida.

—Pues sí que parece que sigues vivo —le sigue Archer, cómo no. Los demás no tardan en sumarse a las risas y la broma.

—Qué graciosos, de verdad, me descojono con vosotros —me burlo mientras busco mis cosas en la maleta y me dirijo hacia la ducha. Ahora mismo es lo que más necesito.

—Vamos, Capi, no te enfades. Ya sabes que te queremos. —Louis no va a dejarme en paz, lo sé. Y cuando se asoma a las duchas me tengo que armar de paciencia para no lanzarle el jabón a la cara.

—Mucho —grita el resto, aunque sin ningún tipo de coordinación y les sale de pena. Sin embargo, les doy un punto por el intento.

—Pues quiéreme desde la distancia, ¿podrás hacerlo?

—¿Desde cuándo eres tan pudoroso? Ni que tuvieras nada que no hayamos visto ya.

—Una hostia, eso es lo que tengo para ti como no me dejes ducharme tranquilo, Louis.

—Venga, niñas, haya paz. —El que faltaba. Archer se suma a la conversación y de verdad que me está sobrando gente ahora mismo.

—¡Cállate, Archer! —acabamos gritando ambos a la vez.

—Lo he intentado. —Se marcha resignado no sin antes tirar de Louis para que le siga—. Anda, dejemos al Capi sus minutos de gloria.

—Mira que sois idiotas cuando queréis.

Pero aprecio que me dejen esos minutos para mí.

En realidad, tanto me da tenerlos revoloteando a mi alrededor mientras me ducho o me cambio. Somos una familia. Y Louis tiene razón, no es que hayamos visto algo nuevo desde que formamos parte del equipo, y las duchas son lo que son al fin y al cabo.

Pero a veces necesito unos minutos para mí, para no pensar, simplemente... desconectar.

Y ellos lo saben. Por eso los quiero, aunque ni de coña lo diré en alto.

Después de la ducha y de despedirme del resto, voy a buscar a Jack. Él hace natación y este año tenemos los entrenos solapados, así que podemos organizarnos mucho mejor. Seguro que mamá ha recogido a Emm y ya están en casa. De algo tiene que servir que sea su profesora.

—¿Por qué has tardado tanto? —me increpa mi hermano cuando llego a su lado. Está apoyado sobre el morro del coche y no deja de mirar su móvil.

—Lo siento, su majestad, ¿tenía otros planes? —le digo de coña, porque es un gran chico, pero muy obsesivo con según qué cosas, como la puntualidad.

—Pues sí, he quedado con los chicos para jugar al LOL. —Me enseña su móvil y solo alcanzo a ver pequeños retazos de palabras en los mensajes antes de que lo quite de delante de mi cara—. Y llego tarde.

—Una pena. —Abro el coche con bastante lentitud, no voy a mentir y decir que lo hago sin querer. Que se joda—. Si tanta prisa tenías, haber cogido el bus.

—Sabes que hubiera tardado más. Da toda la vuelta al pueblo y nuestra casa sería de las últimas. ¿Vas a tardar mucho? ¿Qué narices buscas ahora en la bolsa? Ni que fueras Mary Poppins.

Saco mis gafas de sol y me las coloco. Con calma, claro. Y me tomo mi tiempo para subir, aunque sé que estoy jugando con fuego y que Jack está a nada de saltar.

—Como no te apures. te juro que... —Pero sea lo que sea lo que estaba a punto de decirme, muere en su boca en cuanto algo a mi espalda llama su atención. Y la cara de amargado desaparece para dejar paso a su versión de intento de seductor. Digo «intento» porque le sale de pena—. Mira, las vecinas, ¡eh, vecinas!

Me giro con la misma parsimonia que antes, pero en este caso tratando de controlar las ganas de verla.

¿Qué coño me pasa? Ni que fuera la primera tía que me cruzo en la vida, joder.

—Hola —saluda Cosima, que es la primera en llegar hasta nosotros.

Su hermana no tarda mucho en hacerlo y por su cara diría que no tenía muchas ganas. Genial, puede que el retrasarme no haya sido tan mala idea.

—¿Qué tal, Bailarina?

—Bien, al menos lo estaba hasta hace unos segundos.

—Ay, eso duele, ¿sabes? —Me toco el pecho como si una flecha me hubiera atravesado en dos.

—Mira que eres tonto. —Su tono es serio, como si fuera más mayor de lo que es. Pero, aunque lo intente, no logra esconder esa media sonrisa que aparece en su cara, al menos no lo suficientemente rápido como para que no la vea.

Sin embargo, sí que oigo una risa, flojita y llega desde abajo.

Cuando la busco con la mirada me encuentro con una niña que no debe ser mucho más mayor que Emma. Es rubia, tiene el pelo atado en dos coletas pequeñas de Elsa de *Frozen*, y se aferra a las piernas de Kira como si fueran su salvavidas. Aunque me mira aún con esa sonrisa, y es idéntica a la de la Bailarina. Si no fuera por el color del pelo, sería como estar viendo a una miniversión de ella.

—Esta es June, la benjamina de la familia. —Le acaricia la espalda y la anima a soltarse para saludar. Le cuesta al principio, pero hace caso a su hermana y se presenta ella misma.

—Encantado, pequeña. —Me agacho hasta su altura y le tiendo la mano.

Creo que agradece el gesto porque me la aprieta fuerte. Al menos lo más fuerte que puede hacerlo alguien de su edad.

—¡Halaaa! ¡Qué casco tan chulo! —exclama de la nada mirando mi brazo, se me había olvidado que aún no lo había guardado en el coche—. ¿Es tuyo?

—June, no molestes —la riñe su hermana.

—Tranquila —le digo a Kira para quitarle importancia—, no es ninguna molestia. ¿Quieres probártelo?

Sus ojos se abren de golpe y creo que me la acabo de ganar.

—¿Puedo? —les pregunta a sus hermanas. Ellas simplemente se miran y sonríen para después asentir a la pequeña.

—Toma, aquí, con cuidado. —Se lo coloco como puedo, pero es evidente que le va inmenso. Sin embargo, está feliz. A Emma también le encanta robármelo cuando puede—. Eso es. Mírate, toda una deportista.

June se lo enseña a los demás y ellos aplauden.

—Gracias —susurra Kira mientras mira a su hermana. Se ha acercado hasta donde estaba y, aunque casi lo ha susurrado, la he entendido perfectamente.

—Vaya, Bailarina, creo que me apetece grabar esto, ¿puedes repetirlo?

—No te pases. —Mira a June y luego a mí antes de añadir sonriendo con cierta malicia—, Quarterback.

—¿Así que ya tienes un mote para mí? —Me cruzo de brazos y la miro sin evitar meterme con ella, me sale solo—. No ha sido muy original, ¿sabes?

Imita mi posición, además de elevar las cejas antes de responderme.

—¿Y el tuyo sí?

Tocado y hundido.

—*Touché*.

Nos quedamos mirándonos un ratito hasta que el sonido de un claxon nos devuelve a la realidad.

—¡Papi! —exclama June con tanta emoción que casi tira el casco.

—¡June, ten cuidado! —Kira lo coge al vuelo y Cosi, después de una rápida despedida, sigue a su hermana pequeña hasta el coche—. Toma, y perdona, se emociona muy rápido y suele olvidarse de las cosas.

—Tranquila.

Cojo el casco de sus manos y las puntas de nuestros dedos se rozan apenas unos segundos, pero es suficiente para volver a sentir esa corriente por todo el cuerpo. Creo que ella también lo nota, porque se aparta rápido.

—Bueno, esto… me voy ya. Nos vemos.

—Claro, hasta mañana, Bailarina.

—Adiós, Kira —se despide también Jack y ambos la vemos alejarse.

Subimos al coche y no tardo mucho en ponerme en marcha. Pero es demasiado pedir que Jack aguante más tiempo en silencio.

—Buenooooo —odio *ese tono,* de verdad—, así que la vecina…

Le corto de raíz porque, como le dé cancha, me come.

—Ni se te ocurra terminar esa frase.

—¿Ya estamos en la fase de negación?

—¿Qué te has fumado ahora, a ver? ¿Qué fase ni qué fase?

—Muy bien, muy bien. Lo dejaré pasar —le miro de reojo y su sonrisa me da más miedo que las serpientes. Y eso está en mi top de fobias, así que ya es decir—… por ahora.

Capítulo 9

-KIRA-

Lacuna: (n.) un espacio en blanco, algo que falta.

—¡Niñas! ¿Podéis bajar un segundo? —oigo como papá nos llama desde el salón.

Dejo el calendario y el cuaderno donde había comenzado a apuntar todo lo que nos habían dicho hoy en clase. Además de empezar a organizarme el curso.

Mejor prevenir que curar. Luego soy un desastre y seguro acabaré agobiada en algún punto, pero así al menos no me siento tan mal.

Cuando salgo de la habitación, veo que Cosi ya está en pijama y sale casi al mismo tiempo que yo.

—¿Una carrera? —me reta. Y yo me río porque ya puede prepararse para perder.

—Claro. —Me coloco a su lado y le despeino un poco el pelo, cosa que odia muchísimo—. ¿Qué nos apostamos, hermanita?

—Mmmm. —Por un momento se queda algo pensativa, pero en cuanto da con algo bueno chasquea los dedos y me mira feliz—. La que pierda tendrá que hacer la colada de ambas durante un mes.

—Dos semanas —trato de negociar, no es que crea que vaya a perder, pero ya me da bastante pereza hacer la mía sin tener que contar la suya. Con la cantidad de ropa que usa en siete días.

—¿Temes perder? —Parece que me leyera la mente.

—Ni hablar, pero un mes me parece demasiado, ¿no crees?

Asiente y cerramos el trato con un apretón de manos.

—Si no bajáis le va a tocar elegir la cena a June, no pienso repetirlo —vuelve a gritar papá. Esta vez no nos hacemos de rogar más.

Contamos hasta tres y salimos pitando.

Las escaleras son lo suficientemente anchas para que ambas corramos sin necesidad de empujar ni nada, aunque eso es más en la teoría. En la práctica no puede faltar el juego sucio.

Pego un salto entre dos escalones mientras esquivo un codazo que podría haberme hecho mucho daño. La verdad es que somos un poco brutas.

En cuanto nos acercamos a la meta y papá nos ve, solo niega con la cabeza y lanza las manos al aire como si tratara de pedir por algún milagro. ¿Unas hijas normales quizás?

Pero es listo y nos conoce, por lo que se quita de en medio.

Y entonces, después de un empujón, una zancadilla que menos mal no tiene éxito y un grito de guerra a lo *Braveheart*, nos lanzamos hacia delante.

Acabamos rodando por el suelo, pero juraría que he llegado antes. Más me vale, porque la hostia que nos hemos pegado no me la quita nadie.

—¿Quién ha llegado primero? —le preguntamos como locas a papá, que nos mira desde arriba con cara de circunstancia. Supongo que tratando de decidir si se ríe en nuestra cara o se comporta como un padre normal y nos riñe.

Pero antes de que pueda decir nada, una voz responde por él desde nuestra espalda.

—Kira ha llegado antes por poco —comenta sonriente June, que está sentada en el suelo como los indios, con Zeus a su lado.

—Tienes que estar de broma —le suelta Cosi entre jadeos—. Papá, ¿es verdad?

—Lo siento, cariño, pero tu hermana te ha ganado por unos centímetros.

—¡Síííí! —Hago mi baile de la victoria mientras me gano una mirada asesina por parte de mi hermana—. Se siente, Cosi, pero te toca hacerme la colada durante dos semanas.

—¿A eso viene tanto alboroto? —pregunta papá, y esta vez sí que no trata de ocultar la risa que se le escapa.

—Lo siento —decimos ambas, pero en el fondo estamos sonriendo también.

—Menudos desastres estáis hechas. —Nos abraza. y June se une también al cabo de unos segundos—. Anda, diablillas, vamos a la cocina y hacemos el sorteo.

Los cuatro nos colocamos en la isla de la cocina y nos sentamos uno enfrente de los otros.

Lo del sorteo es una de nuestras muchas tradiciones. Solíamos hacerlo con mamá y nos aferramos a ellas desde que no está, es una forma de tenerla cerca.

Papá ya tiene preparados los papeles con nuestros nombres y los mete en una pequeña bolsa antes de acercársela a June.

—Por el lío de antes, esta vez será vuestra hermana quien saque el papel.

—Eso no es justo —murmura Cosi a mi derecha. Tiene apoyada la mandíbula en su mano y el codo sobre la encimera. Aún sigue cabreada, pero me da igual; al fin y al cabo, ha sido idea suya. Además, amo ganarla.

—¿Has dicho algo?

—*Nop,* nada. —Se pone firme cual militar en cuanto papá la interroga.

—Eso me parecía.

June se ríe bajito mientras mete su manita en la bolsa.

Por favor, que me toque a mí, que me toque a mí.

—¡Este! —Saca un pequeño papel algo arrugado y lo lee en voz alta. Mientras le echa un primer vistazo, la emoción se marcha de su rostro y en esos segundos adivino que no le ha tocado a ella—. Kira —dice con un deje de voz.

—¡Toma! —Parece que al final el día no va a acabar tan mal.

—Pues yo me piro de nuevo a mi habitación —suelta Cosi.

—¿Puedo ir a jugar con Zeus, papi?

—Sí, cariño. Pero, en cuanto esté la cena, vienes a ayudarnos a poner la mesa, ¿vale?

—Síííí —Dicho eso, sale corriendo a su habitación, dando pequeños saltitos y con el perro pisándole los talones.

—Y bien, Hadita, ¿qué cenamos? —me pregunta mi padre con una sonrisa en la cara.

—Pizza.

Una vez decidido el menú, comenzamos a prepararlo todo. Son las siete, así que tenemos tiempo de hacerlo todo. En esto consiste nuestra pequeña tradición. Cada noche, una de nosotras elige la cena con lo que tenemos por casa. Y después ayudamos a papá a cocinar.

No es que sea una gran chef, pero como ya he dicho amo comer, así que me pongo a las órdenes de mi padre y nos dedicamos primero a hacer la masa para, mientras que la dejamos reposar, seguir con el resto de los ingredientes.

No puedo contenerme y en algún punto acabamos algo blancos por culpa de nuestra pequeña guerra con la harina.

De fondo suena *Over the hills and far away*, de Led Zeppelin, uno de sus grupos favoritos, por lo que ambos cantamos a pleno pulmón mientras cocinamos.

Terminamos con todo sobre las ocho y media y llamamos a las chicas para que pongan la mesa.

Después de dar gracias por los alimentos y nuestro día, empezamos a cenar mientras Isla se conecta al Skype.

Tratamos de vernos la mayoría de las noches, aunque sea un ratito. La diferencia horaria lo dificulta un poco, pero al menos la saludamos antes de que siga con sus cosas o nosotros nos vayamos a dormir. Y siempre intentamos conectarnos, aunque sea una vez al día. Aprovechamos los fines de semana para hablar más rato.

Tenerla lejos es duro, peros saber que está cumpliendo su sueño ayuda a que la espera por volver a abrazarnos se haga un poco menos pesada.

—¡Hola, familia! —Su voz risueña llega algo entrecortada. Papá ha solucionado el problema del wifi esta mañana, así que Cosi no tiene otro motivo por el cual estar enfadada—. ¿Eso que veo es *pizza*? Jo, qué envidia. Yo hoy tengo pasta precocinada.

Isla es la que tiene el pelo rubio mucho más claro. Está en su piso de estudiantes y ya lleva puesto el pijama. Supongo que ya no tiene que salir ni nada, es como yo. En cuanto puede, si está en casa y no tiene nada que hacer, se cobija en su pijama, sea la hora que sea. Yo lo encuentro la mar de liberador.

—Deberías llevarte algunas cosas cuando vengas de visita, cariño. No me gusta demasiado eso de que vayas con prisas y apenas tengas tiempo de cocinar —comenta papá algo preocupado.

—No te preocupes, voy tirando. Además, no siempre como comida recalentada.

No puedo evitar toser sin demasiado disimulo, porque eso es bastante mentira. Es casi más desastre que yo y no se olvida de su cabeza porque la lleva pegada al cuerpo.

—¿Tienes algo que decir, hermanita? —pregunta con retintín a lo que yo pongo la mejor de las sonrisas.

—En absoluto.

—Ya me parecía.

Cenamos en silencio disfrutando de la compañía. Hasta que papá no puede más y rompe el silencio.

—Bueno —empieza aclarándose la garganta y miedo me da lo que vaya a decir, conociéndole nunca se sabe con lo que puede salir—, ¿qué tal ha ido el primer día de clase?

Nos miramos entre nosotras, tratando de decidir quién de las tres, cualquiera, contesta. Mucho se ha contenido si no ha hecho la pregunta hasta ahora.

Pensé que lo haría cuando estábamos en el coche después de las clases, pero se limitó a hablar sobre su día y a cantar canciones que sonaban en la radio.

—¡A mí me ha gustado mucho! —salta June con tanta emoción que tiene que luchar para que la comida que tenía en la boca no salga volando por todas partes. Mientras traga, Cosi y yo suspiramos de alivio lo más disimuladamente que podemos.

—¿De veras, pequeña? ¿Y qué has hecho?

Aprovecho que June se pone a pensar para girar la pantalla de la *tablet* y que Isla pueda seguir mejor la conversación.

—Pues han sido todos muy amables, nuestra profe de inglés nos ha enseñado una canción para presentarnos y me he aprendido el nombre de casi toda mi clase —comenta orgullosa.

A veces no puedo evitar desear volver a esos años donde todo era más fácil, y mis inquietudes más profundas eran si por la mañana quería desayunar galletas con chocolate o esas otras que tenían figuras de dinosaurios. Dios, cómo me gustaban.

—¡Kira! —Cuando vuelvo en mí, veo que June me hace señas para que le haga caso, está en la etapa de querer llamar la atención del mayor número de personas cuando cuenta algo—. ¿Me has oído?

Por un momento me planteo mentirle, pero conociéndola me pillaría enseguida, así que opto por ser sincera, para que luego digan.

—Perdona, ratoncita. ¿Me lo puedes repetir?

Cosi trata de disimular su risa sin mucho éxito. Como si solo ella fuera consciente de un gran chiste. Miedo me da.

Papá e Isla parecen igual de perdidos que yo; sin embargo, están bastante intrigados por cómo puede acabar esta conversación.

—¡Tengo una nueva mejor amiga! —exclama June exaltada.

—Ah, ¿sí?

—*Sip* —afirma con la cabeza para dar mayor énfasis a sus palabras, y está clarísimo que esta novedad la hace muy feliz—. Se llama Emma, nos sentamos juntas y es muy divertida. Le gustan las pelis de Disney, como a mí. Y su princesa favorita es Elsa. La mía es Anna, ¿verdad que es el destino? —Esta vez nos mira a todos antes de añadir—: ¿Y sabéis qué es lo mejor?

Ah, que hay algo mejor. La verdad es que gusto tienen, aunque a Mulán no la gana nadie, es sin duda la mejor de las princesas.

—Ilumínanos, Enana —la anima Cosi y, si su risa antes me dio mala espina, la mirada que me dirige después termina de rematarme. ¿Qué narices sabe ella que yo no? Por momentos así odio mi capacidad para dispersarme de las conversaciones.

Sus ojos gritan «vas a flipar» además de un claro «no sabes lo bien que me lo estoy pasando a tu costa».

En fin, hermanas. Qué se le va a hacer. Toca aguantarlas en las buenas y en las malas, como en un matrimonio. Es su forma de vengarse por la carrera de antes, seguro.

—¡Es nuestra vecina! —concluye June y, por segunda vez en la noche, casi me ahogo con mi bebida. Tendrían que darme un premio al control, porque aún no sé cómo he logrado evitar en ambas ocasiones que mi padre y mi hermana pequeña acaben rociados con ella.

—Tienes que estar de coña —pienso mientras trato de controlar la tos.

—Kira Young Rivera, ese lenguaje —me riñe mi padre casi a la vez que Isla.

Mierda. Puede que dijera eso en voz alta.

Cosi no aguanta más y estalla en carcajadas, ganándose también una reprimenda. Hoy estamos que lo bordamos.

—Perdón, perdón —se disculpa entre lágrimas por la risa. Mientras, yo llevo un rato pensando en lo jodido que es el karma y en qué habré hecho en otra vida para tener esta suerte—. Veréis, Kira ha dicho eso porque no se esperaba esta sorpresa, en realidad está muy feliz por la coincidencia.

—¿Lo estoy? —le pregunto tratando de decirle sin palabras que piense bien lo que la muy tonta está a punto de decir.

—¡Claro! Ella también se ha hecho amiga de uno de los vecinos, ¿verdad, hermanita?

La mato, yo hoy la mato.

Lo dicho, se está vengando por la paliza de antes. Fijo que está disfrutando, pero bien.

—Pues sí que es coincidencia —comenta papá—, así que ya conocéis a los hijos de Freida y Hannah.

—Perdonad, pero... —en ese momento Isla se une a la conversación. Hasta ahora nos estaba mirando como si estuviera en un partido de tenis, pendiente de cada detalle— ¿qué vecinos?

—La familia que vive al lado tiene dos hijos y una hija de las edades de tus hermanas —le explica papá y juraría que hay cierto brillo de diversión en su mirada.

¿Cómo es que sabe él eso?

—Anda, pues sí que es interesante.

—No lo es, no es interesante en absoluto —la corrijo enseguida porque solo me faltaría tener a mi hermana mayor con la bromita. Aguantar a una ya es suficiente.

Intento cambiar de tema o al menos llevar la conversación a otro sitio.

—¿Y tú cómo es que los conoces, papi?

—A los chicos no los he visto, solo en fotos. Pero Freida vino esta mañana a saludar y presentarse, y nos pusimos a hablar antes de que se marchara a trabajar. Es una mujer encantadora y creo June, cariño, que conoces a su esposa.

—Ah, ¿sí? —pregunta curiosa.

—Según me comentó, es tu tutora.

—¡La señora Jones!

—Esa misma —le responde con una sonrisa.

Esto ya sí que es demasiado. ¿Es que no hay más clases en el dichoso instituto que hemos acabado las tres cada una con uno de los vecinos?

Maravilloso todo.

La broma sigue un poco más. Isla se interesa por los vecinos, a lo que Cosi está encantada de dar detalles. Parece que a ella también le ha tocado un Jones bueno. El idiota para mí por lo que veo. Todo perfecto.

Después de cenar, nos despedimos y Cosi y June recogen la mesa. Yo aprovecho y, después de darles un beso de buenas noches a todos, subo a la habitación.

Zarpas me da la bienvenida a su manera. Ya ha comido y está tumbada en la cama. Simplemente me mira, lanza un pequeño ronroneo y vuelve a su mundo.

Me aseo rápido y me pongo el pijama. Solo quiero que este día acabe cuanto antes, así que decido que aprovecharé para leer unos cuantos capítulos más del libro que tengo entre manos antes de dormir.

Pero, cuando estoy colocada ya en la cama, oigo unos ruidos raros desde fuera de la ventana. La tengo abierta para que corra algo de aire, ya que aún estamos dejando atrás el verano, porque las noches siguen siendo algo calurosas.

Me asomo para ver qué narices son esos ruidos y ahí está él.

Apoyado en su alféizar, como la otra vez, y me mira sonriente.

—No sabía si ibas a asomarte.

—¿Eras tú el de los ruidos raros? —le pregunto. No sé por qué narices le doy conversación, pero no puedo evitarlo.

—¿Ruidos raros? Solo estaba silbando para ver si salías, aquí todos duermen, así que tampoco podía llamarte y arriesgarme a despertarlos.

—¿Y se supone que eso era un silbido? —No puedo evitar meterme con él.

—Te lo he puesto en bandeja, ¿verdad?

—Un poco sí, no te voy a engañar —Se ríe y el sonido se cuela en la habitación a pesar de la distancia. Como si la brisa nocturna la trajera hasta mí—. ¿Qué querías?

—¿No puedo simplemente querer darle las buenas noches a mi vecina?

—Primero, no me conoces; segundo, eso ha sonado algo mal; y tercero —pienso alguna otra razón para demostrar que esta conversación no tiene ningún sentido. Por Dios, que estamos hablando de ventana a ventana—, no me conoces.

Sí, lo sé, me he repetido a mí misma. Ahí no he sido muy rápida que digamos.

—Te has repetido —contesta, y sabía que iba a hacerlo—, y, para que conste, sí que te conozco o, al menos, ya no somos dos extraños. Vamos juntos a clase, vivimos al lado y tu ventana da a la mía. Además —baja un poco el tono de voz y juraría que se vuelve algo más ronco—, si suena mal es porque en tu cabeza lo has imaginado de otra manera. Yo simplemente quería darte las buenas noches.

—Eres idiota, Quarterback.

—Me lo dicen mucho, Bailarina. —Y ahí está esa maldita sonrisa de nuevo—. Por cierto, ¿sabías que nuestras hermanas se han convertido en mejores amigas?

—Aaajjj —bufo enfadada porque esto era lo que me faltaba. Él simplemente vuelve a soltar una carcajada ante mi reacción y no puedo evitar cabrearme aún más—. ¿Tú también?

—Nos lo ha contado con pelos y señales en la cena.

—Pues sí que van a ser mejores amigas, sí —añado, porque vaya dos.

—Anda, descansa, que parece que lo necesitas. —Comienza a enderezarse y entonces, con lo poco que la luz de la lámpara le ilumina, me doy cuenta de que va sin camiseta otra vez. Contrólate, Kira, y controla tus pensamientos—. Lo has hecho bien hoy.

—Gracias —le agradezco sorprendida ante el cumplido—, supongo.

—A ver cómo se te da el resto de la semana.

Y ahí está. Era demasiado bonito para ser verdad.

—Que te den.

—Cuando quieras, Bailarina —concuerda socarrón y ojalá tuviera algo para tirarle a la cabeza. Aunque con mi suerte acabaría dando en cualquier otra ventana y despertando al resto de la familia.

—Imbécil —le suelto.

—Que descanses.

—Que tengas muchas pesadillas. —Sé que respondo como una niña, pero es lo que saca de mí.

—Qué madura. Hasta mañana.

Y, dicho eso, después de un saludo con la mano, se adentra en la habitación y desaparece de mi campo de visión.

Trato de no darle muchas vueltas al hormigueo que me recorre por dentro y la sensación cálida que se va colocando en mi pecho. Hacía tiempo que, en el fondo, no me divertía así.

Es idiota, pero puede, y solo puede, que no sea tan malo tener que tolerarle.

Capítulo 10

-MATTHEW-

Pygal gia: (n.) un dolor en el culo, literalmente.

Han pasado dos semanas desde que comenzamos las clases y yo ya quiero que acaben.

Estamos en Álgebra y lo que el profesor cuenta me sigue sonando a chino. Además, para aumentar mi cabreo, hoy nos han dado las notas del examen de nivel que hicimos. Vale que no cuenten como tal, pero ver que tengo un nivel tan bajo como me imaginaba, hace que me derrumbe un poco. Que las noticias malas, aunque las esperes, no dejan de doler menos.

Si no mantengo una buena media, se acabó el fútbol. Además, para las universidades es muy importante tener buenos resultados en clase. Joder, tendré que ponerme las pilas si no quiero tener problemas. Si tan solo entendiera algo de lo que está escrito en la maldita pizarra.

De reojo veo cómo Kira apunta y apunta números y letras en su cuaderno.

Está tan concentrada que tengo que controlarme para evitar picarla. Ver cómo se sonroja y se forman esos pequeños surcos en su cara cuando arruga su pequeña nariz y se le achinan sus ojos es demasiado tentador.

Un pequeño papel cae frente a mí y me saca de mis pensamientos. Miro despreocupado hacia mi derecha y veo que Louis me hace señas para que la lea.

¿TE ESTÁS ENTERANDO DE ALGO?

Leo su pregunta y no puedo evitar reírme. El problema es que eso capta la atención del señor Brown, o el Grinch, como lo llamamos. Porque cuando se enfada solo le falta volverse todo verde para parecerse al duende.

—¿Le parece graciosa mi clase, señor Jones? —me pregunta.

Y juraría que le sale humo de las orejas.

—Para nada, señor, está siendo muy educativa. —Louis trata de disimular la risa, y lo hace mejor que yo, aunque eso no evita que le escuche.

—Más le vale, porque en vista de los resultados tanto usted como su amigo —su atención se centra ahora en ambos—, señor Callagh no hace falta que se esconda, le veo y escucho perfectamente, aunque crean que no, será mejor que presenten atención si quieren aprobar mi asignatura.

Y como si nada hubiera pasado vuelve a su charla anterior. Genial, ahora nos tendrá fichados.

ERES TONTO. PERO NO, ES COMO SI ESTUVIERA ESCRIBIENDO UN CÓDIGO DE ESOS DE LA CIA.

Le escribo de vuelta antes de lanzarle la nota. La lee y niega con la cabeza antes de responderme.

¿Y CÓMO SABES TÚ CÓMO SON LOS CÓDIGOS DE LA CIA, GENIO?

NI IDEA, PERO SUPONGO QUE SERÁ ALGO ININTELIGIBLE COMO ESTO.

PUES TU VECINITA PARECE QUE LO ESTÁ ENTENDIENDO LA MAR DE BIEN. ¿DESDE CUÁNDO SE ESCRIBE TANTO EN ESTA CLASE? QUE ESTAMOS EN MATES, NO EN LENGUA.

Me río lo más bajo que puedo y, para amortiguar el sonido, me tapo la boca. Aunque lo consigo, lo hago por los pelos.

—Deberías centrarte, idiota. Así no vas a aprobar nunca —murmura bajito la reina de Roma, y juraría que ha puesto los ojos en blanco.

—Ah, ¿sí? —Me coloco un poco más cerca y me agacho para que el Grinch no nos pille. Al principio se tensa, pero no se aparta. Solo niega con la cabeza, como si fuera un caso perdido—. No es mi culpa que no entienda nada.

—¿Lo has intentado siquiera? —Deja de escribir por un momento y me mira fijamente.

Nuestras caras están cerca, lo bastante al menos para que vea cómo las chispas se dibujan en sus ojos azules como el mar. La combinación de colores es fascinante. Parecen estrellas en el firmamento.

Carraspeo para tratar de borrar los pensamientos que se pasan por mi cabeza, como lo bien que huele, a melocotones, y centro mi atención en su cuaderno. Pero sin separarme. Ella tampoco se mueve y me pregunto qué estará pensando.

—Lo intento, aunque no lo creas —bufo y me despeino un poco el pelo para calmar la frustración—, pero no hay manera. Los números y yo no nos llevamos bien.

Cuando me mira parece como si tratara de leerme, como si buscara algo más.

—No es tan complicado una vez que logras pillarle el truco. —Vuelve su atención a la pizarra, pero no puede ocultar la media sonrisa que se dibuja en su cara.

—No todos tenemos la suerte de ser pequeños genios como tú.

—Eso es verdad. —Me guiña un ojo antes de volver a la lección. Está claro que es lo último que lograré sacarle. Estos días se ha creado esa pequeña rutina y ya sé leer las señales que manda. Como ahora, cuando ha dado por zanjada la conversación sin decirlo siquiera. No es tan difícil leerla cuando le pillas el truco, como bien dice—. Y ahora céntrate, o déjame hacerlo a mí al menos.

—Como desees, Bailarina.

Es ella ahora quien ríe, pero, como pasa cuando susurra, lo hace tan flojo que parece efímero, casi irreal. Como un hada del bosque. Y me gusta pensar que, dentro de nuestra pequeña burbuja, en los últimos asientos de la clase, solo puedo oírla yo.

¿Desde cuándo me he vuelto tan ñoño?

Otro papel cae sin problema sobre mi pupitre y hace que olvide esa línea de pensamiento.

¿ESTÁS LIGANDO CON TU VECINA?

Lo fulmino con la mirada. Lo dicho, es tonto.

NOP, SOLO HABLÁBAMOS. ¿POR QUÉ? ¿TE INTERESA?

Sé lo que va a responder, admito que no he sido rápido ni ingenioso en la contestación, pero ha sido lo primero que se me ha ocurrido.

SABES QUE NO ES MI TIPO, PERO SÍ EL TUYO

QUÉ SABRÁS TÚ. ADEMÁS, ¿A QUÉ VIENE ESA PREGUNTA?

CURIOSIDAD. Y SÍ, LO SÉ, TE CONOZCO BIEN. SOBRE TODO, ESA MIRADA QUE ME HAS LANZADO CUANDO TE LO HE PREGUNTADO

QUÉ MIRADA NI QUÉ MIRADA, VES COSAS DONDE NO LAS HAY. HÁZTELO VER. NO ES SANO SER TAN COTILLA

DI LO QUE QUIERAS, PERO TE APUESTO A QUE ACABÁIS JUNTOS O AL MENOS OS LIAIS ANTES DE QUE ACABE EL CURSO. A NO SER QUE...

El muy cabrón lo ha dejado a medias a propósito.

A NO SER ¿QUÉ?

PENSÉ QUE NO TE INTERESABA

Yo lo mato.

¿VAS A DECÍRMELO O SEGUIRÁS COMPORTÁNDOTE COMO UN CRÍO?

UN CRÍO QUE SE LO ESTÁ PASANDO EN GRANDE A TU COSTA

NO PIENSO RESPONDERTE MÁS

TRANQUI, FIERA. DECÍA QUE ESO PODRÍA PASAR A NO SER QUE... NO SEAS *SU* TIPO

Dejamos las notas porque el Grinch ha decidido que es buena idea seguir explicando mientras se pasea por la clase. Y menos mal, porque lo que me faltaba ya es que nos pillara y las leyera en voz alta.

Sin poder evitarlo abro mi cuaderno y comienzo a trazar los inicios de un posible boceto. Me sale solo, como cuando quiero evadirme de la realidad o tengo que pensar.

¿Su tipo?

Esa última línea no deja de repetirse en mi mente. La miro de reojo y su perfil es tan atrayente que mis dedos se mueven solos, el lápiz quema bajo mis yemas y, casi sin darme cuenta, la he dibujado a ella.

La campana suena y da por finalizada la clase. Cierro el cuaderno rápido antes de que pueda verlo alguien. Y borro esos pensamientos.

Que más me dará qué prototipo pueda tener. Está buena, habría que ser ciego para no verlo. Su belleza es de esas que son únicas. Sus rasgos la hacen parecer calmada, tranquila. Pero yo he podido descubrir retazos de un alma con carácter, fuerte. Aunque a veces, cuando cree que nadie la mira, cierta oscuridad aparece en su mirada para empañarla. No dura mucho, pero sé que está ahí. Me pregunto por qué será.

Pero de ahí a que pase algo entre nosotros... *nah,* bastante con que haya conseguido que me tolere cerca. Me divierto haciéndola enfadar, pero ya está. Louis es imbécil y como adivino le preveo poco éxito.

Las siguientes clases pasan bastante más rápidas de lo que me esperaba.

La señorita Clare ya nos ha dado la premisa del trabajo para este semestre. Es por parejas como nos avisó, y consiste en una primera parte donde tenemos que plasmar en un papel la primera impresión que tenemos de nuestro compañero. Después debemos preparar una serie de preguntas para refutar o cambiar esa primera impresión y grabarnos mientras entrevistamos al otro para, al final, añadir una conclusión personal.

Así que nos deja la primera media hora de sus clases para preparar ese primer borrador.

Sé que Kira ha comenzado a escribir, aunque no me deja ver nada. Ha puesto incluso un libro abierto entre nosotros durante ese minuto para que no pueda leerlo. Es bastante gracioso porque es la única que lo hace, pero, como ella misma dijo, se toma muy en serio los deberes, y saber lo que opina el otro antes de la entrevista sería hacer trampa.

A pesar de que podría mirar por encima del libro sin problema, consigo aguantar la curiosidad. Mi hoja, en cambio, sigue en blanco. No he logrado escribir nada con sentido en estas últimas clases.

¿Quién es Kira Young? ¿Quién es en realidad? ¿Qué escondes, Bailarina?

Es lo único que logro garabatear.

Espero que me salga algo antes de que tengamos que hacer la maldita entrevista.

La cafetería está a rebosar, como cada día. Hoy hay hamburguesas en el menú. Al menos tienen mejor aspecto que la pasta de la semana pasada.

Veo a Louis y Archer hacerme señas desde la mesa en la que Kira y su hermana están sentadas.

No sé cuándo ha pasado, pero de repente nos hemos acoplado. Al principio comenzó como una broma con Jack. Sentarnos con ellas, hacerles compañía, pero luego se sumaron los otros dos y así ha quedado.

—Por fin, tío, ¿cuánto puedes tardar en ir a por una hamburguesa? —me pregunta mi hermano.

—Tenía que encontrar la mejor.

—Es decir, una que pareciera comestible, ¿no? —me pregunta Kira.

—Exacto.

—Esa compenetración da miedo —dice Louis con la boca llena de patatas, al menos es lo que entiendo.

Aunque Kira y yo nos miramos, esta aparta la vista rápidamente y niega con la cabeza.

—No le hagáis caso, en el fondo es un romántico. —Archer trata de arreglarlo, pero no ayuda.

¿Por qué siguen siendo mis amigos? Me lo pregunto mucho, sobre todo en momentos como este.

—Normal, te conquisté a ti —le responde con ese tono tan bromista suyo. Si las miradas desnudasen, estos dos hace rato que estarían haciendo otras cosas. Vaya dos se han juntado, les cuesta tener las manos quietas.

—Y no me oirás quejarme.

—Yo sí puede que me queje —digo, y ambos me miran mal. Les guiño el ojo en respuesta y de paso les robo unas patatas. Tengo demasiada hambre hoy.

—Lo que te pasa es que estás celoso. Tendrías que echarte una novia, tío. Estás demasiado solo.

—Estoy muy bien así, gracias.

—Ya, pero... uno tiene sus necesidades y el cariño de otra persona siempre se agradece —añade Archer para seguir con la bromita.

—Tengo dos manos perfectamente capaces de cubrir mis necesidades.

Cosi se ríe y Jack pone los ojos en blanco. De reojo veo cómo Kira se sonroja a mi lado y no puedo evitar que una pequeña sonrisa se dibuje en mi cara.

Trato de finalizar ahí la conversación, pero veo en sus ojos que van a tomarse la revancha.

—¿Verdad que sí, Kira? ¿A que nuestro Matty necesita una buena chica a su lado?

Supongo que no se esperaba eso, yo me golpeo la frente con la mano porque no puedo creer lo poco sutiles que son, aunque enseguida me centro en Kira y en intentar ayudarla para que deje de toser y no se ahogue en el camino.

Menos mal que el batido ha ido hacia dentro y no hacia fuera. Jack, aunque preocupado, lo agradece frente a ella. Hubiera sido una diana clara.

A su lado, Cosi simplemente mira a su hermana y hace gestos para restarle importancia antes de volver a centrarse en su comida.

—Tranquilos, le pasa mucho —dice.

—Serás tonta —la increpa su hermana lo que la tos le permite.

Cuando veo que vuelve a parecer una persona normal, dejo de darle golpecitos en la espalda.

—Pero ¿a que es verdad?

—¿A que te tragas el batido?

—Está a la defensiva —nos explica—, cuando le pasa eso es porque está nerviosa.

No parece tener demasiado miedo a la reacción de Kira que, por otro lado, ha vuelto a ponerse como un tomate.

—¡Eso es que estás con nosotros! —saltan los otros dos felices mientras aplauden—. Matt necesita una novia.

Lo que ellos necesitan es una hostia. No puedo creer que hayan vuelto al temita. Y por un momento Kira tampoco, porque se los queda mirando sin saber muy bien qué decir. Creo que se había olvidado del motivo por el cual casi muere atragantada.

—Ni idea —suspira antes de añadir—, aunque pobre la que tenga que aguantarlo.

—¡Oye! Qué cruel eres —me giro para verla mejor y comento dolido.

—Si tú lo dices. —Alza las cejas y me mira como si supiera todo de mí—, pero es la verdad.

—Soy un gran partido.

—Eres insoportable.

—Y tú demasiado aburrida.

—¿Qué? Yo soy la diversión personificada si lo quiero, que lo sepas.

—Eso habría que verlo.

—Cuando quieras —me reta.

Y entonces ambos nos damos cuenta de que nos hemos ido moviendo durante la disputa y estamos demasiado cerca otra vez.

El silencio en la mesa se hace demasiado pesado en cuanto nos callamos, y ambos los miramos lentamente.

Todos están sonriendo como si acabáramos de darles la razón. Mierda.

Nos separamos en segundos, como si algo nos quemara, y procuro cambiar de tema cuanto antes.

—¿Vendréis al partido del viernes? —les pregunto a ambas porque será el primero que vean como miembros oficiales de Anchor High. Y porque no hay mucha gente que se los pierda.

—Yo paso, no me van mucho los deportes —aclara Kira como si fuera lo más normal del mundo.

—Vaya, qué mala hermana eres entonces, Bailarina. —Me mira sin entenderme del todo—. No me esperaba esto de ti.

—¿De qué narices estás hablando?

—De Cosi. —En cuanto lo digo, veo cómo la susodicha niega con la cabeza y Jack susurra un «imbécil» en mi dirección. Lo hace flojito, pero puedo oírlo perfectamente.

—¿Qué pasa con mi hermana, Quarterback?

—Pues que está en el equipo de las animadoras —explica Jack, y me alegro de no haber tenido que decirlo yo, supongo que acabo de meter la pata hasta el fondo.

Pensé que lo sabía. La hemos visto en los entrenamientos alguna que otra vez, por eso lo he dicho.

—Sorpresa —anuncia Cosi, aunque no parece muy convencida de cómo puede llegar a reaccionar su hermana.

—¿Estás con las animadoras? —repite sin acabar de creérselo del todo—. ¿Desde cuándo?

No sé qué problema puede haber. La he visto y es muy buena.

—Hice las pruebas por probar, no os dije nada porque pensé que no me cogerían. Y luego... Bueno, no sabía cómo sacar el tema.

—Estás en el equipo... —susurra. Y por un segundo esa oscuridad vuelve a colocarse en su mirada. No sé si alguien más lo nota, pero yo lo veo claro. Y tan rápido como aparece se va. Esta vez es calidez lo que brota de sus ojos—. Más te vale que seas buena.

—Lo soy. —Juraría que he visto a Cosi volver a respirar antes de responder.

—Eso significa que vendrás, no te libras de mí, Bailarina —la pincho, intentando quitar algo de tensión al momento.

—¿Qué? —Se me queda mirando unos segundos antes de caer en la cuenta de lo que significa lo que acaba de descubrir—. Oh, mierda.

—En el fondo lo estás deseando.

—En tus sueños.

—Siempre —le digo, y sigo sorprendiéndome con lo fácil que es picarla. Ahí están de nuevo esas arruguitas en su nariz.

—Idiota.

Pero por una vez estoy deseando que llegue el día del partido. Para ver qué cara pone, y no tiene nada que ver con las ganas de volver a jugar. Procuro no pensar demasiado en lo que eso puede significar.

Capítulo 11

-KIRA-

Micawber: (n) un eterno optimista.

—¿Puedo pasar? —le pregunto a Cosi desde la puerta de su habitación.

Está tumbada en la cama con el pelo mojado y su pijama de colores. La parte de arriba es un conjunto de tonos pasteles mezclados entre sí, mientras que los pantalones están llenos de colores oscuros. No tiene mucho sentido el diseño, pero ella se enamoró en cuanto lo vio.

—Claro. ¿Estás enfadada? —me pregunta, como si quisiera tantear el terreno.

—¿Por qué iba a estarlo?

Me paseo por su habitación antes de acercarme a la cama. Ella me mira y, sin necesidad de palabras, se mueve y me deja sitio para tumbarme a su lado. Como cuando éramos pequeñas y compartíamos habitación. Nos tumbábamos en una cama cuando alguna tenía miedo. Yo a las tormentas y ella a las películas de terror. Siempre acababa mirándolas para sentirse mayor, pero luego lo pasaba mal. O cuando simplemente habíamos tenido un mal día.

—Por no decirte lo de las animadoras. —Sé que en el fondo es algo que la aflige, y yo me siento una pésima hermana por no haberlo visto—. No quería ocultároslo, solo que no estaba segura de si iba a conseguirlo. Fue un arrebato en realidad. Pasaba por el gimnasio el día de las pruebas y me quedé a ver un poco, una de las chicas del equipo se acercó y me preguntó si quería probar. Fue tan maja que no pude negarme.

—Y lo bordaste —concluyo sin necesidad de preguntarlo porque la conozco, y sé de lo que es capaz.

—No hice nada del otro mundo, pero parece que, sea lo que sea lo que vieron en mi número improvisado, les gusto —declara con una sonrisa y se la ve feliz.

—No estoy enfadada contigo, Estrellita. Para nada. —Uso su apodo porque sé que así le será más fácil creerme, pero es la verdad—, solo me sorprendió al principio, eso es todo. Si te gusta, adelante.

—Me lancé porque me encanta bailar, lo sabes, y porque siempre me han llamado la atención las animadoras y lo que representan, pero... —Su voz va perdiendo fuerza y, aunque no acaba la frase, sé lo que iba a decir.

Le cojo la mano y se la aprieto fuerte, tratando de tragar todos esos recuerdos que se acomodan en mi pecho.

—No era la única razón, ¿verdad?

—No, lo hice también por mamá —confiesa, y no puede evitar que su voz tiemble un poco debido a la emoción—. Quería sentirme más cerca de ella, ¿es una tontería?

Mamá fue capitana de las animadoras cuando estaba en el instituto, le encantaba y siempre nos contaba mil y una historias.

La angustia en mi pecho es aún más fuerte y tengo que darle una patada y lanzarla lejos para no derrumbarme.

«Si tú supieras».

Los secretos que guardo anidan en la punta de mi lengua como un veneno ácido y mortal, a la espera de que dé un paso en falso para terminar de rematarme.

—Para nada. Nunca te avergüences de las decisiones que tomes, y menos si son para sentirla más cerca. Seguro que habría amado verte en ese traje y hacer vuestras piruetas o lo que sea que hagáis las animadoras.

—¿Tú crees?

—No lo creo, lo sé. —Necesito que se vea como lo hago yo, que entienda cómo de maravillosa es—. ¿Se lo has contado ya a papá?

—Al principio se quedó bastante descolocado, como tú. Pero luego rompió a llorar como una magdalena y no dejó de repetir lo orgulloso e ilusionado que estaba por verme animar el viernes.

Mierda, el dichoso partido. Se me había olvidado. Supongo que no puedo escaquearme, tendré que ir. Y solo de pensarlo se me ponen los pelos de punta, cómo odio que el muy idiota tenga razón. No puedo dejar de ir.

—Entonces ya somos dos, lo vas a bordar.

—¿Eso es que vas a venir?

—Como si pudieras impedírmelo.

—Gracias, Kira. Sé que no lo digo mucho, pero… —Ahora es ella quien aprieta mi mano. Se gira y la imito y ambas quedamos frente a frente— te quiero, hoy y siempre.

—Hoy y siempre, pequeña.

Esta vez la cena le toca elegirla a June, por lo que en el menú hay macarrones con queso. Mucho queso.

Después de cenar y ver algún documental con papá, me marcho a la cama muerta del cansancio.

Acostumbrarme a la rutina del día a día en el instituto me ha costado más de lo que pensaba en un principio, pero una vez que le he pillado el truco creo que puedo defenderme bastante bien.

Veo la carpeta con las partituras tiradas en un rincón y las recojo antes de colocarlas en el escritorio. Aunque sé que tengo que responder ese dichoso *e-mail,* aún no estoy preparada. Pero como soy también bastante masoquista, cojo el ordenador y abro la carpeta de entrada del correo.

Está ahí, el primero, con fecha de hace tres semanas. Justo antes de mudarnos.

> Querida Kira:
>
> Te escribo este correo para comunicarte que he conseguido que puedas realizar las pruebas finales de la academia a pesar de no poder acudir por vuestro traslado.
>
> No ha sido nada fácil, pero el claustro ha entendido tu situación y sabemos el gran talento que tienes.
>
> Espero que aproveches esta oportunidad; sé que has pasado por mucho, pero no olvides que la música nos sana si la dejamos entrar.
>
> La prueba final constará de dos partes: en la primera deberás tocar una pieza a tu elección, puede ser o no clásica, lo que prefieras. Y, para la segunda —y la más importante—, deberás crear una pieza única y de tu autoría. Debe transmitir un mensaje, el que quieras.
>
> Las fechas y el lugar del examen lo tienes adjunto en el correo, espero de corazón que este nuevo comienzo sea positivo para ti y tu familia.
>
> Y ya sabes que, si necesitas cualquier cosa, puedes contactar conmigo.
>
> Un saludo y estamos en contacto.
>
> Atte.: Clara Ribas, profesora de piano y canto de la Academia St. John.

He releído el correo una y mil veces. Pero sigo sin poder quitarme esa sensación fría y paralizante que me acompaña desde hace ya un tiempo. Incluso he apuntado la fecha en el calendario, pero más que un recordatorio cada vez que la veo siento como si fuera una cuenta atrás. Como una bomba a punto de estallar.

Creo que por eso no le he respondido aún, aunque no me dice que espera ninguna respuesta, supongo que estará allí el día del examen, convencida de que apareceré. Si tan solo yo tuviera esa certeza.

El vibrar del móvil a mi lado me devuelve a la realidad. Aparto el ordenador a un lado y lo cojo extrañada, porque, salvo mi familia, nadie más tiene este número. Lo cambiamos al poco de mudarnos y aún no se lo he pasado a mis contactos.

El aviso de un nuevo mensaje hace que la piel me vibre entre la curiosidad y la excitación. ¿Quién puede ser?

Al principio no reconozco el número, pero, en cuanto leo las primeras líneas, maldigo al karma, el universo y a Dios si existe, porque esto de la suerte parece que no va conmigo.

+1 (619) 608-3197

Hola, Bailarina, ¿qué tal?

No me lo puedo creer. Me quedo unos segundos mirando el mensaje pensando si responderle o no, hasta que me llega uno nuevo.

¿No piensas contestarme?

Sé que estás en línea y me has leído

¿Cómo narices has conseguido mi número?

Vaya, cualquiera diría que estás enfadada

Quarterback idiota

Si me lo pides por favor, tal vez te lo cuente

Estoy a nada de asomarme a la ventana por si está y lanzarle algo a la cabeza. Espero a ver si dice algo más, pero, al ver pasar los minutos, que sigue en línea y que no piensa escribir nada más, ahogo un grito de frustración. Pero aprovecho para guardar su número, y qué a gusto me quedo.

El muy idiota puede llegar a ser muy exasperante cuando se lo propone. Pero, si está esperando a que se lo pida por favor, va a esperar y mucho.

CÓMO

HAS

CONSEGUIDO

EL

MALDITO

NÚMERO

Veo cómo la palabra *escribiendo* va y viene en la pantalla y trato de controlarme. ¿Qué narices está redactando?, ¿la Biblia?

Quarterback idiota

Muy bien, muy bien, tranquila. Pero que sepas que no hacía falta gritar

¿QUIÉN ESTÁ GRITANDO?

TÚ, ¿O ES QUE NO LO VES?

¿CONTENTA? YA ME HAS HECHO GRITAR A MÍ TAMBIÉN

Esto es demasiado surrealista. Pero no puedo evitar reírme al pensar si lo está haciendo de coña o lo piensa de verdad. Conociéndole, es capaz de cualquiera de las dos opciones.

Pero si son solo las mayúsculas... es una forma de escribir

¿Sabes qué? Da igual

Eres idiota

Así mejor, no era tan difícil. Ante todo, seamos civilizados

Matthew...

¿Sí, Kira, querida?

Estoy a nada de volver a los gritos, ¿Qué narices te has fumado?

Teniendo en cuenta que estoy en mi casa, que mis madres tienen un radar para estas cosas y que soy de los que dicen «no a las drogas», nada

Esto se está descontrolando demasiado. Aunque en parte es divertido. Será mejor que vuelva a centrarle en lo importante porque, visto lo visto, como le deje no va a explicármelo nunca.

Mi móvil, Matt, que cómo has conseguido mi número

Me gusta cuando me dices Matt, lo prefiero al «imbécil»

Y respondiendo a tu pregunta... Me lo dio Jack

Pues a este ritmo lo de imbécil se va a quedar, te pega más

Y estamos en las mismas, ¿cómo ha conseguido tu hermano mi número?

Se lo dio tu hermana hace un rato, cuando se lo pedí

Releo esa última frase mientras las palabras cobran sentido en mi mente.

—¡Cosima! —le grito a mi hermana desde mi cama.

—¡Quééé! —responde ella de la misma manera. Menos mal que nuestras habitaciones están cerca.

—¿Le has dado mi número a Jack?

—¡Sí! ¿Por?

—¿Cómo que por? ¿Por qué les das mi número a extraños?

—Kira, no me jodas, que son los vecinos. Me lo pidió para su hermano, creo que quería pedirte algo de clase. No seas cría.

Todo esto gritando ambas, menuda escena. Pero ¿me ha llamado cría?

Antes de que pueda responderle, oigo cómo la puerta de su habitación se cierra, por lo que es su forma, nada civilizada he de añadir, de dar por finalizada una conversación. ¿Quién es la cría ahora?

El móvil vuelve a vibrar a mi lado y miedo me da mirar el mensaje.

Asómate a la ventana, anda

Hago lo que me pide y, en cuanto salgo, le veo apoyado en la suya. Esta vez sí que lleva camiseta, menos mal, aunque es una de manga corta y cuando se mueve o cruza los brazos los músculos se notan enseguida y tengo que recordarme que estoy enfadada. No me cuesta mucho, sobre todo cuando me mira sonriente mientras me señala su móvil.

—Déjame adivinar. —A pesar de la distancia que separa nuestras casas, sigo sorprendiéndome de lo bien que podemos escucharnos sin necesidad de alzar la voz. Pone una cara bastante tonta, supongo que hace como si estuviera pensando, pero le sale de culo—. ¿A que le has preguntado a tu hermana si me había dado tu número?

Mierda, a ver si va a resultar que el muy idiota no lo es tanto.

—¿Cómo lo has sabido?

—Eres bastante predecible, Bailarina.

Y no sé si es su mirada o el tono de voz con el que lo dice, pero de repente siento demasiado calor en la habitación. Lo que daría ahora mismo por sentir un poco de esa brisa nocturna que viene desde el mar y hace un poco más llevaderos estos últimos días de calor.

—¿Para qué querías mi número, Matt? —suelto resignada porque ya poco puedo hacer. Y no me voy a mentir, una parte de mí está algo intrigada.

—Me gusta cómo suena mi nombre en tus labios, más que verlo escrito —comenta como si nada y me alegro de que haya poca iluminación, porque no puedo evitar que la sangre suba hasta mi cara, adornando mis mejillas de un tono rojo cangrejo, como suele decirme Isla. Que tenga esa facilidad para hacerme sonrojar me asusta, sobre todo porque aún no sé cuándo bromea o dice las cosas de verdad—. Pero, para tu información, no mentía a tu hermana, quería hacerte una petición sobre las clases.

—¿Una petición? —Ahora sí que estoy perdida.

—Sí, quiero pedirte un favor. —Se rasca el cuello y despeina su ya de por sí poco ordenada cabellera antes de seguir, y veo que está algo nervioso—. No es ninguna novedad que el Álgebra y yo no nos llevamos bien.

—*Nop,* no es ningún secreto.

—Podrías haber disimulado un poco.

—Tu ego podrá con ello —le aseguro—, ¿y para qué quieres el favor?

—No puedo bajar mi media o estoy jodido, y tú parece que dominas bastante. —Se aclara la garganta y presiento que ahora llega lo que tanto le cuesta decirme—. ¿Podrías darme clases? ¿Ser mi tutora?

Mi primer pensamiento es negarme. Ya tengo suficientes problemas en mi vida como para sumarle ser tutora de alguien. Pero algo en su voz evita que suelte esas palabras. Ante mí ya no está esa versión suya bromista e indiferente de todo y, por un momento, juraría que veo una sombra parecida a la que me acecha a mí cada noche.

—¿Y qué gano yo a cambio, Quarterback?

—¿Qué querrías a cambio, Bailarina? —me devuelve la pregunta y ahí está otra vez esa voz ronca que me pone tan nerviosa. Eso y su mirada, que no sé descifrarla.

—Deja que me lo piense y te contesto.

—Muy bien, sé que serás amable con esta pobre alma en desgracia —bromea señalándose a sí mismo.

—¿Acabas de citar *La Sirenita*? —pregunto entre risas porque es de lo que no hay.

—¿Puede? ¿Gano puntos si digo que sí?

—Eres un idiota, Quarterback.

—Me lo dicen mucho, Bailarina.

Por un momento ahí asomada, mirándole como si fuera la primera vez que lo hago, atrapada en sus ojos y con la brisa de fondo que nos envuelve, me pregunto si también sentirá que esa pequeña broma se ha vuelto algo nuestro.

—Buenas noches —me despido.

—Que descanses, Kira.

No son muchas las veces que me llama por mi nombre, pero me estoy dando cuenta de que tal vez también me gusta cómo suena en sus labios.

Con ese pensamiento en la cabeza me acuesto a dormir, y Morfeo no tarda en venir a por mí.

Capítulo 12

-MATTHEW-

Scintilla: (n.) un destello o chispa diminuta y brillante; una cosa pequeña; un rastro apenas visible.

Los nervios por el partido del viernes se palpan en el ambiente. No solo en el equipo, sino que todo el instituto está ansioso de que llegue el día y comenzar con la temporada. Los partidos jugados en verano no nos han dejado en muy buen lugar, por lo que tenemos que darlo todo. Es lo que tiene vivir en un pueblo pequeño. Que lo que tenemos para nosotros es sagrado.

¿El pequeño autocine que hay cerca de la iglesia, pasando la plaza central y que está pegado al mar? *Sagrado.*

¿Las mañanas, tardes o noches —según de la franja de edad que seas— en el Jolly Roger, la única cafetería del lugar? *Sagrado también.*

¿El fútbol, baloncesto o la natación? *Nuestra sagrada santa trinidad.*

Es lo guay de que cada deporte se juegue durante un momento concreto del año. El fútbol, por ejemplo, se juega sobre todo en otoño, la temporada y los más de diez partidos que jugamos suelen darse desde septiembre hasta diciembre. Y el resto del año entrenamos y entrenamos. Pero disfrutamos de las otras competiciones.

Aunque el partido final sea más cerca del fin de curso, eso solo lo viven los que se clasifican; si no, nuestra temporada finaliza los últimos días del año.

Nos jugamos demostrarle a todo aquel que nos vea que Anchor High es el mejor de entre todos los Estados, pero también para sumar puntos, que nos vean ojeadores y, tal vez, lograr una beca para las mejores universidades del país. Y, quién sabe, quizás alguno hasta sueñe con llegar al Olimpo del deporte, la NFL.

Por eso lo vivimos tanto no solo nosotros, y eso es una motivación a la que aferrarse. La ilusión de todos los que nos acompañan y animan. Puede que incluso algún niño en algún momento nos vea y decida que quiere ser como nosotros cuando sea mayor y pueda comenzar a entrenar.

A mí me pasó.

Voy saludando a gente de camino a mi taquilla y, cuando llego, giro la rueda de metal mientras deposito el código numérico que nos dieron a principio de curso.

Ya he tenido que ir a por la copia dos veces. *Dos veces*, y no llevamos ni un mes. Siempre me pasa lo mismo, soy un puto desastre con piernas.

Al abrirla dejo los libros de las primeras horas y los cambio por los que necesitaré en las siguientes clases. Como yo, la gran mayoría ha aprovechado el receso para dejar o coger cosas antes de la siguiente clase. Todas las taquillas del centro son azules, y las paredes blancas, a juego con los colores del equipo.

Lo primero que veo en la puerta de la mía son varias fotos que tengo pegadas con imanes. En ella tengo una del equipo, otra de cuando ganamos el campeonato hace dos años, una con la familia, y la última donde solo estamos Louis, Archer y yo en la playa. Luego también hay unas pegatinas de deportes que me gustan como el fútbol o el hockey, o un pequeño organizador abajo del todo donde descansan mi bloc de notas, unos lápices y la cartera.

También tengo pegada la hoja donde anoté el horario, aunque no puede estar más arrugada. Pero aprovecho y le echo un vistazo.

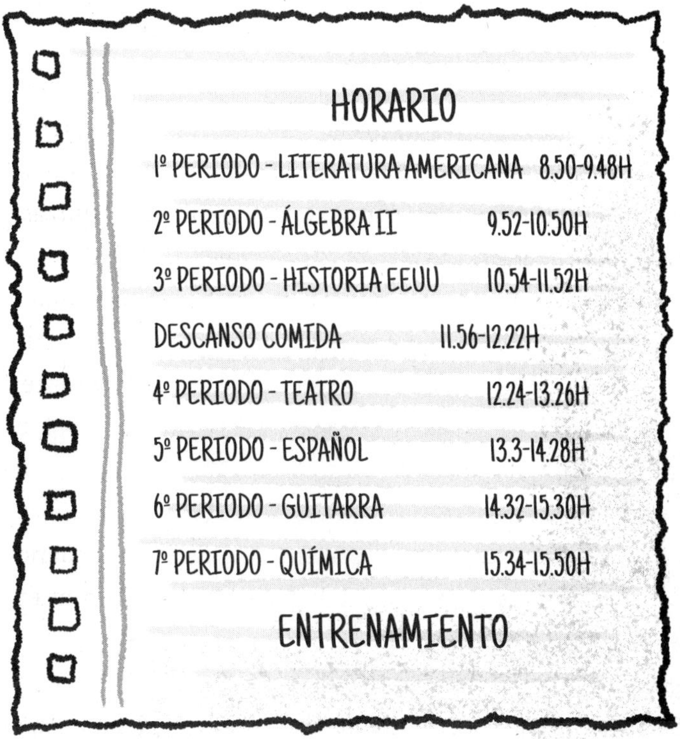

Cojo el libro de Historia y el de Español y cierro la taquilla con un golpe. Después de guardarlos en la mochila, reviso el móvil por si hay algún mensaje antes de esconderlo también. Entonces, cuando vuelvo a alzar la mirada, la veo tratando de lidiar con sus libros y la bandolera de tela gris que ha traído hoy en vez de su mochila azul chillón.

—¿Necesitas ayuda, Bailarina? —susurro cuando llego a su lado y me apoyo en las taquillas que están cerradas cerca de la suya.

Pega un chillido por la sorpresa y casi se le caen los libros que tenía en la mano. Ha sido rápida.

—¡Serás idiota, Matt! ¡Casi me da un infarto! No puedes acercarte así a la gente —me riñe antes de cerrar la portezuela que nos separa.

No bromeaba cuando le dije que me gustaba el sonido de mi nombre en sus labios, su frente se arruga un poco cuando me mira de arriba abajo y no seré yo quien se queje por ese repaso. El celeste de sus ojos aún centellea por el enfado y frunce las cejas al ver que no digo nada. Hoy lleva una chaqueta vaquera que debajo esconde una blusa blanca, una falda negra, debajo unas medias grises con puntos negros y, como guinda del pastel, unas Converse negras. ¿No tiene otro tipo de zapatos? No puedo evitar preguntármelo.

Puede que me haya quedado mirándola como un tonto, pero está buenísima cuando se enfada. Vale, y cuando no también, pero enfadarla me mola más. Es divertido.

—Lo siento, no sabía que eras tan fácil de asustar.

—Ahora mismo estoy conteniéndome para no pegarte —afirma y no hace falta que me jure que va en serio.

—Ay, y además violenta. No conocía esta faceta tuya, Bailarina.

—No me conoces en absoluto, Quarterback.

—Eso se puede arreglar —le suelto y veo cómo sus facciones se van relajando con la conversación. Nos ponemos en marcha casi a la vez, como si estuviéramos sincronizados y sin necesidad de palabras—, podemos hablar mientras me das clases.

Suspira y niega con la cabeza como si yo fuera uno de esos problemas del Grinch que tanto me cuesta entender. ¿Será así como me ve?

—Ya estabas tardando.

—No te daría la lata si me dieras una respuesta.

—Te dije que me lo pensaría.

—Bueno, para empezar con eso de conocernos, te diré que no se me da muy bien esperar.

—No me digas, no me había dado cuenta —se burla, pero me sonríe de vuelta.

Vale, esta vez el punto es para ella.

Llegamos a la clase y nos dirigimos hacia nuestros asientos. Ella está en el pupitre delante del mío, así que aprovecho que aún no ha llegado el profesor.

—¿Y bien? —La pincho con el bolígrafo en la espalda para que me haga caso.

Sé que tiene cosquillas porque ya le ha pasado antes, cuando la toco por esa zona para molestarla le dan como escalofríos y se mueve nerviosa. De más está decir que mucha gracia no le hace, pero su nariz de hada se arruga y no puedo evitar sonreír.

—Eres muy pesado. —Se gira un poco para contestarme y dejarme claro que más me vale estarme quietecito.

—Eso ya lo sé, pero tú eres exasperante. Si me respondieras, no lo sería tanto, ¿no crees?

Ahora la pelota vuelve a estar en su tejado. Normalmente no insistiría tanto, si fuera otra persona lo dejaría correr y buscaría otra salida. Pero con ella... Algo dentro de mí me empuja a querer que acepte.

—Tengo que pensarlo, ¿vale?

Se gira justo antes de que el profesor entre, pero me ha dado tiempo a ver esas sombras que adornan su mirada de vez en cuando y no puedo evitar preguntarme qué puede ser lo que la atormenta.

No la molesto más, y trato de escuchar lo que no está explicando sobre los padres fundadores, pero no puedo sacarme esa mirada de la cabeza.

Antes de que pueda darme cuenta, estoy dibujando esos ojos.

Son casi las seis cuando llego a casa. El entreno de hoy ha sido una locura. Entiendo la necesidad de practicar y practicar, de esforzarnos al límite. Pero no dejo de ser de carne y hueso y, aunque ame lo que hago, acabar reventado como si me hubieran pasado por encima camiones de reparto no es agradable.

Mamá está en la cocina tarareando una canción y cocinando algo que huele de maravilla.

—Hola, cariño, ¿qué tal ha ido el entreno? —me pregunta después de darle un beso en la frente.

—Bien, aunque estoy molido. —Cojo un vaso del lavavajillas y lo lleno hasta arriba de zumo fresco antes de sentarme a su lado—. ¿Qué estás cocinando?

—Pollo al horno con cítricos y sirope de arce. —Me sonríe porque sabe que amo ese plato.

Y, para dar más énfasis, mi estómago decide rugir en respuesta.

—Qué ganas de cenar entonces. Voy a darme una ducha y hacer algo de deberes.

Antes de poder llegar a las escaleras, mamá me detiene llamándome por mi nombre.

—Se me olvidaba, cariño, después de ducharte ponte ropa cómoda, pero no el pijama. Tendremos visita.

—¿Visita? ¿Qué visita?

Y, como si de un tornado se tratara, Emma aparece corriendo con su disfraz de Elsa favorito.

—Mira, mira, ¿a que es perfecto para la cena? —le pregunta a mamá mientras da vueltas sobre sí misma.

—Lo es, cariño, pero ¿crees que estarás cómoda cenando con él puesto?, ¿no prefieres ponerte otra cosa?

—¡No! —responde sin dudarlo y se pone seria de repente—. Además, le dije a June que me vestiría así y ella me contó que vendría como Anna. No puedo cambiarme.

Mi madre se ríe ante semejante respuesta y yo haría lo mismo, pero entonces caigo en la cuenta del comentario.

—¿June, la hermana de Kira? —pregunto y no se me pasa por alto el brillo de los ojos de mi madre.

¿Qué ha hecho ahora?

—La misma. Hablé ayer con mami y hemos decidido que ya era hora de presentarnos como toca a los vecinos, así que los he invitado a cenar. ¿A que es genial?

¿Genial? Hay que joderse, ya podría haberme avisado antes. Mierda, tengo que ducharme, y rápido.

Procuro no pensar en el hecho de que Kira estará en casa. En mi casa.

—Me piro arriba, nos vemos en un rato —intento sonar lo más indiferente posible, aunque, por la sonrisa de mamá, no sé si lo consigo del todo.

Cuando subo al piso de arriba, me encuentro con Jack saliendo del baño. Por poco nos chocamos de lo rápido que iba. Tal vez deba controlar algo mejor los nervios.

¿Y por qué narices estoy nervioso? Al final va a ser verdad y la bailarina tendrá razón con eso de llamarme idiota.

—¿Vas a arreglarte, Cenicienta? —se mofa Jack y casi me arrepiento de haber frenado a tiempo, porque me da a mí que se va a rifar una hostia—. Ponte guapo.

Me saco una de las deportivas y se la lanzo, pero la esquiva sin problema y entra descojonándose en su habitación antes de cerrar la puerta.

Me ducho rápido y ya en la habitación me pongo unos pantalones negros con algunas roturas como diseño, y una camiseta gris.

Como aún queda un poco para la cena, intento ponerme al día con las tareas para clase y, después de una hora, siento que la cabeza me va a estallar.

He intentado solucionar los problemas de Álgebra como buenamente he podido, aunque seguro que la mitad están mal. He hecho la redacción de Historia y practicado la canción que nos ha mandado la señora Smith para Guitarra.

Cuando noto que mi cerebro ya se ha desconectado, cierro todo y ordeno un poco la habitación.

¿Subirá a verla? No tengo ni idea de por qué me pongo a pensar en cosas como esta. Ni por qué estoy tan nervioso. Trato de no buscarle demasiado sentido.

Sin quererlo, mientras me paseo por la habitación, he cogido el balón de fútbol y he acabado asomándome por la ventana.

No ha vuelto a cerrar las cortinas desde aquella vez y no puedo evitar pensar en lo que le habrá costado hacerlo, pero seguro que fue para llevarme la contraria cuando la reté.

Como si la hubiera conjurado, la veo aparecer en esa parte de la habitación que puedo ver desde mi posición. Y, joder, tal vez no debería haberlo hecho. El balón se resbala entre mis manos sin que pueda evitarlo.

Solo lleva una puñetera toalla que tapa su cuerpo, supongo que acaba de salir de la ducha. Y ese pensamiento solo hace que ciertas imágenes se coloquen a fuego en mi mente.

Debería apartarme. Tengo que apartarme. Pero no me muevo. No puedo. Es como si estuviera hechizado, anclado en el sitio.

Desde aquí tampoco puedo ver demasiado, pero sus piernas y sus brazos están al descubierto y lleva la melena aún mojada suelta, mientras se mira al espejo. Hace algunos movimientos con sus brazos y logro ver cómo se coloca prendas de ropa delante, como si estuviera tratando de decidir qué ponerse.

Lo hace durante unos minutos antes de desaparecer de mi campo de visión.

Es entonces cuando decido que es buen momento para alejarme de la ventana.

Pero esas imágenes no se me van de la cabeza. Ella solo en toalla, con el pelo mojado suelto sobre sus hombros, tal vez dejando caer algunas gotas sobre sus brazos, que se acaban deslizando por su cuerpo. Incluso algunas perdiéndose debajo de la toalla y recorriendo el resto de su cuerpo.

Joder, tengo que moverme y colocarme mejor el pantalón porque el calentón es ahora demasiado evidente.

Trato de pensar en cualquier otra cosa porque mis otras opciones son o volver a ducharme esta vez con agua fría o encerrarme en el baño y liberar la tensión.

Como todo esto en parte es culpa suya, decido que no tengo por qué sufrir solo, así que hago lo primero que se me ocurre. Cojo el móvil y le mando un mensaje antes de ir al baño.

Hola, vecina, ¿qué tal?

¿Lista para la cena?

Sigo esperando una respuesta, sé buena y piensa en mis pobres nervios

Por cierto, no lo pienses demasiado

El vestido rojo te queda mejor

Cierro el chat, pero antes de salir de la habitación lo noto vibrar entre las manos y leo su respuesta. No respondo, pero al menos ya me siento algo mejor. Y una sonrisa traviesa se dibuja en mi cara.

Bailarina

¿ME HAS ESTADO ESPIANDO DE NUEVO, IDIOTA?

Capítulo 13

-KIRA-

Logolepsy: (n.) una obsesión con las palabras.

—Creía que no ibas a elegir el vestido —comenta Cosi nada casual mientras esperamos ante la puerta de los Jones. Le ha tocado llevar la tarta y se balancea de una pierna a otra mientras papá toca el timbre. Lo hace mucho, no puede quedarse quieta ni cinco segundos.

—Cambié de idea en el último momento. —Me encojo de hombros tratando de quitarle importancia.

Pero en el fondo lo que quiero es recuperar el valor que tenía hace escasos minutos antes de salir de casa. Aún sigo sin creerme el momento de antes. Ni qué narices se me ha pasado por la cabeza para elegir el vestido.

Aunque, pensándolo bien, sí lo sé. Lo he hecho simple y llanamente para tocarle los huevos al imbécil mirón. Seguro que ni se espera que le haya hecho caso.

Cosi lleva su camiseta favorita de uno de los muchos animes que tanto ama y unos vaqueros cortos bastante desgastados. Pero su filosofía de vida se basa en que «si aún te cabe y tapa lo que tiene que tapar, adelante». Y así es como parte de su armario va a la última moda y la otra parte es ropa que lleva acumulando con los años, pero que no quiere tirar o donar.

Papá se ha puesto una camisa y uno de sus pantalones favoritos. Está guapísimo y me alegra verle con una sonrisa en la cara mientras revisa nuestros *outfits.* Tardó mucho en volver a sonreír después de lo de mamá y, aunque aún tiene días grises, siempre se esfuerza por que el sol ilumine el día y mande lejos esos nubarrones de tristeza. Se merece todo lo bonito del mundo.

Y, para terminar el cuadro, June no ha parado hasta que la hemos dejado ponerse su disfraz de Anna de *Frozen.* ¿Para qué? Ni idea, nos ha dicho que es una sorpresa.

En cuanto la puerta se abre y una Elsa en miniatura nos recibe con una sonrisa que no le cabe en esa carita tan pequeña, entiendo la obsesión de mi hermana.

Que se han vestido conjuntadas. Esto ya es un nivel extremo de amistad. Aunque no puedo evitar descojonarme cuando saltan de alegría y se lanzan a los brazos de la otra.

—Veo que esta era tu pequeña sorpresa, ¿eh, renacuaja? —exclama Cosi también entre risas.

—¡A que es genial! —ambas se colocan una al lado de la otra para mostrar sus disfraces—. Lo pensamos esta mañana en clase.

—Emma no ha hablado de otra cosa en toda la tarde.

A su espalda aparece una mujer que debe rondar la edad de papá. Es muy alta, lleva también un vestido, así que respiro un poco más tranquila. Es una tontería, lo sé. Pero los nervios me pueden.

Es guapísima y cuando nos saluda con una sonrisa y me pierdo en sus ojos sé que es la madre de Matt. Son como dos gotas de agua. Son verdes y parecen esconder un bosque entero en ellos, igual que los de su hijo. Aunque los de Matt son unos tonos más oscuros.

—June ha estado igual, tú debes de ser Hannah —la saluda papá con un apretón de manos mientras se presenta. Y a nosotras a su paso.

—Encantada, Michael. Freida ha hablado maravillas de ti. —Nos mira uno a uno hasta que se da cuenta de que seguimos en el rellano de la puerta y nos invita a pasar entre disculpas—. Perdonad de verdad, soy un desastre. Por favor, poneos cómodos.

—¡Bienvenidos, chicos! —nos saluda la que creo es Freida desde la cocina.

Lleva un delantal que pone: «Cocinar es un arte y, si no sabes, quita de delante». Procuro no reírme, pero es buenísimo. Ella me pilla al momento y me devuelve la sonrisa.

—Te gusta, ¿verdad? —me pregunta guiñándome un ojo—. Me lo regalaron los chicos por un día de la madre.

—Y acertaron de pleno —responde Hannah dándole un abrazo y un beso rápido.

Son muy monas juntas y está clarísimo lo mucho que se quieren.

Papá enseguida se pone a charlar con ellas y les entrega el pastel que hicimos como muestra de agradecimiento por la invitación. Es de chocolate y, aunque al principio no nos poníamos de acuerdo sobre qué hacerlo, hemos estado la tarde cocinando los cuatro juntos y ha sido muy divertido.

Los mayores se ponen enseguida a hablar de sus cosas, no antes de que Hannah les grite a los chicos para que bajen. Las peques hace rato que se han ido corriendo por el pasillo, supongo que a la habitación de Emma. Por lo que Cosi y yo nos hemos puesto a curiosear por el salón.

La distribución es muy parecida a la nuestra, solo que en los muebles hay muchas fotos y trofeos varios. Veo algunos de natación, supongo que serán los de Jackson, y luego otros de fútbol. También hay medallas y diplomas enmarcados.

Un pequeño altar para sus hijos. Es algo muy bonito de ver. Incluso Emma tiene un sitio casi tan amplio como el de sus hermanos.

Sonrío al verlo, y estoy tan absorta mirando la historia que oculta cada rincón de la casa que no noto su presencia hasta que le tengo demasiado cerca.

—¿Ves algo que te guste, Bailarina? —susurra a mi espalda y casi me caigo cuando me giro del susto.

Él es más rápido y me sujeta por la cintura antes de que mi culo toque el suelo.

Lo malo es que la distancia que nos separa es efímera. Tanto que soy capaz de perderme en el verde de sus ojos. Ojos que se van oscureciendo con cada segundo que pasa. Y de repente noto que hace demasiado calor en la habitación.

¿O es su mano, apoyada en mi cintura, la que me transmite esa combustión por todo el cuerpo?

Carraspeo y se aparta enseguida. Como si fuera su mano la que le quemara a él.

Nos quedamos mirándonos unos segundos sin saber muy bien qué decir y, mientras me mira, tomándose su tiempo, juraría que el fuego de antes se ha instalado en su mirada.

—Veo que al final me has hecho caso, me gusta.

Su comentario me devuelve a la realidad y, cuando recuerdo el porqué de mi decisión, no puedo evitar sonrojarme. Pero me prometí que no le dejaría ganar, así que me armo con todo el valor que logro encontrar en mi interior, sin saber muy bien de dónde sale, antes de volver a dirigirme a él.

—Por supuesto. —Se sorprende al principio, puedo verlo en sus pupilas y cómo sus cejas se alzan ante el comentario—, pero no porque tú lo sugirieras, sino porque me queda de muerte.

Trato de irme y dejarle con la palabra en la boca. En mi mente la escena era clarísima. Pero, como siempre, tiene que frustrar mis planes. Apenas he dado un paso cuando vuelve a colocarse cerca.

—Eso no lo dudes ni por un jodido momento, Bailarina.

Mierda, ¿y ahora qué digo? ¿Es normal que mi cerebro acabe de tener un minicortocircuito y las piernas estén por fallar y no aguantar mi peso?

—Tú tampoco estás mal, Quarterback.

Y es cierto. Lleva unas deportivas grises, unos *jeans* negros y la camiseta que le queda muy bien. Tiene tres botones y que estén sin abrochar no ayuda en nada a mi demasiado vívida imaginación.

—Si habéis acabado de follaros con la mirada, nos gustaría jugar un rato con la Play —Jack nos interrumpe desde el sofá, y maldigo en todos los idiomas que sé porque se me había olvidado que no estábamos solos.

Mi hermana está sentada a su lado cual india y no disimula la estúpida sonrisa de su cara.

Voy a matarla.

—Yo te mato, enano —declara Matt a mi lado y puedo ver que es muy capaz de hacerlo. Puede que no esté sola en esto del fratricidio.

—Que sí, que sí. —Agita las manos delante de su cara como quien trata de espantar una mosca—. Luego me matas, pero ¿podéis quitaros de delante de la tele?

Antes de que pueda siquiera decir nada y atacar también a mi hermana y su risita tonta, Matt me coge de la mano y me obliga a moverme. Nos alejamos del salón y me lleva escaleras arriba. Hasta que nos paramos frente a una habitación que supongo será la suya.

Solo me suelta cuando ambos estamos dentro. Una parte de mí extraña esa sensación de sentirle piel con piel, aunque solo fueran nuestras manos las que se tocaran.

—No sé quién es peor, si tu hermano o la mía —suelto de repente supongo que para romper el silencio.

Cuando lo busco por la habitación, veo que se ha sentado en la silla que está cerca de su escritorio. Está colocado sobre una de sus piernas, que ha doblado para estar más cómodo, y me mira divertido desde su posición.

—¿Piensas entrar, Bailarina, o vas a quedarte en la puerta mucho más tiempo?

Me adentro en su santuario tratando de calmar los nervios que me asaltan de golpe y apagar a la vez los calores que se van desplazando por todo mi cuerpo. Supongo que el incendio más claro se puede ver en mis mejillas. Trato de taparme la cara con el pelo lo más disimuladamente posible mientras trato de controlar mi respiración.

Me siento en la cama y de repente me doy cuenta de que estamos uno frente al otro.

Y rompo a reír. Por todo. Por lo surrealista de la situación. Porque estemos en su habitación, bromeando como si nada cuando hace unos días no le toleraba, o al menos eso me decía a mí misma. Y porque viendo su habitación voy descubriendo algunas de las piezas que me faltaban para entenderle del todo.

—Tu habitación te refleja mucho, sin duda.

—¿Ah, sí? —me pregunta con sorna, pero en el fondo sé que se está divirtiendo tanto como yo—. Ilumíname, por favor.

Pienso bien las palabras antes de hablar.

—Los colores.

—¿Los colores? —Por su tono y la forma de mirarme, sé que lo he descolocado. Y, aunque no vaya a decirlo en voz alta, me gusta esa sensación.

—Sí, pensé que serías más del tipo básico. Colores neutros o apagados si me apuras. Grises, blancos, negros... Ese tipo.

—Y te he sorprendido —no pregunta, afirma y yo solo puedo sonreír en respuesta.

—Sí. Te gusta pintar, ¿verdad?

No sé si he tocado alguna tecla equivocada o he dicho algo mal, porque por un momento se tensa y aprieta los puños. Aunque quiera ocultarlo lo he notado. Ha sido rápido, pero ahí estaba.

—No sé de qué hablas —suelta de forma brusca, y yo capto al momento que no es algo de lo que quiera hablar. Entiendo esa sensación, así que no le presiono, solo necesito que entienda por qué lo he dicho.

—Perdona, no quería incomodarte. Es solo que... —tengo que levantarme y moverme para hablar, me siento más a gusto cuando lo hago y porque pienso que así enfocaré mi atención en algo que no sea él. Me siento como un imán, como si no pudiera apartarme por mucho que quiera. Y eso me inquieta— viendo cómo de decoradas están las paredes, no puedo evitar pensar si lo has hecho tú.

Eso es todo, pero no tenemos que hablar de eso si no quieres. Ha sido solo un comentario, lo siento.

Intento disculparme, sé que he hablado demasiado rápido, me pasa cuando me pongo nerviosa. Y, cuando está cerca, me ocurre más a menudo de lo que me gustaría.

Pero es cierto lo que digo de las paredes. Están pintadas de azul y blanco, combinando ambos colores. Supongo que en honor a los colores del equipo. Pero hay fotos colocadas estratégicamente en cada rincón dando vida a diversas formas. Un balón de fútbol, olas del mar, incluso juraría que puedo ver el símbolo del yin y el yang.

Son pequeños detalles, pero pondría la mano en el fuego a que esta es la habitación de un artista.

—No te disculpes, no tienes por qué. —Ahora el que se pone de pie es él y me encuentra a medio camino. No es que la habitación sea demasiado grande, y en unos pocos pasos llega a mi lado. Se despeina con las manos y esa melena tan alocada, pero tan suya, lo hace demasiado atractivo. Trato de apartar la mirada algo avergonzada por mis pensamientos, pero me lo impide y, en cuanto quiero darme cuenta, tiene apresada mi barbilla entre sus manos sin dejarme apenas escapatoria—. Es solo que... no es algo que sepa mucha gente. Joder, ni siquiera mi familia lo sabe.

—¿Que te gusta pintar? —digo en apenas un susurro porque, aunque trato de que no se me note demasiado su contacto, me vuelve casi de gelatina. Ahí donde sus dedos rozan mi piel, siento mil descargas, y una parte de mí no quiere que pare.

Su agarre abandona mi barbilla para ahora convertirse en una caricia que baila por mi mejilla. Como si mi cara fuera un lienzo en blanco y sus dedos un pincel.

Trato de no temblar, pero mi cuerpo no responde a mis órdenes.

Sus ojos me miran como si quisiera bucear en mi interior, buscando algo, aunque no sé muy bien el qué.

—Eres el mayor enigma al que me he enfrentado nunca, y soy muy cabezota, Bailarina. —Su voz se vuelve ronca con cada palabra que dice y no creo que sea posible estar más cerca.

Nuestros pies se tocan, su mano sigue dejando pequeñas caricias en mi piel y, si alzo un poco la cabeza, sería capaz hasta de besarle.

Mierda, en qué estoy pensando.

Ninguno aparta la mirada y siento como si me hubiera leído el pensamiento, porque sus ojos bajan unos segundos hasta mis labios; por instinto y casi sin pensar me muerdo el labio inferior para tratar de calmar los nervios.

—No hagas eso —me ordena, aunque más bien suena casi como un ruego.

—¿El qué?

—Sabes perfectamente de lo que hablo. —Su mirada abandona mi boca, pero lo hace casi obligado, como si ese fuera un lugar en el cual le encantaría perderse antes de volver a posarse en mis ojos—. Y si no... si no lo sabes, vas a matarme del todo.

Su voz suena como una melodía, como el canto de una sirena. Procuro pensar en el significado de sus palabras, pero, antes de que pueda añadir algo, oímos los pasos que se acercan por el pasillo y nos separamos de inmediato.

Y es así, sea cual sea el hechizo que nos mantenía absortos del mundo, se rompe.

Justo a tiempo, porque entonces Freida asoma la cabeza por la puerta.

—Estáis aquí, venía a avisaros que la cena está lista, podéis bajar cuando queráis —nos comunica y, antes de irse, juraría que trata de esconder una sonrisa, pero pasa tan rápido que creo que me lo he inventado.

—Enseguida vamos —responde Matt, aunque algo tarde, porque su madre ya está camino al piso de abajo y no sé si le ha oído del todo.

Los dos nos quedamos ahí en silencio, sin saber muy bien qué hacer, hasta que hago lo único racional que se me ocurre entre el torbellino de emociones que siento en ese momento.

—¿El baño? —pregunto de forma tan brusca que no sé ni si me ha entendido.

Pero se ríe en respuesta antes de negar con la cabeza. Y con esos simples gestos la tensión desaparece entre nosotros.

—Al fondo a la izquierda, no hay pérdida. Supongo que te veré abajo.

—Gracias, enseguida voy. —Y entonces salgo corriendo como si me persiguiera el mismísimo diablo.

Aprovecho los minutos que me concedo en el baño para tratar de calmarme. No sé qué es lo que acaba de pasar, pero lo que sí siento es la senda de caricias que han dejado sus dedos en mi piel. Como si aún siguiera tocándome.

Me lavo la cara con agua fría para ver si así calmo los nervios. ¿De verdad podría haberle besado? ¿O él a mí? ¿Acaso quiero que me bese?

Malditas hormonas y maldito corazón, ya podría venir con un manual de instrucciones. Porque las señales que está mandando son de todo menos claras.

Cuando bajo me encuentro con que están todos esperando para cenar.

Me siento frente a Matt, con mis hermanas a mi lado. Cuando me mira veo la diversión en sus iris, por lo que logro relajarme lo suficiente para disfrutar de la comida.

Pasamos un rato la mar de divertido, conociéndonos un poco y bromeando entre todos. Todo va genial hasta que nuestros padres deciden que es buen momento de compartir anécdotas de sus hijos. De más está decir que nos queremos morir de la vergüenza con cada cosa que cuentan.

También descubro que Jack y Cosi se han hecho bastante amigos, no sería raro, mi hermana tiene un magnetismo que atrae a cualquiera. El problema viene cuando la gente la conoce y sobre todo conoce sus gustos. Creen que por su apariencia va a ser un tipo de chica y luego resulta que esconde otras muchas cosas. A mí me pasa lo mismo con mi obsesión por todo lo relacionado con los libros o con Barbie. A mis dieciséis años me declaro sin ningún reparo una fiel fan de todas las películas.

Ella, por ejemplo, ama el anime, disfruta jugando a juegos de mesa o de la Play. Su pasión es el *League of Legends*, es una auténtica máquina en ese juego. Aunque yo no entienda ni la mitad.

Así que me alegro de que haya encontrado a alguien como Jack.

Incluso les da tiempo a las peques de preparar una minifunción y de deleitarnos con canciones de Frozen. Todo un espectáculo digno de ver.

La noche pasa tan rápido que, cuando quiero darme cuenta, estamos despidiéndonos los unos de los otros prometiendo repetir, esta vez en la nuestra, anuncia papá.

Una vez en casa, y después de ducharme y ponerme el pijama, acabo tumbada mirando el techo sin saber muy bien qué hacer.

Pensaba decírselo hoy, pero con todo lo que ha pasado se me ha ido completamente de la cabeza.

Noto el vibrar del móvil en la mesita de noche y me lanzo a por él con tanta rapidez que tiro mi ejemplar de *Seis de Cuervos* a mi paso.

—Mierda —murmuro para mí mientras recojo a mi bebé. Para mí los libros son sagrados y los guardo cual tesoros.

Después, vuelvo mi atención al móvil y los mensajes que me llegan, uno tras otro.

Quarterback idiota

Gracias por esta noche, Bailarina

Y que sepas que te acabas de convertir en un rompecabezas que me muero por resolver

Hasta mañana

Que sueñes con los angelitos o, conociéndote, tal vez lo hagas con esos tíos sexis que salen en tus novelas

¿Cómo sabes qué tipo de novelas leo, genio?

Me he arriesgado, pero fijo que he acertado. Por cierto... hablando de tíos sexis...

¿Vas a empezar a hablar de ti?

Lo suelto sin poder evitarlo, pero es que le veo venir.

Sip

Cuando creo que no puedes superarte más... vas y me sorprendes

Para eso vivo, Bailarina.

Pues lo dicho, dulces sueños, y trata de no soñar mucho conmigo

Más quisieras, Quarterback

Buenas noches

Y ten cuidado, no vayas a ser tú quien sueñe conmigo

El muy idiota simplemente me manda un audio riéndose. Un minuto de audio solo riéndose de mí. O de mi broma, con él nunca puedo estar segura.

Antes de dormirme solo hay una pregunta que ronda en mi cabeza.

¿Me colaré en sus sueños como hace él en los míos?

Capítulo 14

-MATTHEW-

Ukiyo: (n.) viviendo el momento.

La semana pasa como un parpadeo y, cuando quiero darme cuenta, ya estamos a viernes. Las clases se hacen interminables, pero, en cuanto la campana suena a última hora, la gente se activa enseguida.

Como esa escena de *High School Musical* antes de las vacaciones de verano. Aquí los viernes son como nuestras minivacaciones, no hay momento que se espere con más ganas.

Después de clase y de entrenar, cada uno tenemos un rato para pasarlo con la familia antes del partido. Mamá y el resto vendrán más tarde, así que yo me dirijo al instituto en cuanto termina la película que estábamos mirando con Em.

Nuestro primer partido es contra los Patriots de Crimson High. Son los actuales campeones estatales y la cosa está complicada. No soy tan tonto como para pensar que será fácil ganarles. Tienen unas puntuaciones muy favorables en cuanto a partidos ganados y, según tengo entendido, sus receptores son muy buenos.

Pero nosotros no nos rendimos ante un reto y, aunque tengamos las estadísticas en contra, daremos lo mejor de cada uno.

Al menos eso es lo que trato de trasmitirles a los chicos antes de salir a escena. En unos minutos nos enfrentaremos en el campo y necesito que estén lo más centrados posible.

—Que las estadísticas y los reportajes no os afecten —les digo mientras me coloco en el centro del vestuario, todos somos importantes, todos somos necesarios, pero sé que mi voz les sirve para motivarles en momentos como este. Es en esa confianza que cada uno deposita en mí como su capitán a lo que me aferro para que mis palabras salgan lo más claras y seguras posible—, son solo números. Solo nosotros sabemos lo que somos capaces de hacer. Vamos a salir ahí fuera, vamos a empaparnos con la emoción y la alegría de todas aquellas personas que han venido a vernos y vamos a dar el cien por ciento. ¿Entendido?

—¡Sí, capitán! —responden todos al unísono entre gritos y aplausos.

—¡No os oigo! ¿Qué vamos a hacer ahí fuera?

—¡Ganar, ganar, ganar!

El caos se desata y todos saltan, gritan y dan golpes a las taquillas. Cualquier cosa sirve para sacarnos los nervios de encima. Esa es la primera regla, todo lo malo, todo lo que pueda nublarnos el juicio se queda en el vestuario.

Fuera somos un equipo. Y nada puede romper esa unión. Nos jugamos mucho en cada partido y no solo la victoria. Es un deporte muy duro y la mínima distracción puede causar graves lesiones.

—Lo has hecho bien, Capi —bromea Louis a mi lado.

Archer asiente mientras termina de ponerse los protectores y las hombreras.

—Gracias, solo espero que les ayude a salir ahí fuera y dar lo mejor.

—Sabes que sí, te seguimos, Quarterback. —Cuando veo la decisión en su mirada, me siento fuerte. Sé que podemos lograrlo o, si no, que daremos todo de nosotros.

—¿Listo para desvirgarte como toca, novato? —bromean algunos con Cody, el más joven y nuevo miembro del equipo.

Este será su primer partido y no sé si al final el entrenador lo sacará, pero espero que lo viva y lo disfrute.

—Nací listo —contesta seguro.

—Así me gusta, novato. —Archer y Louis lo acogieron bajo su ala en cuanto llegó. Lo hacen con todos, pero al verse tan arropado puedo notar cómo se hincha de orgullo.

—En diez minutos os quiero fuera, chicos —nos grita el entrenador cuando pasa por los vestuarios—, ¡y más os vale no dejarme en ridículo!

Así es él, todo amor y cariño. Pero no podemos evitar reír ante su comentario.

Vamos saliendo uno por uno para colocarnos detrás de la pancarta que sujetan las animadoras. Cuando nos anuncien, entraremos rompiéndola para llegar al campo.

De camino puedo ver algún que otro estudiante y familias emocionadísimas llenar las gradas, lo mismo pasa en el lado opuesto.

No sé siquiera si la busco de forma consciente, pero la localizo enseguida. Y, cuando la veo acercarse hasta mi posición, no puedo evitar sonreír como un tonto.

—Bonito *outfit*, Bailarina. —Lleva la camiseta del equipo con el tiburón, nuestro animal dibujado en el pecho. Los colores blanco y azul le sientan de perlas, además va conjuntada con una gorra y maquillaje a juego—. Veo que te has mimetizado con el ambiente a la perfección.

Se sonroja y sé que le gustaría patearme el trasero ahora mismo, pero aguanta mi mirada sin vacilar. Plantándome cara. Y joder si no está preciosa así.

—Ni una palabra al respecto, Quarterback —me amenaza, pero su tono de voz es demasiado suave como para tomármelo en serio—. Papá ha tenido la brillante idea de ir así para apoyar más al equipo y a Cosi, según ha dicho. No he podido escaquearme.

—Pobrecita, pero estoy seguro de que en el fondo lo estás disfrutando.

—Eres imbécil —contraataca ante mis intentos por meterme con ella—, pero a pesar de esa característica tuya venía a desearte suerte.

No me esperaba eso, como tampoco la sensación de calidez que me recorre entero al entender el gesto.

—Gracias, de verdad. Prometo no decepcionarte. —En ese momento recuerdo un dato que contó Cosi en el comedor y no puedo evitar sacarlo a relucir—. Sé que no eres gran fan de los deportes.

—No podías olvidarlo, ¿verdad? —Me pilla enseguida, a lo que solo puedo responder con un encogimiento de hombros.

—Es lo que hay. —Oigo cómo me llaman de fondo, así que le guiño un ojo antes de despedirme—. Prometo hacerte disfrutar, no me pierdas de vista, ¿vale?

Ahí está de nuevo ese sonrojo tan suyo. Es fascinante lo fácil que me resulta leerla.

Sin embargo, antes de que pueda dar un paso me sujeta por la camiseta deteniéndome al momento. Está nerviosa, lo noto en cuanto la miro de vuelta y solo hace que mi curiosidad aumente.

—Después... después del partido hay algo que tengo que decirte —confiesa mirándome a los ojos y entreveo la seriedad del mensaje entre los nervios y el miedo que la invaden.

Para tranquilizarla, acaricio la mano con la que me sujeta y se la aprieto fuerte. Ella me suelta, pero mantengo el contacto unos segundos más. Es como si una parte de mí no quisiera dejarla ir.

—Te buscaré cuando todo acabe, ¿vale?

—Vale. —Cuando nuestras manos se separan, ambos miramos el espacio ahora vacío delante de nosotros y, cuando vuelve a enfocarse en mí, lo hace con una sonrisa en la cara—. Más te vale no perder, ¿eh? Hazme cambiar de idea sobre el deporte, a ver si eres capaz de conseguir que disfrute de estar horas viendo a tíos correr y pegarse por un balón.

—Acepto el reto, Bailarina.

Después de despedirme, me acerco hasta mis compañeros y el entrenador me da unas últimas instrucciones antes de salir al campo.

La multitud estalla, la música y los gritos de ánimos lo inundan todo mientras nos colocamos en posición. Lo único que se oye fuerte y firme de fondo es la voz grave del viejo señor Shepherd, el comentarista del pueblo. Suena en cada rincón por la megafonía.

¡BIENVENIDOS, BIENVENIDOS, QUERIDOS AMIGOS, AL PRIMER PARTIDO DE LA TEMPORADA!

EL DÍA QUE TANTO HABÍAMOS ESPERADO POR FIN HA LLEGADO. HOY VIVIREMOS UN ENFRENTAMIENTO ENTRE LOS ACTUALES CAMPEONES ESTATALES, **LOS PATRIOTS DE CRIMSON HIGH**, CONTRA NUESTROS MODESTOS **SHARKS DE ANCHOR HIGH**. DESPUÉS DE LA PRETEMPORADA, EL EQUIPO DEL ENTRENADOR ADAMS SE COLOCA COMO EL POTENCIAL PERDEDOR DE LA NOCHE, PERO LA PREGUNTA QUE TODOS NOS HACEMOS ES: **¿SERÁN CAPACES DE IR CONTRA LAS ESTADÍSTICAS Y SORPRENDERNOS A TODOS? ¿LOGRARÁN DAR ALGO DE JUEGO?**

LOS JUGADORES SE COLOCAN EN LA LÍNEA DE GOLPEO PARA EMPEZAR EL JUEGO Y SON LOS PATRIOTS QUIENES RETORNAN LA PARADA CONSIGUIENDO TREINTA YARDAS. **GRAN JUGADA DE LOS EQUIPOS ESPECIALES**. JUSTIN BELL, SU **QUARTERBACK** Y JUGADOR ESTRELLA, SALE AL CAMPO PARA DEMOSTRAR DE QUÉ PASTA ESTÁ HECHO. **EMPIEZA EL ATAQUE**, Y JUSTIN LANZA UN PASE LARGO. TIENE A UN HOMBRE LIBRE EN LA ESQUINA Y... **¡TOUCHDOWN, AMIGOS!** PARECE QUE LA COSA SE PONE DIFÍCIL PARA LOS SHARKS. MENUDO COMIENZO.

—¡Controlad esa defensa! —oigo cómo nos grita el entrenador Adams.

Joder, lo sé. Si no espabilamos pronto, nos van a dar una paliza. La voz de Shepherd comenta todos nuestros movimientos como si de un narrador se tratara. Solo espero que al final de la noche su relato sea positivo para el equipo.

ERA DE ESPERAR AMIGOS, BELL ESTÁ **DESTROZANDO** LA LÍNEA SECUNDARIA DE LOS SHARKS, ES UNA DE SUS ESPECIALIDADES Y POR ESO SU EQUIPO ESTÁ EN LA CIMA. POR LO QUE VEO, PARECE CENTRADO EN BUSCAR UN PASE LARGO.

¡OH, AHÍ TIENE A OTRO HOMBRE DESMARCADO! ¿QUÉ LES PASA A LOS SHARKS? BELL LANZA UN BUEN PASE Y... **LO TIENE**. OTRO **TOUCHDOWN**, MENUDO LANZAMIENTO. SIN DUDA, LOS SHARKS ESTÁN METIDOS **EN UN BUEN LÍO**. HASTA YO PUEDO NOTAR DESDE AQUÍ LA FRUSTRACIÓN DEL ENTRENADOR ADAMS, QUE NO DEJA DE LANZAR ÓRDENES A SUS JUGADORES CADA DOS POR TRES.

LOS SHARKS SALEN CON EL CONTROL DEL BALÓN. JONES TIENE QUE HACER ALGO. **EMPIEZA LA JUGADA** Y NO DEJA DE MIRAR A UN LADO Y AL OTRO BUSCANDO ALGUNA RUTA QUE NO ESTÉ CUBIERTA, LA PRESIÓN DE LOS PATRIOTS ES MUY BUENA. MIRA AL FONDO Y LO VE, TIENE UN RECEPTOR AL CRUCE. DECIDIDO, **LANZA EL PASE**, PERO, AL PARECER, EL JUGADOR NO LOGRA ATRAPARLO, **INCOMPLETO**.

¡QUÉ PENA, SEÑORES! HASTA A MÍ ME ESTÁN ENTRANDO GANAS DE LLORAR, LA COSA NO DEJA DE COMPLICARSE Y EL MARCADOR NO ESTÁ A NUESTRO FAVOR.

—¡Jones, ven aquí! —El entrenador me hace señas y voy corriendo a su encuentro. Se acerca para susurrarme y hago lo imposible para escucharle entre el gentío. Utiliza el comunicador que tengo en el casco para hablarme—. Hacemos la 8-26. ¿Entendido?

—¿8-26? —Hago unas señas repitiendo la jugada y él asiente satisfecho—. Perfecto, señor.

Llamo al equipo a HULD, les comunico la jugada y todos corren a sus puestos para marchar la jugada, el reloj corre en nuestra contra. Louis, el *center*, se pone delante de mí esperando mis órdenes para darme el pase.

Y ALLÁ VAMOS DE NUEVO. COMIENZA EL SAQUE Y JONES BUSCA UN PASE. BECKER, UNO DE LOS RECEPTORES, TRATA DE DESMARCARSE, EL CORNERBACK NO BAJA LA INTENSIDAD, PERO **HAY MUCHA PRESIÓN**. VA HACIA LA IZQUIERDA Y SE LIBRA DE ELLOS. JONES LANZA UN PASE EXTERIOR PERFECTO, PERO DE NUEVO BECKER **NO CONSIGUE** ATRAPARLO A TIEMPO.

Por el comunicador del casco oigo cómo el entrenador me grita para que espabilemos y hagamos algo. Maldigo entre dientes ante la presión. Mientras nos preparamos, por un segundo busco entre las gradas y la veo. Está atenta, como si contuviera el aliento y, aunque no puedo estar seguro por la distancia, juraría que me está mirando a mí. Sonrío porque, sin saberlo, acaba de darme una dosis de motivación.

AHÍ ESTÁ EL SAQUE, JONES VA HACIA ATRÁS DE NUEVO. BUSCA EL PASE LARGO, **PERO NO VE UNO CLARO**. SE ATREVE A CORRER Y VE UN HUECO ENTRE SU LÍNEA, QUE ESTÁ HACIENDO UN BUEN TRABAJO CONTENIENDO A LA DEFENSA. JONES TIENE TIEMPO PARA CORRER Y DECIDE IR VELOZ HACIA EL EXTERIOR. VA PEGADO A LA BANDA PARA EVITAR EL PLACAJE, **AHÍ LO TIENEN, SEÑORES**, MATTHEW DAVIS JONES, MIREN **QUÉ VELOCIDAD**, CUARENTA YARDAS, TREINTA, QUINCE Y... **¡TOUCHDOWN DE LOS SHARKS!**

Sigan aferrándose a sus asientos, porque parece que empieza a asomarse un rayo de luz en esta, hasta ahora, oscura tarde para los Sharks de Sunset Bay».

ESTAMOS EN EL SEGUNDO CUARTO. LOS SHARKS VAN PERDIENDO POR TRES TOUCHDOWNS, TIENEN QUE HACER ALGO SI QUIEREN SALVAR EL PARTIDO, AMIGOS.

LA DEFENSA ES FUERTE. SAMUELS ESTÁ EN LA POSICIÓN DE LINEBACKER. BELL SE COLOCA, Y AHÍ ESTÁ EL PASE. VE A SU HOMBRE Y LANZA, PERO... OHHH, JONES LO COGE. TIENE PASILLO, PERO TRATAN DE HACERLE UN PLACAJE. SIN EMBARGO, AHÍ ESTÁ AUSTIN, UN GUARD DE LOS SHARKS, QUE LO EVITA DERRIBANDO A BELL Y, CON ESO, JONES LOGRA OTRO TOUCHDOWN. MENUDA SORPRESA, AMIGOS. ANCHOR HIGH ESTABA A NADA DE PERDER CON EL MARCADOR A 28-7 Y AHORA SOLO PIERDEN DE 14.

VAYA, BELL SIGUE EN EL SUELO. EL GOLPE DE AUSTIN HA DEBIDO DE SER BASTANTE FUERTE. ESPEREMOS QUE ESTÉ BIEN.

Mientras paramos para hidratarnos y modificar estrategias, ambos equipos estamos en nuestras zonas de descanso, vemos que el entrenador Adams y otro de los Patriots van a ver cómo está Bell. Ha sido un placaje duro, pero la jugada era limpia. Al menos vemos que se levanta por su propio pie, pero por la cara que pone entiendo que se ha hecho daño.

COMENZAMOS LA SEGUNDA PARTE, AMIGOS Y, VISTO LO VISTO, CON LA RETIRADA DE BELL, AUNQUE ANCHOR HIGH ESTÉ PERDIENDO DE 14, PUEDE QUE SU SUERTE CAMBIE SIN EL JUGADOR ESTRELLA DE LOS PATRIOTS, ¿LO LOGRARÁN?

TREVOR BUCKS, EL QUARTERBACK RESERVA DE LOS PATRIOTS, INTENTA DESPEJARSE Y SE QUEDA SIN TIEMPO EN EL POCKET, Y BECKER LE TIRA AL SUELO. LOS SHARKS RECOGEN EL BALÓN, DAN UN PASE LARGO, Y QUÉ GRAN ERROR DEL ATAQUE DE LOS PATRIOTS, CALLAGH INTERCEPTA EL BALÓN Y NO TIENE A NADIE DELANTE, VA A

MARCAR Y... **PICK SIX, AMIGOS**, QUE SUMAN **OTROS SEIS PUNTOS AL MARCADOR** DE LOS SHARKS.

LA PATADA ES BUENA Y MIREN A ESE GRUPO, LOS CHICOS DE ANCHOR HIGH **PARECE QUE COMIENZAN A CREER QUE PUEDEN HACER ALGO DE MAGIA ESTA NOCHE.**

EL ÚLTIMO CUARTO YA ESTÁ AQUÍ Y **QUEDA MENOS DE UN MINUTO.**

LA DEFENSA DE LOS PATRIOTS SE LO ESTÁ PONIENDO **COMPLICADO** AL ENTRENADOR ADAMS Y SUS CHICOS.

—¡Tiempo, tiempo! —escuchamos cómo pide el entrenador y todos corremos a reunirnos a su alrededor. Antes de que pueda hablar, Cody alza la voz entre el ruido.

—Entrenador conozco al 17, iba conmigo a mi antiguo instituto y sé que puedo ganarle en la recepción, déjeme jugar.

—¿Qué? —Sin duda ha captado su atención, y la de todos. Joder, si eso es cierto, es una de las mejores noticias de la noche.

—Que puedo ganarle, soy más alto y seguro que no se lo espera. —Nos mira a todos muy centrado y veo la adrenalina en sus ojos. Quiere ganar, como todos, y estoy seguro de que hará lo que sea necesario para lograrlo—. No podrá hacer nada si estoy delante y saltamos a la vez. Puedo coger el pase, señor.

—¿Qué hacemos, entrenador? —pregunto. Aunque sin palabras, procuro transmitirle que por probar no perdemos nada.

Consulta la jugada con el resto del *staff* antes de dirigirse hacia nosotros.

—Derecha, poste y centro, repite la jugada, novato. —Cody lo hace y todos asentimos en respuesta—. ¿La tienes? ¿Sabes lo que hay que hacer?

—Sí, señor.

—Bien, estás dentro.

VAYA, VAYA. NO SÉ QUÉ TÁCTICA SE TRAEN ENTRE MANOS LOS SHARKS, PERO **HAN METIDO AL NÚMERO 20.** ES HUNTER CODY, DE LOS JUGADORES DE PRIMER AÑO UNO, POR LO QUE TENGO ENTENDIDO.

—Derecho al poste —le repito mientras nos ponemos en posición—, ¿entendido? No pierdas de vista el balón.

—Sí, capitán.

LOS SHARKS TIENEN EN SUS MANOS LA OPORTUNIDAD DE COMENZAR LA LIGA CON LA MAYOR SORPRESA DE LA HISTORIA. **¿LOGRARÁN CAMBIAR EL MARCADOR?**

JONES SE DESMARCA HACIA LA ESQUINA, BUSCA UN PASE, PERO NO LO ENCUENTRA, **LO ESTÁ PASANDO MAL.** TIENE QUE LIBRARSE DEL BALÓN, PERO TIENE MUCHA PRESIÓN ALREDEDOR. SIN EMBARGO, LO LANZA Y VA DIRECTO HACIA CODY, **PERO ESTE NO ESTÁ SOLO.** AMBOS JUGADORES SALTAN A LA VEZ, PERO ESTA VEZ **CODY LOGRA HACERSE CON EL BALÓN** Y CONSIGUE LIBRARSE DEL DEFENSA, LOS SAFETYS NO SE ESPERABAN JUGAR EN ESA PARTE DEL CAMPO Y **CODY TIENE VÍA LIBRE PARA ANOTAR UN TOUCHDOWN** PARA LOS SHARKS ANTES DE QUE LE DETENGAN. **¡MADRE MÍA, SEÑORES! ¿PUEDEN CREERSE ESTO?**

Oigo la nueva orden del entrenador por el intercomunicador y se la paso a los chicos.

—¡Reunión! —Cuando están a mi alrededor, les doy las últimas indicaciones—. ¿Listo, Mike? Vuelta a la de uno, ¿entendido?

—Eh… ¿qué significa eso? —oigo cómo Cody me pregunta de camino a la línea de golpeo.

Cuando nos acercamos, choco mi casco con el suyo.

—Lo mismo, tú haz exactamente lo mismo de antes. Buen trabajo, novato. —Sonríe y asiente antes de colocarse en su sitio. Y está vez hablo para todos, para darles el último empujón—. ¡Vamos, que ya lo tenemos, chicos!

CODY VUELVE A COLOCARSE EN POSICIÓN. TODO APUNTA A QUE REPETIRÁN LA MISMA JUGADA, JONES SE COLOCA, PERO EN UN GIRO **ENGAÑA A LA DEFENSA** *Y* **LANZA EL PASE EN OTRA DIRECCIÓN**, *QUE ACABA EN MANOS DEL NÚMERO 44, MICHAEL ANDREWS.* **CORRE POR DETRÁS, CRUZA LA LÍNEA** *Y...* **¡LOS SHARKS GANAN EL PARTIDO!** *CIELO SANTO, DE VERDAD QUE HA HABIDO UN MILAGRO ESTA NOCHE.* **¡MENUDA SORPRESA!**

En segundos, el caos se desata. La grada estalla en aplausos, los chicos prácticamente se lanzan sobre mí y un coro de «¡arriba, Sharks!» lo inunda todo.

Hemos ganado, lo hemos conseguido y yo solo puedo gritar de emoción.

El entrenador va a saludar al equipo contrario y nosotros hacemos lo mismo con los jugadores que nos vamos encontrando en el campo.

A pesar de la locura y contra todo pronóstico, logro verla. Salta de alegría mientras se abraza a su padre y saluda a mi familia, pero cuando nuestras miradas se encuentran siento como si el puto cuatro de julio se estuviera celebrando dentro de mí. Con fuegos artificiales y todo. Y menudo subidón.

—¡Esto hay que celebrarlo! —grita Louis a mi lado—. Fiesta en el Jolly, vamos a beber hasta reventar.

Se aleja de mí y corre hasta Archer, que lo recibe encantado. Todos se suman a su iniciativa y es lo último cuerdo que logro oír antes de que la marea me arrastre. Solo que, en vez de agua, son brazos y piernas las que me empujan.

Y yo me dejo llevar, feliz.

Capítulo 15

-KIRA-

Nepenthe: (n.) algo que puede hacerte olvidar la pena o el sufrimiento.

Ha sido una locura.

Nunca me había sentido tan… tan viva. Creo que esa sería la palabra. O al menos hacía mucho que no me sentía así, desde lo de mamá.

Al principio no podía entender la ilusión y el interés de todos a mi alrededor, incluso antes de comenzar el partido. Lo único que llamaba mi atención era ver a Cosi animar, verla tan feliz, bailando y haciendo esas piruetas que más de una vez me quitaban el aliento… Porque en mi mente, no dejaba de calcular las posibilidades que había de que se cayera y se rompiera la crisma.

Pero, una vez dejé esos miedos atrás, pude disfrutar con papá del espectáculo.

Hasta que los chicos salieron al campo. Ahí sí que se desató la locura.

Y, a pesar de los gritos, del sonido de la banda situada unas gradas más abajo, en cuanto localicé el número 18 fue como si el tiempo se detuviera.

No fue difícil. A pesar de estar rodeado de otros diez chicos vestidos igual, incluso con el casco supe dónde estaba sin necesidad de esforzarme.

Y creo que así se sentía Ícaro al volar demasiado cerca del sol. Cómo, a pesar del riesgo de quemarse, no podía evitar acercarse al astro dorado.

Yo por mi parte no podía evitar buscarle.

Verle jugar es toda una aventura. Podía sentir la adrenalina de cada jugada, me sentía atrapada, sin poder apartar la mirada del campo. Como una mosca en una telaraña. Incluso notaba que todos en la grada aguantábamos la respiración en cada pase.

Y, cuando por fin anotaron el último *touchdown,* no pude evitar emocionarme como una fan más. Yo, que siempre he odiado los deportes. La que se cansa en cuanto corre cinco minutos. La que no puede quedarse quieta en un lugar. Estaba disfrutando de un partido de fútbol americano.

Con el último pitido todos saltamos de alegría, y corrí a abrazarme con papá y los Jones, que se sentaron a nuestro lado nada más llegar. Incluso las pequeñas estaban pletóricas.

Después del partido, Cosi se unió a nosotros y, mientras los mayores charlaban tranquilamente y decidían qué hacer a continuación, Jack no paraba de felicitar a mi hermana por su debut.

—Por tu cara diría que he ganado la apuesta —susurra a mis espaldas y pego un chillido en cuanto me giro para encararle. No necesito verle para saber que es él, su voz se ha grabado a fuego en mi cabeza, la reconocería en cualquier parte—. ¿Qué me dices, Bailarina, te ha gustado el partido?

—No ha estado mal —bromeo tratando de sonar lo más indiferente posible.

—Tú sí que sabes cómo romperle el corazón a un chico —me dice con su mejor actuación. Lleva el casco sujeto por el brazo y verlo así, con el equipo y sudado por el partido, hace que mi corazón lata más rápido de lo que debería.

Malditas hormonas y maldito él, que está bueno se ponga lo que se ponga.

—Eres idiota. —Trato de escudarme en ese mantra para hacer callar a ese estúpido órgano y que deje de bombear tan rápido.

—Me lo dicen mucho. —Esta vez su susurro ha llegado cerca, como traído por la brisa, hasta acariciarme entera.

Estamos cerca. No sé cómo ha pasado, pero vuelvo a sentir ese calor emanar de los poros de su piel para colarse bajo la mía.

Y en silencio nos miramos, como si retáramos al otro. Aunque aún no sé muy bien a qué.

—¡Aquí estás! —exclama Louis mientras salta sobre su espalda y logra colgarse sin que ambos acaben de morros contra el suelo.

—Te dije que fueras con cuidado —le riñe Archer en cuanto llega a nuestro lado. Pero la sonrisa ilumina su rostro cuando los ve hacer el tonto. Parece una mamá pato contemplando a sus crías.

Es en ocasiones como estas cuando entiendo el dicho: «Dios los cría y ellos se juntan». No creo que existan personas más dispares, pero que nacieran para conocerse como ellos. Está claro que se complementan a la perfección.

Cuando Matt logra quitarse de encima a su amigo, intenta hacerle una especie de llave, pero lo esquiva sin problema, luego Louis se planta al lado de su chico y le da un beso de esos que quitan el aliento.

—¡Mis ojos, mis ojos! —se mofa Matt, a lo que ambos responden enseñándole el dedo medio.

Ante tal estampa no puedo evitar descojonarme de la risa.

—Me alegra que te divirtamos, Bailarina.

—Lo siento, pero es que sois la hostia —trato de explicarme entre risas.

—En eso tienes toda la razón. —Louis centra su atención en mí y sus ojos se iluminan cuando parece caer en algo—. Hablando de diversión, tienes que venir al Jolly, unos pocos vamos a celebrar allí la victoria. No puedes considerarte una más de Sunset Bay si no has pasado por ahí.

—¿El Jolly? —Por más que piense, no logro ubicar el lugar.

—El Jolly Roger, la mejor cafetería, barra restaurante, barra salón de fiestas, barra lo que se te ocurra —enumera Matt a mi lado.

—¿«Jolly Roger» como el barco del capitán Garfio? —pregunto cuando caigo en la cuenta de dónde había oído ese nombre.

Los tres se miran como si compartieran una broma privada antes de volver a centrar su atención en mí.

—Vas a flipar —me promete Louis—, tú ven. No puedes faltar. Nosotros nos vamos ya —le comunica a Matt antes de alejarse con Archer de la mano.

—Sí que han sido rápidos. —Los ve marchar antes de coger mi mano sin ningún aviso previo y conducirnos hasta el grupo que forman nuestras familias.

Sé que debería decir algo, pero ese simple gesto me ha dejado sin palabras. Y no es fácil dejarme sin saber qué decir.

—Querías contarme algo antes, ¿no? —me pregunta a medio camino.

Y así, con esas simples palabras, logra que me detenga al instante.

Como iba por delante sin verme, no se lo espera y el parón causa un efecto rebote que hace que por poco se caiga. Se gira enseguida para ver, supongo, por qué me he parado.

—Yo... esto... sí, claro —confieso entre titubeos, sé que tengo que armarme de valor, pero las palabras se vuelven clavos ardientes en mi garganta. Cuesta decir lo que probablemente sea uno de mis mayores secretos—. Creo que ya sé qué puedes darme a cambio de que sea tu tutora.

Su mirada cambia y un destello de decisión se instala en sus pupilas.

—¿Que necesitas, Bailarina? —El apretón de su mano y el tono de su voz me dan parte del empujón que necesito.

Pero, justo cuando voy a confesarme, nuestros hermanos llegan a nuestro encuentro preguntándonos si vamos a ir al Jolly y el momento se escapa entre mis dedos.

Les explicamos que sí y, cuando le pregunto a Cosi si ha hablado con papá, me sorprende cuando confiesa que nos ha dado el visto bueno.

—¿En serio? ¿Y no ha puesto ninguna pega?

—*Nah*, solo que no volvamos muy tarde y que tengamos cuidado. Sé muy bien cómo convencerle.

De eso no me cabe la menor duda.

—¿Y dónde está ahora? —le pregunto mientras trato de encontrarlo entre el gentío.

—Se ha ido a casa con June.

—Nuestras madres han hecho lo mismo —le explica Jack a su hermano—. Al parecer, Emma ha conseguido que June se quede a dormir en casa, van a tener una pequeña fiesta de pijamas. Por lo que creo que les viene genial que nos vayamos un rato.

Después de decir que iremos todos en un coche hasta el Jolly, seguimos a nuestros hermanos unos pasos por detrás.

Y, antes de entrar al vehículo, Matt se acerca para susurrarme al oído.

—Tú y yo no hemos acabado aún.

Los chicos no mentían cuando dijeron que iba a flipar. *Per se,* el lugar no deja de parecer una cafetería, pero es el ambiente que lo envuelve lo que lo hace mágico.

Sin duda es como si estuvieras dentro de un barco pirata. Las mesas, la decoración, es fascinante y muy original, incluso detrás de la barra hay un falso timón.

Y ni hablar del viejo Willy, como le llaman los chicos, el dueño de este falso navío. Sin duda tiene toda la pinta de pirata, o al menos lo ha sido en otra vida.

En cuanto llegamos nos saluda y los chicos nos presentan. Es una persona majísima y se nota que quiere este lugar como si fuera un hijo. Está atento a todo el mundo, sin perderse ningún detalle.

—¿Lo de siempre, chicos? —les pregunta mientras se coloca tras la barra.

—Así es, capitán —bromea Matt—, estaremos en nuestra mesa.

Will nos guiña un ojo y asiente antes de ponerse con las comandas. Antes de entrar me he fijado en cierto cartel pegado a la puerta. Sonrío porque, sin quererlo, he encontrado la oportunidad que buscaba. Así que anoto mentalmente la tarea de hacerlo el lunes sin falta.

Cuando llegamos a la mesa, veo que enfrente de nosotros hay un pequeño escenario y que gran parte del equipo está también por el local.

Cosi y yo nos sentamos juntas y los chicos se colocan frente a nosotras. En apenas unos minutos una joven bastante mayor que nosotros, y con una barriga que no puede ocultar su estado, se acerca con nuestras bebidas y una sonrisa de oreja a oreja.

—¡Felicidades, chicos! —Nos entrega un par de cocacolas y unas patatas fritas para picar—. Con el viejo no nos hemos perdido ningún minuto del partido. Lo hemos escuchado todo por la radio. Tendríais que haberle visto gritarle al aparato.

—Gracias, Sally. ¿Qué tal el bebé? —pregunta Matt, y ella no puede evitar acariciarse la tripa mientras sujeta la bandeja ya vacía con la otra mano, pegándola a su costado.

—Dando guerra, como siempre. Solo deseo que pasen pronto los meses que quedan para que salga. No sé quién está más ansioso, si nosotros o Molly por ver por fin a su hermanito.

—Así que ya sabéis que es un niño.

—Sí, tendremos la parejita.

—Quién sabe, tal vez sea un futuro fichaje para el equipo —bromea Matt entre risas.

Jack le lanza una patata y su hermano le mira enfadado.

—¿A qué coño viene eso?

—No quieras acapararlos a todos, ¿y si sale nadador? Estaríamos encantados de tenerlo con nosotros.

Mientras los hermanos se ensalzan en una pelea verbal que no parece tener un final, Sally nos mira como deseándonos suerte antes de irse a atender al resto de clientes.

De pronto las luces bajan un poco de intensidad y Will aparece encima del escenario con un micro en la mano.

—Muy bien, grumetes, como bien sabéis, estamos de celebración porque, contra todo pronóstico, nuestros Sharks nos han dado la victoria hoy. —Todos en el local gritan de emoción, no solo los jugadores, y no puedo evitar reírme ante tanta excitación—. Pero ¿qué celebración sería sin algo de música? ¿Quién se anima a romper el hielo y ser el primero de la noche?

Se hace el silencio unos instantes hasta que Jack, una vez terminada su bebida, se pone en pie y se estira. Luego mira a mi hermana decidido y le guiña un ojo.

—¿Qué me dices, animadora, les mostramos cómo se hace? —le pregunta a mi hermana y veo cómo esta sonríe ante el reto.

—Vamos allá.

Ambos se dirigen al escenario entre vítores y aplausos, y una vez más envidio la valentía de Cosi, yo me moriría de vergüenza.

—Espero que tu hermana cante bien —comenta Matt mientras apoya los brazos sobre el respaldo del asiento y mira a nuestros hermanos, que intentan elegir una canción. La verdad es que hacen un dúo bastante interesante—, porque, como tengan que depender de Jack, puede ponerse a llover enseguida.

Me río ante el comentario sin poder evitarlo. Sé que se pican mucho, pero en el fondo no podrían vivir el uno sin el otro.

—Tiene suerte entonces, Cosi no lo hace nada mal.

—¿Y tú? —se interesa de repente.

—¿Yo? ¿Me preguntas si sé cantar?

—Ajá. Sabes bailar, devolverme las bromas y meterte conmigo —enumera poco a poco—, así que me estaba preguntando qué otros talentos ocultos tienes.

—No se me da mal —respondo sin saber muy bien de dónde viene ese deje de misterio que se cuela en mi voz. ¿Estoy tratando de ligar con él? Joder, qué mal se me da esto. Sobre todo el entenderme a mí misma.

La diversión vuelve a brillar en su mirada y yo solo puedo aferrarme a mi bebida y beber como si fuera un náufrago que acaba de descubrir una fuente en medio del desierto. Un burdo intento para apagar el calor que se cuela por dentro.

—No puedo esperar a verlo.

—Pues sigue esperando, porque ni de coña canto delante de toda esta gente.

Chasquea la lengua y ahí está otra vez esa sonrisa pícara. Con el tiempo me he dado cuenta de que cuando sonríe me pierdo.

—Nunca digas nunca, Bailarina. —A pesar de que su comentario queda algo apagado cuando las primeras notas de la canción comienzan a sonar, puedo oírle perfectamente y la emoción ante el reto hace que los vellos del cuerpo se paren.

Pero, por un momento, me olvido de todo porque no me puedo creer la canción que han elegido. Y por la mirada de Matt y su forma de negar con la cabeza deduzco que piensa igual.

—¿Están cantando *Since U Been Gone*? —le pregunto, aunque ya me sé la respuesta.

—Jack es fan de las películas de *Pitch Perfect*.

—¡Dios mío, Cosi también!

Ambos rompemos a reír porque está claro que estos dos tenían que juntarse. Menudo destrozo están haciendo con la canción de la pobre Kelly, aunque Cosi defiende bien su parte, Matt no bromeaba sobre Jack. Pero eso no impide que ambos lo den todo, córeo incluida.

—¡Hey, Bailarina! —me llama y, cuando lo miro, noto cómo ha escondido por unos segundos la diversión y se ha puesto su máscara seria—, tú y yo tenemos un asunto pendiente, y no pienso dejar que te escapes esta vez.

—No me he escapado, nos han interrumpido, que es diferente.

—Pues ahora ya no hay ninguna excusa. —Señala la actuación de nuestros hermanos a modo de respuesta—, así que, dime, ¿qué tengo que hacer para que seas mía?

Sé que se refiere a la tutoría, y que lo ha hecho a posta para molestarme, así que, a pesar de que seguramente parezco una de las luces de Navidad ahora mismo, no aparto la mirada.

—¿Tienes coche propio?

Sé que sabe conducir porque ha sido él quien nos ha traído hasta aquí, pero quiero asegurarme de si tiene otro transporte que no sea el coche familiar. Por lo que pueda pasar.

—No, pero, si te refieres a si tengo un medio de transporte que no sea uno de los coches de mis madres, la respuesta es sí. —Me mira intrigado y, aunque su respuesta ha sido bastante misteriosa, me quedo con la afirmación que buscaba.

—Necesito que me lleves a un lugar los domingos por la tarde. No tienen que ser todos, voy cada dos semanas.

—¿Qué lugar sería?

—Está cerca, a una hora de aquí, y te daré la dirección si aceptas el domingo de la semana que viene.

Sé que tiene preguntas, yo las tendría al menos. Pero de momento es todo lo que puedo confesar por ahora.

—Hecho —acepta al cabo de un rato, y siento que puedo respirar tranquila, la espera me estaba matando.

—¿Así, sin más? ¿No vas a preguntarme nada?

—¿Para qué? —se encoge de hombros mientras juega con la pajita de su vaso—, estoy seguro de que no me dirías nada más, lo veo en tus ojos, ¿o me equivoco?

Debería asustarme que pueda leerme tan bien.

—No, no te equivocas —susurro con un hilo de voz.

—Pues eso, me fío de ti. Y sé que no me lo pedirías si no estuvieras desesperada. Así que me parece un buen trato.

—Otra cosa más —añado antes de que se me olvide—, tendremos que pensar en una buena excusa porque mi padre no puede enterarse de a dónde voy.

En cuanto digo la última palabra, ese brillo tan característico suyo vuelve a instaurarse en su mirada. Miedo me da.

—Esto va a ser divertido.

Después de algunas canciones más, un bis de los chicos y otras cantadas por parte de otros miembros del equipo, como Louis y Archer, que llegaron un poco más tarde, pero no dudaron en darnos un pequeño concierto, decidimos que es hora de volver a casa.

La vuelta es más rápida de lo que me imaginaba. El Jolly no está a más de media hora de camino de nuestras casas. Nos despedimos de los chicos y entramos en casa sin hacer ruido; papá nos estaba esperando antes de irse a dormir, pero se le nota cansado, así que tratamos de ser lo más silenciosas posible cuando subimos a nuestras habitaciones.

Pero antes de dormir el móvil vibra y algo dentro de mí me dice que sabe quién es.

En cuanto leo el mensaje, no puedo evitar que una sonrisa tonta se dibuje en mi cara. ¿Qué estás haciendo conmigo, Matt?

Quarterback idiota

Creo que vas a convertirte en mi secreto favorito

No puedo esperar a ver qué inventamos como excusa, ni para que llegue el domingo

Buenas noches, idiota

Tú también, Bailarina

Capítulo 16

-MATTHEW-

Bibliophile: (n.) el amor por los libros.

—Tienes que repetir el último ejercicio —me dice Kira en cuanto me devuelve el cuaderno.

—¿Otra vez? —Trato de ver dónde narices me he equivocado y juro que la cabeza me va a explotar.

Ella simplemente se encoge de hombros y vuelve a centrar su atención en sus apuntes.

—Te avisé, Kira. Matt es duro de mollera —se burla Jack, que está tirado en el suelo de la habitación leyendo un libro. O haciendo como que lo lee, con él nunca se sabe—. Mierda, ¿a qué ha venido eso? —me pregunta en cuanto la bola de papel que le he lanzado impacta en su cabeza.

—Uy.

—Uy, mis cojones.

—Por favor, no empecéis otra vez, tengo que acabar esta redacción para mañana y no estáis ayudando —se queja Cosi y nos mira de forma tan amenazante que nos quedamos congelados en el sitio. Puede dar mucho miedo si se lo propone—. Matt, céntrate en Álgebra o no aprenderás nunca. Y, Jack —mi hermano deja de reír en cuanto oye su nombre—, ¿tú no tendrías que estar haciendo también la redacción para Literatura?

—Bah, ya la haré luego. Quiero terminar de leerme el tema de Historia porque fijo que el señor Henkins me pregunta mañana.

Se queda unos segundos algo pensativa, pero acaba asintiendo.

—Con tu suerte, no me sorprendería.

—Gracias por los ánimos, Enana. —Ese mote surgió en una de sus peleas y ahí se quedó, para horror de Cosi, y eso que solo son unos centímetros de nada lo que los diferencian, pero Jack aprovecha cualquier oportunidad para recordárselo.

Cosi le saca la lengua a modo de respuesta y ambos vuelven a centrarse en sus respectivas tareas.

No sé cómo ha pasado, pero en un parpadeo hemos acabado estudiando todos juntos.

Solo llevamos tres días y, al principio, éramos solo Kira y yo. Resultó que el que fuera mi tutora ha sido de las mejores ideas que he tenido.

No se le da nada mal explicar y no sé cómo lo hace, pero consigue que entienda las cosas. Pese a que voy a mi ritmo, poco a poco voy entendiendo, y eso ya es todo un logro.

Nos vemos después del entrenamiento y, aunque el lunes quedamos en mi casa, decidimos que podíamos turnarnos, qué mejor que aprovechar que vivimos puerta con puerta.

Y de la nada los otros dos se acabaron acoplando. Hoy mismo, sin ir más lejos. Han aparecido por la puerta sin siquiera avisar ni nada. Cada uno con sus mochilas y se han colocado en un rincón de la habitación.

—¿Lo entiendes ya? —me pregunta al cabo de un rato.

Cosi está sentada en la cama de su hermana y Jack despatarrado por el suelo, por lo que nosotros nos hemos apropiado del escritorio. No hay mucho espacio, así que estamos bastante cerca, aunque no seré yo quien se queje.

Se ha cambiado de ropa después del insti y ahora viste unos pantalones cortos de deporte y una camiseta tres cuartos con dibujos del mar. Su fragancia me llega sin siquiera quererlo, hoy huele a rosas y bosques. Y juraría que podría perderme en ese perfume.

—Eso creo —carraspeo para tratar de centrarme de nuevo y que no lea mis pensamientos, si tan solo supiera cuántas veces se cuela en ellos—. Tengo que cambiar este número y este símbolo, ¿verdad?

Ella sonríe y la tierra bajo mis pies tiembla. No mucha gente puede quitarme el aliento, pero ella es que ni siquiera tiene que intentarlo. Pero lo que hace que mi pecho se infle de emociones a las que aún no sé si puedo nombrar, es ver el orgullo en su mirada, como si de verdad creyera en mí. En que puedo hacer incluso el problema más simple si lo intento. Incluso cuando yo mismo me dé por imposible.

—Muy bien, vas pillándole el truco. Te dije que no era muy difícil una vez que logras entender la base.

Me pone un par de ejercicios más antes de proponer una pausa para merendar.

Es entonces cuando, en medio de la discusión de Jack y Cosi por quién es mejor, si One Direction o Taylor Swift, ni idea de cómo hemos llegado hasta ese punto, suena el timbre y Michael nos grita desde el salón que ya va él.

Unos minutos después aparece en la habitación con una cara de circunstancia como si no pudiera creerlo.

—Kira, hija, ha llegado otro paquete para ti. Otra vez —recalca cansado, aunque mira divertido a su vástago que salta de la silla y corre a por su tesoro.

—¡Mis libros! Pensé que tardarían más en llegar.

—¿Libros? —preguntamos Jack y yo a la vez porque, joder, esa caja es grande de cojones.

Cosi le deja el sitio en la cama a su hermana y se acerca a nosotros aburrida como quien ha visto la misma película un millón de veces y sabe lo que va a pasar.

—Esperad y veréis.

Kira parece una niña el día de Navidad. La felicidad rezuma por cada poro de su piel y es como si brillara. Mientras abre la caja y va sacando un libro tras otro, hay por lo menos siete, trato de hacer imágenes mentales porque no puedo negar el cosquilleo que me recorre los dedos. Una parte de mí se muere por pintar esa estampa.

—Mirad qué bonitos. —Nos los enseña uno por uno y los abraza. Dios, sí que está feliz—. Por fin tengo la colección completa. Y esta portada no puede ser más bonita, qué colores.

Coge uno por uno mientras los inspecciona y su sonrisa no deja de crecer.

Y, joder, ella sonríe y yo me derrito por dentro.

—¿Tanto lío por unos libros? —pregunta mi hermano mientras trata de conseguir la última galleta de la bandeja.

Cosi silba como si hubiera dicho el mayor sacrilegio de la historia y puede ser, porque por la mirada que Kira le lanza no me gustaría estar en su piel.

—¿Solo libros? —repite—. Esto de aquí es lo mejor que existe en el mundo. Es como mi droga, así que un respeto. Que además estás en mi casa.

Ante tal feroz defensa, Jack se disculpa y levanta los brazos en señal de paz.

—Lo siento, Bailarina. Aunque puestos a elegir, al menos tu droga es sana.

Los cuatro nos reímos ante su comentario, pero ambos volvemos a quedarnos de piedra en cuanto Kira nos dice si queremos acompañarla a su santuario.

Bajamos al salón y, al entrar en una de las habitaciones que a priori podría parecer un despacho, flipamos con la de estanterías que hay repletas de libros de todos los colores y tamaños.

Jack silba mientras mira cada rincón, y yo hago lo mismo. No bromeaba cuando decía que era su droga. La estancia no es como la biblioteca de *La bella y la bestia*, pero se acerca peligrosamente. Hasta tiene una escalera enganchada en una de ellas, de esas que se corren de un lado a otro.

—Os avisé —murmura Cosi desde la puerta mientras su hermana coloca sus nuevos tesoros en las baldas vacías.

Es físicamente imposible que aún quede sitio libre. ¿Cómo lo hace?

—¿Has leído todo esto? —Jack sigue flipando.

—Todos y cada uno de ellos, y algunos más de una vez —confiesa orgullosa.

Deberían darle una medalla. O un jodido trofeo.

—Eres peor que Jack con sus videojuegos —admito al cabo de un rato porque es lo único que se me ocurre. Siempre creí que mi hermano era un loco por tener una colección tan grande, pero sin duda Kira le supera con creces.

—¡Oye! Un respeto —dicen ambos.

Anda, ahora sí tienen algo en común.

Ya en casa y después de cenar, me permito unos minutos para mí y me tomo mi tiempo en la ducha. Papá ha venido a comer y, aunque no lo hace mucho por trabajo, me alegro cuando podemos estar todos juntos. Incluso a pesar de que cuando lo hace las expectativas de futuro no dejan de aparecer en mi horizonte y las preguntas no dejan de zumbar por mi mente, dejándome demasiado tocado.

No sé cuándo sus sueños y mis sueños dejaron de estar en sintonía.

Una vez solo en mi habitación, saco mi pequeño tesoro de su escondite. Puede que mi cuaderno de dibujos no sea tan grande como la colección de Kira, pero quiero creer que significa el mismo refugio que para ella.

Y sin darme cuenta mis dedos bailan solos por el papel en blanco. Su cara, sus facciones son lo único que veo. Incluso recuerdo alguno de los títulos que ha recibido hoy.

No sé cuánto tiempo tardo en terminar el boceto, pero, en cuanto doy el último trazo, me quedo mirando el resultado. Jamás verá la luz, pero la facilidad con la que he podido dibujarla me asusta más que el calor que me recorre cada vez que la veo.

Vuelvo a guardar todo en su sitio y, cuando quiero darme cuenta de la hora que es, maldigo entre dientes.

—Joder, verás mañana para levantarme.

Tumbado en la cama, navego un poco por las redes tratando de conseguir que el sueño venga a por mí y entonces me doy cuenta de que está en línea, ¿Qué narices hace a estas horas despierta?

También veo que tengo un mensaje suyo de hace un rato.

Bailarina

Este libro es una maravilla

Miedo me da preguntar qué haces despierta tan tarde...

De verdad, este libro va a acabar con mi cordura emocional

JAJAJAJAJAJAJAJAJA

¡NO TE RÍAS! ES EN SERIO

Lo siento, lo siento

¿Cuánto te falta?

Me queda la última parte. Tiene cuatro

¡¿PERO SI LO HAS EMPEZADO ESTA TARDE!?

¿Y?

Es demasiado adictivo como para soltarlo

Vale, como tu amigo, te diré que tienes un problema

Y yo, como tu amiga, te diré que me da igual

Necesito saber cómo acaba esto, y me estás distrayendo

KIRA

DEJA

EL

LIBRO

NO

Será cría. Pero, joder, estoy sonriendo como un idiota mirando la pantalla.

Mañana lees el final

¡No puedo esperar tanto!

Necesito saber si el protagonista se va a morir o no

No me jodas...

SON LAS PUTAS 3 DE LA MAÑANA

En unas horas tenemos clase, ¿quieres llegar tarde o, peor, estar frita a primera hora?

Si el tío ese se tiene que morir, no va a cambiar nada de aquí a unas horas. Vete a la cama, anda

Eres un idiota

Dime algo que no sepa

Pero puede que tengas razón

Eso sí que es nuevo

Me gusta

No te acostumbres, Quarterback

Que descanses, Bailarina

Y recuerda, A DORMIR

Que sí... pesado

Nos vemos en clase, voy a hacerte caso

No puedo evitar reírme ante ese último comentario. Y, antes de quedarme dormido, solo puedo pensar en que tengo la impresión de que al final no lo hará.

Capítulo 17

-KIRA-

Trouvaille: (n.) algo encantador descubierto por casualidad; un hallazgo afortunado.

Mierda, tal vez debería haberle hecho caso. Pero en mi defensa diré que era el último libro de una saga y que no podía irme a dormir sin saber cómo narices terminaba.

De todas formas, tener sueño es parte de mi personalidad. Viene con el *pack*.

No fue el único día en la semana que acabé trasnochando por culpa de los libros, pero son mi perdición, no puedo evitarlo. Al menos nunca he descuidado mis estudios. Supongo que esa es una de las razones por las que papá aún no me ha echado de casa con cajas repletas de mis adquisiciones.

Antes de que pueda darme cuenta, el domingo ha llegado y, con él, el momento de cumplir la otra parte de nuestro trato.

Sé que le dije a Matt que quedáramos sobre las cinco, he estado haciendo cálculos teniendo en cuenta la distancia y el tiempo que necesitaríamos de ida y vuelta, y creo que es una buena hora, pero no puedo evitar ponerme cada vez más y más nerviosa.

Después de comer subo a mi habitación para cambiarme y en eso estoy cuando Cosi entra como un rayo sin importarle una mierda mi privacidad.

—¡Cosima! —le grito tratando como buenamente puedo de ponerme la camiseta lo más rápido posible—. ¿Se puede saber de qué vas? ¡Que me estoy cambiando!

—¡Así que es verdad! —me acusa, aunque al menos tiene la decencia de cerrar la puerta tras ella. No creo que papá vaya a subir al piso de arriba porque sí, pero a una siempre le gusta tener su intimidad, y que la gente entre cuando quiera pues no es muy agradable que digamos.

—¿Vas a contestar?

La muy cabrona se ha puesto cómoda tumbada en mi cama y me mira como si estuviera examinándome.

—¿Vas a ponerte eso? —me dice pasando olímpicamente de mi pregunta.

—¿Qué tiene de malo?

Me miro en el espejo y no creo que vaya nada mal. Me he puesto unos pantalones vaqueros, una camiseta blanca de tirantes y encima una camisa a cuadros de manga larga. Es de mis favoritas y me gusta mucho porque suelo atármelas con un nudo.

Y, para finalizar el conjunto, me he decantado por unas Converse rojas.

—Nada, solo que pensé que te arreglarías un poco más para tu primera cita —murmura más para sí misma que para mí—, aunque, pensándolo bien, ese *outfit* es muy de tu estilo, así que supongo que servirá.

Me quedo petrificada en el sitio sin saber muy bien qué decir. Creo que incluso se me ha olvidado cómo respirar o pestañear.

«¿Qué coño acaba de decir?».

—¿Cita? —pregunto aún embobada—. ¿Qué cita?

—La tuya, tonta. ¿De quién si no? Dudo que papá se haya echado novia sin nosotras enterarnos —comenta centrada en su teléfono, y juro por Dios que estoy a nada de lanzarlo por la ventana.

—Yo no tengo ninguna cita, Cosima —trato de explicarle como quien le habla a un niño pequeño que está empezando a hablar.

—Pues eso no es lo que me han contado.

Juro que la sonrisa que me lanza mientras me enseña el maldito teléfono la carga el diablo. O ella es el mismísimo diablo, ahora mismo no lo tengo tan claro.

Es tu hermana, no puedes matarla. Es el mantra que me repito mientras cuento hasta diez.

—¿Quién y qué te ha contado?

—Jack —dice, como si eso lo aclarase todo— me ha mandado un mensaje diciéndome que tienes una cita con su hermano. Yo le he dicho que no puede ser, porque me lo habrías dicho —me mira y pone su mejor cara de actriz de telenovela dolida—, cosa que no has hecho. *Muy feo me parece.* Pero te lo pasaré por esta vez.

—Cosima, que te vas por las ramas.

—Estás muy susceptible para tener una cita.

—¡¡¡Que yo no tengo una cita!!! —le chillo, pero ella solo se ríe.

—Pues creo que eres la única que no lo sabe. Matt le ha dicho a su familia que te va a llevar a dar una vuelta, que tenéis una cita y que por eso no podéis venir con nosotros de paseo.

—¿Que ha hecho qué? —procuro calmar los nervios, pero juro que hoy mato a alguien—. Espera, ¿habíamos quedado con los vecinos?

No sabía ese dato.

Ella niega con la cabeza antes de volver a ignorarme y centrarse en su móvil.

—Parece que ha sido una idea de última hora. Las madres de los chicos le han preguntado a papá si querían que fuéramos de paseo por el pueblo y cenar fuera todos juntos, como es domingo... Y se han montado una especie de plan ellos solos. Podrían habernos preguntado si teníamos otros planes —vuelve a murmurar como una niña pequeña.

—Cosi, tú no tenías ninguno.

—¡Pero podría tenerlo! —argumenta—. Da igual, parece que los únicos que os libráis sois vosotros dos. No veas cómo estaban nuestros padres con la noticia.

Joder, la que ha liado.

—Fuera.

—¿Qué? —pregunta indignada.

—Que salgas, tengo... —Intento pensar en algo para no sonar como una loca psicótica que quiere romper cosas. No quiero pagar mi rabia con ella y, total, de perdidos al río, poco puedo hacer ya—. Tengo que terminar de prepararme.

Ese último comentario parece alegrarla porque salta feliz y se encamina hacia la puerta, pero no todo va a ser tan bonito.

—No hagas nada que yo no haría, hermanita, y no olvidéis usar protección —comenta divertida, y yo ya no aguanto más. Le lanzo una almohada, pero esta impacta contra la puerta cuando Cosi la cierra justo a tiempo. De milagro se ha librado.

Sin embargo, su risa se cuela en la habitación.

Busco el móvil y tecleo lo más rápido que puedo.

Asómate a la ventana

¡YA!

Quarterback idiota

Hola a ti también, Bailarina

¿Verdad que hace una tarde maravillosa?

MATTHEW, QUE TE ASOMES

Voy, voy...

Dios, nunca pensé que diría esto, pero... suenas peor que mis madres

Trato de obviar ese último mensaje y abro mi ventana mientras le espero. La brisa de la tarde me acaricia la cara, como si tratase de calmarme. Si tan solo bastara con eso...

—¿Estás cabreada? —pregunta y, aunque con su postura trata de aparentar seguridad, puedo intuir cierto miedo en su mirada.

Suspiro porque, aun sin entender muy bien qué poder tiene sobre mí, trato de relajarme un poco para tratar de comprender la situación antes de decir si lo mato o no.

—¿Se puede saber qué has hecho?

Creo que nota el tono conciliador de mi voz a pesar de la rudeza de la pregunta, porque se relaja enseguida. Y ahí está el Matthew de siempre. Ojalá esa maldita sonrisa no me descolocara tanto, sería más fácil centrarme.

«Concéntrate, corazón, estamos enfadados con él, ¿recuerdas? Deja que tome el mando el cerebro por el momento. Tenemos que mantenernos lo más cuerdos posible».

—Pues es bastante gracioso si lo piensas bien. —Apoya los brazos en la barandilla y se revuelve el pelo. Lleva una camiseta negra y un colgante con lo que creo es una especie de púa, aunque desde aquí no puedo estar segura—. Estaba en mi habitación pensando en qué excusas podríamos decirles a los mayores para que nos dejen irnos a ese sitio tuyo tan secreto —me guiña el ojo ante ese último comentario y no puedo evitar suspirar. Ni cinco segundos puedo permanecer serio, es increíble— cuando mi madre entra y me dice que han hecho planes con tu padre y que pasaríamos la tarde juntos.

—Joder.

—Eso mismo pensé yo. —Se encoge de hombros e intuyo que ahora es cuando viene lo peor. Los músculos de sus bíceps se tensan cuando se acomoda mejor en la ventana—. Como sé que para ti esto es importante, dije lo primero que se me pasó por la cabeza. Que nosotros ya teníamos planes. Que quería llevarte a conocer un sitio, y empezaron a hacerme preguntas. Que si podíamos dejarlo para otro día, que nos veríamos de todas formas si salíamos todos juntos... Incluso Jack estaba chinchando de fondo.

—Hay que ver con nuestros hermanos, menudo par están hechos —me quejo sin poder creerlo. Enseguida me viene el momento previo con Cosi y tengo que aguantar la risa, aunque en el fondo quiera matarla.

—Total.

—¿Y cómo has acabado diciendo que teníamos una cita?

—Porque estaba acorralado, Bailarina, y fue lo primero que se me ocurrió —suspira algo teatrero y esta vez la carcajada no me la guardo. Sé que lo está pasando mal, pero mi cabreo ha ido menguando al imaginar cómo debió haber sido ese interrogatorio por parte de su familia; además, al fin y al cabo, lo ha hecho por mí. Eso tiene que contar para algo—. Estaría bien si no te descojonas a mi costa, ¿sabes? Lo he pasado realmente mal.

—Perdona, perdona. La putada es que ahora tus madres creerán que estamos saliendo.

—¿Y eso es malo?

Me mira serio y por primera vez me quedo sin nada que rebatirle. Su mirada me atrapa y es como si estuviera bajo un hechizo del cual no puedo, y tal vez no quiera, liberarme.

Es en momentos como este en los que me gustaría saber qué es lo que piensa.

—No bromees, por favor —susurro y solo espero que no me haya oído.

Si lo ha hecho, no da ninguna señal clara. Simplemente se queda mirándome como si fuera un misterio y él un discípulo de Sherlock Holmes, dispuesto a descifrarme a toda costa.

—Tu padre también —comenta al cabo de un rato de silencio entre ambos.

—Perdona, ¿qué?

—Que no solo mis madres piensan que estamos saliendo, ¿crees que no han ido corriendo con el chisme al tuyo? Te recuerdo que habían hecho planes juntos.

—Joder.

—Ya... Ánimos con tu interrogatorio, parece que ahora te toca a ti —bromea y se nota que está disfrutando con no ser el único que lo pase mal con este jodido malentendido.

—Yo te mato.

—Buena suerte con eso. Si sales viva de la charla con tu padre, te veo en un rato. Voy a terminar de cambiarme. —Me guiña un ojo y, cuando creo que va a irse y dejarme con los miles de pensamientos que vuelan por mi mente, se gira y me sonríe de forma pícara. Lo que hace que ese maldito hoyuelo suyo se marque más—. Al fin y al cabo, tenemos una cita, Bailarina.

—Que te jodan, Quarterback.

—Cuando quieras.

Grito de la rabia y él solo se descojona en respuesta.

«Lo necesitas, Kira. Úsalo y luego ya lo matas», me digo a mí misma.

—¿Se puede?

La voz de mi padre me saca de mis pensamientos asesinos y cuando lo veo asomarse a la habitación no puedo evitar morirme de la vergüenza al recordar el porqué de su visita. No, si al final, esta habrá sido la peor idea que habré tenido nunca.

—Claro, *pa*, pasa.

Parece algo cortado e intento sonreír ante la imagen. No sé quién de los dos está más avergonzado, si él o yo.

—He oído que tienes una cita —suelta de golpe como quien arranca una tirita, y mierda si duele.

—No es una cita —digo de golpe y me arrepiento al ver su cara de confusión.

No sé cómo arreglarlo sin dejar a Matt como un mentiroso, pero a la vez no quiero mentirle a papá.

—¿Ah, no?

—Bueno, a ver, no es una «cita-cita», ¿sabes? —Me mira sin entender y maldigo entre dientes. Mierda, ya empiezo a divagar como Cosi—. Solo somos amigos que salen juntos. Va a... a enseñarme un sitio chulo y, como habíamos quedado, pues no queríamos dejarlo para otro día, eso es todo. No te enfadas, ¿verdad?

Estamos sentados uno al lado del otro en mi cama y, de improviso, sin decir nada, me toma la mano y aprieta fuerte antes de suspirar.

—Por supuesto que no me enfado, Hadita. —Me mira, y tenerlo ahí conmigo basta para llevarse lejos cualquier miedo o enfado—. Ojalá tu madre estuviera aquí para darte estos consejos, Dios sabe que lo haría mil veces mejor...

Su voz se corta y ahora soy yo quien le aprieta fuerte la mano. Pero ambos sabemos que no solo es eso, también nos apretamos fuerte el alma. La que quedó descompensada cuando mamá nos dejó. Como cuando pides un deseo a una estrella fugaz. Ves esa estrella en el cielo, alumbrándote, cuidándote y un día la ves caer y desaparecer. Pides un deseo a pesar de que puede que no se cumpla. Sin embargo, te aferras a esa fe, a que, aunque ya no está en tu cielo, aunque no puedes verla, sigue siendo parte de tu vida, está ahí, guiándote y cuidándote. Ya no está y duele, la vida sigue, pero eso no significa que el resto de las estrellas del cielo no puedan brillar un poco más para alumbrar el lugar que dejó esa estrella fugaz.

Mamá se convirtió en nuestra estrella fugaz.

—Papá... —Trato de animarle, pero me corta enseguida y sus ojos brillan con una renovada fuerza.

—Solo quiero que sepas que, aunque no soy tu madre, estoy aquí para lo que necesites. Que puedes hablar conmigo de lo que sea, incluso de chicos.

Sé que no debería reírme, no en un momento así. Pero es que es inevitable. Entre la cara que ha puesto, como si estuviera a punto de vomitar, y que casi se atraganta con esa última palabra, es misión imposible contenerme.

Me mira enfadado, pero le dura poco y no tarda en unirse a mí.

—Lo sé, *pa* —le digo en cuanto logramos calmarnos ambos—. Juro que te lo contaré todo si surge el momento. Pero Matt y yo solo somos... amigos.

No debería haber tardado tanto ni dudar en qué categoría meternos, pero es que con él nunca sé que es lo que siento. O sí lo sé, pero está todo tan revuelto y es tan nuevo que ni yo misma me aclaro. Si apenas hace un mes y poco que le conozco.

Algo debe haber visto que yo no, porque solo me acaricia la mejilla y sonríe antes de levantarse.

—Portaos bien e id con cuidado. Parece un buen chico y confío en que sabrá cuidarte, pero sé que ya eres una adulta, y que sabes valerte perfectamente por ti misma, así que pasadlo bien —me aconseja—, aunque con cabeza, ¿entendido?

—Cristalino.

Parece que va a marcharse y lloro interiormente por gozar de unos minutos de paz en medio del caos que se ha formado de la nada, pero, como siempre, en esta familia no pueden irse sin dar la nota.

—¿Necesitáis protección? No lo olvides y no hagas nada que no quieras, hija. Sé que ya tuviste la charla de chicas con tu hermana, pero si necesitas...

—Por Dios, ¡papá! —le corto enseguida—. Gracias, pero creo que lo básico sigue siendo igual ahora que cuando hablé con Isla, gracias.

Esta vez no tengo que lanzar nada a la puerta, pero ganas no me faltan. Se marcha riendo como hace nada lo hizo su otra hija y yo solo quiero que la tierra me trague.

No por el comentario, sino porque, tumbada en la cama, ahora no puedo quitarme de la cabeza ciertas imágenes de Matt y mías en las que sí necesitaríamos esa protección.

Capítulo 18

-KIRA-

Lypophrenia: (n.) un vago sentimiento de pena o tristeza.

—¡Gira en la siguiente intersección! —le grito para intentar hacerme oír. Lo máximo que los cascos y el aire que choca con nosotros debido a la velocidad de la moto me permiten.

Al final resulta que su vehículo propio era una moto. Cuando la vi no pude ocultar mi felicidad y puede, solo puede, que hiciera un pequeño bailecito. Una de mis pasiones son las motos, y no sé cuántas veces llevo pidiéndole a papá permiso para tener una. Siempre sin éxito, claro.

Según él, las carga el diablo, qué cara puso en cuanto vio a Matt con ella. Menos mal que Hannah y Freida estaban ahí para tranquilizarlo, aunque creo que con eso su hijo acaba de perder algunos puntos, pobre.

A pesar de que con cada cartel que pasamos, que significan que queda menos para llegar a nuestro destino y con ello mi tensión y angustia aumentan, me permito envolverme en una pequeña burbuja y disfrutar de este momento.

De sentir cómo el viento me golpea. Los músculos de Matt se tensan bajo mi abrazo con cada curva y el calor pasa de su cuerpo al mío.

Como si no hubiera ningún tipo de distancia que nos separase esta vez.

Y, aunque trate de callarla, hay una pequeña voz dentro de mí que no deja de gritar que estoy disfrutando de esa sensación.

Matt toma el último desvío que nos saca de la carretera principal y nos adentramos por un pequeño camino que da a lo que, a primera vista, parecería un pequeño pueblo.

Solo que cuando entras queda claro que es un sitio de paso. Hay varias tiendas, una cafetería y, al fondo, como presidiendo el lugar, mi mayor pesadilla. Pero casas como tales se pueden contar con los dedos de una mano. Eso sí, todo rezuma lujo. Como un pequeño paraíso escondido.

Aparcamos la moto cerca de la única cafetería a la vista.

—Hemos llegado más rápido de lo que creía, ¿te ha gustado el viaje, Bailarina? —me pregunta mientras se mueve para dejarme sitio para bajar.

Lo hago con facilidad, como si fuera un movimiento innato y, después de quitarme el casco, trato de peinarme lo mejor que puedo el pelo. A saber qué pintas llevo.

—No ha estado mal, Quarterback —repito la misma frase que le dije el día del partido y sé que pilla la indirecta.

—Siempre tan cariñosa. —Me quita el casco y coloca ambos en los manillares.

No se ha movido de encima de la moto, y verlo ahí subido, en esa postura, hace que ciertas imágenes vuelvan a rondarme por la cabeza. Los pantalones negros se ajustan demasiado bien a sus piernas y la sudadera verde oscura hace que el color de sus ojos destaque aún más.

Me paso la lengua por los labios en un intento de devolverles algo de vida, porque de repente se han vuelto secos como el desierto del Sahara, y no se me pasa por alto cómo sigue el movimiento con la mirada. Ni cómo su mandíbula se aprieta en respuesta.

Carraspeo para centrarnos y sobre todo para centrarme yo. No puedo olvidar por qué hemos venido aquí.

—Vale, mira, si no te importa, ¿podrías esperarme aquí? —le pido señalando el local tras nosotros—. Bob hace unas hamburguesas y unos batidos para chuparse los dedos. Yo estaré en ese edificio del fondo, prometo que no tardaré más de media hora.

—¿Qué hay ahí? —me pregunta aún sin moverse, pero curioso.

—Una residencia.

—¿Una residencia? —Parece sorprendido, y es una reacción la mar de normal. A saber qué cosas se habrá imaginado que vengo a hacer aquí.

Y no le culpo, ¿por qué tendría que ocultarle a mi padre que vengo a un sitio como una residencia? Si tan solo supiera la verdad...

—Sí, y es lo único que voy a decirte. Así que, por favor, no hagas más preguntas.

No podría responderlas, aunque quisiera. No soy tan fuerte.

Su mirada cambia y se baja sin decir palabra. Cuando estamos cara a cara, tan cerca que solo nos separan unas pulgadas y el aire se cuela entre nosotros, acerca su rostro y por un momento temo que vaya a besarme.

En cuanto esa idea se instala en mi mente, no soy capaz de quitármela de la cabeza.

Pero simplemente apoya su frente contra la mía. Nos quedamos quietos, mirándonos en silencio mientras nuestras respiraciones se entremezclan, hasta que él lo rompe segundos después.

—Haz lo que tengas que hacer —susurra, y en esa posición es como si sus palabras me acariciaran entera—, pero recuerda, si me necesitas, estoy aquí, Kira. Úsame.

Ha utilizado mi nombre y no ese dichoso mote que me ha encasquetado y sé que lo ha hecho por una simple razón. Porque ahora mismo no hay bromas que valgan entre nosotros. Porque, a pesar de no saber qué pasa, ha notado algo y quiere que sepa que está aquí para mí.

Y, maldita sea, necesito cerrar los ojos para controlar las lágrimas que luchan por salir.

—Gracias —es lo único que logro decir.

—Ve a por ello, sea lo que sea.

Cuando rompe el contacto, siento como si hubiera perdido una parte importante. Y mi cuerpo tarda en reaccionar porque quiere recuperarlo y llenar ese vacío que me rodea. Me obligo a moverme y camino calle arriba sin girarme, solo espero que haya entrado en la dichosa cafetería.

Residencia Nuevo Amanecer.

El cartel con el dichoso nombre hondea con el viento y chirría en ese vaivén. Alguien debería de echarle un vistazo. Con lo caro que es este sitio y lo tiquismiquis que son algunos de los clientes, no me extrañaría que se quejaran.

En cuanto entro, las enfermeras que se cruzan en mi camino me saludan efusivas, e incluso sorprendidas, supongo que no me esperaban.

—Kira, querida. —La señora Rubens, la enfermera jefe, llega a mi encuentro y no puedo evitar sonreír al verla. Es una mujer mayor, amable y cariñosa. Y queda claro en cuanto la ves en acción que es de las que aman su trabajo—. Cuánto tiempo. No te esperábamos.

—Lo sé, lo siento. Sé que debería haber avisado que venía, pero la mudanza fue tan rápida, y después el acostumbrarnos a todo nos llevó algo de tiempo.

—No te tienes que justificar, no te preocupes. —La sigo mientras va colocando algunas cosas aquí y allá que encuentra que están mal o fuera de lugar, es muy perfeccionista—. Vienes a verla, ¿verdad? Se pondrá muy contenta. Está teniendo días bastante buenos, ya sabes, dentro de lo que cabe esperar en enfermedades como la suya. El alzhéimer nunca es fácil —intenta animarme como si lo necesitase—. Pero recuerda que dentro de todas las pacientes que tenemos aquí, tu abuela es de las que mejor pronóstico tiene, aférrate a eso.

Finjo la mayor de las sonrisas y asiento. Sé dónde va a estar, así que le digo que no hace falta que me acompañe.

No hay muchas personas en el salón, pero la veo nada más entrar. Sentada en su sofá cual reina viendo a su plebe pasar.

—Llegas tarde como siempre, María —su voz me petrifica en el sitio en cuanto me recrimina, no es ninguna novedad, la verdad. Su mirada apagada, vacía, me analiza. Me atrapa y los sudores fríos no tardan en recorrerme entera.

—Hola, abuela —la saludo tratando de sonar lo más segura que puedo, aunque sé que fallo estrepitosamente. Y lo nota—. ¿Cómo estás? Y soy Kira, abu, no María.

Me acerco a ella, pero sin llegar del todo a su lado. Alza la barbilla y niega con la cabeza, como si hubiera estado ante una prueba que solo ella conoce y la hubiera fallado.

Da igual lo que haga, nunca será suficiente. Como sé que lo que le he dicho no lo ha entendido, o no ha querido escucharme.

—La impuntualidad es impensable, María. Y eso que llevas puesto… Te he criado mejor. Más vale que la próxima vez no me avergüences así, ¿qué van a pensar mis amigas?

—Sí, abuela.

Siempre trato de recalcarlo, por si algún día despierta o se le cae la venda de los ojos y es a mí a quien ve en realidad.

Me siento en una de las sillas que están a su lado justo cuando un grupo de señoras entran en el salón y se acercan a nosotras.

—Regina, ¿ha venido tu hija a verte? —pregunta una de ellas—. Mira qué bonita.

—Vamos, Scarlett, querida, no le mientas a la niña. Debe aprender que con ropas como esa nunca conseguirá un buen partido. No dejo de repetírselo una y otra vez, pero no hay manera. Nunca escucha mis consejos. Una cara bonita no siempre es suficiente.

El grupo comienza a hablar de ropa y moda, pero las palabras de mi abuela, como siempre se me clavan como aguijones en la piel, y noto el veneno inundar mis venas.

Veo las manijas del reloj moverse, aunque a mí me parece que lo hacen con demasiada lentitud, como si el tiempo se ralentizara entre estas paredes. Mientras que por dentro solo rezo porque llegue pronto la hora de marchar.

Me siento como un leve espectador. Estoy recta, tensa, pero, aunque quiera, no logro que mi mente viaje lejos mientras las observo en silencio hablar sobre sus cosas con la sonrisa más tensa que puedo dibujar en mi cara.

—María —mi abuela por fin recuerda que estoy aquí y que tiene visita, pero en cuanto me mira y sonríe solo puedo tragar con fuerza ante lo que está por venir—, ¿por qué no nos tocas algo antes de irte?

Las demás me animan felices y yo murmuro un simple «sí» mientras me acerco al piano.

Y es en ese corto trayecto cuando me siento como un preso camino de la horca. Es curioso cómo algo que siempre me había aportado felicidad, dicha y alegría, de la noche a la mañana, en un simple parpadeo, en lo que una estrella cae del cielo, se convierte en mi peor enemigo.

Con los años, igual que he aprendido a aguantar los comentarios, las palabras heladas dirigidas a una persona que ya no está, he logrado desconectar la mente en cuanto mi cuerpo toca el pequeño taburete gris.

En cuanto me siento es como si otra persona ocupara mi cuerpo. No son mis manos las que levantan la tapa del viejo piano. Ni las que acarician las teclas con miedo.

—*Para Elisa.* —Es la única orden que sale de los labios de mi abuela. No necesito girarme para saber que tengo público, siempre lo hay. Pero en lo más recóndito de mi alma agradezco que el piano esté colocado cara a la pared y, por ende, no tenga que mirar a nadie. Ni nadie pueda verme a mí.

Beethoven, cómo no.

Arrastro mis dedos cual marioneta y me evado, dejando que la canción hable por mí.

Cuando acabo, el pequeño público improvisado que se ha formado a mi alrededor estalla en aplausos mientras yo me tomo mi tiempo para cerrar la tapa y dejarlo todo como estaba. Tratando a su vez de controlar el temblor que baila entre mis dedos.

Las amigas de mi abuela no dejan de lanzarme halagos, pero, cuando me fijo en la única figura que me importa de la habitación, no me sorprende para nada su rictus serio.

—No ha estado mal, pero debes practicar más. Ha habido algunos fallos en tu ejecución. No quiero menos que la perfección, María.

—Sí, abuela. —Al responder, no puedo evitar preguntarme si para el resto de las personas sonaré como un robot. En mi cabeza al menos es así, aunque nunca nadie ha dado señales de haberlo notado.

Cuando el reloj marca y media, suspiro aliviada antes de despedirme de mi abuela y prometerle volver pronto.

—Gracias por la visita, cariño. Como siempre, ha sido un lujo escucharte. —La señora Rubens me intercepta a la salida y me da un abrazo de despedida—. ¿Nos vemos dentro de dos semanas?

—Aquí estaré —prometo, de nuevo con la mejor de mis sonrisas. Qué importa si por dentro me siento una falsa.

El camino de vuelta a la cafetería se hace más pesado, pero, en cuanto llego a su lado, al verle apoyado en la moto no puedo evitarlo.

Y por una vez no me siento tan sola al verle esperando.

Sin pensarlo, me lanzo a sus brazos y me refugio en el hueco de su cuello.

—¡Eh, Bailarina! —susurra en mi oído, pero no duda ni un momento en apretarme bien fuerte—. ¿Qué ocurre?

—Llévame a casa —es lo único que le pido.

Capítulo 19

-MATTHEW-

Incandescente: (adj.) cada vez más caliente o más ardiente; prender fuego.

—Y eso es todo por hoy, espero vuestros trabajos en mi mesa para el viernes. Sin excusas. —Oigo de fondo cómo se despide la señorita Martínez, nuestra profesora de Español. Pero en realidad mi cabeza está a años luz de aquí.

Concretamente en aquella mirada rota y sus lágrimas sin derramar.

—Tierra llamando a Matthew. —Archer se sienta sobre mi pupitre de un salto tratando de llamar mi atención, lo que me saca enseguida de mis pensamientos. Las pecas de su cara parecen brillar bajo los fluorescentes del techo, igual que sus rizos pelirrojos—. ¿Se puede saber dónde has estado toda la clase? Parecías ido.

—No es verdad —me defiendo, aunque sea una mentira enorme. Pero odio que me regañen.

—Ah, ¿no? —se mofa mi amigo mientras me sigue fuera del aula. Voy de camino a las taquillas a por las partituras para la clase de Guitarra. Archer no tendría por qué acompañarme, y sé que lo hace porque está aburrido y quiere fastidiarme un rato—. Y, si tan atento estabas, dime, ¿de qué era la tarea que nos ha puesto para el viernes?

Mierda, ahí me ha pillado. Será cabrón.

—Te odio.

—*Nah*, me amas. Todos lo hacen.

—No sé cómo Louis te aguanta —mascullo. Dejo lo de Español y lo cambio por mi carpeta de partituras antes de cerrar la puerta de la taquilla con más fuerza de la que querría.

Joder, estoy cabreado y no quiero pagarlo con él. Ni con nadie. Tengo que calmarme. Sé que lo nota, pero no dice nada, simplemente sigue con su actitud pasota habitual y es entonces cuando me arrepiento de mi comentario en cuanto lo veo sonreír en mi dirección.

—Fácil —cruza los brazos tras la cabeza antes de guiñarme un ojo—, porque soy una máquina en la cama. Creo que necesitas desfogarte, amigo, no te vendría nada mal por lo que veo. Sea lo que sea lo que te tiene así de alterado, tienes que sacártelo del sistema.

—Gracias por el consejo —murmuro. Aunque, mientras, intento sin muchos esfuerzos quitarme la maldita imagen de estos dos de la cabeza. Es mi culpa, se lo he puesto en bandeja, pero podría cortarse un poco.

Sé que va a añadir algo más y me preparo mentalmente, pero entonces la veo. Está sola en su taquilla. Ni siquiera me lo pienso, es como si mi cuerpo tuviera vida propia.

—Luego te veo —me despido rápido de Archer y sé que le dejo con la palabra en la boca y con preguntas. Preguntas que le transmitirá a Louis y que ambos se encargarán más tarde de interrogarme a gusto. Vamos, si los conozco.

Pero eso me da igual. A cada paso que doy, solo pienso en que necesito llegar a ella.

—Hey —es lo primero que suelta mi cerebro cuando la alcanzo. «Muy bien, Jones, muy inteligente el comentario».

—Hey —responde con esa voz suave como el mar. Es pura melodía. Como el canto de una sirena.

—¿Qué tal? —le pregunto mientras me apoyo en las taquillas. La campana ha sonado hace unos minutos y sé que llego tarde, pero de perdidos al río... Qué son unos pocos minutos más—. No hemos hablado como tal desde...

—Lo sé —me corta de golpe, y ahora es ella quien cierra su taquilla con algo más de fuerza de la comúnmente necesaria, como yo antes—. Lo siento.

Suspira y veo cómo trata de regular su respiración antes de girarse hacia mí y enfrentar nuestras miradas.

—¿Estás bien? —le hago la pregunta que llevo queriendo hacer desde que la dejé en su casa. Le he dado tiempo, espacio, lo que me pidió. Pero necesito saberlo, solo eso.

Me asusté como la mierda en cuanto la vi llegar así de rota hasta mi moto aquella tarde. Esa mirada perdida, esas lágrimas a punto de derrumbarse por sus mejillas... Nunca me había dolido tanto el pecho como en ese momento.

Es como si cuando estoy con ella estuviera mirando a la luna llena. Kira tiene dos caras y, mientras que una brilla e ilumina todo a su paso, la otra esta siempre escondida.

—Lo estaré —me promete. Aunque no sé a quién de los dos lo hace, si a mí o a ella misma—. De verdad, Matt, siento lo del otro día, por cómo reaccioné... Por todo.

Cojo su mano sin pensar y la acerco a mí eliminando la poca distancia que nos separa. No son muchos los alumnos que deambulan por el pasillo, más bien pocos. Algunos rezagados o, como yo, que están retrasando al máximo su entrada. Otros están en sus períodos libres. Pero ninguno parece fijarse en nosotros.

Yo me pierdo en sus iris. En la forma en la que sus pupilas se dilatan. En cómo su respiración se vuelve irregular. En cómo se separan sus labios, aunque sean centímetros.

Y en la forma en la que me mira.

—Te lo dije, Bailarina. —Nuestros brazos se rozan y la piel se toca allá donde la tela de la ropa no cubre. Y, joder, si no siento la electricidad pasar de su tez a la mía—. Estoy aquí, contigo. No dudes en usarme. Si necesitas gritar, pegarle a algo, llorar, lanzar cosas...

—Eres un poco bruto, ¿lo sabías? —se queja entre risas cuando frena mi discurso sin miramientos.

—Puede, pero no lo olvides. —Acaricio su mejilla tomándome mi tiempo, soy un puto egoísta, pero no me importa. Quiero volver a oír esa risa, sentir su piel bajo la mía... Pero lo que más quiero es ahuyentar la tristeza lejos de su rostro—. ¿Vale?

—Vale. —Cuando unos críos de primero pasan a nuestro lado corriendo es como si el ruido rompiera nuestra burbuja y nos devolviera a la realidad. Kira parpadea y se aparta enseguida, aunque a mí me cuesta algo más y noto la falta de calor que deja la ausencia de su cuerpo junto al mío—. ¿Tú no tienes clase ahora?

Mierda, el señor Austin me mata.

—Sí, pero está controlado.

—Eres idiota y mientes fatal, ¿lo sabías?

—Algo he oído, sí.

Vuelve a reír sin poder evitarlo y yo suelto todo el aire y la tensión que no sabía que estaba conteniendo.

—¿Nos vemos esta tarde? —me pregunta antes de recoger su mochila del suelo y juraría que hay algo de timidez en su voz.

—Claro, tutora. —Cuando sus mejillas se tiñen de carmesí, del mismo color que su jersey de cuello alto, y sé que debo dejar de meterme con ella, pero es tan fácil y atrayente que es superior a mí—. Te necesito. Tengo deberes de Español.

He aprovechado y conseguido, aún no sé muy bien cómo, que me ayude también con esa asignatura.

—¿Qué tienes esta vez?

Ahora sí que me ha pillado. Joder, si al menos le hubiera preguntado a Archer antes de irse por la maldita tarea.

—Esto... —Me rasco la cabeza mientras trato de pensar sobre que narices estaba hablando la profesora en clase.

—No tienes ni idea, ¿verdad?

—Y tú podrías borrar esa sonrisa de disfrute de la cara, Bailarina.

—Ni por asomo, Quarterback. —Esquiva a unos del equipo de básquet que pasan junto a nosotros y comienza a caminar hacia la biblioteca—. Anda, ve a clase antes de que te pongan una amonestación, y averigua de qué tienes deberes o no podré ayudarte.

Lo último lo grita por la distancia que nos separa, pero la oigo sin problema y veo cómo se despide antes de perderla de vista por el pasillo.

—¿Y bien? —le pregunto por millonésima vez en menos de cinco segundos. Por su cara de cabreo sé que también lo nota y, como en las anteriores ocasiones, simplemente se centra en los papeles que tiene frente a ella y me ignora.

Estamos en mi habitación y Kira tiene entre manos mi tercer intento de redacción sobre quién soy, de dónde vengo y a qué aspiro. De eso iba la dichosa tarea.

Al principio me pidió que tratara de pensar en las ideas que quería plasmar, podía hacerlo en inglés y que una vez que lo tuviera comenzara a traducirlo en español. Y con ese primer boceto podría empezar a redactar.

La base parece sencilla, pero es que mi talón de Aquiles con los idiomas es la parte de redacción. Lo odio, me pone muy nervioso. Me siento más cómodo cuando hablo o tengo que completar algún ejercicio porque puedo guiarme por ayudas extras. Pero ¿cuando escribo? Soy yo ante una hoja en blanco. Y es horrible.

—Algo mejor. Te he señalado los fallos que has hecho. —Me entrega las tres hojas que he escrito y me hundo en mi silla al ver tanto rojo, ¿eso se supone que es mejor que las anteriores? Vale que hay menos, pero... joder, aún hay mucho—. Eh, tranquilo. Un nuevo idioma que no es el tuyo siempre cuesta, y más si es tan diferente.

—Para ti es fácil. Yo con el álgebra y el español me siento como si estuviera corriendo para coger un tren, pero nunca llego. Es muy frustrante. Por más rápido que corro, lo veo irse sin mí.

—Eres un poco dramático, ¿no crees? Todo es práctica, sé que puedes y en mi caso... Yo es que lo he mamado desde la cuna —comenta divertida—. Si yo no domino el español, ya sería sacrilegio, ¿no crees?

—Pero tú naciste aquí, ¿verdad? —le pregunto mientras comienzo a apuntar aparte los fallos.

Veo cómo se acomoda y se sienta sobre una de sus piernas para estar más cómoda, apoya un brazo en el respaldo de su silla mientras me mira curiosa. Creo que es la primera vez que nos interesamos tanto por algo del otro.

—*Sip*, tanto yo como mis hermanas somos estadounidenses. Pero la familia de mi madre era de México. Mi bisabuela emigró muy joven con mi abuela y, aunque mi madre también nació aquí, nunca perdieron ni olvidaron sus raíces. Y eso es algo que mi madre siempre nos inculcó —dice orgullosa.

—¿Habéis vuelto alguna vez?

Veo que su mirada se apaga unos segundos y temo haber tocado alguna tecla que no debía, pero se marcha igual de rápido que aparece.

—Sí —comenta con una sonrisa y, aunque me mira, es como si estuviera perdida en un recuerdo—. Mis padres pasaron su luna de miel en Coyoacán, que está en Ciudad de México, de donde era la familia de mi madre. Y años más tarde, cuando mamá enfermó... volvieron a llevarnos, esta vez a todas. Quería enseñarnos ella misma de dónde venimos.

—Coyo... ¿qué? —¿Eso es siquiera un nombre?

—Sabía que sería con lo único que te quedarías en cuanto dijera el nombre —se burla entre risas—, es el barrio donde vivía mi bisabuela. No es que fueran ricos, pero tenían suficiente para vivir dignamente. Cuando mi bisabuelo murió, mi bisabuela se rebeló contra sus padres y el futuro que tenían planeado para ella y su hija y decidió que era hora de descubrir nuevos horizontes. Así que vinieron aquí.

—No debió de ser fácil.

—En absoluto. —Veo que, distraída, comienza a jugar con los mechones rebeldes que han escapado del moño rápido que se ha hecho en cuanto nos hemos sentado y tengo que controlar las ganas que me invaden de que sean mis dedos y no los suyos quienes los toquen—. Tuvo que enfrentarse a muchas barreras a pesar de contar con cierto resguardo económico, como el idioma y los prejuicios. En un momento en el cual ser diferente no estaba bien visto.

—Por desgracia eso es algo que no hemos conseguido erradicar del todo —digo con algo de cabreo al pensar en las injusticias que debieron de pasar. Y por las que muchas personas pasan cuando simplemente vienen buscando un futuro mejor.

—Lo sé, pero, si no hubiera sido valiente y dado el paso, tal vez yo no estaría aquí. En mi familia ha habido una larga lista de grandes mujeres.

—De eso no tengo ninguna duda. —No sé en qué tono me salen las palabras, pero sí sé que no puedo apartar la mirada en cuanto las digo. Porque basta con verla para entenderlo.

En el tiempo que la conozco, en los ratos que hemos podido pasar juntos, ya sea en clase o en casa, con nuestras familias o solos, he podido ir descubriendo pequeñas capas de lo que en realidad es el puzle completo. Y, si solo con esas pequeñas piezas, esos momentos robados, ya puedo intuir lo gran persona que es no quiero imaginar lo que podría pasar cuando vea el resultado final.

Cuando descubra de verdad quién es ella.

—Gracias, Matt.

—¿Por qué?

—Por el otro día, por escucharme, por acompañarme y no preguntar nada, aunque sé que te morías de ganas —joder, cómo me conoce—, gracias.

—No hay de qué, Bailarina. —No sé cómo, pero hemos vuelto a estar cerca el uno del otro. O puede que tal vez esto sea lo correcto entre ambos y el estar separados sea lo excepcional—. No podía dejar tirada a mi cita, ¿verdad?

Su puño impacta en mi hombro con un golpe certero, pero su risa, tan cercana y fresca, se cuela en mis oídos como una caricia.

—Eres un idiota.

—Me lo dicen mucho.

Sé que va a tratar de pegarme de nuevo, pero la paro al momento y eso hace que nuestras caras queden a escasos centímetros la una de la otra.

El silencio que envuelve la habitación cae sobre nosotros como una apisonadora, y nuestras respiraciones se entremezclan mientras, juraría, que nuestros latidos se acompasan.

Mi mirada cae hacia sus labios y me hubiera apartado sin problema, de verdad, si no hubiera visto cómo se relamía. Ese movimiento sin duda fue mi perdición.

Cuando vuelvo a mirarla a los ojos, sé que ve decisión en mi mirada, y le doy unos segundos para apartarme si así lo desea porque me muero por besarla.

Aún tengo su mano sujeta cerca de mi mejilla y la coloco ahí, al notar la caricia y que no me empuja ni rechaza, me acerco poco a poco, hasta que nuestras narices se rozan. Y, en el momento en el que estoy a punto de rozar sus labios, oigo cómo tocan a la puerta.

—Matt, cielo, la merienda está lista —mi madre llama desde el otro lado y es como si una alarma antiincendios comenzara a sonar por toda la casa.

Ambos damos un salto separándonos del susto, y acabamos sentados de culo en el suelo, mirándonos sin saber muy bien qué decir ni qué hacer.

Es ante esa falta de respuesta cuando mamá entra y nos encuentra de esa guisa.

—Chicos, os hemos preparado algo para que comáis abajo, no podéis estar tantas horas estudiando sin parar. —Nos mira divertida y yo solo asiento y prometo que bajaremos enseguida. Aunque he de carraspear entre medias, porque me trabo con mi propia voz—. Ah, y Kira... Tu hermana ha venido también. Está abajo jugando con Jack a la consola.

—Ge... genial, señora Jones, gracias.

Si esto fuera una película del oeste, sin duda ahora pasarían uno de esos matorrales raros dando vueltas. Menuda forma de cortar el rollo.

Procuro pensar en algo que decir o hacer; joder, ni que tuviera catorce años, coño. Kira está más roja que un tomate y yo no creo que esté muy distinto, la verdad. Siento que ardo y no sé si es por la vergüenza, el calentón o un *mix* de ambos.

Para mi sorpresa, sin embargo, comienza a descojonarse de la risa y acaba tumbada en el suelo sin poder evitarlo.

Yo, al pensar en el momento previo y viéndola así, no puedo evitar imitarla porque menudo cuadro estamos hechos.

Acabamos los dos tumbados hombro con hombro sujetándonos las barrigas y llorando del dolor causado por la risa.

Cuando logramos calmarnos, nos miramos de costado y veo que simplemente me sonríe.

—Deberíamos bajar antes de que tu madre suba de nuevo preocupada.

—Deberíamos —susurro.

—Dios mío, qué vergüenza. —Se tapa la cara y niega con la cabeza—. Vaya desastres estamos hechos.

—Pero formamos un buen desastre juntos, ¿no crees? Solo nosotros —le digo atrayendo su atención.

—Nosotros, ¿eh? —pregunta.

—*Nosotros* —confirmo, aunque aún quede mucho que decir, que entender, que hacer. Es un buen comienzo—. Me gusta cómo suena.

—A mí también.

Capítulo 20

-KIRA-

Viridity: (n.) ingenua inocencia.

—¡SOS! ¡Código Azul! —clamo nada más entrar en la habitación de Cosi como un torbellino—. Tenemos un problema.

—¿Tenemos o tienes? —me pregunta mi hermana desde la cama. Lleva una mascarilla facial y su media melena recogida en un pequeño moño. He interrumpido su rato de relax, pero no parece importarle.

Yo la miro cabreada, pero algo debe intuir porque se apiada de mí y me hace sitio a su lado. Cuando me coloco junto a ella, frunzo el ceño al ver que coge la *tablet* mientras hace cuentas con los dedos.

—¿Se puede saber qué haces?

—Has dicho código azul, ¿qué crees que hago? —Me mira como si fuera tonta—. Pues calcular la hora que es en Escocia y mandarle un mensaje a Isla. Supongo que, para lo que sea que quieras contarme, te vendrá bien el consejo de ambas, ¿no?

Sin ningún tipo de aviso, me lanzo hacia ella y la atrapo entre mis brazos. Si es que, cuando quiere, es un trozo de pan. Se queja debajo de mí, pero yo tardo más de la cuenta en separarme solo por el hecho de molestarla.

—¡Holaaaa, chicas! —nos saluda Isla desde el otro lado de la pantalla. Está en su habitación y lleva el pelo mojado atado en una coleta que seguro ha hecho a toda prisa. Pero aun así tiene la suerte de verse preciosa hasta recién levantada, y no es porque sea su hermana. Cosi y yo no hemos heredado esa característica tan favorecedora, por ejemplo, más bien parecemos mapaches rabiosos—. ¿Ha pasado algo? Hoy no habíamos quedado, ¿o sí?

Sin embargo, el ser despistadas sí que es algo común en las cuatro. Ahí Dios no se puso tan selectivo.

—Qué va, simplemente Kira ha entrado como alma en pena gritando que tiene un «código azul» y que necesita nuestra ayuda.

Amo ver cómo de en serio se toman mis problemas mis hermanas. Si no bastara con el comentario de Cosi, la guinda del pastel la pone Isla, que acaba de culo en el suelo de la minúscula habitación porque no ha sabido gestionar el ataque de risa.

—Si vais a poneros así, me voy —aclaro. Porque para que se rían de mí ya vuelvo otro día.

—Perdón, perdón —oigo cómo trata de contenerse desde el otro lado de la pantalla—. Ya estoy, es solo que no me esperaba que tuvieras problemas con los chicos. Es decir, al menos no tan rápido. Me esperaba un código azul tal vez de Cosi antes que uno tuyo.

—¡Eh! —exclamamos indignadas, aunque cada una por razones distintas.

—Vamos, vamos, no me miréis así. —Isla se sienta más cómoda en su silla y nos contempla con esa mirada de hermana mayor tan suya. Esa que nos pone de los nervios tan a menudo, pero que a la vez le dice al mundo: «Cuidado, son mi familia y por mi familia mato». Así es ella—. Cosi, tú siempre has sido la más extrovertida de las tres, y nunca has tenido problemas en dejar claro qué es lo que quieres y cuándo lo quieres, y mucho menos en cuanto a chicos se refiere. —La susodicha asiente orgullosa, como quien escucha relatar las aventuras de su vida, y yo no puedo descojonarme ante eso—. Y tú Kira —mierda, ahora me toca a mí—, tú, en cambio, siempre has sido más reservada y no hay nada de malo en eso.

De ahí a que me sorprenda que seas tú quien tenga problemas con algún chico, pero estoy encantada, no te voy a mentir. Y, dime, ¿quién es el agraciado?

—El imbécil —susurro.

—El mirón —comenta Cosi a la vez. Y lo hace con una sonrisa de suficiencia. La muy cabrona se lo está pasando en grande.

—Creo que me he perdido.

—Te lo resumo: el imbécil mirón del vecino, ¿verdad, hermanita?

—Yo te mato.

—Ah, además es *quarterback* —añade Cosi, como si ese dato fuera fundamental. Haciendo caso omiso a mis amenazas, las verbales y no verbales.

—Vale, creo que ya lo voy pillando.

Miro a mi hermana con cara rara, probablemente pareciéndome a un simio miope porque, si ella lo entiende con solo esos datos, que me dé una *masterclass*, la verdad. Cosi la mira igual de interesada por su respuesta, supongo que tendríamos que darle un premio si ha logrado descifrar algo de lo que hemos dicho.

—¿En serio? —pregunto al cabo de unos minutos de auténtico silencio.

—No, ni idea —acaba claudicando—, os explicáis como el culo.

Las tres nos miramos y rompemos el silencio con nuestras carcajadas. Si es que no podemos ser más tontas.

—¿Te gusta ese chico, Kira? —curiosea Isla mientras se seca las lágrimas. Al final es la única pregunta que cuenta. Y la que yo misma me he hecho más de una vez.

—No lo sé. Es guapo, no soy tan orgullosa como para no aceptarlo y, cuando estoy cerca de él, es como si me olvidara de todo lo demás. El muy idiota es divertido a su manera y cuando quiero darme cuenta me estoy riendo sin quererlo —comienzo a relatarles a mis hermanas y a poner en palabras lo que he estado sintiendo estas semanas desde que nos conocemos—, y hace un rato cuando casi me besa...

—Espera… ¿qué? —suelta Isla.

—¿Qué coño? ¿Hace un rato? ¿Cuándo? Pero si estabais estudiando, ¿y qué es eso de que casi te besa? —contraataca Cosi a la vez y juro que nunca la he visto hablar tan rápido. Es como si fuera una ametralladora, pero en vez de balas lanzara preguntas.

Qué miedo.

—Sí, a ver. —Noto que me voy haciendo más pequeña con cada palabra, y es como si la vergüenza fuera comiéndome poco a poco. Sé que a mis hermanas puedo contarles cualquier cosa, pero eso no quita que me cueste horrores hablar de según qué cosas—. Estábamos estudiando, nos pusimos a bromear y de repente estábamos así de cerca. —Junto mis manos para que tengan una mejor referencia por si la necesitan, que no se diga—. Y, cuando quise darme, cuenta iba a besarme, o yo a él, ni idea. Pero entonces llegó su madre y nos separamos.

—¿Y luego? —preguntan ambas y juraría que sus ojos brillan con euforia.

—Y luego nada. Bajamos a merendar y cada uno a su casa. Nunca mejor dicho.

Verlas es muy gracioso, porque en ese momento se desinflan cual globos. Como si estuvieran esperando un final distinto. Puede, y solo puede, que yo esperara otra cosa también.

—¿Qué vas a hacer ahora? —Isla pone en palabras las dudas que inundan mi mente y para las que no tengo respuestas.

—Ni idea.

—Pues yo actuaría con normalidad —comenta Cosi—. Es decir, estos dos llevan teniendo un tira y afloja desde que se conocen —le explica a nuestra hermana—. Tendrías que verlos, y no me mires así, Kira. Que tú no te des cuenta no significa que el resto no lo hagamos. Además, ¿no tuviste una cita con él hace unos días?

Mierda, la *no cita*. Miro a mis hermanas y me planteo por un momento contarles la verdad, pero me acobardo en el último segundo. Algo tira de mí desde las entrañas y me obliga a callar, a seguir guardando el secreto.

—Esto... sí, claro. Aunque fue más una salida de amigos, no era una cita como tal —trato de arreglarlo como puedo, aunque al ver sus caras sé que ninguna me cree.

—Ya, lo que tú digas. —Cosi, como siempre, está creando sus propias historias en su cabeza—. Lo dicho, yo lo dejaría correr. Si tiene que pasar, pasará. Y que conste que acabaréis liándoos, basta con veros.

—¿Tú crees? —le pregunto, y una parte de mí odia la duda que se cuela entre esas dos palabras. No porque dude de mí, o de lo que pueda llegar a pasar entre nosotros, sino porque no puedo evitar que, a veces, haya días, momentos en los que no me sienta capaz de lograr ciertas cosas. O digna de conseguir ciertas cosas.

Mi hermana mi guiña un ojo y se aparta unos mechones molestos de la cara.

—Por supuesto, tengo un sexto sentido, ¿recuerdas?

—Ya salió la pitonisa Cosima al rescate —se burla Isla, pero en el fondo sé que está de acuerdo con ella a pesar de no conocer a Matt. Lo veo en su mirada—. Solo disfruta, Kira. Y no pienses tanto. Las emociones no se pueden controlar, no lo olvides.

—Gracias, chicas.

—Además —añade Cosi, y su sonrisa me da un miedo horrible—, está claro que Matt eres tú, pero en versión chico. Compartís un montón de gustos y tenéis el mismo sentido del humor, uno muy raro debo añadir.

—Eso no es verdad —trato de defenderme, aunque me quedo algo pensativa—. Bueno, no del todo.

La risa de fondo de Isla irrumpe nuestra pequeña disputa y ambas la miramos curiosas.

—Pues entonces tenemos un problema, hermanita.

—¿Y eso por qué? —Con lo bien que iba la conversación. Si es que no pueden no meterse conmigo ni cinco segundos.

—¿Recordáis lo que decía mamá? —Al ver cómo negamos, carraspea un poco y trata de poner una voz algo más seria—: «Cuando conoces a la versión masculina de ti misma... estás jodida, hija mía. Ya no hay retorno». Eso le pasó con papá. Solo aclaro.

—¡Es verdad! Ahora me acuerdo —la apoya Cosi, aunque juraría que solo lo hace para fastidiar.

—Qué te vas a acordar tú.

—Vengaaaa, va... No te enfades —me pide Cosi mientras trata de revolverme el pelo—. Fuera bromas y, decidas lo que decidas, nos tienes para lo que necesites. Hoy y siempre.

—Hoy y siempre —le respondo. Y, aunque me hagan rabiar, aprecio muchísimo que estén conmigo en momentos como este.

—Para eso estamos, pequeña —añade Isla.

Se despide de nosotras unos minutos después porque mañana madruga y allí ya es tarde. Pero no sin antes hacerme prometerle que la mantendré informada de cualquier novedad al respecto.

Una vez solas, hacemos algunas palomitas, le pido que me deje un poco de su mascarilla y decidimos por sorteo ver *El Dorado.* Acabamos cantando y repitiendo nuestros momentos favoritos de Tulio y Miguel antes de cenar. No hay mejor tándem que estos dos.

—Eres el Tulio de mi Miguel —bromea.

—Y tú el Miguel de mi Tulio, hermanita.

Luego logro convencerla para retomar una de nuestras costumbres de niñas: dormir juntas.

—¿Estás dormida? —me pregunta de la nada y yo intento murmurar algo, aunque seguro suena inteligible. Ni idea de qué hora es, pero en este momento recuerdo por qué dejamos de hacerlo.

Cosi tarda muchísimo en dormirse, en cambio, yo caigo rendida en cuanto toco la cama. El problema es que mi hermana odia sentirse ignorada.

—Lo estaba —maldigo entre pequeños gruñidos mientras me giro sobre mí misma hasta girar frente a ella—. ¿Qué quieres, Cosi?

—Se me olvidó preguntarte algo cuando hablábamos con Isla.

—¿Y no puedes esperar hasta mañana? —comento casi a punto de llorar. Yo solo quiero volver a dormir, acurrucarme cual bolita y perderme en un sueño que seguro no recordaré a la mañana siguiente—. ¿Tiene que ser ahora?

—Mañana se me habrá olvidado, ya me conoces.

Dios, por eso lo decía.

—¿Qué es, Cosi? —Cuanto antes lo diga, antes podré volver a mi sueño.

—¿Al final conseguiste ese trabajo que buscabas?

¿Esa es su maldita pregunta? A veces no puedo evitar preguntarme cómo funciona su mente.

—Sí —suspiro, pero acabo sonriendo porque me alegro ante mi logro. Aún recuerdo cómo me llevé ese anunció del Jolly Roger casi a escondidas y lo tuve en un cajón durante días en mi habitación—, los llamé hace unos días. Tardé un poco porque no me terminaba de animar. Me hicieron un par de preguntas y que, si estaba interesada y no tenía problemas en incorporarme enseguida, podría empezar ya.

—Eso es genial.

—Sí, empiezo el sábado, y luego ya estaría por las tardes durante la semana. Aún tengo que decírselo a papá —confieso, lo he ido alargando no porque fuera un secreto. Él sabe que estoy buscando un trabajo para ahorrar para la universidad, como tenía en Los Ángeles. Es solo que fue todo tan de repente que aún no me he hecho a la idea—. Lo haré mañana.

Como si el tiempo en este pueblo vibrase de forma distinta que el resto del mundo. Con su propia melodía.

—Eso significa que tendré batidos gratis —murmura algo somnolienta y yo rezo porque se duerma pronto.

—Ni lo sueñes.

—Qué mala hermana eres. Si yo trabajara en una cafetería, te daría cosas gratis.

—No, no lo harías.

—Es verdad, me los bebería yo —acaba confesando al cabo de un rato. Y los ojos por fin se le cierran ante el cansancio.

Mi yo interior está haciendo un minibaile de la victoria.

—Matt y tú haríais buena pareja, Kira —murmura en sueños y me quedo quieta a la mitad del giro por la sorpresa—. Es buena persona y tú maravillosa. No olvides nunca lo maravillosa que eres.

Capítulo 21

-MATTHEW-

Latibule: (n.) un escondite; un lugar de seguridad y comodidad.

—Yo creo que está enfadada —dice Archer despatarrado a mi derecha en el sofá—, he entendido un «te maldigo», pero habla demasiado rápido.

Asiento, pero sin decir nada. Estoy centrado en la tele tratando de no perderme nada de la escena.

—¡Ha dicho que lo siente! —exclamo orgulloso—. Está pidiéndole perdón por algo, pero María Luisa no quiere escucharlo.

Al menos nos hemos quedado con los nombres, algo es algo.

—Pero ¿de verdad os estáis enterando? —pregunta Louis desde el suelo mientras nos mira a nosotros y la tele con cara de flipar.

Vale que el estar viendo la primera telenovela que hemos encontrado no sea el mejor de los planes para un viernes por la tarde, sin embargo, al cancelarse el entrenamiento decidimos venir a pasar el rato a casa.

Y como Archer y yo tenemos que ver algún tipo de vídeo en español y comentarlo para clase, decidimos probar con esto en cuanto apareció mientras hacíamos *zapping*. Al menos nos echamos unas risas.

—No, ni idea.

—Claro, calla —aclaro, a la vez que Archer niega en rotundo. Así no vamos a ningún sitio.

—Ya lo suponía. —Louis se dedica a maldecir, negar con la cabeza y beber de su refresco mientras mira sin mucha atención la pantalla—. Al menos podríais poner subtítulos en solidaridad con quienes no entendemos nada de español —se queja entre dientes.

—Pero si hacemos eso sería hacer trampa —aclara su chico mientras le hace masajes en el pelo—. Luego te lo traduzco yo todo, no te preocupes.

Voy a intervenir porque, cuando estos dos se ponen así de melosos, no hay quien los separe, sin embargo, antes de que pueda decir nada oímos que suena de fondo el timbre. Como sé que están mis madres rondando por ahí, no hago demasiado caso. Seguro que alguna atiende.

—Esto tiene que ser una broma —comentan unas voces al cabo de un rato cerca del sofá entre risas.

No tengo que girarme para saber que es ella, ¿qué estará haciendo aquí? Hoy no tenemos tutoría, que yo recuerde.

—¿Qué hay, Bailarina? —Desde mi posición tengo una vista de ensueño y puedo recrearme a gusto.

Lleva un vestido blanco con estampado de flores y, joder, le queda de muerte. Le llega hasta casi los tobillos, es de manga corta y tiene un lazo rojo atado a la cintura. Cuando mi mirada va subiendo por su cuerpo, me tomo mi tiempo y, al llegar a sus ojos, veo que se ha dado cuenta. Me gusta que no aparte la mirada y que, a pesar de todo, una tímida sonrisa se dibuje en su rostro.

—Cosima ha quedado con Jack para dar una vuelta y June quería jugar con Emma un rato, así que venía a acompañarlas.

—¡Y de paso ver qué hacías! —oigo que grita Cosi desde las escaleras antes de subir corriendo y perderse, supongo que en la habitación de Jack.

—¡Cosima, yo te mato! ¡Te juro que te mato, pequeña arpía! —grita su réplica con todas sus fuerzas, pero no creo que la haya oído.

Los tres nos quedamos mirándola porque no hemos entendido nada. De la emoción le ha gritado en español.

—¡Es la misma frase de antes! —exclama Archer.

Kira se gira hacia nosotros y parece como si despertara de un trance. Se da cuenta de que tiene público y el rojo vuelve a teñir sus mejillas. Le doy una colleja a mi amigo y este se queja, pero paso de él.

Veo que hace un amago de marcharse, así que me pongo en pie, le cojo la mano y me coloco frente a ella, obstaculizándole la salida. Si quiere irse lo hará, pero no porque crea que no encaja aquí o que nos reímos de ella. Eso nunca.

—Estamos viendo una telenovela, ¿quieres acompañarnos? La cosa está interesante.

Me mira como si hablásemos idiomas diferentes, ante lo que yo intensifico el contacto de nuestras manos. Quiero que sepa que estoy aquí, con ella.

Una risa apenas perceptible se escapa de sus labios y yo comienzo a relajarme.

—¿Ah, sí? —pregunta curiosa, aunque no se ha movido ni un milímetro y parece como si solo me hablase a mí—. Y de qué va?

—De una venta de órganos.

El comentario de Louis atrae nuestra atención y ambos nos giramos en su dirección. Sigue en el suelo, pero se ha acercado más hacia el sofá y está sentado entre las piernas de Archer, descansando la cabeza en un cojín, mientras su chico continúa con las caricias. Ambos están atentos a la tele, pero está claro que no se están enterando de nada.

—Al menos eso es lo que hemos podido deducir —añade Archer.

Atraigo a Kira conmigo hacia el sofá y la siento a mi lado. En cuanto se acomoda, la veo poner atención a la escena y los diálogos hasta que rompe a reír a carcajada limpia.

—Una venta de... Vosotros no veis mucho este tipo de cosas, ¿verdad? Por momentos como este cada vez estoy más convencida de por qué Noe decidió meter animales en su arca en vez de salvar también a personas. Dios mío, deberíais veros —dice entre risas.

—¿Qué es tan gracioso? —preguntamos los tres a la vez. El comentario ha ido a matar, aunque se lo hemos dejado a huevo, eso está claro.

—Bueno... a ver... Si entendéis «venta de órganos» porque le hayan roto el corazón a María Luisa y que... —mira concentrada la novela antes de volver a explicarnos las cosas como si fuéramos niños— Ramiro esté tratando de recuperarla, pero ella no quiera saber nada, porque aún está dolida por su traición... Entonces sí. Habéis captado la esencia de la escena a la perfección.

Hombre, dicho así, puede que nos haya fallado algún que otro dato. Pero sabía que había entendido la palabra «corazón».

Después de ese despropósito, tratamos de seguir adivinando de qué va el episodio con los chicos. Es bastante divertido ahora que tenemos a Kira para corregirnos.

—¿Qué tal te fue la redacción de esta tarde? —me susurra.

Noto su aliento en la nuca y todo mi cuerpo reacciona como siempre cuando está a mi lado. Como si fuéramos dos imanes. No puedo evitar acercarme.

—Bien, nos ha hecho leerlos en voz alta y, a pesar de que aún había algún fallo, he aprobado con buena nota. —Sonrío. No podría haberlo hecho sin su ayuda.

—Te lo dije, eres muy capaz de hacerlo, Matt. Solo tienes que creerlo.

Lo ha dicho mirando la tele y ojalá pudiera perderme en sus ojos. Sumergirme en su mente y ver qué es lo que está pensando en este momento.

¿Su respiración se vuelve irregular con cada bocanada de aire? ¿El corazón aumenta sus pulsaciones con cada latido? ¿No deja de pensar en cómo sabrán sus labios en los míos?

Porque yo no dejo de hacerme esas malditas preguntas desde que estuvo en mi habitación la otra tarde.

—¿Y ahora qué le ha dicho? —pregunta Archer intentando atraer la atención de Kira y nunca he querido pegarle a mi amigo, pero ahora estoy conteniéndome muy fuerte.

—Que no pueden estar juntos porque ama a otro.

—¡No me digas!

—Pero si no tienes ni idea de qué va la cosa, ¿cómo puedes emocionarte así? ¡Ni siquiera sabes quién es quién! —clamo exasperado.

—Porque, a diferencia de ti, yo, si me propongo aprender algo, lo cumplo —sonaría más serio si no tuviera esa sonrisa burlona en la cara—, y no me distraigo ligando con mi vecina cada segundo que pasa.

Mierda, será capullo.

—Nosotros no… —comienza a excusarse Kira, pero la detengo enseguida, a la mierda con todo.

—Lo que hagamos no es asunto vuestro.

—Te equivocas ahí, amigo —dice Louis levantándose de golpe. Archer le imita y yo hago otro tanto porque enseguida me arrepiento de haber sonado tan bruto. Los tres acabamos de pie, cara a cara y muy cerca. Kira sigue en el sofá, por lo que baja la voz—. Sois nuestros amigos y, como amigos, estamos en nuestro real derecho de chincharos tanto como queramos, ¿queda claro? Eso y que queremos que seáis felices.

—Lo que se traduce en que acabéis con esta tensión antes de que nos salgan canas —añade Archer—, así que pídele salir de una maldita vez, Matty. Esta vez de verdad.

Aunque no saben por qué ni dónde fuimos, sí les tuve que contar la mentirijilla que les dije a nuestras familias, ganándome, claro está, alguna que otra coña de su parte.

Yo los miro boquiabierto, pero sin sorprenderme ni un ápice su sinceridad. Así son ellos, sin pelos en la lengua. Siempre parecen saber qué es lo que necesito o lo que puede ser mejor para mí incluso antes que yo mismo.

—Sois de lo peor, que lo sepáis.

—Pero nos amas.

—Por desgracia, me toca aguantaros. —Los abrazo y les doy las gracias a nuestra manera. Porque a veces los gestos bastan, y son suficientes para transmitir lo que no podemos decir con palabras.

—No la cagues —me advierte Archer antes de separarse del pequeño círculo que hemos creado y girarse hacia Kira—. Nosotros nos vamos ya, chicos. Nos vemos mañana en el partido, Capi. Hasta otra, Bailarina, ha sido divertido. Tienes que darme clases a mí también.

—¡Oye! Búscate a tu propia tutora —le digo sin pensar.

—Míralo, todo celoso. —Me coge los mofletes y tira de ellos tratando de mofarse de mí. A cambio recibe una colleja bien merecida.

Kira se ríe desde el sofá, supongo que se acostumbra ya a estas escenas.

—Hasta luego, chicos.

—Cuídanos a nuestro Capi, ¿vale?

—Haré lo que pueda —comenta divertida.

¿Por qué de repente me siento como si me compararan con un crío de cinco años? Ten amigos para esto.

En cuanto se van, nos quedamos solos y por primera vez en mi vida me siento sin saber qué decir. Es como si mi mente, mi corazón y mi cuerpo quisieran tomar el control a la vez y todo dentro de mí fuera un caos.

Nunca me había sentido así con ninguna otra chica.

Pero pienso en lo que los chicos me han dicho, en lo que yo quiero y en lo que siento cuando estoy cerca de Kira.

Veo que se ríe por algo que ha pasado en la dichosa telenovela y por una vez desearía poder entenderlo. Sin embargo, me contento con escuchar su risa. Podría oír ese sonido en bucle y creo que no me cansaría.

—Podemos ver otra cosa si quieres —le sugiero, porque la pobre se ha tenido que tragar esta tontería por nosotros.

Ladea la cabeza en cuanto me mira y sonríe. Se muerde el labio pensativa y, aunque sé que lo hace sin querer, porque ella es así, mi mente viaja a años luz de aquí y otro tipo de imágenes se instalan en mi cerebro. No aptas para menores, joder.

—¿Tienes HBO? —pregunta y doy gracias a Dios por el cambio de tema—. Podemos ver algún capítulo de *Friends.* ¿Qué te parece?

En sus ojos veo una calidez que me traspasa por dentro, no tenía por qué hacerlo, ella entiende perfectamente el idioma y podría haber seguido viendo la telenovela sin problema. Pero ha cogido la balsa salvavidas que le he lanzado y lo ha hecho por mí.

Es alguien que, si bien a simple vista puede no parecerlo, es atenta a los detalles. Como lo de mi redacción. No solo se ha acordado, sino que se ha interesado por cómo me había ido. Aún me sorprende este tipo de cosas, que le importe a gente fuera de mi familia hasta el punto de preocuparse por nimiedades como esas.

Se me olvida que en eso consiste la amistad. En dar y recibir por igual. En emocionarte por los logros de otros y sufrir con ellos si es necesario. Saber que estarán ahí para ti pase lo que pase.

—Me parece perfecto.

Y eso hacemos. Descubro entre risas y bromas que es muy Mónica, le pega muchísimo y ella me dice a su vez que le doy un aire a una mezcla entre el personaje de Chandler y la esencia de Joey.

—Entonces, tú y yo seríamos pareja —suelto sin pensar mirando la tele y sé que la he pillado con la guardia baja.

—Perdona, ¿qué?

Estábamos tumbados contra el respaldo del sofá y, en cuanto me ha oído, se ha sentado de golpe y me ha mirado con una cara de cervatillo a punto de ser atropellado.

Sé que no debería reírme, pero me es imposible.

—Bueno, si tú eres Mónica y yo soy Chandler, eso nos convierte en pareja —aclaro. Meterme con ella es sin duda mi pasatiempo favorito.

Sus facciones de repente cambian y parece como una niña a quien le han dicho que Papá Noel no existe.

—¿Mónica y Chandler son pareja? —me pregunta con un hilo de voz.

«Hostia puta». Es lo único en que puedo pensar.

—Dime que has visto todas las temporadas de Friends —le pido. Pero cuando niega con la cabeza quiero darme cabezazos contra una pared—. ¿Al menos has pasado de la quinta temporada?

—Qué va, empezamos la serie muy tarde, he visto algún episodio suelto. No ha sido hasta hace poco cuando la hemos retomado en serio con Cosi. Vamos por la tercera temporada.

La miro y en ese momento solo quiero que me trague la tierra.

—Mierda, Kira, yo... —comienzo a disculparme tratando de encontrar las palabras adecuadas, pero sin mucho éxito. Que le he jodido uno de los momentos clave de la serie, si es que soy un bocazas.

Pero entonces la veo encogerse y cómo sus hombros suben y bajan. Al principio pienso que está llorando hasta que escucho su risa. Y, cuando alza la cabeza, la carcajada escapa a borbotones de toda ella y me quedo petrificado.

No porque se haya quedado conmigo, que también tiene tela.

Sino porque es la imagen más hermosa y sexi que he visto en mi vida.

Ahí despatarrada en mi sofá, riendo a pleno pulmón, sujetándose la barriga sin poder contenerse es jodidamente imperfecta.

Y eso hace que me lance de cabeza, sin frenos y a lo loco.

—Sal conmigo mañana. En una cita. Esta vez de verdad.

Eso la calla de golpe y me mira como si me hubiera crecido una segunda cabeza.

—¿Qué?

—¿Quieres salir conmigo, Bailarina? —le pregunto, esta vez como toca.

—¿Por qué? —No puedo evitar notar la duda en su voz y eso me enfada, como si creyese que no pudiera hablar en serio.

«¿Por qué?». Joder, podríamos estar hasta mañana si tuviera que enumerar todos los motivos.

—Porque me haces reír, porque me gusta hablar contigo, porque aguantas mis bromas y me las devuelves —choco nuestros hombros y reímos al recordar el momento de antes— y porque me atraes y me gustaría conocerte más. ¿Quieres que siga?

—No... no, te has explicado muy bien, gracias —comenta más para sí que para mí. Y está guapísima. Tanto cuando me planta cara como cuando la timidez le gana la batalla.

—¿Y bien? ¿Vendrías conmigo a un sitio mañana por la tarde? Jugamos por la mañana y luego estoy libre, ¿qué me dices?

Espero no haber sonado demasiado desesperado. Joder, ahora sí que me siento como un crío de doce años ante la primera tía que le gusta en su vida.

—Vale.

—¿Vale? —repito y ahí puede que sí haya sonado como un tonto, pero necesito asegurarme de que lo he escuchado bien y no ha sido mi subconsciente inventando cosas.

—Sí, Quarterback, me gustaría salir contigo mañana. Esta vez de verdad. —Sonríe ante la broma de nuestra no cita del otro día y me río en respuesta—. Salgo de trabajar a las cuatro, así que después estoy libre.

—¿Has empezado a trabajar? ¿Dónde?

Me saca la lengua y me revuelve el pelo antes de que pueda siquiera defenderme.

—Empiezo mañana, no podré ir a veros jugar contra los Bulldogs. Will me ha contratado como camarera en el Jolly durante unas horas al día.

Vaya, eso sí que no lo esperaba.

—Es una noticia genial. —Me alegro muchísimo por ella, además el viejo Will es un buen tipo y Sally y las otras chicas serán como unas mamás oso con ella, seguro.

—Estoy muy contenta, no esperaba que me aceptaran tan rápido en cuanto vi la oferta.

En un momento una imagen se cuela en mi cabeza y no puedo evitar ruborizarme.

—¿Estás bien? —me pregunta y veo que se acerca un poco más a mí.

—Si vas a trabajar ahí, significa que llevarás el uniforme, ¿verdad?

Parpadea y su cara poco a poco se va transformando en una puesta de sol.

—Pue... puede... No me lo han confirmado. Pero sería lo más probable.

Suspiro y vuelvo a tumbarme en el sofá, esta vez coloco las manos detrás de la cabeza para estar más cómodo.

—No me gusta nada esa sonrisa —me dice.

—No sé a qué te refieres —me encojo de hombros—, simplemente he caído en la cuenta de que hace mucho tiempo que no voy al Jolly Roger como lo hacía antes. Creo que es hora de retomar viejos hábitos, solíamos hacerlo mucho con los chicos. Y el verte a ti en uniforme... es un aliciente demasiado tentador, ¿no crees?

—Eres un idiota, Quarterback.

—Me lo dicen mucho, Bailarina.

A pesar de que le fastidie que me meta con ella y que quiera tratar de ocultarlo, veo que está sonriendo, aunque intente disimular tras su melena.

Ambos volvemos a centrarnos en la serie, esta vez más tranquilo ahora que sé que no hay peligro de ningún *spoiler.*

—No puedo esperar a nuestra cita de mañana —susurro.

—Yo tampoco.

Capítulo 22

-KIRA-

Irenic: (adj.) promoviendo la paz.

Bajo medio zombi las escaleras y la imagen que me encuentro hace que me plantee si sigo aún en trance.

Veo a mis hermanas asomadas tras una de las columnas del salón observando cual espías a papá.

—¿Se puede saber qué estáis haciendo? —susurro a sus espaldas en cuanto llego a su lado.

Ambas pegan un chillido, aunque a su favor diré que lo controlan bastante bien y el susodicho ni se entera, está en su mundo. Ni que decir tiene que después de recomponerse me miran con mala cara. No es mi culpa si me las encuentro actuando raro —más de lo normal en esta familia, todo sea dicho— un sábado por la mañana. Yo por mi parte aún no me he tomado mi taza de café, por lo que no soy persona y mis neuronas no funcionan.

—Shhh, que te va a oír —me regaña June.

Lo que me faltaba, que mi hermana pequeña me lance una mirada de reproche. Es demasiado temprano para todo esto.

Miro a papá e intento descubrir por qué tanto misterio, cuando caigo en la cuenta de algo.

—¿Está tarareando la canción de la película de Robin Hood? ¿La de dibujos? —las miro mientras lo pregunto y ambas asienten a la vez.

—La misma, la que canta el gallo ese con el laúd. Lleva silbándola no sé cuántas veces ya, es su favorita —comenta Cosima mientras hace pequeños estiramientos—, y eso no es lo único, ¿a qué te huele?

Procuro identificarlo haciendo pequeñas respiraciones, pero June nunca ha sido conocida por su paciencia.

—¡A tortitas! ¡Está haciendo tortitas! —salta emocionada.

—Ya lo noto, enana.

—Exacto, y todo eso solo lo hace cuando es un día especial. —Cosi nos mira a todas mientras los engranajes de su cabeza giran sin parar, puedo verlo desde aquí. Incluso juraría que sería capaz de sacar humo por las orejas—. No es el cumple de ninguna de nosotras, ¿verdad? ¿Y por casualidad se nos haya pasado? ¿O el suyo? —pregunta cada vez más preocupada.

Las tres nos miramos con cara de espanto y empezamos a hacer cuentas. Ya nos pasó una vez, que olvidamos el cumpleaños de Isla hasta que vimos a papá preparar unas pancartas.

Cuando digo que en esta familia somos despistados no bromeo, mamá era la que siempre nos recordaba los cumpleaños de todo el mundo. Incluso de las personas que ni siquiera sabíamos que existían o que seguían vivas, así era ella.

—El mío no es hasta Acción de Gracias —suspiro tranquila. Es lo bueno que tiene que tu cumpleaños caiga en fechas señaladas, que no hay pérdida. Al menos, este año.

—Vale, yo tampoco soy. Cumplí los dieciséis en agosto. —Cosi se relaja al instante—. Se me había olvidado.

—Eres un desastre —ataco, aunque no estoy yo muy fina. Dios, necesito mi café.

—Pues anda que tú.

—El mío es cuando viene Santa, y para eso falta, ¿verdad? —nos pregunta June irrumpiendo nuestra pequeña disputa.

Es verdad, la renacuaja nació el día de Navidad. El parto se adelantó unos meses, sorprendiéndonos a todos y dándonos una razón más para festejar ese día.

—Es verdad, June. Para el tuyo aún queda.

—Isla tampoco y juraría que papá también cumple en verano, ¿no?

Asiento en respuesta y suspiramos porque volvemos a estar como al principio.

—Si las tres habéis acabado de hacer el tonto, podríais salir de vuestro pequeño escondite y venir a desayunar. La comida se enfría y en un rato tenemos que salir si queremos llegar con tiempo para que Cosi entrene antes del partido.

Obedecemos a cámara lenta hasta que llegamos a su lado y, después de darle un beso, nos sentamos cada una frente a un suculento plato de tortitas.

—¿A qué viene este despertar, papá? —digo con la boca llena—, que conste que no me quejo.

—A nada en especial, simplemente me apetecía hacerlo.

—Pues por mí puedes repetirlo todos los días —bromea Cosi, que ya va por la segunda tortita y que de la emoción casi se atraganta con su vaso de leche.

Papá se ríe ante tal estampa y no es para menos.

Charlamos un rato más mientras desayunamos los cuatro juntos. Luego me explican que llevarán a Cosi hasta el instituto de los Bulldogs, el equipo contra los que juegan Matt y compañía hoy.

Con la cafeína corriéndome por fin por las venas, comienzo a ser persona y la idea de en qué día vivo empieza a cristalizarse por mi mente. Y lo que eso significa.

—¿Va todo bien, hija? Te has puesto roja —me pregunta papá preocupado.

—Sí, nada, estoy bien.

—Creo que cierto *quarterback* le ha pasado por la mente —se mofa Cosi frente a mí. Tiene la taza entre los labios y parte del contenido le salpica la cara en cuanto siente la patada que le he dado—. ¡Ay! ¡Serás bruta!

—Uy, perdón. Ha sido sin querer.

—Mentirosa, lo has hecho a propósito.

Le saco la lengua y ella trata de darme una patada de vuelta, pero falla.

—Niñas, niñas, haya paz —nos pide papá—. ¿Estarás bien sola, Kira?

Su pregunta llama mi atención y, aunque quiere ocultarlo, veo cierta preocupación en su mirada.

Me acerco más a él y cojo su mano. Es enorme en comparación con la mía, y me siento segura en esa caricia.

—Claro, además hoy empiezo a trabajar, ¿recuerdas?

Al final se lo conté ayer y se lo tomó bastante bien. Estaba algo preocupado con el tema de las clases, pero, en cuanto se lo expliqué bien y que mis notas no se verían afectadas, se calmó.

Sonríe orgulloso y asiente en silencio, y esa calidez se cuela muy dentro. Me la guardo en un rincón para darme fuerzas cuando las necesite. Después vuelve a centrarse en lo que las chicas están contando mientras bebe su café, pero en ningún momento me suelta la mano.

Quarterback idiota

Por favor, dime que ya te has puesto el uniforme

Noto vibrar el móvil en el delantal blanco que me han dado junto con el resto de la ropa. Está doblado sobre el banco de la sala donde se cambia el personal y, cuando lo cojo para leer el mensaje, no puedo evitar reírme al leerlo.

¿Tú no estabas en el partido?

Aún no ha empezado, estoy en el vestuario

¿Vas a contestarme o piensas dejarme sufriendo con la duda mucho más?

Pues ahora que lo dices es tentador

Bailarina...

Vale, vale

Mira que eres pesado

Lo tengo aquí al lado, también estoy en el vestuario y estaba a punto de ponérmelo

Escribiendo...

No dejo de mirar la pantalla y esa palabra va y viene, pero no llega ningún mensaje.

¿Va todo bien?

¿Qué estás escribiendo?, ¿una novela?

Joder

Cinco minutos para una palabra, al final va a resultar que sí eres idiota, Quarterback

¿Necesitas ayuda también en Lengua aparte de en Álgebra?

Debería dejarlo. Terminar la conversación, vestirme y salir antes de que alguien afuera se pregunte si me ha tragado alguna taquilla o algo parecido.

Pero es que no puedo. No sé qué me ha poseído, menos cuando leo los últimos mensajes que le he mandado. ¿Desde cuándo soy tan lanzada? Pero se siente tan bien que no quiero pensar el cómo ni el porqué.

Joder

Repite de nuevo. A ver si el que se ha roto va a ser él.

Decido aprovechar y vestirme mientras. El uniforme es sencillo. Una blusa y falda azul turquesa conjuntadas y un delantal blanco aparte, con forma de triángulo en las puntas y que se ata a la cintura, tiene un bolsillo central para guardar lo que quiera.

Cuando me ato el pelo en una coleta alta y reviso que todo esté en su sitio, siento vibrar de nuevo el móvil y le echo un vistazo.

Es que ahora solo puedo imaginarte ahí, a medio vestir, y te juro que intento que las imágenes se vayan, pero es tu culpa...

¡HAS SIDO TÚ QUIEN LO HA DICHO!

No sé qué es peor, si imaginarte así o con el uniforme

Mierda, y yo tengo que salir a jugar ahora

Me vas a matar, Bailarina

¡Joder!

Siento cómo el calor inunda mi cuerpo deteniéndose en ciertas zonas más tiempo del necesario. Mierda, tal vez no fuera tan buena idea seguir con los mensajes. De todo lo que podría haber dicho, y va y me suelta eso.

¿Sigues viva, Bailarina?

No tengo mucho tiempo, solo chequeo que no soy el único sufriendo aquí

Si tú supieras...

Entonces, cuando me miro al espejo, aún con el rubor cubriendo mis mejillas, trato de echarle la culpa a la entidad, sea cual sea, que me ha poseído porque, si no, no me explico mi reacción. Pero muy en mi esencia, lo hago sin pensar.

Alzo el móvil y le doy al botón.

Sigo aquí, Quarterback, y confirmo que eres idiota. Y tienes un problema serio

Menos mal, pensé que te había perdido

Buena suerte en tu primer día, pequeña

Nos vemos esta tarde, no olvides que tú y yo tenemos una cita

Suerte en el partido, machacadlos

¿Se dice así?

Se dice como tú quieras, pero vas aprendiendo

Gracias, Bailarina

Nos vemos esta tarde, no olvides que tú y yo tenemos una cita

Pues eso

Ah, y Matt...

Lo dicho, la culpa no es mía. Es de quien sea que lleve las riendas de mi cerebro ahora mismo. Joder, que le he mandado la foto. Tal vez no la vea hasta después.

«Por favor, que no la vea».

«Mierda, está en línea».

ME

CAGO

EN

LA

PUTA

JODER, KIRA. ¿TÚ QUIERES QUE ME DÉ UN INFARTO?

Respira, Quarterback. No quisiera ser la causante de que perdáis hoy

Eso tendrías que haberlo pensado mejor antes de haber mandado la dichosa foto

La próxima vez no te mando nada

Le pico y descubro cómo me gusta esta nueva faceta que estoy exteriorizando de mí misma.

Ni se te ocurra

Por cierto, Kira...

Estás de muerte

Nos vemos luego

Nos vemos luego. Juega con cuidado

Siempre, preciosa

No sé si el último comentario se le habrá escapado o no. Nadie salvo papá me había llamado así, y vale que técnicamente Matt lo ha escrito, pero mi corazón va por libre, como la mayor parte del tiempo, así que desde que ha leído ese mensaje estoy segura de que va un latido más rápido que la media.

Tampoco tengo mucho tiempo para pensar en lo cómodos que nos hemos vuelto o en lo fácil que es bromear con él. O en lo que pasará por la tarde porque Will me absorbe por completo.

Me pasea por toda la cafetería explicándome cada rincón, presentándome a todos y lo que tengo que hacer. Escuchándole hablar se nota que este lugar es más que un medio de vida para él, es un sueño hecho realidad. Un proyecto creado desde cero, donde ha puesto todas sus esperanzas y del que está más que orgulloso. Eso hace que me contagie esa misma pasión, es imposible que no ocurra.

Cuando me entrega la cuadrícula con mi horario, veo que estoy en los mismos turnos que Sally y me presenta a Olivia, una joven pelirroja de mi edad. También va a Anchor High, pero hasta ahora al no ir a las mismas clases no hemos coincidido.

Es todo un terremoto. No para quieta, basta ver lo rápido que es capaz de atender a la gente. Yo aún me estoy haciendo a todo, pero no tardo mucho en cogerle el tranquillo.

Eso sí, todos son un amor y me ayudan con cualquier duda que tengo.

La gente va y viene y nunca tenemos el sitio completamente lleno. Pero las comandas nunca paran, sobre todo a la hora de comer. De fondo tenemos la radio puesta que va relatando el partido y de a poco cuando tengo un momento libre paro a alguien para que me explique cómo van, porque yo sigo sin enterarme de nada, salvo cuando mencionan el apellido de Matt o dicen eso de *touchdown*.

—¿Y ahora qué ha pasado? —le pregunto a Olivia, la pobre no sé cómo no se ha cansado aún de mí.

—Acaba de terminar el último cuarto, solo queda uno y ganamos, pero por muy poco —me explica entre risas—. No sabía que tú y el *quarterback* estabais…

Deja la frase en el aire a propósito, lo sé por la mirada que me dedica, y por un momento me recuerda tanto a Cosi que da miedo.

—No, nosotros no… —Mi primer impulso es negarlo, claro, pero luego pienso en lo de esta tarde y mi cabeza está hecha un lío. No tengo ni idea de lo que somos. Así que se lo explico lo más resumidamente que puedo—. Y eso es todo.

—Vaya, pues sí que os ha cundido el tiempo, sí —comenta aún algo asombrada mientras esperamos a que salgan las últimas comandas—, pero, si te soy sincera, yo nunca lo he visto estar con nadie. Al menos que yo recuerde. Así que, si te ha pedido salir, debe significar algo, ¿no?

—Supongo —procuro no dudar, pero como siempre una parte de mí falla.

—Venga, anímate. No lo pienses mucho y disfruta, sea de lo que sea lo que tenga preparado para esta tarde. Eso sí, cuéntamelo luego, que me muero de la curiosidad. —Me guiña un ojo antes de centrarse en los platos que Anton, el chef, va sacando para nosotras. Pero, antes de irse a sus mesas, vuelve a girarse hacia mí una última vez—. He coincidido con él en alguna clase y siempre parecía estar en su mundo, salvo cuando estaba con sus compañeros de equipo. Me alegra ver que estaba equivocada.

Su comentario me deja pensando unos segundos hasta que Will aparece y nos mete caña a ambas.

De fondo la radio vuelve a sonar y de reojo veo como la gente contiene el aliento. Hasta que el reportero comenta la última jugada y, aunque no entienda nada de lo que dice, sí sé leer las caras de la gente, y por las que ponen los comensales deduzco que esta vez no hemos tenido tanta suerte.

—Qué pena, ha ido por poco —oigo que dicen en una mesa.

—¡Pero el siguiente seguro que ganamos! —exclaman unos niños cerca de la barra.

Todo el lugar se llena de comentarios del estilo y en el fondo me alegro de que el equipo tenga unos hinchas que los apoyen y sigan tanto.

Las horas pasan más rápidas de lo que me imaginaba y, cuando quiero darme cuenta, mi turno ha acabado. Con las chicas charlamos un ratito en el vestuario mientras nos cambiamos. Sobre mi día, sobre el insti, sobre el embarazo de Sally. Hasta que poco a poco cada una vamos abandonando el lugar. Yo soy la última en salir, y en la puerta me encuentro con Will.

—No ha estado nada mal, grumete —me felicita y me hincho de orgullo porque una parte de mí tenía miedo de fastidiarla en algún momento—. Bienvenida a bordo, nos vemos la semana que viene.

—Gracias, capitán —le saludo, como nos ha ordenado a todos que tenemos que hacerlo, medio en broma, aunque fijo que en el fondo lo disfruta.

Al salir al *parking*, saco mi móvil por si tengo algún mensaje. Llevo desde que terminó el partido con los dedos hormigueándome por escribirle, por saber cómo está.

En cuanto tengo el aparato en las manos, noto que silban a mi espalda la misma canción que mi padre esta mañana y me giro en el acto, porque no puede ser verdad.

Pero sí, ahí está, como si le hubiera conjurado.

—¿Necesita que la lleve a algún sitio? Su carruaje la espera. —Está apoyado sobre su moto con ambos cascos en las manos mientras hace la coña.

—¿Y esa canción? —le pregunto al llegar a su altura. Me tiende uno de ellos y me lo pongo sin dudar.

Él me mira y alza las cejas antes de ayudarme a atarlo. El contacto de sus dedos con mi barbilla mientras cierra el contacto me pone la piel de gallina.

—¿Esta? —vuelve a entonarla, aunque a ratos tiene que parar, porque le entra la risa—. Tu hermana me dijo que lo hiciera en cuanto te viera.

—Yo la mato.

—Me muero por saber el porqué.

—En realidad es una tontería. —Me acomodo a su espalda y, si bien al principio coloco mis manos cerca de mis muslos, él las coge y me hace abrazar su cintura, como la otra vez. Menos mal que llevo el casco, porque seguro que ahora mismo vuelvo a parecer una gamba—. ¿Dónde vamos?

—Es una sorpresa. ¿Lista?

—Lista, Quarterback.

Capítulo 23

-MATTHEW-

Thalassophile: (n.) amante del mar. Alguien que ama el mar, el océano.

La siento aferrarse a mí con cada curva, con cada giro. La chaqueta fina de cuero que llevo no sirve como barrera para notar su presencia.

Y su cuerpo se mueve al mismo compás que el mío, como si estuviéramos sincronizados. Sabe cuándo ha de inclinarse y para qué lado sin que yo tenga que decirle nada. Somos uno con la moto y, joder, sí, eso no me pone un poco.

Qué coño un poco, me pone y punto. Como la foto. La dichosa foto.

En qué momento se me ocurrió pedírsela.

Pero no me arrepiento, tendría que estar loco para hacerlo.

En realidad, ese momento previo con ella, ese intercambio de mensajes fue lo único bueno que saco de esta mañana.

Está claro que no ha sido nuestro día. Hemos estado distraídos, no hemos jugado como equipo y nos han pasado por encima. Y yo como capitán tengo gran parte de culpa.

Sé que solo es un partido, pero la sensación de haber fallado lleva instalada en mi pecho desde que se escuchó el pitido final.

Y ni los ánimos del entrenador, ni mis palabras al resto de los chicos, ni los abrazos de la familia o de Michael y sus hijas tratando de animarme han logrado que se marche.

Solo ahora, con Kira sujeta a mi espalda, he logrado que se calle un rato y deje de romperme los tímpanos con sus gritos.

Pero volverá, siempre vuelve.

Pierdo por un segundo parte del control y la moto hace un pequeño giro que no debe. Eso hace que mande todo a la mierda y me centre donde toca. No solo por mí, sino porque no estoy solo, joder. Trato de controlar mis respiraciones y consigo que lo que queda de camino pase sin ningún problema.

Viajamos dando un rodeo a la costa y noto cómo apoya su cabeza de lado en mi espalda, y sé que está disfrutando del paisaje. No me extraña, puede que seamos un pueblo pequeño. Que no tengamos mucho, pero estamos rodeados de mar y es de lo mejor que existe.

Aparco la moto cerca de unas rocas y apago el motor antes de bajar el seguro.

Kira se baja sin problema y yo la sigo al instante.

—Vayaaa —susurra mirando el paisaje ante nosotros—, es precioso, Matt.

El mar, la arena blanca y las gaviotas en el cielo nos dan la bienvenida.

—Y aún no has visto nada, ven, sígueme.

Le tiendo la mano y la coge sin dudar. En cuanto la tengo sujeta, la guío por entre las rocas y comenzamos a bajar.

Es verdad que al estar rodeados de mar tenemos puerto y playa por casi todas partes, pero este es mi pequeño rincón. Uno que casi nadie conoce. Solo mi familia y amigos, y al que casi nadie viene porque tienes que bajar por unas rocas para llegar.

El resto del pueblo suele preferir accesos más cómodos al mar.

—Ten cuidado dónde pisas, algunas rocas resbalan.

—Entendido —me dice seria y trato de no reírme al ver que frunce el ceño y mira fijamente las rocas bajo sus pies mientras calcula cada uno de sus pasos, tratando de que sus Converse azul cielo pisen fuerte con cada paso.

Cuando llegamos abajo, después de unos minutos de descenso y tocamos la arena, instintivamente me quito las deportivas para sentir el calor bajo mis pies. Kira me mira unos segundos, pero me imita veloz.

—¿Esos son unos columpios? —grita sorprendida y, antes de que pueda decir nada, salta feliz y se lanza corriendo hacia ellos.

Están en un rincón cerca de las rocas, a resguardo de curiosos, por eso desde arriba no se ven. Los construimos con papá hace unos años y me sorprende que aún hoy aguanten.

Cuando llego a su lado la veo sentada en uno de ellos con cuidado y respeto mientras me mira con la sonrisa más sincera que he visto jamás. Estoy seguro de que sería capaz de iluminar la noche más oscura si se lo propusiera.

Me siento a su lado, balanceándome sin pensar mientras miro mi pequeño reino.

—Bienvenida a mi refugio a la vera del mar, Bailarina.

Deja de moverse al momento y es como si el tiempo se hubiera congelado. Su mirada es como una caricia que se posa por cada rincón, y no puedo evitar temblar.

«¿Qué estás haciendo conmigo, pequeña?».

—Gracias, Matt. Por esto —nos señala a nosotros, como si fuéramos un conjunto, un todo, y me gusta demasiado esa idea—, por dejarme entrar en este lugar. Está claro que es muy especial para ti. Gracias.

—Me alegra que te guste, de verdad, ¿y sabes lo mejor? —le pregunto—. Lo mejor de este sitio es que no está lejos de casa. Está solo a unos minutos. Así que puedes venir siempre que quieras, incluso dando un paseo —confieso y en realidad por fin puedo respirar tranquilo. Una parte de mí temía que traerla aquí para una cita no fuera lo mejor, o que no le gustase del todo—. ¿Sabes? No he pegado ojo esta noche porque no sabía cómo ibas a tomártelo.

—¿Tú, nervioso? Eso sí es nuevo.

—Intenta no divertirte demasiado, ¿quieres?

—Haré mi mejor esfuerzo, pero no prometo nada —bromea y, mientras ambos nos hemos ido balanceando en el sitio, nuestras rodillas se han ido tocando de a poco, y en cada contacto es como si de nosotros surgieran pequeñas chispas—. ¿Cómo estás, Matthew? Llevo queriendo preguntártelo desde que te he visto, pero no sabía cómo hacerlo.

Lo dice seria pero segura al fijar su vista en la mía, y yo me pierdo en la profundidad de su mirada.

—Yo... no lo sé. —Las palabras se traban en mi lengua, como si no quisieran salir. Me arden en la garganta, y siento como si el cuello de la sudadera se apretara de más y me ahogara, como si mi propia ropa me asfixiara, y me siento estúpido. Estúpido por haber fallado, estúpido por estar perdido y estúpido por sentirme así ante ella justo hoy—, lo hemos hecho de pena. Ha sido un desastre y nos han superado tanto en ataque como en defensa. Hemos tenido muy pocas ocasiones y se ha notado. Lo peor es que como capitán no he sabido estar a la altura, es en momentos como estos en los que tengo que saber reaccionar a tiempo, y por mucho que lo he intentado no ha habido manera.

Suelto casi todo de golpe, como si fuera un torrente desbocado y las palabras fueran el agua que fluye río abajo, rápido y sin rumbo. Arrasando todo a su paso.

Y es que para mí no existe nada que duela más que hacer tu mejor esfuerzo y, aun así, no ser suficiente. ¿Por qué no puedo ser suficiente?

Menuda birria de primera cita y menuda imagen estaré dando. La vocecita dentro de mí no deja de repetir lo patético que soy. Y ahora vuelve a cobrar más fuerza. La odio.

Kira no dice nada y no sé qué prefiero, si su silencio o escucharla hablar, decir algo, lo que sea.

Se levanta. No la veo porque tengo la vista fija en el mar, si lo hiciera sé que acabaría derrumbándome, pero la noto. Es imposible no hacerlo. Su esencia se entremezcla con la sal del mar que me trae la brisa y el olor a tierra húmeda de la arena mojada.

Cuando quiero darme cuenta, la tengo delante. Su semblante sigue serio, sin mostrar ningún tipo de emoción, ni siquiera cuando coge mis manos para animarme a levantarme del columpio. Nos arrastra unos pasos hacia atrás, dirección al océano, y yo la sigo como un marinero sigue el canto de una sirena.

Hasta que nos obliga a sentarnos en la arena, uno frente a otro. Solo entonces, cuando sus dedos acarician mi pelo, mi frente y bajan, dejando un rastro de caricias por mi mejilla, sonríe. Con un giro de cabeza hace que la trenza que sujeta su pelo se coloque en su hombro derecho y tengo que contenerme para no acariciarla.

—¿Quieres saber qué es lo que yo creo? —murmura tan bajo que podría confundirse con el sonido del mar.

—Por favor —le pido y, sin quererlo, mi voz suena casi como un ruego.

Sus manos han acabado aferrándose a las mías después de acariciar mi cara, bajar por mi cuello, hombros y brazo. Y en cada una de esas partes siento aún su toque. Como si estuviera grabado a fuego.

—Sé que no entiendo mucho de fútbol, por no decir nada. —Se escapa una pequeña risa de sus labios y mi mirada queda atrapada en ese punto fijo. Tengo que controlarme para no romper la poca distancia que nos separa—. Pero sí sé que sois un equipo, Matt. Y un equipo no puede funcionar nunca si el peso de todo lo lleva una sola persona. Os he visto jugar, os he visto entrenar, sois una familia. Puede que no entienda las reglas ni qué se debe hacer en cada momento para que ganéis al final, pero sí sé esto: cada uno de vosotros sois como unas piezas concretamente diseñadas para que la maquinaria funcione. Todos sin excepción.

—Lo sé, pero yo soy el capitán, soy el líder. Si no los guío, yo... —deseo explicarme, pero es como si ante esa mirada tan pura las palabras que me repito una y otra vez frente al espejo pierdan la fuerza con la que a mí me lastiman.

—Y lo haces. Lo sé y estoy segura de que ellos también, pero Matthew... —su agarre se intensifica y sus pulgares dibujan a la vez pequeños círculos en mis palmas—, no quiero que pienses que eres menos solo porque hoy no tuviste tu mejor día. Has dado lo mejor de ti, te has caído, sí, ¿y qué? Date tu tiempo, quítate el polvo de las rodillas, respira, vuelve a levantarte y comienza otra vez. Tantas como hagan falta. Las veces que lo necesites, tú, no el mundo. Solo tú. Que se calle el resto.

—Eres maravillosa. —Es lo único que puedo poner en palabras. Pero no lo único que siento. Porque estoy sintiendo, y mucho.

Siento un caos ahora mismo dentro de mí, siento las voces que me dicen que no valgo, que no llegaré a nada, esas que se repiten una y otra vez con mi propia voz sin importar lo mucho que intente hacerlas callar. Pero también siento el calor dentro de mi pecho, el calor que llega desde nuestras manos, que siguen unidas, siento el deseo que me recorre entero al verla ahí sentada de espaldas a la inmensidad del mar.

—Gra... gracias —se ruboriza en cuestión de segundos y me encanta la sensación de ser yo quien la lleve a ese extremo. Me pregunto si se ruborizará por otras cosas.

—No, Bailarina, gracias a ti. —Me mira confusa y me río sin poder evitarlo. Es tan pura y buena que ni siquiera se da cuenta de lo importantes que han sido esas palabras para mí. Ni siquiera yo sabía lo mucho que necesitaba escucharlas. Tal vez necesite un poco de tiempo para interiorizarlas, pero no puedo hacer otra cosa que creerla. No cuando lo dice con una pasión como la suya—. ¿Sabes una cosa?

—¿Qué?

—Necesito hacer algo que me muero por hacer desde hace semanas.

—¿El qué? —pregunta y puedo ver cómo a medida que me acerco a ella su respiración se va acelerando. Poco a poco. Como una lenta tortura.

—Esto.

Mi cara está a escasos centímetros de la suya, como aquella vez en la habitación. La única diferencia es que ahora nuestras respiraciones se mezclan con el olor del mar. Mi mano imita el viaje que hizo la suya hace un rato y le acaricio la mejilla hasta rozar la trenza que ata su pelo.

Ella cierra los ojos, no sé si de la anticipación o para contener el deseo. Porque, aunque no sea un experto, sé que algo he visto. He visto cómo sus pupilas aumentan ante la expectación. Aunque no pueda verme, sé que la sonrisa que se planta en mi cara es de esas que tanto le molestan y la hacen rabiar. Cosa que me encanta.

Me muevo un poco más cerca y nuestros labios se rozan, pero sin llegar a tocarse del todo, suficiente para que pueda desenredar poco a poco la trenza y dejar su melena danzar libre con el viento.

—Listo, hermosa.

Me alejo unos milímetros, pero no demasiado, lo suficiente para verla abrir los ojos y disfrutar un poco de la sorpresa que se dibuja en ellos. Tiene que parpadear para situarse y caer en lo que acaba de pasar.

—¿Mi trenza? ¿Lo que llevabas tiempo queriendo hacer era soltarme el pelo? —pregunta como si no pudiese creérselo.

Y juro que aguantarme la risa es lo más difícil que he hecho en mis diecisiete años.

—Sí, me gustas mucho con el pelo al viento, te pega más —digo mientras coloco unos mechones tras la oreja. Porque no puedo estar quieto y no tocarla—. ¿Qué creías que iba a hacer, Bailarina?

Ah, ahí está, mi pequeña puesta de sol. De nuevo ese rojo que inunda su piel.

—Na... nada. Eso. ¿Qué otra cosa ibas a hacer? —Habla tan rápido que se traba con algunas palabras e incluso tartamudea.

Mira al suelo y tengo que sujetarle la barbilla y alzarla hacia arriba para volver a perderme en su mirada.

—Vaya, es una pena. Porque ahora que lo pienso bien, sí que hay otra cosa que quiero hacer.

Me mira seria esta vez y hay fuego en su mirada. Sigue algo roja, pero es como si se hubiera armado de valor para hacer algo que quiere.

—Entonces hazlo, Quarterback. No me hagas esperar más.

Joder, lo dicho, esta chica va a acabar conmigo.

Suelto una carcajada antes de volver a colocar mis manos a ambos lados de su cara. Se siente tan bien, como si fuera un lugar en el cual encajaran a la perfección.

—Puedes apartarme cuando quieras, pero ojalá no tengas que hacerlo. Que sepas que llevo soñando con esto desde la primera vez que te vi por la ventana, Bailarina.

—Mirón —susurra sobre mis labios.

—Puede, pero no dejaré de darle gracias a quien sea porque fueras tú y no ninguna de tus hermanas las que acabaran en esa habitación.

Y entonces hago lo que llevo esperando días.

La beso.

Cuando nuestros labios se unen por primera vez, algo torpes al principio, es como estar dentro de un volcán. Todo se vuelve fuego.

Nos tomamos nuestro tiempo para conocernos. Una de mis manos abandona su mejilla y baja hasta su cintura. La necesidad de sentirla más cerca es tan fuerte que siento que va a acabar conmigo. No sé cómo ni en qué momento, pero acaba sentada encima de mí y, en cuanto nuestros cuerpos se alinean en los lugares correctos, es como si todo alrededor estallara.

Tengo que centrarme en sus labios y tratar de controlarme para no acabar como un crío de doce años en sus pantalones porque no sabe gestionar sus impulsos.

Y, joder, me pierdo en ese beso.

Nuestros labios juegan, bailan. Dejan paso a las lenguas e incluso le mordisqueo el labio inferior de vez en cuando al descubrir cómo le gusta. Es como si comenzáramos una guerra entre nosotros, perdidos en el reto y la diversión, por ver quién aguanta más. Mientras, nos descubrimos el uno al otro.

Cuando nos separamos en busca de aire, nuestras frentes aguantan el peso de nuestras corduras mientras tratamos de serenarnos juntos.

Aunque el hecho de que siga sobre mí no ayuda demasiado, ni muerto le digo que se aparte.

—Ha sido…

—… una puta locura —acabo por ella.

Y los dos sonreímos como unos tontos. Pero no creo que haya mejor manera de describirlo. Ahora no sé por qué narices hemos tardado tanto en hacerlo.

—No besas nada mal, Quarterback —comenta entre risas.

—Tú tampoco, Bailarina. —Ante su sonrisa, no puedo evitar añadir—: Por lo que veo, seguimos haciendo un buen tándem, incluso en esto.

—Es bueno saberlo.

Después nos quedamos tumbados viendo el mar un rato más en silencio. Haberla dejado entrar en mi pequeño refugio ha sido lo mejor que podría haber hecho, porque, al verla a mi lado, siento que puede que ahora sea capaz de encontrar las piezas que le faltaban a mi puzle.

Capítulo 24

-KIRA-

Duende: (n.) el misterioso poder del arte para conmover a una persona.

La cafetería está a rebosar esta mañana. Apenas consigo hacerme con las últimas porciones de *pizza* que quedan. Dos chicas detrás de mí me miran mal, pero se tendrán que aguantar. Yo las vi primero. Cuando tengo hambre, me convierto en *el monstruo de las galletas,* estas dos pequeñas son mi tesoro, que salga el valiente que intente quitármelas.

También es verdad que aquí quien no corre vuela. Sobre todo, porque lo siguiente que queda en el menú son o unos espaguetis que a primera vista pasan por comestibles si no fuera por esa extraña salsa gris que llevan por encima o ensalada.

Así que en cierta manera entiendo sus miradas asesinas.

Con ellas en mi bandeja, una bolsa de patatas fritas, un bol con fruta variada y una botella de agua mineral, me encamino hacia nuestra mesa tratando de hacer malabares mientras paseo entre la gente sin que se me caiga nada.

Es increíble que hayan pasado ya dos meses desde el inicio de curso.

Cuando llego, los chicos ya están sentados en sus sitios picando cosas de aquí y allá. Es algo que me he fijado que hacen mucho. Van robando comida de los otros y, aunque al principio finjan cabrearse, no evita que sigan haciéndolo.

—¡Hola! —los saludo mientras dejo la bandeja y me siento junto a Matt. Tiene la boca llena y está en plena competición contra Jackson por ver quién come más patatas en el menor tiempo posible.

—¿Qué hay, Bailarina? —me responde Louis, ya que es el único que está libre dentro de este circo que han montado. Archer parece ser el encargado de vigilar que la competición sea lo más justa posible, aunque visto el panorama me da a mí que esto tiene de justo lo que yo de «reina del baile».

—¿Quién va ganando? —pregunto para meterme en situación.

—De momento van empatados. Llevan ya dos raciones cada uno.

—¡Un minuto! —grita Archer emocionado mientras mira el cronómetro de su móvil.

Ambos hermanos se miran con una competitividad que me deja helada en el sitio y me hace incapaz de apartar la vista de ellos, sus gestos y sus platos. No me extraña que en esta familia odien perder si se toman todo siempre de esta forma.

Cuando parece que finalmente Matt va a ganar, Jack coge sus últimas patatas y las dobla juntándolas en un solo bocado antes de que llegue el pitido final. Justo cuando traga, su hermano aún tiene una en el plato, por lo que le declaran vencedor.

Matt trata de invalidar esa jugada, o eso creo al menos, porque se ahoga nada más intenta decir las primeras palabras. El pobre no había terminado de tragar del todo.

Los otros tres se ríen en su cara y él los mira con odio prometiendo venganza mientras agoniza doblado en dos, luchando contra la tos que le invade sin poder evitarlo.

Yo me acerco lo máximo posible y le doy pequeñas palmaditas en la espalda. Además, le tiendo mi agua por si la necesita.

Es lo más cerca que hemos estado desde el día en la playa y nuestro beso. El domingo papá quiso tener un día completo con sus chicas, así que no nos vimos, y en las clases de la mañana hemos tenido exámenes, de manera que no ha habido mucho tiempo para hablar. Salvo algún mensaje esporádico aquí o allá.

Pero siempre entre bromas, lo que me hace sentir extraña, sin saber muy bien cuál debería ser el siguiente paso que dar.

¿Vuelvo a besarle? ¿Ese primer beso implica que somos algo más que amigos? ¿Es algo oficial, aunque ninguno lo hayamos dicho con palabras? ¿Sonaría igual de tonta en voz alta como creo que lo hago en mi cabeza? Dios, odio sentirme así. Me pregunto si Cosi dudaba igual cuando comenzó a salir con chicos. Tal vez debería preguntarle, o a Isla.

Matt consigue volver en sí después de unos minutos de sufrimiento. Sigue poniendo mala cara cuando mira al trío delante de nosotros, pero trata de recomponerse antes de girarse hacia mí. Lo veo de reojo.

—Hey —me saluda por fin y juraría que su pierna acaricia la mía.

—Hey —susurro en respuesta mientras me pierdo en su mirada.

Bah, a la mierda lo del manual.

—¿Qué me he perdido? —nos pregunta Cosi en cuanto llega a la mesa.

Viene algo agitada y lleva el uniforme puesto. Hoy muchos del equipo tienen su última hora libre por lo que, según me contó esta mañana, aprovecharán y harán más horas de entrenamiento.

Pronto tendrán su primera exhibición y está muy emocionada. Y no es porque yo sea su hermana ni nada, pero está de muerte. El color azul del uniforme resalta ese brillo natural que siempre tiene. Y la noto más feliz, más animada desde que entró en el equipo. Me alegro de que empiece a encontrar su sitio entre tantos cambios que hemos vivido.

—Pues acabo de ganarle a Matty en una competición de comer patatas —se mofa Jack, que se acomoda con los pies sobre la mesa, dejando clara su postura de ganador ante todos. Y juraría que aprovecha para darle un repaso a mi hermana, pero, como nadie más parece haberlo notado, puede que sean imaginaciones mías.

Archer y Louis se ríen antes de añadir.

—Ah, y tú hermana y nuestro Capi parece que han entrado de lleno en la fase de los monosílabos —bromean, a lo que ambos pestañeamos y los miramos sin entender del todo—. En eso estábamos hasta que has llegado.

—Sois imbéciles todos. —Es lo único que Matt dice y automáticamente el resto rompe a reír.

Yo tardo un poco más en comprender la broma que todos parecen compartir, pero cuando lo hago el rubor inunda mis mejillas. Trato de ocultarlo como puedo con mi cabello mientras me centro en mi plato. Nunca he sido de las que disfrutan de ser el centro de atención.

Cosi aprovecha para contar qué tal su mañana cuando noto la mano de Matt sobre la mía y el leve apretón que me ofrece.

Cuando alzo la mirada ligeramente hacia él, le pillo mirándome con esa sonrisa pícara dibujada en su rostro.

Tiene su bandeja enfrente, pero no parece que vaya a hacerle caso a su comida pronto, simplemente descansa su mejilla sobre su mano libre mientras me mira sin apartar la vista. Como si fuera algo realmente interesante.

—¿Tengo algo en la cara?

—No, ¿por?

—¿Por qué siempre te pillo mirándome? —le pregunto—. No me quejo, que conste.

—Me alegra saberlo —susurra más cerca, creando esa pequeña burbuja que poco a poco se va volviendo nuestra—. Y te miro, Bailarina, simplemente porque me gusta hacerlo.

—Ah, vale —contesto, porque no me lo esperaba.

—Esperabas alguna de mis coñas, ¿verdad?

—¿Te soy sincera?

—Siempre.

—Sí. —Sonrío.

—Pues esta vez tendrás que contentarte con la verdad. Y ahora —desliza la mirada de mi cara a mi bandeja, aunque se toma su tiempo— come, o se te enfriará la *pizza*.

Mierda, mi *pizza*. ¿Cómo he podido siquiera olvidarla? Hoy toca ración de *pepperoni*. Con extra de queso. Mi favorita.

Son sus ojos. Juro que una puede sumergirse en esos iris verdes y pierde la noción del tiempo.

—Corrijo —dice Louis y rompe nuestra pequeña conexión y evita que le dé el primer mordisco a mi comida. Ambos nos giramos hacia él y no me había dado cuenta de que estábamos tan cerca. Ni que el resto se había callado y nos estaban mirando con sonrisas tontas en las caras—, los monosílabos son solo para nosotros. Entre ellos parecen recordar perfectamente cómo se usa el resto del diccionario y su amplio vocabulario.

Ahora soy yo quien se rebela y, antes de darme cuenta, mi mano ha cogido por voluntad propia —o no, porque siendo realista una parte de mí disfruta viendo cómo pasa todo a cámara lenta ante mis ojos— las pocas patatas que quedaban en el plato de Matt y se las lanzo a la cara.

Doy de lleno y ni todo el oro del mundo podría comprar la satisfacción que me da ver la cara de perplejidad que pone Louis.

Todos rompen a reír en cuestión de minutos menos el afectado, claro. Archer trata de disimular a su lado, pero fracasa estrepitosamente. Con el fin de arreglarlo, coge una servilleta y le limpia los restos de comida que quedan por su rostro, deteniéndose en ciertas zonas más de la cuenta. Su chico se hace el despistado, pero yo, que no les he quitado el ojo de encima, distingo el brillo del deseo que trata de ocultar. Ambos se miran con una promesa no dicha en voz alta, pero que está escrita en toda su cara. Una que solo ellos entienden.

—Oh, venga ha tenido su gracia —bromea Jack mientras le da los últimos sorbos a su refresco—. Además, ¿tengo que recordaros que cuando empezasteis a salir vosotros erais peores?

—No lo éramos —responden al unísono, aunque después de ver cómo Matt carraspea y Jack los mira elevando sus cejas preguntando en silencio si no quieren reconsiderar esa respuesta, parece que se lo piensan mejor—. Vale, puede que un poco sí.

—Pero solo un poco —añade Archer.

La mano de Matt sigue en mi pierna dejando pequeñas caricias sobre los vaqueros y, cuando junto la mía con la suya, lo más disimuladamente posible sin perderme ningún fragmento de la conversación, la atrapa y entrelaza sus dedos con los míos.

Y yo me aferro a ese agarre. De momento es lo único que necesito.

Al menos es lo que me repito mientras trato de alejar esas dudas y esa horrible voz que no deja de susurrarme al oído.

Por suerte la campana no tarda mucho en sonar, recordándonos que tenemos unos minutos antes de regresar a nuestras clases.

Nos despedimos de los chicos y de Cosi y Matt me acompaña hasta las taquillas.

—Todo el mundo nos está mirando —susurro cerca de él intentando no hacer contacto visual con la gente y no puedo evitar sentir cómo se me clavan en la espalda cada vez que pasamos cerca de algún grupito.

—¿Te molesta? —me pregunta en cuanto llegamos a mi taquilla.

Se queda cerca, pero dándome mi espacio. No deja de sonreír, y solo ha soltado mi mano para dejarme abrir la portezuela de metal.

—No, al menos eso creo.

—¿Pero? —me pregunta. Supongo que nota el temblor que no puedo controlar al hablar.

Dios, ojalá fuera algo más decidida.

Cierro la barrera que nos separa después de coger lo necesario de la taquilla y lo enfrento. Está apoyado en esa postura tan suya. Tan despreocupado, pero a la vez atento a todo lo que ocurre a su alrededor. Y, cuando mis ojos recorren su silueta, solo puedo pensar en lo mucho que me gustaría enterrar mis dedos en su melena rebelde. Los vaqueros negros que lleva hoy se abrazan a sus piernas dejando poco a la imaginación y mentiría si dijera que la chaqueta del equipo no me pone un poco.

—No sé... No sé muy bien qué hacer o cómo actuar ahora —le confieso, abriendo así una parte de mí—. ¿Qué somos, Matt?

Sus ojos se encienden y arden ante mí. Se acerca más, pero no llega a romper del todo la distancia, ahora casi imperceptible entre nosotros.

—Pensé que había quedado claro en la playa —sus palabras rozan mis mejillas en su camino hasta colarse en mi mente y corazón, pero yo estoy presa de su mirada—, pero si necesitas que lo diga con palabras, lo digo. Me encanta ser tu amigo, tenerte cerca, hacerte reír y, por qué no, meterme contigo de vez en cuando.

Me río sin poder evitarlo e intenta mirarme serio por romper su discurso, aunque no lo consigue demasiado.

—Pero he descubierto que también me gusta tocarte y, joder, besarte es una puta pasada. Y quiero seguir haciéndolo si tú quieres. Y conocerte. Quiero descubrir qué te gusta, qué no. Así que, si necesitas una palabra para todo eso, me encantaría que fueras mi chica, Bailarina. Aunque, si te soy sincero —se rasca nervioso la cabeza y juraría que ahora es él quien se ruboriza—, en mi cabeza ya lo eras. Supongo que debería habértelo preguntado, perdona.

—Tu chica, ¿eh? —digo, disfrutando de cómo suena dicho por mí—. Creo que puedo acostumbrarme a eso, Quarterback.

Esa llama que arde en sus iris sigue viva y no parece que vaya a apagarse pronto. Y menos cuando se acerca a mi rostro hasta que nuestras narices se rozan y nuestros alientos se entremezclan.

—Ya ves, soy un gran partido —bromea mientras se señala a sí mismo y niego con la cabeza porque, en el fondo, a veces parece que en él viva un niño pequeño.

Le doy un golpe en el hombro y me río negando con la cabeza.

—¿No puedes ser serio ni por dos segundos?

—Es parte de mi encanto, ya lo sabes.

—Eres incorregible.

—Entonces, volveré a preguntártelo, Kira. ¿Qué quieres hacer ahora?

Me lo pienso unos segundos y, cuando veo que hace ademán de alejarse, digo lo primero que se me pasa por la mente.

—Quiero volver a besarte.

Eso hace que pare en el acto, se muerda el labio inferior y su cuerpo se tense. Como si estuviera tratando de contenerse a sí mismo.

—Joder, gracias, Dios —susurra entre risas—. Entonces no te reprimas, soy todo tuyo, pequeña.

—¿Estabas esperando a que lo dijera? —le pregunto, en parte curiosa y también porque así me autoconvenzo de que, si alargo lo máximo posible la conversación, reuniré el valor suficiente para hacerlo.

—Estaba esperando a que quisieras y estuvieras segura. Sé que fui yo quien empezó el beso la otra vez, simplemente quería ver qué era lo que querías. No iba a meterte más presión. Aunque me muriese de ganas.

—¿Ah, sí? —le tiento.

—¿Tienes idea de las veces que te cuelas en mis sueños desde que nos conocemos? Nunca nada me había dado tan fuerte. Me pregunto si te das cuenta de lo confundido que me haces sentir a veces. —Mierda, el hoyuelo. Está sonriendo y se marca ese hoyuelo del demonio en su mejilla derecha. Estoy perdida.

¿En sus sueños?

A la mierda la espera. Le cedo el control de la situación a mi cuerpo, porque si lo pienso más sé que no haré nada y me dejo llevar. Cojo el cuello de su polo y lo atraigo hacia mí. La sorpresa le dura unos microsegundos, los necesarios para que sus manos viajen curiosas hasta mi cadera y me atraiga a su vez hasta él. Me pongo de puntillas y hago lo que llevo queriendo hacer desde que lo he visto a primera hora.

Lo beso. Y vuelvo a sentir el incendio en mis venas. Es como si no pudiera estar todo lo cerca que quiero. Como si necesitara más.

No sé cuánto duramos así. Pero cuando nos separamos, oigo vítores y aplausos y caigo en la cuenta de dónde estamos y que hay más gente a nuestro alrededor.

—¡Consigue una habitación, Capi! —le gritan algunos del equipo y Matt simplemente les enseña el dedo corazón y pasa de sus risas.

—Piraos a otro sitio, que aquí se ha acabado el espectáculo. ¿No tenéis nada mejor que hacer? —les dice.

—La verdad es que no —murmura alguien, aunque trato de no hacer mucho contacto porque seguro que ahora parezco un tomate con piernas.

—Me pregunto si te reirás tanto cuando corras el doble esta tarde, Anders —comenta serio, pero sé que en el fondo está disfrutando mucho.

Esto hace que el silencio reine entre el grupo frente a nosotros.

—En realidad, solo pasábamos por aquí.

—Sí, ya nos íbamos —murmuran a toda prisa—. Suerte con él, y dale caña, que la necesita —me dicen está vez a mí. Yo sigo muerta de la vergüenza, así que solo asiento.

Gritan antes de irse y no sé quién es más crío de todos.

—Imbéciles.

—Me gustan —le digo cuando estamos por fin solos y la risa escapa de mis labios, junto con los nervios previos. O lo más solos que se puede llegar a estar en el pasillo de un instituto entre clase y clase.

Creo que mi comentario le ha gustado, porque su abrazo me atrae más hacia él. Sé cómo de importante son estos chicos para él, son su familia y no parecen mala gente. Un poco tontos, pero, bueno, mirando a su capitán tampoco están mal.

Me río ante mi broma interna atrayendo su atención, pero prefiero guardármela para mí.

—Y tú me gustas a mí, Bailarina.

—Eres todo un ligón, ¿eh, Quarterback? —comento al separarme después de darle un golpe juguetón en el hombro.

Ambos nos ponemos en marcha hasta nuestras respectivas clases, pero su mano vuelve a sujetar la mía. Creo que podría acostumbrarme a esta sensación de calidez.

—Trato de dar lo mejor de mí, qué le vamos a hacer.

—Eres idiota.

—Me lo dicen mucho, pequeña. —Me guiña un ojo y sé que estoy perdida.

—Toma, Kira. El pedido de la seis —me grita Anton desde su pequeña cueva tras los fogones.

Cojo el plato de la hamburguesa con doble queso, las patatas y el batido y lo coloco todo en la bandeja antes de llevárselo a los clientes.

Son casi las seis y mi turno está por acabar. No hay mucha gente, aunque en cada viaje mi mirada no para de deslizarse hasta su mesa. La del fondo. La que parece que han vuelto a conquistar como suya, tal como prometió.

Archer, Louis, Matt y Jack están sentados con un montón de cuadernos y libros esparcidos ante ellos. Por sus caras, a priori parecería que están siendo serios y estudian, pero basta con ver cómo se pican y bromean cada dos por tres para saber que de poco les va a cundir esa tarde.

Cuando vuelvo a la barra con un par de platos sucios y algunas cuentas ya pagadas, Will me intercepta.

—Buen trabajo, estás adaptándote muy bien —me dice, y me alegro muchísimo de escucharle porque temía no encajar o estropearlo.

—Muchas gracias, Will. Seguiré dando lo mejor.

—Anda, venga. —Me revuelve un poco el pelo mientras se ríe—. Ya has terminado por hoy. Parece que alguien está deseando que te unas a él —comenta apoyado en la barra y, al hacerme señas con la cabeza —poco disimuladas, la verdad—, sigo la dirección con la mirada y veo cómo Matt me guiña un ojo antes de volver su atención a los libros.

—Yo... Bueno... yo. —Mierda, Kira reacciona, que pareces tonta. Vuelve a conectar los cables de tu cerebro y haz que la maquinaria funcione como toca.

—Ay, el primer amor, quién pudiera volver a él. Disfruta, grumete —susurra antes de alejarse en dirección contraria.

Es extraño, porque, a pesar de que por fuera vista ese traje de pirata tan suyo, con el que intenta ofrecer a su público una imagen fiera y fuerte, solo le dura unos minutos. Hasta que le conoces, luego ves que es un trozo de pan, que se preocupa por los suyos, por su proyecto y por la gente que viene a comer y divertirse al Jolly Roger.

Cuando llego hasta los chicos, Matt empuja a su hermano sin ningún tipo de remordimiento para hacer más sitio.

—¡Oye! —El pobre acaba casi pegado a Louis y esto hace que el resto tenga que moverse un poco más. Pero Matt pasa. Los demás se ríen, solo Jack está algo cabreado. La cara que pone es igualita a la del dibujo de su camiseta. Me suena muchísimo y no me extrañaría que fuera de uno de los animes que ve Cosi, ¿puede que sea la del pirata ese?

—Uy.

—Uy, mis cojones. Lo has hecho a propósito —le increpa—. Podrías haberme pedido que me moviera, ¿sabes?

Esto sí que hace que Matt se gire para verlo mejor. Yo me tomo mi tiempo para sentarme en el hueco que me han dejado y no pierdo detalle de la escena, igual que los otros.

—¿Lo habrías hecho? —pregunta divertido.

—¡Por supuesto!

—¿En serio?

—Me duele que no me creas, hermanito —se queja con aire lastimero.

Dios, Cosi tiene razón cuando dice que podría ser actor si quisiera.

—Precisamente porque te conozco lo digo, Jack.

—Pues ahora no lo sabrás nunca.

—Ahora ya no podré seguir viviendo con esta incertidumbre.

Jack le saca la lengua y ahí acaba la conversación. Lo dicho, ni idea de quién es más crío de los dos.

—¿Qué tal ha ido? ¿Estás cansada? —me pregunta Matt al cabo de un rato.

—No, qué va, hoy ha sido una tarde tranquila —sonrío, agradecida porque se haya preocupado—. ¿Qué?

—¿Qué de qué? —responde el graciosillo, por lo que se gana una colleja—. Ay.

—Ya sabes a lo que me refiero, me estabas mirando muy serio. ¿Tengo algo en la cara? —pregunto dudosa mientras me la toca tratando de quitar lo que sea que tengo.

Él coge mis manos y las acaricia entre las suyas.

—No tienes nada. —Me mira divertido. Me alegra que mi torpeza le entretenga—. Y, para tu información, te miro porque estás muy sexi con tu uniforme. Sé que ya te lo he dicho, pero no me cansaré de repetirlo.

Mierda, el tío sí que sabe. Cortocircuitar mi mente y dejarme sin palabras.

—Eres bueno —manifiesto lo evidente porque, siendo sincera, es imposible resistirse a él. Y menos cuando dice cosas como esa.

—Y tú estás buena —afirma como si fuera lo más evidente del mundo—, pero... por mucho que me encante mirarte, tenemos deberes que terminar.

—Deberes. Sí, es verdad. Tenemos que centrarnos —nos digo a ambos, pero mentalmente me lo repito más veces a mí misma. Quiero disfrutar de lo que sea que estemos empezando, pero prometiéndome no olvidar mis objetivos. Y sobrevivir al instituto está en la cima de la lista.

Mientras los demás están con sus respectivas tareas, nosotros comenzamos a escribir las preguntas para el trabajo de Literatura.

Cuando veo que tengo más o menos la mitad escritas, noto cómo Matt me pincha con el lápiz.

—¿Has escrito *tooooodas* esas? —pregunta enfatizando bastante en «todas». Su cara es todo un poema.

—Claro, tenemos que hacerlo bien, se supone que esta entrevista nos servirá para encauzar el análisis de cómo creemos que es el otro para luego compararlo con la primera idea que teníamos en la primera clase. ¿Recuerdas?

—El proceso me lo sé, listilla —me chincha y estoy a nada de quitarle el maldito lápiz y lanzarlo lejos—, es solo que son muchas.

—¿Tú cuántas tienes? —le pregunto, pero al mirar su hoja veo que no lleva apuntadas ni la mitad del mínimo que nos pide.

—Estoy pensando, ¿vale? —se defiende.

—Matt, no es una competición, piensa lo que querrías saber de mí y que quieres que te cuente. Cuando ambos lo tengamos nos grabaremos y listo. No te preocupes por el número de las que te salgan —trato de animarle.

—Está bien, pero más vale que sean buenas tus preguntas.

—Serás idiota.

Se ríe antes de volver a centrar su atención en sus preguntas.

—¡Eh, Matt! —le llama Louis después de que Sally le traiga un batido—, tengo una pregunta.

—No contestes —le advierte Archer.

—Tú ni caso, ¿listo?

—Eh... Estoy seguro de que me arrepentiré luego, pero ¿cuál es?

—¿Tú crees que los koalas son animales propensos a enfadarse? —pregunta—. Es decir, ¿que tienen carácter? Como Jack cuando pierde a la consola. —Y, en cuanto acaba, le mira feliz, expectante.

Juraría que escucho de fondo el estridular de los grillos. Los tres —porque Archer no cuenta— nos quedamos mirándole sin saber qué decir.

De todo lo que podría haber preguntado, no me esperaba eso. Creo que ninguno lo hacía.

—Te avisé —dice Archer—, lleva media hora con la preguntita de los cojones.

—¿Y por qué narices me usas a mí de ejemplo? —le chincha Jack.

—Porque eres el primero que me ha venido a la mente. —Le lanza un beso al aire entre bromas. Jack solo le enseña el dedo corazón antes de centrarse de nuevo en sus deberes.

—¿Es para alguna tarea de clase? —le pregunto tratando de encontrar el sentido a la conversación.

—¿Qué? —Ahora el que me mira como si tuviera más de dos cabezas es él—. No, simplemente me ha venido a la mente un vídeo que vi en YouTube el otro día y me he acordado mientras hacía unas fórmulas para Química y ahora no me lo puedo sacar de la cabeza.

—Eres de lo que no hay —se ríe su chico.

—Todo lo que queráis, pero ¿qué me dices, Matt?

Cuatro pares de cabezas se giran en su dirección interesados por la respuesta.

—¿Y yo qué sé? —Nos mira a todos como si no creyera aún que estamos hablando de esto de verdad—. ¿Tengo cara de *National Geographic*?

—Anda, otro que está bromista. Pues que sepáis que ya no os pregunto nada más.

—Yo creo que son animales muy bonitos —digo a su favor, el pobre está muy solo—, al menos hasta que se mojan. Entonces dan un miedo horrible.

—¿Sí? —me pregunta, y el brillo de interés en su mirada evita que me ría.

—Y tanto, una vez Cosi me enseñó una foto de esos bichos mojados y... qué horror.

—Ahora quiero ver uno —comenta robando el primer móvil que encuentra sobre la mesa antes de dirigirse a su chico—. Uf, sin duda con ese aspecto yo también me cabrearía. Decidido, los koalas tienen mal carácter. ¿Ves? Ella me entiende, hasta pruebas me enseña.

—Venga, no te pongas así —intenta calmarlo Archer, aunque al principio no lo consigue. Pero después de un par de carantoñas está claro que ha caído en sus redes—, yo nunca me cansaré de tus preguntas sin sentido.

—Bueno, no tienes otra salida. Estás atrapado conmigo.

—Y tanto. —Lo besa y tengo que mirar a otro lado, no por nada, sino porque el calor que me recorre las mejillas es más que evidente.

—¿Está mal que te diga lo mucho que me muero por besarte cada vez que te ruborizas? —Noto cómo me susurra y niego con la cabeza aun sin ser capaz de levantar la vista de mis apuntes.

Coge mi barbilla con un agarre seguro, pero que se siente como una caricia, y eleva mi cabeza hasta que nuestros ojos conectan. Es entonces cuando, después de guiñarme un ojo a modo de aviso, me besa rápido. Es un simple roce, pero no puedo evitar querer que se alargue más.

—Genial, ahora me siento como un sujetavelas. Necesito liarme con alguien —se queja Jack, y todos reímos en respuesta.

Nos quedamos un rato más bromeando y tratando de ser jóvenes responsables, pero avanzamos más bien poco. Aunque no cambiaría momentos como este por nada.

Nos despedimos de Archer y Louis, y camino a casa con los chicos.

Matt y Jack se pican todo el trayecto, pero está claro que aman bromear así.

Una vez en casa, ceno con papá y las chicas, y antes de dormir decido tomar un baño para terminar de relajarme del todo. Sin duda estos momentos para mí son lo mejor del día.

Cuando tengo puesto el pijama y termino de desenredarme el pelo, veo cómo algo se cuela por la ventana y aterriza al borde del escritorio.

Es un avión de papel. Lo recojo del suelo y descubro que tiene una nota escrita dentro.

PODRÍA ESTAR HABLANDO CONTIGO DURANTE HORAS Y NO CANSARME DE TU RISA.

NUNCA PODRÍA CANSARME DE VERTE SONREÍR.

ATT. TU IDIOTA

Oigo que alguien silba desde fuera y, al asomarme, ahí está él. Apoyado en el marco de su ventana. Mirándome con esa sonrisa que me roba el aliento.

—Veo que el mensaje número veintitrés ha tenido buen aterrizaje —bromea, aunque le veo suspirar a pesar de la lejanía—, al menos este ha llegado.

—¿Número veintitrés? —pregunto divertida porque aún sigo asimilando la nota.

Me señala hacia abajo con la cabeza y, cuando me asomo, veo una pila de aviones de papel que estoy segura han tenido una muerte horrible. Los pobres están destrozados sobre el matorral.

La carcajada que se me escapa en ese momento es de las que más odio. Porque cuando me río así, sin control, parece, primero, que me está dando un ataque y, segundo, parezco un cerdito por los ruiditos que salen junto con la risa.

—¿Y se supone que tú eres *quarterback*? —le pico entre risas—. Menudos lanzamientos.

—Eres cruel. Encima que trato de tener un gesto bonito... No hay quién te entienda, mujer —trata de sonar herido, pero falla estrepitosamente antes de quedarse mirando cómo casi me ahogo con mi propia alegría—. Corrijo. Esa es, sin duda, mi risa favorita —me dice cuando logro calmarme y solo puedo mirarle.

—Eres idiota —suelto. Porque creo que ya me sale como un acto reflejo cuando se trata de él.

—Sí, pero ¿no has leído la nota? —me pregunta, y ahí está de nuevo el hoyuelo del demonio—. Soy *tú* idiota.

—No lo repitas mucho o podría acostumbrarme, Quarterback.

—Tal vez quiera eso, Bailarina.

—Gracias por la nota, Matt.

—No hay de qué, simplemente me apetecía.

Y en el fondo sé que es así. Es de impulsos. De hacer lo que el cuerpo le pide. Es una de las cosas que me gustan de él.

—Tendré que aprender a hacer uno de estos para mandarte alguna —digo sujetando la nota cual tesoro. Los pliegues aún están marcados, así que podría usarlo de molde. Nunca he sido muy manitas, pero quién sabe.

—No puedo esperar a verlas. Que descanses, pequeña.

—Tú también, Matt, nos vemos mañana.

—Hasta mañana.

Capítulo 25

-MATTHEW-

Ineffable: (adj.) algo demasiado grande o extremo para ser expresado o descrito con palabras.

—¡Es Halloween, Matt! —oigo cómo alguien grita sobre mí antes de sentir todo su peso caer sobre mi cuerpo—. ¡Tienes que despertarte! No podemos llegar tarde al cole hoy.

—Joder, Em, tú sí sabes hacer un placaje, ¿verdad, enana? —La atrapo en segundos y rodamos sobre la cama. Cuando la tengo sujeta, no dudo en tomarme mi revancha y ataco con unas cosquillas.

—Lo siento —intenta alejarse y, después de unos instantes de victoria, la dejo. Ella se sienta a mi lado en la cama mientras trata de serenarse otra vez—, solo quería que te despertaras rápido, fue idea de Jack.

—Conque idea de Jack, ¿eh?

—¡Tienes que darte prisa! —vuelve a presionar de nuevo cuando los pequeños engranajes de su cabecita parecen volver a funcionar y recuerda el motivo de su visita—. Tienes que prepararte, ponerte el disfraz y bajar a desayunar. Las mamis están preparando tortitas con forma de murciélago y me han dicho que podré ponerles un poco de sirope si no tardo.

—En ese caso no queremos que te quedes sin tu premio, ¿verdad, princesa? —bromeo mientras le pellizco la nariz. De todas formas, ya estoy despierto, así que será mejor que me ponga las pilas—. Está bien, tú ya has cumplido con tu misión. Ahora ve a prepararte y nos vemos abajo, ¿vale?

—Hecho, pero no tardes —me ordena con esa vocecita suya que aún tiene que pasar por tantos cambios. Cuando la veo, solo pienso en que ojalá creciera más despacio. Me entran los sudores fríos solo de pensar en cuando sea una adolescente y tenga que estar espantando moscardones por doquier.

—Que sí, que sí.

Se marcha tan rápido como vino y la puerta se cierra tras ella.

Me masajeo las sienes tratando de calmar la jaqueca que a veces me acompaña por las mañanas en cuanto me despierto. Me dura un rato y luego se va, pero es muy molesta.

Siento el móvil vibrar en la mesilla de noche y lo cojo antes de que se vuelva negra la pantalla.

Bailarina

¿Estás despierto?

Buenos días a ti también, pequeña

Me tomaré esa respuesta como un sí

¿Necesitabas algo?

¿No puedo escribirte simplemente para darte los buenos días?

Teniendo en cuenta que aún no me los has dado como tal...

...y que ya nos vamos conociendo, me da a mí que más que saludarme tú lo que quieres es pedirme algo

Pues ahora por listo no te lo digo

IDIOTA

No puedo evitar descojonarme ante su respuesta, es tan fácil picarla. Es como una niña atrapada en el cuerpo de una adolescente.

Venga va, no seas así

Soy todo vista

¿Vista?

Bueno, quedaría raro si dijera «soy todo oídos» si estamos hablando por un chat, ¿no crees?

Es un decir, Matt...

Y queda peor lo tuyo

Solo lo dices porque no se te ha ocurrido a ti

Esto se está desmadrando demasiado

Leo el último mensaje que me manda y, aunque trato de entender el contexto, no hay manera. Lo ha mandado en español y ni idea de lo que significa.

¡Mierda!

Perdona, estoy hablando con Cosi a la par que contigo y he mezclado los idiomas

No te preocupes

¿Qué significa lo que has puesto?

¿Qué?

¡Ah, claro!

Nada, que con la bromita nos hemos alejado del tema principal

¿Que era...?

Le pregunto mientras preparo sobre la cama el disfraz que me toca ponerme para ir a clase. Ya sé que en el fondo quiere pedirme algo, pero me gusta imaginar que ahora tiene la nariz arrugada y posiblemente sus orejas echen humo mientras mira la pantalla del móvil.

Como ocurre con algunas festividades, el instituto se toma en serio la parte de celebración sin perder, claro está, la visión educativa. Por lo que, en días como hoy, nos dejan ir disfrazados a clase. Eso sí, para sentirse más parte de algo, el profesorado es quien elige de qué va disfrazado su curso, así que a los que tenemos a la señorita Higgings como tutora nos ha tocado ir de vampiros. Me pregunto de qué irá Kira.

Podría escribirle a Archer y preguntarle, ya que ambos comparten tutor, pero... creo que me gusta más la idea de esperar y descubrirlo.

Eres idiota

Y tú quieres algo

Solo quería proponerte, si te apetece, que empecemos con algunas de las preguntas de Literatura esta tarde

¿No trabajas hoy?

Nop, cambié un turno la semana pasada, así que hoy tengo libre

¿Qué me dices?

Que por cosas como esta me alegra que en ti viva una nerd sexi

¿Nerd sexi?

Cualquier cosa respecto a ti me parece sexi, y esa manía tuya por controlar todo lo que tiene que ver con las clases me pone un poco, no voy a negarlo

Además que me viene genial, porque ambos sabemos que para estas cosas soy un desastre

Estás fatal

Pero eso último no te lo voy a negar

¿Esta tarde en mi casa después del entreno?

Perfecto

Por cierto, ¿estás?

¿Estoy qué?

Disfrazado, idiota

Qué si no

Por supuesto, ¿qué otra cosa podría ser? Me río mientras trato de ponerme los malditos colmillos falsos que venían con el disfraz. Esta mierda es lo más incómodo que existe.

Ahora sí, listo

Entonces asómate

Termino de ultimar los detalles del dichoso disfraz y, cuando abro la ventana, me quedo congelado en el sitio. Frente a mí está Kira, sonriéndome con su larga nariz postiza y su disfraz de bruja.

Lleva puesta una camiseta negra tres cuartos con algunas arañas blancas dibujadas y un tutú lila. Además de una peluca verde y un gorro gris típico.

Pero yo no puedo dejar de mirar la dichosa nariz.

¿Cómo alguien puede llevar esa colección de prendas y aun así verse bien? Vale, tal vez la nariz sobre, pero, joder, está guapísima.

—¿Qué tal estoy? —me pregunta desde su habitación mientras da un par de vueltas y hace algunas piruetas entre risas—. Es horrible, ¿verdad? He hecho lo que he podido con lo que teníamos por casa. Incluso me he puesto esta estúpida nariz, era de un disfraz viejo de Isla.

—La nariz sin duda es el plato fuerte del conjunto, Bailarina —procuro decirle sin descojonarme en su cara, y mira que es difícil, pero con esas pintas...—. Estás guapísima.

—Solo lo dices para que no te lance algo a la cara.

—¿Ibas a lanzarme algo si la respuesta no te gustaba? —Me levanto enseguida de mi anterior posición porque, a pesar de que estando apoyado en mis codos medio asomado por la ventana me da la sensación de estar más cerca de ella, si hay alguna probabilidad de que objetos impacten contra mí casi que prefiero ponerme a resguardo.

—Puede... —bromea mientras trata de poner cara de niña buena, pero su sonrisa la delata.

La muy bruta sería capaz.

—Menudo cuadro estamos hechos los dos —le digo y eso solo hace que me ría fuerte—: la bruja y el vampiro.

—Pues a mí me gusta cómo suena. Con tus colmillos y mi nariz seguro que marcamos tendencia.

—Y luego me dices a mí que tengo problemas. Seguro que da para alguna de las historias que sueles leer.

—Oye, solo digo que hacemos buena pareja vestidos así.

—¿Sabes qué? Nos vemos calientes juntos.

—¿Calientes, eh? —Ahora es ella la que se apoya contra el borde de la ventana y su sonrisa lo ilumina todo—. ¿No había otro adjetivo?

—También me servía «lindos», pero suena mejor «calientes». Es más masculino.

—Por supuesto.

—¿Quedamos esta tarde entonces? —le pregunto solo para asegurarme.

—Sí, claro. Así vamos adelantando.

—Nerd.

—Idiota —responde y sabía que iba a hacerlo.

—Ven cuando quieras, seguro que alguna de mis madres está por casa. En cuanto acabe el entreno, vendré para aquí —le digo antes de retirarme un poco. Oigo de fondo los pasos de Jack al bajar las escaleras y sé que, si no me doy prisa, se comerá mis tortitas.

—Vale, perfecto. Nos vemos en un rato.

—¡Ah, por cierto! —digo en cuanto caigo en una cosa. Eso hace que se detenga en pleno giro y vuelva su atención hacia mí—, no hagas planes para esta noche.

—¿Y eso?

—Tú y yo vamos a celebrar Halloween como toca, Bailarina.

—Miedo me das.

No sé si es por Halloween, porque hoy hay luna llena o qué, pero el entrenador ha estado más amable de lo normal en el entrenamiento. Incluso hemos salido unos minutos antes de la hora de siempre.

Eso sí, no nos ha dejado entrenar con los disfraces. Puede que murmurara algo así como que estaba rodeado de críos, pero no hicimos mucho caso.

El instituto como cada año estaba decorado hasta el milímetro. Miraras donde miraras, encontrabas algún adorno o cartel relacionado con la festividad. Incluso algunos profesores se han animado a disfrazarse.

Sigo sin superar la imagen del señor Brown vestido de hombre lobo. Necesitaré terapia para eso, estoy seguro.

Cuando llego a casa, Kira está sentada en la mesa de la cocina tomando algo con mamá.

—Pobrecito, debió de dolerle mucho —oigo como comenta entre risas mamá—. Oh, hola, cariño. ¿Qué tal el entreno? —me pregunta en cuanto llego a su lado y me ofrece un vaso de agua, lo cual agradezco porque, a pesar de que por estas fechas del año ya comienza a hacer algo más de fresco, después de los entrenos acabo reventado y sediento.

—Bien, aunque estoy molido.

—Podemos dejar lo del trabajo para otro día —me ofrece Kira.

Yo la miro y sé que lo dice en serio. Simplemente niego con la cabeza y le guiño un ojo hasta acercarme a ella. En cuanto estoy a su altura, sentada sobre el taburete, su cabeza me llega a los hombros, cosa que no pasa cuando estamos ambos de pie. Le saco alguna que otra cabeza, así que aprovecho y, mientras la abrazo y atraigo hacia mí, le doy un beso en la frente.

—¿Y eso? —me susurra. Ha levantado la cabeza y ahora ambas están alineadas a la perfección. Joder, si estuviéramos solos y no tuviera que comportarme como un adulto responsable, tal vez haría realidad las imágenes que se pasean libremente por mi mente.

—Porque me apetecía.

—No me quejo, que conste, pero... —Se muerde el labio inferior y yo me pierdo en ese movimiento, pero me recuerdo que estamos en medio de una conversación y que no es de gente civilizada despistarse así, aunque la excusa lo valga.

—¿Pero? —pregunto divertido.

—Tal vez quieras darte una ducha antes de ponernos a estudiar —murmura, pero yo la oigo a la perfección. Y, si no hubiera atacado tan gratuitamente mi ego masculino, hubiera tenido cierta compasión ante el sonrojo que pinta sus mejillas, llenándolas de color. Pero, como no lo ha hecho, yo tampoco.

—¿Estás insinuando que apesto? —contraataco, tratando de sonar lo más serio y dolido posible.

Ella levanta el rostro enseguida y tiene la cara compungida. Sé con solo verla que su mente está funcionando a mil por hora, tratando de descubrir cómo arreglar lo que ha empezado.

—No, a ver, no es que apestes —trata de justificarse—, es solo que vienes de hacer deporte y es normal...

—¿Oler mal? —termino por ella.

—¡Sí! —responde con efusividad. Tal vez con demasiada. Lo hace sin pensar y, al verla taparse la boca como si así sus palabras fueran a volver a ella, no puedo evitar soltar una carcajada. Obviamente me gano que uno de sus puños acabe impactando en mi hombro, pero vale la pena. Joder, si lo hace—. Eres idiota, Matt.

—Algo he oído, Bailarina.

—Anda, hijo. —Mi madre hace acto de presencia con ese simple aviso y ambos nos giramos en su dirección. Mierda, me había olvidado de que estaba ahí—. Sé bueno y ve a ducharte. Kira y yo estaremos más que agradecidas.

—Que conste que voy porque estoy todo pegajoso, no porque me lo hayáis dicho vosotras —las señalo en mi camino hacia las escaleras—, que sepáis que me ha dolido.

—Que sí, que sí. —Mi madre hace gestos con la mano como quien espanta una mosca, y yo no puedo más que contemplar la escena ante mí antes de subir hacia mi habitación—. Anda querida, termina de contarme esa historia de tus padres y la medusa.

No tardo nada en ducharme y después ambos subimos a mi habitación para estudiar.

—Venga, va, separa las piernas, así —le digo a Kira una vez que estamos solos en mi habitación—. Eso es.

—¿Estás seguro, Quarterback?

—Que sí, confía en mí.

—Como me duela, te mato —me amenaza.

—Solo tienes que estar atenta y atraparla antes de que te dé, ¿lista?

Asiente y entonces le lanzo la pelota. Ha sido un tiro flojo y, aunque se mueve de la posición de recepción en la que la dejé, recoge el balón antes de que caiga al suelo.

—¡Lo he hecho! —exclama feliz.

—Para ser alguien que no tiene contacto con ningún deporte y se declara a sí misma como su némesis, no lo haces nada mal

—bromeo mientras le pido con señas que me la devuelva. Ella lo lanza y tengo que pegar un salto para evitar que dé contra el armario.

—Uy —comenta.

—Ya, vale, puede que me haya adelantado un poco a los hechos —rectifico.

Kira simplemente me saca la lengua, pero vuelve a ponerse en posición.

Se me ocurrió que podíamos probar esta tontería para hacer más divertido el interrogatorio, ya que después de quince minutos sentados uno frente al otro, aparte de tener las piernas algo dormidas, me aburría muchísimo.

—Venga, te toca. Lanza y pregunta —me ordena. Será mandona. Pero inmediatamente me coloco imitándola y puede que exagerando los movimientos para que ella rectifique su postura. En cuanto lo hace, hago lo que me pide.

—¿Cuál es un *hobby* que tienes y que poca gente conozca?

Atrapa el balón más rápido esta vez y se queda mirándome mientras piensa su respuesta.

—Amo las películas de Barbie —responde mientras me devuelve el balón.

Lo cojo, pero de la sorpresa por poco se cae al suelo.

—¿Barbie? ¿Como la muñeca esa rubia que tanto quiere Emma?

—La misma.

—¿Tiene películas?

Se ríe en mi cara como si acabara de decir la mayor tontería del mundo. Pero es la primera noticia que tengo de esto. Y de todo lo que podría haberme contado es lo que menos me esperaba.

—Y tanto, mis favoritas son: *Barbie en la princesa de los animales*, *Barbie en la princesa y la costurera*, *Barbie en la magia de Pegaso* y *Barbie en el cascanueces* —comienza a enumerarlas y yo me pierdo con tanto Barbie aquí y allá—. Aunque disfruto mucho con las historias de todas, y sobre todo sus canciones.

—Ah, que encima cantan.

—¡Oye! Tú has preguntado y, sí, cantan. Son geniales, que lo sepas —me dice mientras que con la mirada me reta a tratar de contradecirla.

Dios me libre de tal cosa.

—Barbie, apuntado. —Hago un tic en el aire y ella pierde parte de su enfado—. Te toca.

—Muy bien. —Vuelve a tener el balón en su poder, nos lo vamos pasando a medida que hablamos y me concentro en el movimiento de sus manos. Como lo hace girar mientras piensa, casi de forma inconsciente.

—¿Color favorito?

—Verde —respondo rápido.

—Como tus ojos.

—Así que te has fijado...

—No eres el único que puede mirar, Quarterback. —Me lanza el balón y esta vez aumenta la fuerza, al igual que su sonrisa ladina.

—*Touché,* Bailarina. —Devuelvo el lanzamiento—. ¿Dónde te irías si pudieras viajar a cualquier parte del mundo?

—Esa es difícil, me gustaría visitarlo todo algún día. —Sus ojos brillan con ese sueño que acaba de formar con palabras y hace que el calor me recorra por dentro—. Pero me encantaría volver a México, a la tierra de mi madre.

—Eso es algo muy bonito, Kira —respondo. Dejo el balón a un lado de mi cama cuando veo que sus ojos se empañan un poco y ella aparta la mirada.

Se acerca hasta el escritorio supongo que para sostenerse a algo. Como cuando nos recorre de repente una tristeza que llega sin avisar y que nos quita fuerza. Necesitamos aferrarnos a algo para que ese sentimiento no nos trague, lo sé bien.

—Ven aquí, pequeña. —Sin pensarlo, me siento en la silla y la atraigo hacia mí hasta que acaba sentada en mi regazo.

Al principio se tensa, alerta, por lo que le dejo espacio y tiempo. Para que decida qué quiere hacer. Solo le acaricio la espalda y dibujo círculos en ella más que nada para calmarme a mí. Para controlar las ganas de abrazarla y alejar esa tristeza de su mirada.

Poco a poco, y aún con la mirada perdida en algún punto de la habitación, se va tumbando hasta que su cabeza descansa en el hueco de mi cuello.

La abrazo también como excusa para atraerla más hacia mí, y porque quiero que sienta que no está sola. Sea donde sea que sus recuerdos la hayan llevado, que sepa que puede sujetarse a mí para regresar.

—Gracias, Matt —su voz suena lejana contra mi pecho a pesar de estar pegados el uno al otro, como si volviera de un viaje—. No tenías por qué, pero gracias.

—Tú estuviste ahí para mí cuando yo lo necesité, como el día que perdimos el partido —le recuerdo y respiro por fin al ver como una tímida sonrisa comienza a asomarse entre sus labios—. Podemos quedarnos así el tiempo que haga falta. No me oirás quejarme de tenerte encima de mí.

Aunque lo intenta, no puede evitar parar la risa que se escapa de su boca. Incluso si niega con la cabeza y mira hacia el techo como si le preguntara al de arriba qué debería hacer conmigo. Me da igual con tal de oírla reír así.

—Eres idiota.

—Y tú, preciosa —respondo sin pensar, pero con la pura verdad.

Alza la mirada y es como si ambos quedásemos conectados en ese instante. No puedo apartar la vista de sus iris.

Se muerde el labio y esta vez no trato de controlarme. El control está sobrevalorado. Soy un crío y la cago, me gusta la adrenalina y el peligro. Y todo eso lo encuentro en cuanto nuestras bocas se unen.

Al principio comienza como algo lento, pero cuando noto cómo su cuerpo se mueve junto al mío, sus manos acarician mis hombros y mi cuello hasta enterrarse en mi cabello —como aquel día en la playa, no me importaría si las deja ahí para siempre, su tacto es electrizante, lleno de vida—, voy perdiendo poco a poco la cordura hasta que su lengua tantea curiosa mis labios.

Ahí es cuando me pierdo. Y la dejo entrar.

Nuestras bocas bailan, se comunican en un idioma que tanto Kira como yo estamos aprendiendo, pero lo hacen de forma natural, como si siempre hubiera estado ahí.

Y me encanta y acojona a partes iguales. Nunca había sentido esto antes. Ni tan fuerte.

Cuando nos separamos para respirar, su frente descansa sobre la mía y, aunque tengo los ojos cerrados, juraría que ella también está igual de agitada que yo.

Al abrirlos, la veo sonriendo, mirándome como si quisiera guardar cada detalle. Al menos es lo que yo hago.

—Ahora eres tú la que está mirando, Bailarina —bromeo.

—Ya me tocaba, ¿no crees? —Me gusta esta faceta suya más libre, más suelta, más ella. Me gusta cada vez que la deja salir, ojalá lo hiciera más veces. Ojalá pudiera verse a través de mis ojos.

Se separa, aunque a duras penas. Como si su cuerpo no quisiera privarse del contacto previo. El mío también se queja por su ausencia. Pero sigue sentada sobre mí, así que me aferro a eso mientras me coloco más cómodo en la silla.

—¿Esos bocetos son tuyos? —pregunta con más energía, como si el momento gris de antes no hubiera pasado, y disfrutaría más de ello si no viera hacia dónde se dirigen sus manos.

—Son… —Pero no logro decir nada más hasta que rescata la carpeta medio abierta de debajo de varias pilas de libros.

Mierda, tengo que buscar un mejor escondite.

—No son nada.

Me mira como si no pudiera creer lo que digo, pero es la verdad, son simples dibujos. Y así se lo explico.

—Matt, esto es más que simples dibujos. —Sus dedos acarician con una delicadeza casi efímera cada trazo y es como si estuviera acariciando una parte de mí.

—Eres la primera que los ve —confieso.

—¿En serio?

—Sí, nunca se los he enseñado a nadie. Creo que una parte de mí nunca deja de pensar que no son lo suficientemente buenos o que no es más que un *hobby*. Así que... Qué más da.

—Pues yo creo que son hermosos —dice sumergida en cada boceto, en cada página que va pasando.

Yo trato de recordar qué es lo que guardaba en esta carpeta y, cuando me doy cuenta, ya es tarde. Lo ha visto.

—¿Soy yo? —me pregunta y, aunque no estoy del todo seguro, su voz suena emocionada.

—Esto... Verás... —Me rasco la nuca tratando de pensar en una excusa que no me haga quedar como un auténtico acosador, pero no doy con nada—. Sí, eres tú, Bailarina. Te dije que me encanta verte, tus facciones, toda tú... Puede sonar raro, pero es como si algo me gritara que tengo que retratarte. Sé que no son gran cosa, pero...

—Matt, como repitas eso una vez más, te juro que te pego —me amenaza, aunque las lágrimas que vuelven a asomarse por sus ojos hacen que se vaya la broma que tenía pensada.

—Mierda. Kira, no llores, por favor. Lo siento, vale. Mira, los tiraré y...

No me da tiempo siquiera a reaccionar. Se pone de pie tan rápido que por poco se cae al suelo, pero sin soltar las hojas que tiene en la mano. Cuando recupera el equilibrio, me mira con desafío en la mirada.

—Ni se te ocurra, ¿me oyes? —su voz suena firme, pero lo feliz que se ve mientras aprieta contra su pecho los bocetos me descoloca por completo.

—No lo entiendo.

—Matt, me encantan. Y no quiero que los rompas ni los tires. Al menos no por mí. —Vuelve a acercarse y se arrodilla frente a mí. Una de sus manos acaricia mi mejilla y yo me acomodo para disfrutar más de ese toque—, son perfectos tal y como son. Todos y cada uno de estos dibujos, y tú tienes que sentirte orgulloso por ellos. No esconderlos, al menos no de quienes te quieren. ¿Por qué no se lo habías mostrado a nadie antes, Quarterback?

De nuevo el marrón de su mirada está frente a mí y me llama.

Pero, cuando estoy a punto de contarle el mayor de mis miedos, Jack aparece y entra sin llamar ni nada, porque ¿quién necesita intimidad en esta casa?

—Oye, tío, ¿estás listo para ir a...? —Su voz va perdiendo fuerza a medida que entra en la estancia y sobre todo cuando nos ve.

Al principio parpadea como si no supiera qué hacer y yo solo puedo preguntarme si habrá visto los bocetos o no. Hasta que el muy imbécil abre la boca.

—¡Mierda, chicos, lo siento! —Se tapa los ojos y trata de salir lo más rápido que puede por donde ha venido—. La próxima vez poned un cartel o algo en la puerta. ¡Joder! —Acaba de darse con el borde de la cama y me reiría de la situación si no hubiera entendido a qué se refiere.

Y, por cómo Kira abre los ojos y me mira, entiendo que también ella lo ha deducido.

Sigue de rodillas frente a mí y estamos muy cerca, a saber lo que habrá pasado por la cabeza del muy mamón. Bueno, sí lo sé, por eso disfruto un poco más al verlo sufrir así tratando de salir de una vez de la habitación.

—¡Solo venía a decirte que si estás listo podemos irnos ya al Jolly! —me grita desde fuera—, pero, visto lo visto, si queréis yo voy tirando, y ya si eso venís luego vosotros.

En cuanto la habitación vuelve a estar en total silencio, Kira no aguanta más y estalla en carcajadas tan fuertes que acaba de culo en el suelo. Pero eso no apaga su risa lo más mínimo.

Yo no tardo mucho en imitarla, porque menuda escena...

Pero al menos la entrada de Jack me ha servido para dos cosas: una, retrasar esa conversación con ella, puede que aún no esté listo para decir en voz alta esos miedos que me rondan la cabeza. Y dos, que llevamos horas hablando y no me he dado cuenta.

—Tú y yo tenemos una cita —le recuerdo en cuanto me pongo de pie.

Ella me imita y me mira curiosa. Sigue llevando la mitad del traje de bruja —la camiseta y los leggings negros—. La peluca, nariz, el tutú y el sombrero han desaparecido o tal vez están abajo en la sala.

—¿Ah, sí?

—Sí, así que ve abajo, vuelve a transformarte en bruja y espérame mientras me pongo mi traje de vampiro y nos vamos.

—¿A dónde? —pregunta desde la puerta.

—Al Jolly Roger. Vamos a celebrar Halloween como toca, nena.

Mientras la veo desaparecer tras el umbral y perderse camino al piso de abajo, no puedo detener una idea que comienza a formarse en mi mente.

Puede que esta noche haga algo de ridículo, pero, si sirve para volver a sacarle sonrisas como la de esta tarde, me sirve. Así que cojo el móvil y, mientras me cambio, empiezo a buscar lo que necesito.

Capítulo 26

-KIRA-

Baisemain: (n.) un beso en la mano.

La verdad es que no me esperaba que el lugar estuviera tan lleno.

Cuando entramos, con Matt de la mano, saludo a mis compañeras, las que están trabajando esta noche y las que me encuentro disfrutando de la fiesta y las risas por el local. Incluso Will parece más alegre de lo normal, y eso ya es mucho.

—¡Por fin estáis aquí! —salta Louis en cuanto llegamos a nuestra mesa y nos abraza a ambos a la vez.

Va disfrazado de Batman y a su lado, Archer, que va de Robin, nos saluda en cuanto su novio nos permite volver a respirar.

—Perdonadle, ha robado algunas birras a su padre antes de venir y se ha puesto fino —trata de disculparle, pero no puede evitar reírse en cuanto lo ve chocar con la mesa y pedirle disculpas antes de sentarse de nuevo. Cuando se recompone, va a su lado y le susurra cosas al oído que por lo visto le han puesto de un humor muy bueno.

—¿Se puede saber dónde estabas? —me pregunta mi hermana enseñándome su móvil y yo maldigo en voz baja. En español, como cuando estoy nerviosa o cabreada. Me sale solo—. Porque te he escrito no sé cuántos mensajes y no había forma de que me respondieras.

—¿Estabas preocupada, hermanita? —trato de mofarme en cuanto me coloco a su lado por si hay suerte y logro que se olvide del tema.

—Prueba otra vez, Kira —responde. Y odio cuando usa ese tono. Ese tono es mío, es el que pongo de hermana mayor desde que no está Isla y tengo que reñir a alguna de las dos.

—Me he quedado sin batería, ¿contenta? —Se lo enseño y tengo que controlarme para no darle una colleja cuando la veo sonreír y negar con la cabeza.

—¿Tú no controlando algo? —Ahora la que se burla es ella y me odio a mí misma porque se lo he puesto demasiado fácil—, no puedes pedirme que no goce del momento.

—Esta me la pagas.

—Estaré esperando, hermanita. Pero que sepas que papá está cabreado y querrá saber qué ha pasado en cuanto vuelva de pasear con las señoras Jones y las chicas pidiendo dulces.

Mierda, papá. Ahora sí que estoy jodida si él me ha llamado.

Aunque no es mi culpa. Esta tarde ha sido como si hubiéramos detenido el tiempo, al menos en su habitación. Y eso que solo hemos hecho algunas de nuestras preguntas, hablado y bromeado un poco.

Y bueno, está el beso, claro.

Aun ahora siento su contacto, y el calor que se extendía por mi cuerpo cuando hemos estado tan cerca, viajando hasta lugares en los que no quiero pensar ahora mismo. No cuando estoy rodeada de gente.

Pero puede que sí lo haga esta noche. Sola, en mi cama.

El karaoke comienza a funcionar y la gente se anima en cuanto alguien rompe el hielo.

Nosotros antes nos decantamos por cenar, disfrutando del espectáculo, claro.

Pedimos algunas hamburguesas y patatas, además de refrescos y batidos. Está claro que Louis ha bebido por todos esta noche.

Pero ahora que lo veo es de esos borrachos felices, de los que ves y no pueden evitar contagiarte esa extraña alegría, aunque seguro que mañana le va a petar la cabeza.

—Sigo creyendo que las películas de Disney son lo mejor que existe en este mundo —confiesa Louis.

—Pero, vamos a ver, ¿cómo va a ser mejor Disney que Marvel? ¿En qué mundo vives? —explota Jack.

Y después de eso todos saltamos tratando de dar nuestras opiniones.

La verdad, no sé cómo hemos acabado disertando sobre esto, pero no puedo evitar reírme al vernos divididos en dos bandos como si esto en verdad fuera la guerra.

Al menos nosotras tenemos a Louis como capitán. A él —al menos en su estado—no le gana nadie en cuanto a nivel de fanatismo en este momento.

Cosi y yo simplemente nos dejamos llevar.

Los chicos enfrente, en cambio, tratan de hacernos entender nuestro error, pero donde ellos tienen peleas y muerte nosotros tenemos canciones, magia e historias maravillosas. ¿He dicho ya las canciones? Lo mejor del mundo.

—Estáis fatal —concluye Jack al ver que no claudicamos en nuestra postura.

—Pues anda que tú —lo reta Cosi, y de aquí sí que puede explotar la tercera guerra mundial.

—Si me lo preguntáis a mí, yo diría que todo vuestro grupo está fatal en general —bromea Will, que lleva un rato sin perderse detalle, cuando se acerca termina de recoger nuestros platos vacíos—, pero sois graciosos. Raros, pero graciosos.

—¡Gracias! —exclama Louis y todos nos giramos a mirarle con cara de cabreo. Eso sin duda no era un halago, pero como aún tiene la borrachera subida ni se ha dado cuenta.

—¿Hay algún voluntario o voluntaria que se anime a deleitarnos con otra canción? —oigo que pregunta Sally desde el escenario.

Hay algunos chicos del instituto, creo que algunas son compañeras de Cosi de las animadoras y también he visto a varios del equipo de fútbol y del coro. Pero, como la gente va entrando y saliendo constantemente, es difícil localizarlos a todos.

—Yo voy a cantar —anuncia Matt levantando un brazo como en el instituto. Sé que debo de tener una cara para retratar entre los ojos abiertos como platos y el boquear como un pez, pero es que eso era lo último que me esperaba esta noche.

—¿Tú? —le pincha su hermano.

—Sí, yo. Te recuerdo que ya destrozaste una canción el otro día, así que no pasa nada si lo intento, ¿no? —Jack simplemente se encoge de hombros y le hace señas sonriente para que vaya hacia el escenario.

Yo le sigo con la mirada porque aún estoy procesándolo. Y los silbidos que le dedican algunas entre el público me hacen sentir cosas que hasta ahora no había sentido, celos.

Aunque él camina seguro y pasa de ello, solo saluda a sus compañeros de equipo y esquiva sus bromas hasta que por fin llega al escenario y toma el micro que le ofrece Sally. Se acerca a ella y le susurra algo al oído, no sé qué puede ser, pero esta le mira algo descolocada al principio para luego sonreír y asentir.

—Sin embargo, no creo que pueda hacerlo solo —anuncia de golpe—, así que me gustaría que subiera también mi chica. ¿Qué me dices, Bailarina? ¿Vienes a cantar conmigo?

Yo le mato. Si salimos de aquí vivos, le mato.

Todos se giran hacia nosotros, y yo quiero que la tierra me trague. Mierda, odio que me miren.

—Venga, Kira, ve y diviértete un rato —me susurra Cosi antes de apretarme los brazos, dándome fuerza—. Olvídate de la gente, como cuando tocas.

No es el mejor de los ejemplos que puede ponerme ahora mismo, pero ella no lo sabe. Así que me trago las inseguridades que saben agrias en mi garganta y me encamino hacia Matt.

—Yo te mato —repito esta vez en voz alta, pero no muy fuerte. Solo para que me oiga él.

Pasa de mí, aunque sonríe cuando me tiende un micro y deposita un suave beso en mi mejilla.

—Luego podrás hacer lo que quieras, pero ¿qué te parece si nos divertimos un poco? —me pregunta mientras nos coloca en el centro, cerca de la pequeña pantalla donde saldrá la letra de la canción. Sea cual sea la que haya elegido.

—¿Y qué se supone que vamos a cantar?

—¿Confías en mí?

—Me da miedo cada vez que haces esa pregunta porque me espero cualquier cosa.

—Ay. —Se toca el pecho, dramatizando como siempre—. Va a gustarte, espero.

A saber qué brillante idea ha tenido, al menos así me siento mientras trato de obviar el ruido de fondo y me concentro para estar atenta en cuanto comience la música.

Lo que no me esperaba es los primeros acordes de la canción que suena en los altavoces. Cuando le miro sorprendida, él simplemente me sonríe con su maldito hoyuelo y me guiña un ojo antes de centrarse en la pantalla.

¡Que ha elegido una canción de Barbie! Y no cualquiera, es una del *ranking* que le dije. No puedo creerlo.

En cuanto las letras aparecen en pantalla, me preparo, pero no necesito leerlas. Me sé la canción de memoria. Y, antes de cantar, pienso en Cosi y su consejo, y me dispongo a disfrutar el máximo posible este momento.

Where is the land I come from?
Who lives where I was born?
Why do my memories start with a storm?
What if I have a family,
somewhere beyond the sea?
Could there be someone there missing me?
Tell me why I'm not sleeping, and my heart
is leaping inside me.

Could this be one of those times when your feelings decide?

Con la primera estrofa no puedo evitar emocionarme no solo por la canción, sino por lo que me transmite. Y me prometo a mí misma tratar de atesorar este nuevo recuerdo, tan diferente y nuevo. Decido, al girarme hacia él, que lo mínimo que puedo hacer es cantarle como si estuviéramos los dos solos. Además, no logro evitar este sentimiento que me recorre entera y me dice que tal vez no sea solo una canción, y que no esté cantando a la nada.

¿Y si nos estoy cantando a nosotros? ¿Y si me estoy cantando a mí misma?

All these questions keep turning and churning and burning inside me.
What are these feelings I feel
when he's by my side?
I need to know these answers.
I need to find my way.
Seize my tomorrow, learn my yesterday.
I need to take these chances.
Let all my feelings show.
Can't tell what's waiting.
Still, I need to go, I need to know.

Matt no duda en actuar ante cada frase y logra que la gente se ría y disfrute con nosotros. Pero su mirada no se separa ni un segundo de la mía, aunque nos movamos por el escenario, y trato de soltarlo todo con cada palabra, con cada estrofa, hasta que acaba mi parte.

—Ahora voy yo —Matt avisa al público y este ríe divertido en respuesta—. Está claro que a mí no me saldrá ni la mitad de bonito, pero haré lo posible. Solo aviso por si acaso.

Isn't she just amazing?

Daring and bold and sure.
Different from girls that I've met before.

—¡Dilo, ahí! —chilla Cosima y me muero de la vergüenza. Aunque tanto ella como Louis están casi en primera fila, dándolo todo con nosotros.

Do you think she might like me?
How do I look tonight?
I just want everything to be right.

Procuro no reírme, pero cuando Matt lanza la canción como si fueran preguntas al público mientras me mira, a lo que yo niego en broma, cuando la gente grita que sí, como si fuera una respuesta unísona, no puedo evitar la carcajada. Esto es lo más surrealista que he vivido nunca, pero también lo más bonito.

All these questions keep turning and churning and burning inside me.
What are these feelings I feel when she's by my side?

En cuanto acaba su parte, se acerca a mí y me coge de la mano. Yo la aprieto fuerte y acabo lo máximo que puedo con la distancia que nos separa, hasta que gran parte de nuestros cuerpos se están tocando y acabamos compartiendo un micrófono los dos antes de cantar a la vez.

I need to know these answers.
I need to find my way.
Seize my tomorrow, learn my yesterday.
I need to take these chances.
Let all my feelings show.
Can't tell what's waiting.

En cuanto acaba la canción y la gente rompe en aplausos, yo no lo dudo y me lanzo a sus brazos. Me atrapa enseguida e incluso da un giro conmigo agarrada cual mono.

—Ha sido una pasada, Matt —susurro en su oído y noto cómo se tensa bajo mi contacto. Una parte de mí no puede evitar disfrutar ante esa idea, de ser yo quien lo ponga así—. Gracias.

—¿A pesar de haber desafinado lo que no está escrito? —bromea y, aunque me deja en el suelo, no me suelta y sigo entre sus brazos.

—Ha sido genial, con desafine incluido.

—Entonces ha cumplido su función, me alegro de que te gustara, Kira.

Yo sonrío como una tonta, pero me da igual. No puedo evitarlo. Le doy un beso queriendo transmitirle lo que no me sale con palabras, pero el carraspeo de Will nos interrumpe.

Nos hace bajar después de agradecernos el espectáculo para dejar sitio a los siguientes. Cuando llegamos a la mesa, todo son risas y aplausos.

—¡Ha sido una pasada, chicos! —Sin duda alguna, Louis es nuestro mayor admirador—. Yo también quiero, Archer.

—Tal vez mañana, ¿sí? Es hora de que tú y yo volvamos a casa.

—Jooooo, eres un aburrido —le reprocha sin muchas ganas de irse.

—¿Recuerdas lo que hablamos antes? —comenta distraído recogiendo sus chaquetas.

Sea lo que sea lo que le dijera, hace que Louis se levante como un resorte y se despida como si su casa estuviera ardiendo.

—¡Nos vemos mañana, chicos!

Y entre risas y abrazos desaparecen de nuestra vista. Menudo par.

—¿Y ahora? —pregunta Cosi mirando el reloj. Mañana no hay clase, y seguro que papá y las chicas ya habrán vuelto de su paseo, pero como estoy sin móvil no tengo ni idea de si nos han dicho algo.

—¿Os apetece terminar la noche viendo películas de miedo en casa? —comenta Jack y yo me tenso cual resorte—. Porque os gustan ese tipo de pelis, ¿verdad?

«Ni. De. Coña».

Voy a hablar, pero Cosi se me adelanta por la derecha, como en una carrera.

Mierda, debería haber prevenido el brillo de desafío en la mirada de Jack, estoy perdida.

—Por supuesto, nos encantan.

—Ah, ¿sí? —pregunto, pero un golpe en la espinilla hace que me doble en dos y no sé si logran escucharme.

—Claro que nos gustan. Nos apuntamos —confirma mi hermana por ambas.

—¿Y qué hay de nuestros padres? ¿No deberíamos avisar antes de hacer ningún plan? —Sé cómo me miran los tres, pero a estas alturas del partido me aferraría a un clavo ardiendo. Solo que no quiero que piensen que soy una cagueta. Miro a Cosi, pero pasa de mí, me pregunto hasta cuándo podrá aguantar con esa máscara que acaba de ponerse.

—Por nuestras madres no te preocupes —me aclara Jack.

—Sí, seguro que no hay problema. —Mierda, hasta Matt parece que se está divirtiendo con todo esto. Genial.

—Y papá, antes de que digas nada, «doña peros» —me increpa Cosi—, está de acuerdo. Se lo acabo de preguntar. —Señala su móvil y yo solo maldigo el momento en el que se me olvidó cargarlo—, además va genial porque, al parecer, Emma se queda a dormir con June.

—Perfecto, pues. ¿Nos vamos?

Cuando llegamos, Freida ya está en la cama porque mañana tiene turno en el hospital, pero Hannah nos prepara unas palomitas mientras nos da unas mantas y almohadas para dormir en el sofá que se hace cama.

—Muchas gracias —agradecemos Cosi y yo a la vez, porque las veces que hemos estado aquí ambas nos han tratado como si fuéramos uno más de la familia.

—No hay de qué chicas. —Nos sonríe—. Si durante la noche necesitáis cualquier cosa, no dudéis en preguntárnoslo. Y, chicos...

—¿Sí? —preguntan con algo de miedo.

—Ya sabéis las normas: no irse a dormir muy tarde y las chicas se quedan en esta planta, ¿queda claro?

Juraría que no soy la única roja entre los cuatro, pero simplemente responden con un casto «sí», mientras tratan de poner su atención en cualquier cosa que no sea su madre. Como poner la película y prepararlo todo.

Cuando se despide de nosotros, apagamos las luces y nos colocamos en los sofás. Nosotras estamos medio tumbadas en el que se hace cama, que hemos aprovechado y abierto para no tener que hacerlo luego, y los chicos están recostados en los otros dos.

Cosi y yo nos tapamos con la manta con la excusa del frío, pero entre la oscuridad y que le han dado al *play* hablamos bajito y nos prometemos tratar de controlar el miedo y no mostrarlo a los chicos.

Después de sellar el pacto con un apretón de meñiques, como cuando éramos pequeñas y hacíamos alguna promesa, tratamos de centrarnos en la película.

Expediente Warren. No suena nada bien.

Después de casi dos horas de tensión, gritos y horror, por fin se hace la luz.

Cuando miramos las palomitas que han volado a nuestro alrededor, puede que no hayamos aguantado demasiado, la verdad.

—Sois terribles para ver estas películas ¿lo sabíais?

—Y tú eres insufrible —ataca Cosi. No es su mejor línea, pero seguro que sigue pensando en la película. Verás qué risa para dormir esta noche—. No sé cómo pueden gustaros estas cosas.

—Porque son adictivas.

Ambas los miramos desde nuestro refugio bajo la manta protectora y no sabría decir quién es peor, si el hermano que lo dice o el otro que afirma convencido tratando de reafirmar lo dicho.

—Es ridículo. Además, yo creo que este tipo de películas tendrían que traer al final las tomas falsas —afirma Cosi mientras sale de debajo de la manta que compartimos, y esa es una idea que tiene desde hace ya varios años y que yo apoyo al cien por cien.

Los chicos están tratando de hacer su mejor esfuerzo por no reír, lo veo en sus caras. Aunque no tienen mucho éxito, está claro.

—¿Y eso? —le pregunta Jack por el simple placer de meterse con ella.

—Para que gente como nosotras —nos señala a ambas y asiento aferrándome fuerte a la manta que de repente tengo toda para mí— pueda relajarse luego y dormir tranquila. ¿Te parece poco?

—Buen argumento —concuerda Matt, aunque creo que lo hace más por mí que por otra cosa.

—Pero ¿qué dices? Eso le quitaría toda la gracia —salta Jack y él y mi hermana se adentran en otro de sus muchos debates interminables.

Hasta que el reloj da las tres de la mañana y decidimos que es suficiente por hoy. Arreglamos un poco el salón y nos despedimos de los chicos hasta mañana.

Cosi y yo volvemos a meternos debajo de la manta en el sofá, y el silencio del salón me pone demasiado nerviosa como para dormir.

—¿Enciendo la linterna del móvil y la ponemos debajo de un cojín cerca? —me pregunta.

—Por favor.

En cuanto lo hace y volvemos a colocarnos, esta vez me siento algo mejor. Como si ese pequeño rayo de luz fuera capaz de ahuyentar a los monstruos que viven en mi mente.

Ambas acabamos cayendo en el sueño de a poco, eso sí, cogidas de la mano.

Capítulo 27

-KIRA-

Sirimiri: (n.) una lluvia ligera, una llovizna fina.

—¿Así de troceado está bien, pa? —le pregunto mientras le enseño las verduras que acabo de cortar.

—Perfectas, Hadita.

Los dos sonreímos y seguimos cada uno con sus tareas mientras tarareamos viejas canciones.

—¡Esto ya está! —oímos como Cosi nos grita desde el comedor así que dejamos lo que estábamos haciendo y vamos al encuentro de las chicas.

Cuando nos asomamos, las veo en cuclillas frente a su obra. Y al acercarnos me quedo asombrada de lo bonito que les ha quedado el altar.

—Es hermoso, chicas —murmura papá, claramente emocionado—, y perfecto.

Agranda los brazos y nos hace señas a las tres para vayamos a su encuentro. En cuanto nos refugiamos en ese lugar seguro, los cuatro la contemplamos en silencio.

«Está preciosa» es lo primero que pienso, y es la pura verdad. Mamá nos mira sonriente desde el cuadro situado en la cima del altar. Alrededor las chicas han puesto varias flores de

Mitclán y el naranja lo inunda todo, como si de un rayo de luz se tratara.

Es el «Día de los Muertos» y, como cada año desde que no está con nosotros, la honramos así, celebrando todo lo que nos dio y recordándola lo mejor que podemos. A pesar de hacerlo todos los días, hoy más, mientras que, con nuestras ofrendas, en el fondo solo deseamos volver a sentirla cerca.

—Mira, Kira —me dice June tirando de mi ropa para llamar mi atención—. Le he hecho un dibujo a modo de ofrenda. ¿Te gusta?

Está colocado unos escalenos debajo de la foto, y en él salimos los seis.

—Es muy bonito, renacuaja. Seguro que le encanta.

La sonrisa que me devuelve es suficiente para aplacar la tristeza que se asienta en mi pecho. Tengo que ser fuerte, por mí y por ellos.

A mi lado, encima de la mesa, la *tablet* comienza a sonar y, cuando veo la foto de Isla, solo puedo sonreír.

Ahora sí que estamos todos.

Le doy a aceptar la llamada y, en cuanto la cámara se abre, veo que mi hermana está tan cerca que juraría que puedo verle hasta los pelos de la nariz.

—¿Me lo he perdido? Por favor, decidme que no me lo he perdido —exclama excitadísima. Debe de haber hecho malabares para cuadrar horarios. Pronto tiene sus finales y sé que anda como loca.

—Tranquila, *flash* —bromeo—, llegas justo a tiempo.

Y, en cuanto giro la pantalla para que lo vea, la oigo suspirar de alegría.

—Menos mal. —Su voz se rompe un poco al final, pero se recompone enseguida. Hoy es día de celebración, no de llantos. Como diría mamá.

—Voy a terminar la comida y enseguida nos sentamos, ¿sí? —comenta papá. Hago amago de seguirle, pero me detiene enseguida—. Ya me has ayudado suficiente, Kira. Quédate con tu madre y tus hermanas, estoy seguro de que tenéis muchas cosas de las que poneros al día.

En cuanto desaparece tras las paredes de la cocina tarareando su canción, Isla comienza su interrogatorio.

Cosi coge la *tablet* y nos sentamos cerca del altar de mamá.

No hay día que no la recuerde, que no piense en ella. Cuando hago algo que solíamos hacer juntas la siento conmigo, pero en días como hoy, donde rescatamos tradiciones que hemos heredado de ella, me gusta pensar que está aquí, sentada con nosotras y nos escucha.

Le cuento entonces las novedades con Matt y, como buena hermana mayor que es, Isla no deja de interrumpir en todo momento.

—Pero entonces ya sois pareja, ¿verdad? ¿Es oficial? —pregunta emocionada.

Voy a contestarle, pero como siempre Cosima se me adelanta.

—Por supuesto, nuestra Kira tiene novio.

—¿Quién está contando la historia, tú o yo? —la increpo, por lo que me dedica unas burlas a modo de respuesta.

Muy madura, sí, señor.

—¡Es genial! Matt es muy divertido y Emma dice que si se casan seremos familia —comenta June de la nada y por poco me atraganto con mi propia tos.

Joder, estas niñas, sí que van rápido.

—Bueno, creo que querrán ir algo más despacio que eso, June —trata de explicarle Isla entre risas—, tal vez debamos esperar un poquito más, ¿sí?

—¿Cuánto?

Las tres casi pestañeamos a la vez ante su pregunta. Nos miramos y no sabemos muy bien qué decir y, cuando parece que recuperamos la capacidad del habla, lo hacemos a la vez.

—Años.

—Siglos.

—Mucho tiempo —digo yo, mirando a mis hermanas ante sus respuestas. Cosi como siempre elevando todo a la enésima potencia—. Además, que acabamos de empezar y ya me estáis vistiendo de blanco.

—A nosotras no nos mires, ha sido June —señala Isla. Se está divirtiendo de lo lindo a mi costa. Tener hermanas para esto.

—Los mayores sois muy aburridos —masculla la pequeñaja ante nuestras respuestas.

Las tres rompemos a reír y perdemos el control, sobre todo cuando pone esa carita tan arrugada cuando está enfadada o no entiende algo.

—Yo no le veo la gracia.

—Lo entenderás cuando seas mayor —confesamos las tres. Y nunca creí que llegaría el día que diría esa frase a la par que mis hermanas.

—Qué rollo.

—Crecer es un rollo, disfruta mientras puedas.

—Eso sí que son ánimos, Cosi —le digo.

—Pero es la verdad.

Ahí tiene razón. Todo es maravilloso y no ves la hora en la que seas un adulto hasta que descubres lo que eso conlleva. Es una pena que no venga con un aviso. Aunque claro, también están los que solo crecen por fuera y siguen siendo críos por dentro. Tanto en el buen como en el mal sentido. No está mal disfrutar de lo que amamos y nos hace sentir libres y felices, a pesar de que la sociedad se empeñe en clasificar las cosas en función de la edad, y si eres adulto, pero disfrutas haciendo algo que la mayoría piensa que es de críos, ya te miran mal.

La vida es demasiado corta como para dejarse influenciar por lo que opinen unos desconocidos. Hay que vivirla sin miedo.

Solo hay que encontrar un equilibrio entre el adulto que somos y el niño que guardamos dentro.

—¿Quién tiene hambre? —pregunta papá en cuanto aparece por el salón. Lleva una de las fuentes consigo y huele de maravilla.

—¡Yo! —gritamos todas, incluso Isla, que se lamenta por estar tan lejos.

—Os juro que huelo el *pozole* desde aquí —comenta refiriéndose al caldo de maíz, especias y carne de cerdo. Papá ha añadido también algunas de las verduras que preparé y tiene una pinta buenísima.

—Vuestra madre lo hacía mucho mejor, de eso no hay duda —explica divertido. Siempre dice lo mismo, que mamá cocinaba mejor que él, pero siempre ha sido un gran chef. Yo creo que sus platos están a la par—. En cuanto vuelvas de visita, te preparo tu plato favorito.

Isla le toma la palabra y, después de bendecir la mesa, comenzamos a comer.

Como cada año, aparte de los platos típicos de estas fechas, hemos hecho también algunas de las comidas favoritas de mamá, tanto mexicanas como americanas, así que tenemos un menú bien variado.

Comemos en silencio, de lo bueno que está todo. Solo lo rompemos cuando alguno de nosotros cuenta alguna anécdota divertida, o algo que le haya pasado durante la semana.

Papá es técnico informático y analiza y prepara *softwares* para empresas y clientes, así que no es raro que siempre esté o pegado a una pantalla o atendiendo llamadas. De ahí que nos explique cómo citó sin querer a dos clientes a la vez una misma mañana y tuvo que hacer malabares con dos teléfonos mientras redactaba lo que pedían.

Es un genio, pero muy despistado.

Isla nos explica que ya tiene los vuelos para Navidad y que se muere por vernos, solo desea que los exámenes pasen rápido para volver a ser persona de nuevo.

—Da lo mejor de ti, cariño, pero no te sobreesfuerces, ¿sí? —le pide papá.

—Tranquilo, estoy cuidándome, lo prometo.

A veces se vuelca tanto en sus estudios que se olvida de comer o no duerme lo suficiente, de ahí que papá esté algo preocupado. Le pasa con todas cuando llega época de finales. Juraría que hasta le salen canas nuevas por cada examen que tenemos que rendir.

Menos con June, siempre suspira feliz cuando piensa que aún le quedan unos años de tranquilidad hasta que su última niña comience la etapa de volverlo loco.

—¿Qué haréis esta tarde? —pregunta Isla mientras come unas tostadas con jamón. Es raro que, aun después de tanto tiempo, no me acostumbre a la diferencia horaria.

—Pues no lo había pensado.

—¿Qué os parece si vamos al mar? —suelto de golpe. Me sale solo y creo que soy la primera sorprendida ante tal oferta. Los demás me miran con la misma cara que debo tener yo, pero papá no deja pasar la oportunidad y me agradece la idea mientras me da un suave apretón en la mano.

—Me parece una idea estupenda, a mamá le encantaría.

Seguimos comiendo en familia y mi mirada viaja hasta su foto varias veces. Sé que lo haría, y creo que es gracias a las salidas con Matt que he ido recordando de a poco lo mucho que me gustaba a mí también. O tal vez nunca había olvidado ese recuerdo, solo estaba —y sigue, aún no estoy del todo lista para sacarlo— guardado en un rincón de mi mente.

—¡Ahora toca el postre! —exclama June rebosante de alegría—. Las hemos hecho con papá esta mañana.

Ella es la encargada de traer las galletas a la mesa. Tienen forma de calavera y se nota cuáles ha decorado June y cuáles papá. Los colores, las formas... Está claro que en esto sí que la alumna supera al maestro.

—Están muy ricas, June.

—Sí, buenísimas.

Murmuramos Cosi y yo con la boca llena, pero es que es verdad. Se deshacen con cada mordisco y saben a gloria.

—De nuevo, y porque no lo he dicho demasiado hoy, os odio ahora mismo —farfulla Isla tras la pantalla.

—También te haré unas cuando vuelvas, Isla —le promete June poniéndose seria de golpe, como si así diera más énfasis a la promesa.

Ella se ríe en respuesta después de decirle que se lo recordará. Se despide de nosotros porque tiene que hacer algunos trabajos, pero nos llamará por la noche.

—¿Os parece que ponga algo de música mientras limpiamos? —nos propone papá, y las tres asentimos con ganas.

—Pero, por favor, no hagas ese baile tuyo —le pide Cosi mientras recogemos la mesa—. Es horrible.

—¿Cuál? ¿Este? —pregunta con un brillo travieso en los ojos antes de comenzar a bailar.

Cosi hace como si se indignara y se tapa los ojos tratando de esquivarle, pero papá baila más cerca solo para atormentarla. June y yo nos meamos de la risa y le imitamos, bailando a nuestro ritmo. Traemos la música y la locura entre viaje y viaje del salón a la cocina, y las risas lo inundan todo.

Como solía decir mamá cuando celebrábamos este día con ella, hoy la muerte se festeja, no se llora. Solo así los que nos dejan pueden volver a nosotros.

Así que, si cierro los ojos, puedo llegar a imaginarla ahí con nosotros, haciendo el tonto y disfrutando de todo con muy poco.

Quarterback idiota

¿Cómo estás, pequeña?

Su mensaje me llega de sorpresa, no lo esperaba. Sí es verdad que esta mañana hablé con él y le expliqué el día que era y por qué era tan importante para nosotros. Le dije que pasaría el día con la familia, a lo que solo me respondió que disfrutara y que si necesitaba hablar o lo que fuera que le avisara, que estaría ahí.

Es raro tener a alguien que no sean mis hermanas o mi padre que se preocupe así por mí. Pero me gusta, y me hace sentir bien, incluso recibir mensajes así.

Estamos genial, Matt. Gracias por preocuparte

Hemos comido todos juntos y hecho un poco el tonto, y ahora estamos aquí, mira

▶ 1:00

Le mando un audio con el sonido de las olas romper contra la arena de la orilla y sé que de fondo puede oír las risas de mis hermanas, que están jugando dentro del agua. A pesar de que las temperaturas han bajado teniendo en cuenta que estamos en otoño, no han dudado en meterse.

Están locas.

El mar, ¿eh?

Me gusta, disfruta con tu familia, Bailarina. Y recuerda que el mar está ahí para sanar cualquier herida, no lo olvides

No lo hago, tranquilo

Me gustaría que estuvieras aquí

Es tan fácil y natural bromear con él. Como si lo llevásemos haciendo desde siempre. Incluso al principio, cuando chocábamos más, era difícil no dejarme arrastrar por sus bromas y ese magnetismo que tiene.

Menos mal, me quedo más tranquilo

Hasta más tarde, Romeo

Un día de estos vas a acabar conmigo, lo digo en serio

Pero aceptaría feliz ese final, eso seguro

Esperemos no tener que llegar a ese extremo

«Preciosa». ¿Podré llegar a acostumbrarme a eso? ¿A él?

Mientras releo nuestra conversación, no puedo evitar sonreír como una tonta. ¿Es esto estar enamorada?

—Me alegra verte así —expresa papá mirándome con una sonrisa en la cara.

Ambos estamos sentados sobre una toalla vieja en la arena, viendo a las chicas jugar. Una parte de mí se muere de ganas por estar ahí dentro con ellas, pero no puedo. Aún no sé cómo volver al mar.

—Tu madre estaría radiante si estuviera aquí. —Me acerco más a él y dejo que mi cabeza descanse en su hombro. Hemos traído con nosotros la foto de mamá y está apoyada contra mi bolso a nuestro lado—. Siempre decía que yo sería el peor cuando empezarais a salir con otras personas. Pero se equivocaba —bromea al recordarlo—, aún me acuerdo el día en que Isla nos presentó a su primera novia. María estaba como loca, no veas el interrogatorio que le hizo a la pobre muchacha. Yo recuerdo que solo me senté con ellas en la mesa y le ofrecí un café. Dejé que tu madre tomara el control de la situación, sabía que hasta que no lo sacara todo no estaría feliz.

—Es verdad, mamá era bastante cotilla. ¿Te acuerdas cuando Cosi trajo a ese chico, el que tenía los brazos llenos de tatuajes?

La risa de papá inunda nuestra pequeña burbuja y no puedo evitar contagiarme de ella.

—Tu madre se puso a preguntarle el porqué de cada uno —menciona entre carcajadas mirando la foto—. Tu hermana por poco la mata.

—Es verdad. Seguro que a Matt le haría otro interrogatorio parecido.

—Oh, no te preocupes, de eso me encargaré yo —dice serio, y yo levanto la vista asustada—. ¿Creías que iba a dejar que ese chico se acercara a ti sin conocerlo?

Bueno, sí. Al menos eso esperaba, mierda.

—Papi, no hace falta que hagas nada, de verdad —recalco lo más convencida posible.

—Tonterías, espero que lo invites un día de estos a cenar. Ya sé que son buena gente, pero quiero conocerle mejor. Tranquila. —La seriedad le dura poco, supongo que al ver mi cara de espanto ante lo que se avecina—. Me portaré bien.

—Sí, seguro. Igualito que mamá. —Miro su foto y juraría que siento su risa. Es uno de los recuerdos más vívidos que tengo de ella, nunca la perdió, ni siquiera en los días más oscuros.

—¿Quieres probar a ir con tus hermanas? —me pregunta al cabo de unos minutos.

Vuelvo a mirar a las chicas y lo deseo, de verdad. Pero la inmensidad que se dibuja frente a mí, esa que tanto amaba antes, me recuerda demasiado a ella y duele. Tanto que siento que me ahogo.

—Quizás en otra ocasión —musito, pero sé que me entiende.

—Cuando estés lista, volverás.

—¿Cómo lo sabes? ¿Y si ese día no llega? —le pregunto por primera vez sacando parte de mis miedos. Cojo la foto de mamá y la abrazo fuerte contra mí, como si así pudiera sentirla también. Igual que siento el calor emanar del cuerpo de papá, a pesar de la brisa que nos roza la cara. Y su cariño.

—Porque eres igual de testaruda que ella. —Señala con un suave gesto de cabeza la imagen que descansa ahora en mis piernas—.

No importa el tiempo que pase, Kira. Cuando estés lista, lista de verdad, lo conseguirás.

Trato de aferrarme a esas palabras como si fueran una balsa salvavidas.

Ojalá.

—¿Qué hacíais? —nos pregunta Cosi en cuanto llega junto a nosotros.

Ambas están empapadas y se pelean por quién se seca antes. Están temblando y seguro que ahora la idea de meterse a darse un chapuzón no les parece tan maravillosa. La pequeña gana y Cosi la mira cabreada. Estará muerta de frío, fijo.

—De nada —le digo. Dejo a mamá en su sitio inicial y no puedo evitar burlarme de Cosi y decirle a June que se tome el tiempo que necesite—. Sin prisas, eh, enana.

—Oye, Kira. —El brillo de diversión que se asoma por sus iris no me gusta ni un pelo—. ¿Quieres un abrazo?

La madre que la parió. No será capaz, ¿verdad?

—Estoy bien, gracias.

Pero la muy cabrona pasa de mí y se acerca lentamente. Papá ha sido listo y se ha levantado como si nada a ayudar a June.

—Venga, solo uno. Dale un abrazo a tu hermana.

—¡Que no, Cosima! Ni te me acerques —la amenazo.

Pero cae en saco roto porque se lanza hacia mí. La esquivo a duras penas y entonces me lanzo a correr lo más lejos posible que puedo de ella.

La cosa no para hasta que logra alcanzarme y acabamos las dos en la arena. Ella sobre mí, claro. Y me empapa toda.

—Yo te mato.

—Pero en el fondo me quieres —responde feliz, como la niña que ha logrado su propósito y le dan igual los castigos.

Tengo arena por todo el cuerpo, pero no puedo evitar reírme ante la situación.

Cuando papá llega hasta nosotras, ya nos hemos rebozado bastante. Le tiende la toalla y su ropa a Cosi para que se seque, al menos lo que pueda.

Se da un último chapuzón para sacarse la arena y, cuando está, vamos para casa. El cielo ha comenzado a nublarse y ya es hora de volver.

—¿Creéis que a mami le habrá gustado el día de hoy? —pregunta June en cuanto se baja del coche.

Los tres la miramos antes de responder, pero entonces una gota cae sobre mi nariz y me hace mirar hacia el cielo.

Una pequeña llovizna comienza a descender sobre nosotros y nos miramos sonrientes.

—Yo creo que sí, enana —le susurro poniéndome a su altura.

—¿Sabéis lo que significa, no? —dice Cosi.

Asentimos sin dudarlo.

—Id con cuidado, ¿vale? —nos pide papá—. Enseguida estoy con vosotras.

—¡Me pido primera! —Cosi grita y sale corriendo en dirección al patio trasero de casa sin hacer mucho caso a lo que nos dice papá.

June y yo la miramos y no tardamos en imitarla y seguirla cogidas de la mano.

Paramos antes en el salón a por la *tablet* y el altavoz y, en cuanto nos reunimos con Cosi, la vemos saltar y dar vueltas sobre sí misma bajo la lluvia.

Conecto todo y, cuando voy a la lista de Spotify de cada uno, pongo aleatoria la de Cosi.

Euphoria, de BTS, suena mientras me uno a mis hermanas, y Cosi se emociona enseguida. Ama muchísimo a este grupo, a mí me encanta también, pero sin duda la auténtica fan es ella. Según me dijo una vez, llegaron a su vida de casualidad, pero la salvaron sin saberlo.

Comienzan los primeros acordes y la letra, y se la sabe de memoria, como toda su discografía. June y yo tratamos de dar lo mejor, y lo damos todo en las partes en inglés, pero el coreano se lo dejamos a ella.

저기 멀리서 바다가 들려
꿈을 건너서 수풀 너머로

선명해지는 그곳으로 가
Take my hands now
You are the cause of my euphoria

Cantamos a pleno pulmón mientras bailamos bajo la lluvia, disfrutando del roce de las gotas en nuestra piel. Las tres llevamos unas sudaderas y la ropa se vuelve pesada con el agua que nos cae, pero nos da igual. Papá llega unos minutos después, y las risas llenan todo el jardín. Sobre todo cuando Cosi trata de enseñarnos la coreografía de la canción.

Euphoria
Take my hands now
You are the cause of my euphoria
Yeah (ooh ooh)
Ah yeah

Después de Cosi me toca a mí elegir y, cuando le doy a mi lista, comienza a sonar.

If you need me, call me,
No matter where you are
No matter how far,
Don't worry, baby
Just call my name, I'll be there in a hurry
You don't have to worry.

Ain't no mountain high enough suena a nuestro alrededor y, como si se tratase de un karaoke, cada uno canta una parte lo más improvisadamente posible.

Cuando llega el estribillo, los cuatro nos venimos arriba.

'Cause baby, there ain't no mountain high enough
Ain't no valley low enough,

Ain't no river wide enough
To keep me from getting to you, baby.

June chilla en cuanto oye a Simba comenzar a cantar *Yo voy a ser el Rey León,* y enseguida se mete en el papel y lo imita. Papá la atrapa y la sube a sus hombros mientras Cosi canta las partes de Zazú y yo hago los coros de Nala.

Zeus revolotea a nuestro alrededor también, verás luego para secarle.

Yo voy a ser el rey león y tú lo vas a ver
Pues sin pelo en ese cabezón un rey no puedes ser
No ha habido nadie como yo, tan fuerte y tan veloz
Seré el felino más voraz y así será mi voz
Pues un gato suena más feroz

Nos tomamos bien en serio nuestra actuación. Y entre desafines y bailoteos varios conseguimos dar todo un show.

Mira cómo bailo
Mira cómo ando
Mires donde mires
Siempre estoy al mando
Aún no
Oh yo, voy a ser rey león (Oh oh)
Oh yo, voy a ser rey león (Yo voy a ser)
Oh yo, voy a ser rey león

Sacamos todo fuera, y es como si con la lluvia mamá respondiera nuestras plegarias y nos acompañase. Siento cada gota como una de sus caricias.

En cuanto terminamos de bailar un par de canciones más, decidimos que es hora de entrar a cambiarnos y ducharnos para entrar en calor. Pero no cambiaría todo lo vivido hoy por nada del mundo.

Cuando se lo contamos a Isla se ríe, y hasta baila una canción para nosotros. Después de cenar y arreglar todo subo, a mi habitación. Mañana tenemos clases y aún hay alguien a quien quiero ver antes de que el día se acabe.

Hey, Romeo

¿Estás ahí?

Escribiendo...

Quarterback idiota

Hey, Julieta

¿Para ti? Siempre

Asómate

Me emociono sola y, de camino a la ventana, me paro ante el espejo para arreglarme un poco el pelo. Es una tontería, pero no puedo evitarlo. Me hago una trenza rápida y reviso mi reflejo. Llevo un pijama del Capitán América y, aunque al principio pienso en la idea de cambiarme, la desecho enseguida. Ya me ha visto así más veces, así que ¿para qué?

—Hola, tú —me dice al verme.

Tiene el pelo mojado, seguro que se ha duchado también. Su pijama es básico, pero incluso desde aquí puedo intuir cómo se amolda a su cuerpo, resaltando sus músculos.

—Hola, tú.

—Bonito concierto el de antes —dice, y su voz suena cálida y cercana, a pesar de la distancia. No hay ni rastro de burla alguna y, a pesar de la vergüenza, hace que mi corazón se caliente y lata más rápido.

Como si pudiera salir de mi pecho.

—¿Nos has visto?

—Claro, incluso Jack ha bailado con Emma en cuanto ha sonado la de *El Rey León*. No hemos entendido nada, pero la hemos reconocido enseguida.

Es verdad, June tiene la mayoría de las canciones de Disney en español, según ella le gustan más.

—¿Puedo hacerte una pregunta?

—Claro —le respondo.

Acerco la silla hasta la ventana y me coloco para estar más cómoda, y veo que hace lo mismo. Se sienta en el alféizar y se coloca como si fuera un indio.

—¿Por qué bailar bajo la lluvia?

—Es algo que hacía mucho mamá —le cuento—, decía que la lluvia eran mensajes de las personas que ya no están con nosotros para hacernos saber que nos oyen y están ahí.

—Eso es muy bonito.

—Lo sé y, aunque parezca raro, lo hacemos más desde que no está. Cuando llegamos hicimos como una pregunta al aire antes de que comenzara a llover, así que lo tomamos como una señal.

—No es nada raro, disfrutáis de la vida. No hay nada más bonito que eso, Kira. Estoy seguro de que tu madre, esté donde esté, es feliz por veros así.

—Eres idiota —le suelto mientras lucho por contener las lágrimas. Me mira sorprendido y una sonrisa se dibuja en mi rostro—, no puedes decir esas cosas.

—¿Por qué no? —suena curioso.

—Porque luego quiero besarte y ahora mismo no podemos.

—Bueno, yo te llevo ventaja. —Se encoge de hombros como quien se autoproclama campeón en algo—. Yo quiero besarte todo el rato. Siempre puedes darme ese beso mañana, Bailarina.

—Cuenta con ello, Quarterback.

—Entonces será mejor que nos vayamos ya a dormir, así cuanto antes nos acostemos, antes nos levantaremos.

—Eres todo un romántico —bromeo divertida.

—En el fondo soy una caja de sorpresas —dice al guiñarme un ojo—. Que descanses, pequeña.

—Buenas noches, Matt.

Entro a mi habitación y la sonrisa tonta me acompaña todo el rato. Después de preparar la ropa y la mochila para mañana voy hacia la cama, pero algo se cuela por la ventana antes de que dé un solo paso.

Cuando veo la figura de papel en el suelo, solo suspiro entre risas.

Lo cojo y leo la nota desde la cama.

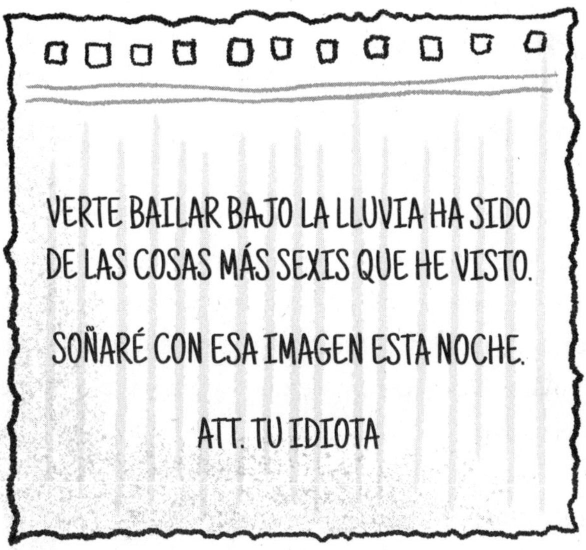

—Sí que eres idiota, Quarterback —susurro a la nada.

Aprieto fuerte el papel arrugado contra mi pecho y estoy segura de que me duermo con una sonrisa en la cara. Al final, él también acaba colándose en mis sueños.

Capítulo 28

-MATTHEW-

Nepenthe: (n.) algo que puede hacerte olvidar la pena o el sufrimiento.

—Así que este es tu otro refugio, ¿eh? —La siento antes de oírla siquiera. Su perfume me llega por la espalda y, cuando noto sus manos sobre mis ojos, no necesito nada más. El percibir su aliento en mi nuca y cuello hace que todos los pelos del cuerpo se ericen, así de fácil lo tiene. Soy pura reacción cuando está cerca—. ¿Quién soy?

—¿Emilia Clarke? —le pregunto de coña, aun sabiendo la respuesta.

—Eres idiota —me suelta mientras libera mis ojos de la prisión de sus manos para luego sentarse de lado en el banco junto a mí. Lleva una camiseta blanca de cuello alto y un peto marrón que le queda de muerte—. Más quisieras que fuera ella.

—Hombre, es que la madre de dragones no se le aparece a cualquiera. —Su puño impacta en mi hombro en cuestión de segundos—. ¡Ay!

—Te lo mereces.

—Me gusta cuando sacas ese lado fiero, aunque a mi hombro no tanto si te soy sincero.

—Lo dicho. —Se encoge de hombros, pero me sonríe antes de repetirlo, esta vez dando énfasis a cada sílaba de la palabra—. Eres i-dio-ta.

—¿Ah, sí? —No sé qué ve en mi rostro, pero su sonrisa se borra de golpe y trata de alejarse, pero ni de coña la dejo. Entonces, procedo a mi revancha.

Ataco donde sé que el golpe será mortal. Y comienzo a hacerle cosquillas. Se retuerce en el sitio, pero está atrapada, así que solo puede pedir clemencia entre la risa que se escapa por su boca.

—Vale, vale, tú ganas Matt, para, por favor —me pide.

Le hago caso solo porque me da pena. Y porque con mis manos aún en su cadera puedo atraerla hacia mí. Eliminando lo máximo que puedo la distancia entre nosotros.

Mis labios encuentran el camino a los suyos instintivamente, como quien se pierde y vuelve a casa. Y solo puedo recrearme en ese beso.

Es como si nunca tuviera suficiente. Tenerla cerca, besarla, hacerla reír y reírme con ella. Tocarla, joder, tocarla es lo mejor que existe en el mundo.

Solo nos separamos para recobrar el aliento y entonces recuerdo dónde estamos.

—No te esperaba por aquí a estas horas, Bailarina —le digo sorprendido porque al fin y al cabo las clases terminaron hace rato.

Por la hora deduzco que ha terminado su turno en el Jolly, pero eso no explica por qué ha vuelto al instituto un viernes por la tarde cuando cualquiera en su sano juicio estaría en casa.

—Tenía que traerle algo a Cosi y, como estaba por aquí, al entrar te vi entrenando, así que decidí que sería buena idea quedarme estudiando en la biblioteca mientras esperaba a que acabases. —La miro fijamente, creo que casi ni parpadeo de la sorpresa. No me lo esperaba y es la primera vez que alguien hace algo así por mí—. ¿He hecho mal?

Joder, me pone esa carita y tengo que controlarme para no lanzarme de nuevo. Nunca había sentido algo tan fuerte ni estado tan cachondo tanto tiempo. Es como tener una de cal y otra de arena.

—Gracias, pequeña.

Veo que suelta el aire que estaba conteniendo y no puedo evitar reírme. Esta vez es ella quien se acerca hasta darme un suave y lento beso, que acaba volviéndome más loco que el anterior. Si es que acaso eso es posible.

—Entonces me alegro, Quarterback.

—Y yo, Bailarina, y yo.

—¡Jones! —La voz del entrenador hace que nos giremos en su dirección y vemos cómo se acerca hacia nosotros. Mierda, espero no haberla liado. Lo último que necesitaría es una riña ante Kira—. ¿Aún por aquí? ¿Y tú quién eres?

Puede que no sea la persona con más tacto de San Diego, pero el pobre lo intenta. A su manera, claro.

—Esto... Yo soy Kira Young, señor. —Es demasiado graciosa la forma en la que se pone de pie, tan rápido que por poco se cae y le tiende la mano como quien se presenta ante, no sé, el presidente.

Y por su cara deduzco que el entrenador está tratando de contenerse y mantener esa postura seria.

Toma su mano como si fuera algo de otro mundo antes de darle un ligero apretón.

—Encantado, señorita Young.

—Gracias.

Ambos se quedan mirando sin saber muy bien qué decir, así que me pongo de pie para intervenir en tan extraño momento.

—Es mi chica, entrenador. —No sé por qué lo digo como si tuviera que afirmar algo, está más que claro que lo es. Es más, estoy seguro de que nos ha visto liarnos de camino hacia aquí. Pero me gusta decirlo en voz alta, cómo suenan esas palabras saliendo de mis labios. Lo que más disfruto es ver cómo el rubor cubre sus mejillas, como una fina capa de pintura que crea la obra más hermosa que existe.

Lo dicho, ni un minuto sin tener que disimular la excitación. Menos mal que los pantalones del entreno son anchos.

—Lo he supuesto, Jones —me dice, y esta vez sí que deja que la sonrisa se dibuje en su rostro—, pero, ya que estás aquí, te encargo acabar de recoger el material, ¿entendido?

Mierda, es rápido el cabrón. Esta me la he buscado solito.

—Claro, yo lo guardo todo. —Total, poco puedo hacer. No me queda otra. Suspiro, eso sí, al ver cómo está todo tirado por el campo.

—Muy bien. —Hace ademán de marcharse, pero se lo piensa y vuelve a mirarnos, serio otra vez, antes de añadir—: Y más te vale descansar bien. Ya sé cómo sois los jóvenes y lo que hagas en tu tiempo libre me da igual, pero recuerda que mañana hay partido y te quiero al 150 %.

Esta vez creo que ambos formamos un buen cuadro, porque el calor que hasta ahora se encontraba por el sur de mi anatomía ha subido raudo y veloz hasta mi cara, y voy a la par con el rojo de la de Kira.

—Sí, señor —murmuro mientras me rasco la nuca nervioso. Incluso tengo que carraspear para que me salga bien la voz.

A mi lado noto que Kira suelta una pequeña risa y me la guardo para más tarde. Por esto puede que le caiga otro ataque de cosquillas.

Le doy un suave pellizco y salta del susto. La mirada que me dedica sí que es para enmarcar. Juro que puedo ver los rayos salir de sus ojos. Yo solo le guiño un ojo, divirtiéndome ante su reacción.

—Entonces hasta mañana, chicos —se despide y veo que se aleja campo a través hasta los vestuarios.

—Así que ahora hay que recoger, ¿verdad? —comenta estirándose.

—No tienes por qué quedarte —le digo.

La mirada que me dirige es muy parecida a la anterior, como si no hablásemos el mismo idioma o no entendiera el porqué de mi comentario.

—*Nah,* así acabarás antes. —Se pone frente a mí con un medio giro. A veces no se da cuenta, pero es como si sus pies flotaran, como si bailara sin quererlo siquiera. Coloca los brazos tras la espalda y me mira como si esperase algo—, ¿Por dónde empezamos? Además, siempre puedes invitarme a un batido luego.

—Ya me olía que no iba a ser todo tan altruista.

Recogemos todo, aunque tardamos algo más de la cuenta porque jugamos con algunos balones y aprovecho para enseñarle a lanzar y recibir pases. Ella, por su parte, entre idas y venidas aprovecha y, cuando cree que no la veo, hace alguna pirueta.

Es tan enigmática y magnética que no puedo evitar seguirla con la mirada a cada paso que da.

Cuando terminamos entre risas, me recuerda ese dichoso batido y, aunque me hago un poco de rogar, acabo claudicando porque, no me voy a engañar, prefiero pasar estos momentos con ella a cualquier otro posible plan. Y en el fondo mi otra opción sería ver las horas pasar solo en mi habitación.

Tomamos algo en el Jolly y charlamos un rato. No duda en contarme mejor cómo fue el día con su familia y noto la emoción en su voz.

También me confiesa que ha intentado hacer algún que otro avión de papel, pero sin mucho éxito.

—La próxima vez que quedemos en mi casa, te enseñaré. Mira, yo también puedo ser tu profesor —le tomo el pelo, aunque mi voz ha salido más grave de lo normal.

—No sé si yo lo compararía con las clases de Álgebra o Español, pero si así te sientes mejor...

—¿A que no te enseño nada? —la reto.

—Venga, va, solo era una broma.

—Ya, seguro.

—¿Nervioso por el partido de mañana? —me pregunta después de darle un sorbo a su batido de chocolate.

El mío es de fresa y aprovecho esos segundos para pensar mientras juego con la pajita.

—No lo sé, no vamos mal en la clasificación, pero tampoco quedan tantos partidos —confieso—. Los que hemos perdido nos han complicado las cosas. Si queremos llegar a la final, más nos vale ponernos las pilas y ganar los que quedan.

—Seguro que lo conseguiréis, ¿y sabes qué?

—Dime.

—Mañana podré ir a veros —anuncia feliz, y caigo en la cuenta de que trabaja por la tarde. Como el partido es por la mañana, podrá hacerlo.

Saber que va a estar ahí en las gradas me anima más aún.

—Entonces —alcanzo su mano y la cojo para dejar pequeñas caricias en su piel. Es como si la electricidad pasara por ambos en ese contacto— tendré que dar lo mejor de mí.

—No me cabe ninguna duda, Quarterback. —No me resisto a esa sonrisa y acerco su mano a mis labios. Sin apartar mi mirada de la suya, dejo un reguero de besos por su tez hasta detenerme en el interior de su muñeca, donde noto el aleteo irregular de su pulso.

Saber que al menos no soy el único que se descontrola ante este tipo de gestos me ayuda a sobrellevar mi propia tortura. Al fin y al cabo, he sido yo quien lo ha comenzado.

En cuanto la suelto se vuelca de lleno en su batido y trato de no reírme ante su timidez. Me encanta ver todas esas facetas suyas. Es como una flor llena de capas.

—¿Cuál es tu flor favorita? —pregunto de golpe, dejándome llevar por mis pensamientos.

Ella parpadea un par de veces como si la hubiera descolocado. Me gusta esa sensación, el sorprenderla.

—Los girasoles —responde después de dar el último sorbo.

—¿Y eso? —Sin duda, no era la primera que se me venía a la mente. Pero le pega, una sorpresa, como toda ella.

—No lo sé. —Se encoge de hombros y apoya la barbilla sobre la mano que le queda libre. Esta vez es ella quien junta nuestros dedos—. Pero es mi favorita de siempre. Ya sabes, puede que no sea la más bonita, pero para mí tiene una belleza única. Es diferente y me gusta por eso. Da igual la adversidad o lo oscura que sea la noche, ellos siempre se levantan con fuerza, buscando el calor del sol.

—Te pega.

—¿En serio?

—Sí, al fin y al cabo, toda tú eres única.

—Tú sí que sabes qué decirle a una chica.

—Solo digo la verdad, Bailarina.

Ella solo niega, pero por mucho que lo intente no puede esconder la sonrisa de su cara.

—Eres idiota —susurra.

—Tú, preciosa.

Después de pagar volvemos a casa en mi moto. Y es entonces, recordando este tipo de momentos con ella, y al sentirla abrazada a mi cintura, que entiendo que hay conexiones que sencillamente no se puede explicar con palabras y que cuando llegan te dejan con la boca abierta e incluso algo mareado por la sorpresa. Porque nunca las planeamos, vienen sin avisar. Yo no busqué conocerla, pero con cada rato que pasa a mi lado me alegro más de que llegara a mi vida.

BUENOS DÍAS POR LA MAÑANA. ESPERO QUE SE HAYAN TOMADO SU DOSIS DE CAFEÍNA PORQUE HOY TENEMOS ANTE NOSOTROS UN ENCUENTRO **MUY INTERESANTE**. LOS **SHARKS** VUELVEN A JUGAR EN CASA Y NO PODEMOS OLVIDAR QUE, **A PESAR DE ESA GRAN VICTORIA** AL COMIENZO DE TEMPORADA, HAN TENIDO **ALGUNA QUE OTRA CAÍDA**. PERO AQUÍ SIGUEN, LUCHANDO PARTIDO A PARTIDO POR EL TAN ANSIADO CAMPEONATO. **¿LO LOGRARÁN AL FINAL?**

ANTE ELLOS TIENEN A LOS CHICOS DEL **INSTITUTO MASSILLION**, PUEDE PARECER UN JUEGO FÁCIL EL DE HOY, LOS SAINTS HAN TENIDO A GRAN

PARTE DE SU PLANTILLA LESIONADA ESTA TEMPORADA, **¿ESTARÁN A LA ALTURA?** *¿QUIÉN GANARÁ, SAN DIEGO U OHIO?*

NO SE LO PUEDEN PERDER.

—Cabeza, juicio y juego limpio, muchachos, ¿queda claro? —nos dice el entrenador antes de comenzar—. Quiero ver cómo los Sharks se meriendan de un bocado a esos Saints.

Los demás comienzan a alejarse hasta la línea de golpeo cuando oigo la voz del entrenador por el intercomunicador.

—Atento, capitán —me avisa—, comenzaremos con un 2-3 de ataque, ¿entendido?

—Recibido.

ESTO COMIENZA AMIGOS, ESTAMOS ANTE LA PRIMERA JUGADA OFENSIVA DE LOS SHARKS, **¿PODRÁN LOS SAINTS HACERLES FRENTE?**

—Azul, treinta, azul, treinta... ¡listossss! —grito antes de coger el balón que me pasa Dawson, nuestro *center* titular.

JONES RECIBE EL BALÓN Y SE DECIDE POR UN LANZAMIENTO RÁPIDO HACIA LA IZQUIERDA, PERO **SUNDERS LO TACKLEA EN LA YARDA TREINTA.** *UN AVANCE CORTO, PERO MENOS ES NADA.*

BUEN COMIENZO DE LOS SHARKS.

JONES VUELVE A ESTAR CON EL BALÓN EN SUS MANOS Y... **OTRO BUEN LANZAMIENTO, SÍ, SEÑOR.**

LOS SHARKS **SON RÁPIDOS EN CADA JUGADA,** *Y ESO SE NOTA CON CADA PUNTO QUE SUMAN AL MARCADOR, PERO NO PUEDO EVITAR NOTAR QUE ALGUNAS DE ESAS JUGADAS SON ALGO* **DESCUIDADAS.**

LOS SAINTS ESTÁN CASI LISTOS PARA SACAR **Y VAYA...** *ACABO DE CAER EN QUE POR POCO LOS SHARKS SON SANCIONADOS.* **HABÍA UN MIEMBRO DE MÁS EN EL CAMPO DE LO PERMITIDO,** *PARECE QUE SE HAN LIADO EN*

EL DESCANSO Y **HAN SALIDO DOCE**. MENOS MAL QUE SU QUARTERBACK SE HA DADO CUENTA A TIEMPO Y EL JUGADOR HA SALIDO ANTES DE QUE COMENZARA DE NUEVO EL PARTIDO.

PRINCE, QUARTERBACK DE LOS SAINTS, PARECE QUE ESTÁ BUSCANDO A SU RECEPTOR. **LANZA** Y ESTE LO ATRAPA SIN PROBLEMA. SE ENCUENTRA EN LA YARDA DIEZ Y PARECE QUE **NINGÚN SHARK PUEDE DETENERLO. CORRE Y...** ESTÁ DENTRO, **TOUCHDOWN PARA LOS SAINTS**.

—Ese error no puede repetirse, ¿queda claro? —nos regaña el entrenador en cuanto hacemos una pausa y con toda la razón—. El fallo en la defensa anterior ha pasado por el lío de estar doce en el campo, os quiero más atentos en los tiempos muertos. Estaban comiendo de nuestras manos y quiero ver cómo los traéis de vuelta a nuestras redes.

—Sí, señor —respondemos a la vez como uno.

QUEDAN SOLO DOCE MINUTOS PARA QUE FINALICE EL ÚLTIMO CUARTO, SEÑORES, Y EN EL MARCADOR SE REFLEJA CÓMO **LOS SHARKS VAN GANANDO** A LOS SAINTS POR **DIECISIETE A DIECISÉIS**.

JONES LANZA EL PASE Y BECKER LO RECOGE SIN PROBLEMA, **BUENA RECEPCIÓN**. CORRE CON EL BALÓN, VA POR LA DERECHA, CRUZA LA YARDA TREINTA, **LLEGA HASTA LA TREINTA Y CINCO** ESQUIVANDO SIN PROBLEMA LOS PLACAJES DE LOS SAINTS. **CONSIGUE ALCANZAR LA CUARENTA** ANTES DE QUE MAXWELL, EL CORNERBACK DE LOS SAINTS, LO DERRIBE.

EN ESTA NUEVA JUGADA, **JONES RECIBE EL BALÓN** Y VUELVE A LANZARLO. ESTA VEZ ES **ANDREWS QUIEN COGE EL PASE**, PERO **CAE EN MEDIO DE LA JUGADA**, ¿QUÉ HABRÁ PASADO?».

—Jones —oigo la voz del entrenador en el casco—, es su rodilla.

Mierda, pobre Michael. Esa caída le ha tenido que doler, espero que no sea nada y no haya recaído en su antigua lesión. Algunos del equipo técnico entran en el campo y lo sacan fuera.

PARECE QUE MARTÍNEZ ENTRA PARA SUSTITUIRLE. **QUEDAN TAN SOLO ONCE MINUTOS** Y RECORDEMOS QUE **SOLO ES UN PUNTO DE DIFERENCIA** LO QUE SEPARA A AMBOS EQUIPOS DE LA VICTORIA FINAL.

MARTÍNEZ TIENE EL BALÓN. CORRE POR LA BANDA IZQUIERDA Y **PASA LA YARDA TREINTA**. CONSIGUE LLEGAR HASTA LA VEINTIDÓS ANTES DE CAER.

AMBOS EQUIPOS VUELVEN A ESTAR SITUADOS EN LA LÍNEA Y, A FALTA DE UN MINUTO, EL MARCADOR DICTA, **SI NO HAY SORPRESAS**, LA VICTORIA DE **LOS SHARKS**, QUE VAN VEINTICUATRO A DIECINUEVE.

—¡Azul, treinta! —grito tratando de que me oigan todos. Intento así superar cualquier otro sonido de los muchos que nos envuelven. Los gritos del público, la música de la banda o los cánticos de las animadoras. No queda nada, y no podemos perder. Tenemos que ganar.

JONES COMIENZA LA JUGADA Y LOGRA ENGAÑAR EN LA CARRERA. **LANZA** Y VEMOS CÓMO CODY **ATRAPA EL PASE EN EL AIRE**. **LA GRADA SE VUELVE LOCA**, TODO EL MUNDO ESTÁ EN PIE. SIN DUDA NADIE QUIERE PERDERSE NI UN DETALLE DE ESTE MOMENTO. EL NOVATO CORRE LIBRE HACIA LA ZONA DE TOUCHDOWN, **NO LOGRAN PARARLE**. CINCUENTA YARDAS, AMIGOS. MADRE MÍA, **ESTE CHICO ESTÁ HACIENDO HISTORIA ESTA TEMPORADA**.

—¡Eso es!, ¡sí, joder! —nos felicita el entrenador cuando nos vamos acercando uno por uno a celebrar la victoria. Ese último punto ha sido una pasada—. Jugar para ganar, no hay más. Así me gusta, muchachos.

HA SIDO UN GRAN PARTIDO, AMIGOS. Y **UNA VICTORIA APLASTANTE DE LOS SHARKS**. AHORA TOCA CELEBRARLO Y, POR LA CARA DE ESTOS JÓVENES, ALGO ME DICE QUE NO TARDARÁN MUCHO EN HACERLO. NOS VEMOS LA PRÓXIMA Y, RECUERDEN, **YA QUEDA MENOS PARA SABER QUE EQUIPOS JUGARAN LA TAN ANSIADA FINAL**.

—Sin duda ha sido un partidazo —exclama Louis y todos juntamos nuestros vasos para celebrarlo—. Los Sharks somos los mejores, nos hemos merendado a esos Saints.

Todos rompemos en gritos de júbilo, que llenan el Jolly de fiesta y diversión.

—A esta ronda invita la casa —nos dice Will—. Habéis estado geniales, chicos. Seguid así y llegamos a la final.

Disfrutamos de los refrescos, porque cualquier bebida, si es gratis, se disfruta el doble. Es ley de vida.

Unos brazos me rodean la cintura desde detrás y dejo de moverme para sentirla.

Noto cómo su cabeza descansa en mi hombro y casi tiemblo al oírla suspirar. La he tenido localizada todo el partido y, con cada jugada, el ver su sonrisa y su admiración me daban una fuerza que no creo que sea consciente.

Dejo el vaso cerca de la mesa y me giro sin romper el abrazo. Cuando estamos frente a frente, tengo que bajar algo la cabeza para estar más cerca.

—Hey, tú —me saluda radiante como el sol.

—Hey, tú —le suelto antes de besarla, porque no me aguanto más.

Me pierdo en ese contacto y suelto toda la excitación y adrenalina acumuladas. La atraigo lo máximo que puedo hacia mí para que sienta también lo loco que me vuelve y, cuando ahoga un pequeño grito de sorpresa en el beso, no puedo evitar sonreír.

—¿Ocurre algo, Bailarina? —le pregunto aun viendo cómo se ruboriza.

—No, nada.

—¿Segura? —la pincho.

—*Sip*, segurísima. Todo correcto.

—Menos mal, me quedo más tranquilo.

—Estás disfrutando, ¿verdad? —murmura cabreada.

—¿Yo? —Miro hacia atrás fingiendo sorpresa—. Para nada.

—Eres incorregible, idiota.

—Creo que prefiero mejor irresistible, me gusta más. —Vuelvo a acercarla y sus manos acaban descansando en mi pecho.

—Eso también —confiesa cerca de mis labios, y no hay tentación mayor que esa—, pero eso no quita lo idiota.

—Eres cruel, Bailarina. ¿No te doy pena?

—Ni un poco.

Me río y ella aprovecha ese momento para subir sus manos hasta mi rostro y aprisionarme. Me atrae sin problema y toma el control de la danza, que comienza de nuevo entre nuestras bocas.

Alguien de fondo ha escogido la canción *Señorita* para el karaoke.

No lo dudo ni un segundo y coloco sus brazos alrededor de mi cuello para luego sujetarla de la cintura. Su mirada brilla de deseo y emoción, así que aprovecho mi turno de sorprenderla para susurrarle parte de la canción mientras bailamos.

Al principio solo se ríe, pero no tarda mucho en seguirme el rollo y cantamos juntos. Pero solo para nosotros.

—Mañana volvemos a tener una no-cita —me recuerda.

Desde aquella primera vez, hemos rescatado esa broma y llamado así a nuestras pequeñas escapadas de los domingos.

Me encanta pasar tiempo con ella frente al mar, hablar de todo o nada, pero odio la sombra que se aferra a ella cada vez que sale de ese lugar.

Trato de darle su espacio, pero una parte de mí se muere por descubrir qué es lo que esconde, quiero borrar de alguna manera esa tristeza de su mirada. Calmar el oleaje de sus iris.

—No me lo perdería por nada del mundo.

Archer y Louis deciden que es su turno de rompernos los tímpanos, así que son los siguientes en cantar. Luego Cosi acaba arrastrando a mi hermano, no sé cómo, pero sea lo que sea lo que le ha dicho la sigue sin rechistar.

Entre canción y canción le pido más de un baile, porque no quiero soltarla. Y no puedo evitar recordar la otra tarde cuando la vi moverse bajo la lluvia. Riendo de forma tan natural, con esa carcajada que solo puede salir de lo más profundo del alma, era como ver un espíritu libre bailar con la vida. Ella sola es capaz de hacer la tierra temblar.

Capítulo 29

-KIRA-

Forelsket: (n.) la euforia que experimenta una persona cuando se está enamorando por primera vez.

—Otra vez —ordena mi abuela sentada desde su sofá—. Y no quiero fallos, solo perfección, ¿entendido, María?

He perdido la cuenta de las veces que he tratado de sacarla de su error hoy. Los dedos se sienten como hielos, me queman al tocar cada nota, y duele en el alma. Porque sé que nunca será perfecto, no como quiere.

¿Se sentía así mamá en su presencia?

—Sí, abuela —claudico. Al menos cuando estoy tocando solo critica mi técnica. Es como si fuera un escudo para evitar otro tipo de juicios.

Arabesques, de Debussy, vuela entre mis dedos. Trato de centrarme en la melodía, en las notas que se dibujan ante mí, en la historia tras la canción, pero siento su mirada clavada en mi espalda.

—Mal —dice en mitad de la melodía.

Sigo tratando de ignorarla, pero duele, duele sobre todo que no me esté hablando a mí, sino a un fantasma. Sin embargo, fue ese fantasma quien me trajo aquí en un primer momento, así que me trago la rabia y aguanto las lágrimas que se mueren por salir.

Puede que toque con demasiada rudeza, pero no puedo evitarlo.

Cuando me giro al terminar, veo la desaprobación en su mirada. Y no puedo evitar mirar al suelo, cualquier cosa que no sean esos ojos llenos de decepción.

—Así no llegarás a ningún sitio. Solo los mejores alcanzan el éxito, te lo he dicho mil veces, María. No debes olvidarlo nunca. La vida es sacrificio y tú solo mereces lo mejor.

—Lo siento, abuela —murmuro.

—Estás demasiado distraída, espero que no estés pensando en ese chico otra vez.

Alzo la cabeza de golpe porque es la primera vez que me habla de papá, creía que en sus recuerdos siempre estaba mi madre de niña.

—¿Quién, abuela?

—No seas estúpida, sabes muy bien de quién te hablo. Por mucho que tu padre vea bien que te juntes con él, yo no pienso aceptarlo —comenta indignada, como si su sola mención fuera ya algún tipo de sacrilegio—. Lo primero es lo primero y, si quieres ser una gran pianista, debes alejar esos pájaros que viven en tu cabeza.

El reloj marca la hora y con cada campanada me siento algo más libre. Odio esa sensación, pero es como si mi cuerpo se rebelara y quisiera irse lejos.

—Abuela, tengo que irme ya, ¿vale? —Me acerco hasta ella y le acaricio la mejilla. Nunca ha sido una mujer de contacto o caricias, es lo más lejos que me ha permitido llegar—. Volveré en unas semanas.

—No vuelvas si tu técnica no es impecable, no quiero que mi hija sea una fracasada. ¿Queda claro?

Me sujeta del brazo y sé que ese agarre me dejará alguna marca más tarde. Pero lo peor no es eso, es el enfado de sus ojos.

¿Por qué estás así, abuela?

—Sí, señora —claudico mientras me pongo de nuevo en pie. Demasiadas emociones en una tarde, y sé que, si me quedo a tratar de averiguar las suyas, acabaré aún más hundida en ese pozo oscuro.

—Bien, y deberías empezar a preocuparte por tu aspecto, ¿no tienes espejos cerca? Una joven de tu posición debe mantener una imagen perfecta.

«Perfecta». Una palabra tan bonita y mortal a la vez. Yo la odio, odio lo que esconde, lo que no dice, lo que implica. Agarro sin darme cuenta el bajo de mi camisa a cuadros y trato de estirarlo para colocarlo algo mejor. Sé que no debo hacer caso de sus palabras, pero duelen igual. Porque esos ojos son iguales a los de mamá. Por eso duele el doble ver esas emociones tan negativas.

—Creo que la que necesita un espejo es usted, señora.

Su voz me deja petrificada en el sitio. ¿Qué hace él aquí? No tendría que estar aquí.

—¿Perdón? ¿Y quién es usted si puede saberse?

—Un amigo de su nieta —dice seguro hasta colocarse a mi lado.

Su calor me reconforta de una manera que no sabía que necesitaba.

—Veo, María, que sigues sin aprender nada.

Me tenso y odio sentirme así de pequeña frente a ella. Tengo que decir algo, lo que sea. Pero la voz no sale, como si una bruja me la hubiera robado. Solo que yo no soy la sirenita y esto no es un cuento.

—Señora, creo que...

Cojo su mano y la aprieto para que no siga. Me mira incrédulo, pero lo respeta. Eso no significa que le guste, puedo ver su cabreo por la forma en la que aprieta el puño libre.

—Te veré en dos semanas, abuela. Y prometo que la próxima vez me saldrá mejor.

—No espero menos.

Tiro de él para sacarnos de allí lo más rápido que puedo. Creo que me despido de las enfermeras, pero, al llevar el piloto automático, no sé ni lo que digo.

Llegamos hasta su moto en silencio, y cuando veo que hace el amago de hablar simplemente lo beso. Me aferro a su cuello y sus labios para no caer porque lo peor es cuando me pierdo entre mis propios pensamientos. Cuando los dejo correr libres. Ahí es donde reside mi verdadero caos.

—Ahora no, aquí no, por favor. —Es lo único que le pido. Las únicas seis palabras que logro sacar sin romperme.

—Nos vamos.

Se sube a la moto y le sigo, vuelvo a sujetarme a su cintura y entierro mi cara en su espalda, lo máximo que el casco me deja. Arranca sin dudarlo y nos lleva lejos, a ese lugar que se ha convertido en refugio de mi alma.

Llegamos a la playa en cuestión de minutos. Me descalzo para sentir la arena bajo mis pies, preparándome para la tormenta que estoy a punto de desatar.

Nos conduce hasta el centro de la playa y se sienta frente al mar, tirando de mí hasta que acabo sentada sobre su regazo. Sus brazos me rodean y su cara se oculta entre mi cuello y mi pelo, quedándose un buen rato así. Respirando, haciéndome cosquillas con su aliento, mientras sus manos dibujan figuras sin forma sobre mi abdomen.

—Matt...

—Shhh —me pide—, escucha el mar, Kira. Céntrate en eso y olvida lo demás.

Le hago caso y dejo que mi mirada se pierda en el infinito, donde el cielo y el océano se juntan como dos amantes en secreto. No sé cuándo ni cómo empiezan, pero las lágrimas van cayendo una a una por mis mejillas y acaban muriendo en la arena.

Matt lo nota, nos mece a ambos en un movimiento lento y silencioso. Me deja llorar, me da mi espacio y eso solo hace que todo duela más. Porque cuando estás acostumbrada a llorar de rabia, los gritos, el desprecio son emociones más fáciles de enfrentar.

Pero ¿el cariño y el amor? Esas dan más miedo aún.

—Sácalo todo, Kira. No te guardes nada dentro —ruega con la voz cortada—, para eso sirven, llorar limpia el alma. Libérate.

Y lo hago. Lloro entre sus brazos como hacía tiempo que no lloraba.

Hasta que me quedo sin lágrimas que derramar, ese es otro tipo de llanto. Cuando ya no queda nada más dentro de ti que sacar, así que me quedo mirando fijamente el ancho mar mientras siento cómo se resquebraja mi corazón. Y lloro, esta vez en silencio. Pero hasta que los espasmos que recorren mi cuerpo no cesan, él no se mueve.

Solo entonces sujeta firme pero suave mi mentón y hace girar mi rostro hasta que enfrento su mirada. Hay decisión en ella.

No me aparto porque mi cuerpo ha dejado de obedecerme, como si con él se sintiera a salvo. Así que me dejo llevar y me derrito un poco más cuando sus labios van limpiando, poco a poco, el camino visible que ha dejado mi llanto.

—Estoy aquí —susurra con voz cálida contra mi mejilla, y sus palabras se cuelan bien dentro de mi alma—, puedes hablar conmigo si quieres. O seguir así, callados como hasta ahora. Hipnotizados con el ir y venir de las olas. Me da igual, pero estoy aquí.

No sé si es su presencia, el hecho de que llevo demasiado tiempo guardando tanto dentro, o que necesito tener una excusa para seguir entre sus brazos porque soy una cobarde, que sabe que si se levanta, si rompe el contacto, no volverá a tener una oportunidad así otra vez.

Por lo que me lanzo al vacío, sin red. Solo espero que pueda atraparme.

—La señora que has conocido antes es mi abuela —comienzo, miro el mar para hablar porque prefiero contarle mi historia a la nada antes que enfrentarme a los cambios que bailen en sus ojos—, se llama Regina y tiene alzhéimer. Cada vez que vengo a verla, cree que soy su hija muerta.

Cuando mis palabras abandonan mis labios, siento el frío bajo la piel.

—¿Sabe lo de tu madre? —me pregunta.

—Sí, se lo hemos contado varias veces, pero es como si borrara ese recuerdo.

—¿Por qué tu padre no puede saber que vienes aquí, Kira? —Sé que eso es algo que le lleva carcomiendo desde que comenzamos con todo esto. Le conozco y sé que le habrá costado no preguntarme nada. Juego con los cordeles de su sudadera para tratar de distraerme.

—Mi abuela nunca fue una gran madre, ya lo has visto. Siempre ha tenido una vida de lujo, por su trabajo y por mi abuelo, ambos eran empresarios, así que siempre tuvo dinero y conexiones, y creo que esperaba que mi madre siguiera esa vida —confieso. Con los años he ido reuniendo piezas del puzle de aquí y allá, pero siempre era un tema tabú en casa.

—Deduzco que no lo hizo —afirma sin necesidad de preguntarlo.

—Así es —sonrío al recordarla—, mi madre siempre fue una hoja movida por el viento, como la describía papá. Odiaba las normas y ese tipo de vida, pero mis abuelos no dejaban de ser sus padres, ¿sabes? No podía simplemente marcharse.

—La familia nunca debería hacer daño.

—Lo sé, pero a veces lo hace. El problema es que no siempre es fácil dejar atrás lo único que conoces. Te aferras con uñas y dientes a ese recuerdo, aunque haga daño.

El viento sopla fuerte y rompe el silencio entre ambos. Tiemblo sin poder evitarlo, pero no solo del frío. Mi cuerpo está tratando de sacar lo que queda de tristeza dentro de mí y, al estar sin lágrimas, tira de lo que puede.

Matt se quita la sudadera y, sin darme mucha más salida, me la pone. Luego vuelve a la posición anterior atrayéndome hacia su pecho.

—Mamá era una música increíble, de las mejores pianistas que he escuchado nunca. Tocó en las mejores orquestas y brillaba sobre el escenario. El piano y ella eran un solo ser. Cuando empezó a salir con papá, mi abuela pensó que acabaría con su carrera, su futuro y trató de separarlos. Por poco lo consigue.

—¿En serio? —pregunta sorprendido.

—Sí, papá estaba dispuesto a renunciar a ella si eso la hacía feliz y era por su bien. Pero mamá no iba a perderlo por decisiones de otros. Era su vida al fin y al cabo.

—Toda una luchadora, como su hija.

Me hago más pequeña ante ese comentario, porque, aunque quiera creerlo, una parte de mí no deja de susurrarme lo contrario. Qué difícil es a veces luchar contra tu propia mente. Es demasiado agotador.

—Sí que era una luchadora, sí. Ambos decidieron que iban a alejarse para vivir sus vidas y, aunque mi madre trató de volver a construir puentes con mi abuela, sobre todo después del nacimiento de Isla, vio que no había cambiado nada y no quería ese tipo de energías cerca de su familia. Aunque le rompiera el corazón.

Su agarre se vuelve más pesado, como si quisiera evitar que me pierda entre mis recuerdos, como si así pudiera servirme de faro que guía si me pierdo en mí misma.

—A veces necesitamos quemar ciertos puentes para evitar volver a cruzarlos de nuevo y seguir haciéndonos daño —trata de reconfortarme, y por su voz siento que esas palabras esconden más de él de lo que trata de dejar ver.

—Después de eso todo fue bien, al menos hasta que el cáncer llegó a nuestras vidas. ¿Sabes? Ella me enseñó a amar la música. Me decía siempre que, cuando no encontrara las palabras para expresar algo, podía hacerlo a través del piano. Que esa sería mi segunda voz. Y también me enseñó a amar el mar, cómo este sana.

—Me hubiera gustado conocerla, sin duda parece una gran mujer.

—Estoy segura de que le habrías caído muy bien.

—Entonces, como tus padres estaban alejados de tu abuela, ¿es por eso por lo que la visitas a escondidas? —me pregunta, tratando de animarme a sacarlo todo.

—Sí y no.

—¿Cómo es eso?

Detengo el baile de sus manos sobre mi cuerpo y las sujeto fuerte. Ahora más que nunca necesitaré de su ancla para no hundirme.

—Sí, porque desde que tengo uso de razón nunca se ha hablado de la abuela en casa. Y, desde que mamá nos dejó, soy la única que la visita, no quiero abrir viejas heridas —me permito unos minutos entre respiraciones para tratar de calmar los nervios—. Pero la visito por el simple hecho de que me recuerda a mi madre.

—Creí que habías dicho que no podían ser más diferentes.

Puedo notar la duda en su voz, sé que quiere entenderme, pero a veces ni yo entiendo lo que me pasa. ¿Cómo poner en palabras lo que hasta ahora solo tenía sentido en tu cabeza?

—No es exactamente ella lo que me recuerda a mamá, sino el hecho de que, cuando estamos juntas a pesar de confundirme con ella, me cuenta cosas que no sabía. Sé que no es la mejor de las compañías, pero... —La voz se me va rompiendo de a poco sin que pueda evitarlo.

—No tienes que seguir si no quieres, pequeña.

—Pero tengo que hacerlo.

Y sé que es verdad; si no lo hago, acabará matándome por dentro.

—Teníamos tantos planes con mi madre. Tocar juntas, estudiar y llegar a ser la mitad de buena que ella... Incluso con la enfermedad nunca perdió su sonrisa ni sus ganas de vivir. Luchó hasta el final y, cuando se fue, me perdí. Eso fue lo que pasó. No sé cómo, solo sé que ocurrió en algún punto. Fue en un parpadeo, un solo instante que lo cambió todo. Yo estaba allí y luego desaparecí, y aún hoy no sé muy bien cómo puedo recuperarme. O si eso es posible.

—Estabais muy unidas. —De nuevo, es capaz de ver mucho más allá y no necesita siquiera preguntar.

—Mucho. Por eso ahora solo toco el piano con mi abuela. Cada vez que intento volver a sentirme como antes, es como... como si unos hilos invisibles me envolvieran los brazos, como si yo fuera una marioneta, y apretaran hasta sangrar. Así me siento. Y de alguna manera me he autoconvencido de que, si ella ya no está, yo no merezco volver a disfrutar de la música. Que sentir esos hilos a mi alrededor es lo único que puedo tener.

Matt me escucha en silencio, sosteniéndome fuerte, pero dándome mi tiempo para hablar y sanar. Es lo único que me mantiene aún aquí.

—Igual que con el mar. Me da un miedo horrible volver a meterme en él. Llevo dos años sin sumergirme en sus aguas porque siento que me voy a ahogar. Sé que puede sonar a tontería, pero...

—Nunca más vuelvas a pensar eso, ¿me oyes? —me dice, fiero—. Todos tenemos nuestra propia manera de sobrellevar el dolor, hacemos lo mejor que podemos con lo que tenemos. Y no eres menos por elegir esa manera de lidiar con todo. Eres humana, Kira. Y eres perfecta tal y como eres. Con tus blancos y grises —enfatiza en eso último, supongo que recordando lo último que me dijo mi abuela.

No es hasta ese momento en que oigo esas palabras cuando me doy cuenta lo mucho que me moría por escuchar a alguien decir que no necesitaba esforzarme tanto para ser perfecta, que yo era suficiente y que estaba bien.

Y, joder, qué bien sienta. Aunque mi cabeza no se lo crea del todo, esas palabras ya se han acomodado en mi alma y el calor que desprenden es demasiado tentador.

—Gracias, Matt.

—De nada, pequeña. Lo que necesites.

Trato de pensar en algo, pero estoy demasiado cansada de pensar. Quiero sentir, solo eso. Así que me giro hasta estar más cerca y me sumerjo en sus labios.

No me detiene, solo que toma el control y marca el ritmo, como si supiera antes que yo lo que quiero.

—Cuéntame sobre tus bocetos —le pido sin separarme demasiado.

Necesito recuperarme de todo lo compartido, y quiero que sepa que también puede confiar en mí si necesita abrirse y sacar lo que sea.

—Mi mayor miedo es decepcionar a las personas que amo. Por eso me refugio en la pintura cuando estoy mal o necesito evadirme del mundo, pero la guardo como un tesoro. Toda mi vida ha girado en torno al fútbol, es algo que siempre ha estado ahí, y todos esperan que siga así. —A medida que se va abriendo, su voz se entrecorta por la emoción y, aunque al principio trataba de ocultarlo, llega un punto en su discurso que se deja ir—. Con mi padre hemos planeado mi vida al milímetro. El fútbol, una buena universidad y estudiar algo con futuro, como hizo él, Empresariales, Derecho... algo así. Y hasta hace poco eso me parecía bien, pero con el paso del tiempo, y con el momento de decidir cada vez más cerca, ya no lo tengo tan claro, y esa incertidumbre me mata. No sé qué quiero en realidad, qué quiero ser.

—Vivir la vida de los demás o la que otros quieren, por mucho que sea por nuestro bien, no es sano, Matt. —Acaricio su mejilla al hablar porque el contacto entre nosotros parece curar—. No pasa nada por estar perdidos. La vida no viene con instrucciones ni un mapa que seguir. Mientras hagas algo que te llene y te guste, siempre será el camino correcto, aunque ahora no sepas cuál es. Tal vez incluso no tengas que elegir.

—¿A qué te refieres?

Procuro que sus caricias en mi cintura no me despisten para que entienda lo que quiero decirle, pero no me lo pone fácil.

—A que estoy segura de que habrá universidades con equipos de fútbol y que tengan planes de estudio de arte muy buenos si es lo que quieres. Eres muy bueno, Quarterback, no te cierres puertas a ti mismo solo por el miedo a fracasar. El futuro es lo más incierto e incontrolable que existe. Te lo dice una adicta al orden.

—Eres maravillosa, ¿lo sabías?

—No, pero me encanta escucharte decirlo.

—Entonces te lo diré hasta que te lo creas.

Miro nuestras manos unidas entre nuestros cuerpos y no puedo evitar derretirme un poco por dentro. Es algo hermoso cuando sientes tal nivel de comodidad con una persona y te das cuenta de que le estás contando cosas que nunca te habías atrevido a decir en voz alta.

—Mi mayor miedo es olvidarla.

Las caricias cesan de repente y la comprensión brilla en su mirada.

—A veces temo que llegue el día en el que no recuerde su voz, ¿sabes? Que mire una foto y piense: sí, es ella, pero ¿cómo olía? ¿Cómo eran sus manos, que sujetaban las mías? ¿Cómo sonaba mi nombre en sus labios? Ese es mi mayor miedo. Se fue sin hacer ruido —confieso al cabo de un rato— y creo que eso fue lo que más me dolió. El silencio que dejó atrás donde antes había música y que lo inundó todo en mi vida.

Algo parece haberse encendido dentro de él, porque se mueve un poco hasta que ambos nos ponemos de pie.

—¿Confías en mí? —me pregunta.

—¿Qué?

—Si confías en mí, pequeña.

—Sí —contesto sin dudar.

—Entonces cierra los ojos.

Cambia nuestras posiciones y se coloca de espaldas al océano. Hago lo que me pide y, en cuanto cierro los ojos, comienza a hablar.

—Quiero que antes de nada hundas los pies en la arena. —Ante la sorpresa de su petición, intento abrir los ojos, pero me chista enseguida a modo de riña—. Sin trampas, Bailarina.

Me río ante ese último comentario sin poder evitarlo.

—Está bien, está bien. —Hago lo que me pide.

—Muy bien, ahora quiero que camines hacia delante. Yo te guío, no te preocupes. —Nos vamos moviendo y siento el cosquilleo de la arena fría entre mis dedos—. Así es, muy bien. Sostendré tu mano todo el camino. No voy a dejarte caer.

Avanzamos en silencio un par de pasos hasta que me freno en seco cuando noto el agua del mar rozarme.

—Matt...

—Tranquila, hasta aquí, no iremos más allá hoy. —Esa última palabra suena a promesa—. Lo has hecho genial.

Me aferro a sus brazos porque el agua de mar ablanda la arena bajo nuestros pies y con el peso acabamos hundiéndonos un poco. Tengo que sujetarme para no perder el equilibrio.

—¿De qué va todo esto?

—Antes has dicho que tu mayor miedo era olvidar a tu madre, ¿verdad? —me pregunta, y yo trato de averiguar a dónde quiere ir a parar—. Pues esta es la mejor manera que tengo de explicarte esto, pequeña. Gírate un poco y dime qué ves.

Miro sobre mis hombros y no veo nada diferente.

—Lo único que ha cambiado son nuestras pisadas en la arena, el camino que dejan hasta llegar a la orilla.

—Exacto, imagina que esas pisadas sois tú y María. —Me emociono demasiado ante todo esto y sobre todo porque recuerda el nombre de mi madre. Debe haberlo oído de mi abuela y lo ha retenido hasta ahora—. Kira, habéis caminado juntas mucho tiempo y, aunque haya huellas que el mar haya borrado, y tú te sientas atascada, atrapada sin ella, nunca se irá del todo. Cuando lo sientas así, piensa en el mar, mira nuestros pies en la arena, tu madre es como estas olas. Aunque no la veas puedes sentirla y, como el mar, siempre volverá a ti cuando la necesites. Nunca se irá del todo porque vive aquí —coloca su mano en el centro de mi pecho y me acaricia con mimo— y también en tu familia. Nunca te va a abandonar.

Las lágrimas vuelven a escaparse, pero esta vez no son de tristeza. Sus palabras, la forma en la que me entiende, hace que me sienta demasiado feliz a pesar del dolor de mi pecho.

Me lanzo a sus brazos y me atrapa al vuelo. Me aferro a él cual mono, pero siento la imperiosa necesidad de no soltarle.

—Te quiero —le susurro antes de besarle y no creo que exista un momento mejor para decir con palabras lo que mi corazón lleva gritando un tiempo. Aunque él no esté listo para decirlo, aunque no lo sienta. Yo sé que ya puedo sacarlo.

Me besa apasionadamente y no sé cómo es capaz de mantener el equilibrio con mi peso y las olas que van y vienen. En cuanto me separo, me sujeto el pelo con una mano porque necesito mirarle a los ojos.

—Gracias, sé que ya lo he dicho, pero no sabes lo que significa para mí lo que acabas de hacer.

—Lo importante es disfrutar del ahora —admite algo sonrojado—, ah, y... ¿Bailarina?

—¿Sí?

—Yo también te quiero —declara antes de volver a besarme.

Con las gaviotas sobre nosotros, la brisa marina y las olas rompiendo en la orilla, me doy cuenta de que algunos corazones se entienden. Incluso en silencio. Y los nuestros laten a un mismo son.

Capítulo 30

-MATTHEW-

Tarantism: (n.) el impulso incontrolable de bailar.

—¿Qué vais a hacer para Acción de Gracias? —nos pregunta Louis desde el suelo del salón—. ¡Toma! Morid, zombis cabrones.

Tanto Archer como él han venido a pasar la tarde después del partido y hemos decidido jugar un rato con los videojuegos de Jack. Hoy hemos podido sumar otra victoria y ya queda menos para la última clasificación, la que nos acerque a la final.

Hemos hecho dos equipos, y digamos que se lo están tomando muy en serio esto de la masacre mundial. Vamos ganando y lo odian.

—Ni idea, supongo que comeremos todos en casa y luego lanzaremos algunos petardos después de ver el desfile por la tele. Como cada año —comento sin más. Aprovecho un descuido de los chicos y mato a algunos de sus soldados.

En cuanto sumamos puntos, mi hermano hace un estúpido bailecito de los suyos y lo celebramos. Nos lanzan miradas que matan, pero los ignoramos lo más sonrientes posible.

—Creo que oí decir a nuestras madres que invitarían a los Young a comer con nosotros —menciona Jack de pasada, y yo me giro sorprendido porque ese dato no lo sabía.

—¿De verdad? —exclamo, y puede que mi voz suene unas notas más altas de lo normal. Mierda, tengo que controlar mis emociones.

—Sip.

—¿Y esa felicidad de repente? —El juego ha terminado y parece que me he convertido en la nueva diana de Louis, Archer se acomoda a su lado y me mira divertido.

—Nada.

—Está así porque este año el cumpleaños de Kira cae en Acción de Gracias y, si vienen a casa, no tendrá que inventarse ninguna excusa pobre para ir a verla —murmura mi hermano restándole importancia, y juro por Dios que controlo muy bien las ganas de lanzarle el mando a la cabeza, más aún después de que se ponga a hacer burlas con la cara como si lanzara besos al aire.

—¿Y tú cómo sabes eso?

—Me lo dijo Cosima. Además, fijo que ya tienes un regalo comprado y todo.

Será cabrón. La hostia se la lleva por la risita burlona que me lanza, y sí, ¿qué pasa? Me gusta ser previsor en estas cosas. Además que tuve clara la idea desde el principio.

—Cómo no —señalo lo obvio, me mira mal, pero no me importa—. Pues eso, comida a lo grande, ¿y vosotros?

Ambos se miran algo pensativos.

—Pues íbamos a comer con mi familia —comienza a relatar Louis, pero ese brillo pícaro de sus ojos me da mala espina—, aunque, pensándolo bien, la idea de una comida multitudinaria donde no te estén juzgando cada dos por tres me parece mucho mejor. ¿Tú qué dices, Archer?

—Que me mola más el nuevo plan.

—Esperad un momento —trato de centrarlos, pero los muy cabrones pasan de mí—, ¿no tendríais que preguntar antes al menos?

—No —responden a la vez.

Serán imbéciles.

—Pero déjalos, hombre —murmura Jack desde el sofá toqueteando cosas mientras busca el siguiente juego—, si al final harán lo que les dé la gana. Y no creo que a las mamás les moleste tener dos bocas más que alimentar. Estos dos viven prácticamente aquí.

—¿Lo ves? Tu hermano sí que sabe —bromea Louis mientras choca los puños con Jack.

Yo los mato. Un día de estos los mato.

—¿Todo bien, chicos? —pregunta mamá desde la cocina.

—Señora Jones, está usted preciosa hoy. No sé si se lo han dicho ya. —Archer ha dejado por un momento de prestar atención a la tele para girarse hacia mi madre, poniendo de paso esa mirada perdonavidas tan suya. Verás—. Estábamos hablando con los chicos y me gustaría preguntarle si sería posible pasar Acción de Gracias con ustedes. Sé que seríamos muchos y no quisiéramos molestar.

—Para nada —añade Louis.

Mamá los mira con una sonrisa divertida en la cara. Sin duda, los conoce como si los hubiera parido ella misma.

—Claro, chicos, sin problemas. No tenéis que hacerme la pelota —bromea—, ya sabéis que sois de la familia. Estaremos encantadas de teneros por aquí.

Los dos chocan los cinco como si hubieran ganado la lotería, y Jack murmura un leve «te lo dije» a mi lado.

—Cuando queráis os preparo la cena, ¿vale? —nos dice antes de marcharse de nuevo escaleras arriba.

Emma está en casa de los Young, así que estamos tranquilos por aquí.

Jugamos un par de horas más y acabamos ganando, no sin antes prometerles la revancha a los chicos. Después de cenar se marchan a casa.

Al caer la noche después de terminar las tareas para clase, decido que ya me he aburrido lo suficiente.

Hey, pequeña, ¿estás?

Le mando un mensaje sin pensar. Es curioso cómo, con el pasar de las semanas, se ha ido colando tan dentro y de forma tan rápida.

No sé qué me gusta más, si hacerla rabiar o escucharla reír durante horas. Creo que podría ser una mezcla de ambas.

Mientras espero a que me conteste, cojo mi viejo cuaderno del cajón y me pongo a terminar el dibujo en el que llevo un par de días trabajando.

Bailarina

Hey, tú

Sí, estaba terminando un libro

¿Y qué tal? ¿Interesante?

Pues para tu información, genio, mucho

¿Y de qué va?

Espera, déjame adivinar

Verás...

Podrías tener algo más de fe, mujer

Y la tengo, la misma que tú, imaginación

A ver que se te ocurre esta vez, Sherlock

Veamos...

Seguro que va de algo fantástico, últimamente lees mucho de esos libros

Bien, un punto por acertar el género

Fantasía, ¿qué más?

Antes de seguir, me coloco mejor en la cama y me pongo de lado, así apoyo los brazos sobre la almohada y no se me duermen o, peor, se me cae el móvil sobre la cara, como pasó la otra vez. Menuda hostia me di. Mientras pienso lo siguiente que puedo decirle, una sonrisa tonta se dibuja en mi rostro. No me creo aún que mis noches hayan derivado a este tipo de conversaciones, pero bromear con ella me sana el alma.

Vale, fantasía, y seguro que hay algo de romance por ahí

¿Va con segundas eso?

Para nada, sabes que amo cómo te pones de intensa cuando hablas de tus historias

Y sé que amas que haya romance en ellas. No puedes vivir sin él

Por supuesto, donde haya un buen romance, que se quite lo demás

Espera un momento...

¿Acabas de llamarme intensa?

«*May day, may day*. Houston, tenemos un problema». Oigo cómo chirrían los engranajes de mi cerebro.

¿No?

Iría mejor si no lo preguntaras

Ahí no he sido rápido, te doy la razón

Pero eres intensa en el buen sentido

¿Ah, sí? ¿Y cómo es eso?

Mierda. Ojalá pudiera verle la cara para ver cómo de mucho la estoy cagando. A veces las cosas solo suenan mejor en nuestra cabeza. Todo se complica cuando se dicen en voz alta, y te das cuenta de que no todo era tan bonito o tenía tanto sentido.

Pues porque se nota que amas leer...

Y la pasión con la que lo trasmites todo...

Me encanta

Respira, Quarterback

Te salvas por esta vez, porque te ha quedado bonito el discurso

Menos mal

No tientes a la suerte

Señora, sí señora

Mira que eres idiota

Pero te encanta

No me oirás quejarme...

...de momento, claro

Ay, tú sí que sabes romperle el corazón a un chico, Bailarina

Sobrevivirás

¿Y bien?

¿Y bien qué?

Que si te animas a terminar de adivinar mi libro

Joder, es verdad

Vale, seguro que hay también una chica que tiene que salvar el mundo...

...y acaba enamorándose de...

...creo que iré con el hombre lobo esta vez

Ohhhh... casi

Mierda, ¿en qué me he equivocado?

En lo del hombre lobo

¿Y qué ser ha tocado esta vez?

¿Recuerdas lo que te conté el otro día de la saga sobre unos cazadores de sombras?

¿Quedo muy mal si te digo que no?

Hombre, pues un poco, la verdad

A ver, en mi defensa diré que me hablas a libro por minuto. Yo hago mi mejor esfuerzo, pero no tengo tu mente superdotada para recordarlos a todos

Pues muy mal, Quarterback

Oye, espera un momento...

A ver, qué se te ha ocurrido ahora, genio

Que me ha venido de repente la conversación sobre estos libros

Que te reíste de mí porque te pregunté cómo narices alguien iba a cazar una sombra

Es verdad, ese momento fue buenísimo

La cuestión, que en el sermón que me soltaste juraría recordar que dijiste algo de hombres lobo

Haberlos los hay

¡JA! LO SABÍA. TENÍA YO RAZÓN

Pero no es lo principal

No te tenía por alguien que discriminara por razas, Bailarina

¿Pero y tú ahora qué te has fumado?

Yo solo digo la verdad, pobres hombres lobo

Lo que quieres es tener la razón

No te lo voy a negar

De todas formas, si te pones así, tendría que hablar también de los vampiros, los brujos, los faes... No terminaría nunca

Claro que son importantes, pero los cazadores de sombras son quienes guían las historias

Un momento, rebobina...

¿Qué narices son los faes?

Son hadas

¿Como Campanilla?

Si conocieras a Kieran, no pensarías en Campanilla precisamente

Me voy a arrepentir, sé que lo haré. Pero nunca aprendo.

¿Y ese es...?

Espera que te lo enseño 😵

La madre que la parió. Pero ¿cuántos dibujos y fotos puede tener de un personaje que ni siquiera existe?

Y ahí está el quid de la cuestión. Uno diría que, cuando sale con una persona, tiene unos estándares básicos con los que jugar y contra los que competir. ¿El problema? Que me he dado cuenta de que salir con una chica que ama leer tanto como Kira tiene un lado negativo.

Además de los estándares normales de la gente de a pie, tengo otro enemigo al que derrotar. Y son todos esos personajes que logran robarle sus suspiros. Puede parecer una tontería, pero basta ver a algunos de ellos, como el hadita este, y, joder, un poco más y son dioses.

Seguro que si le dan la oportunidad de sacarlos de entre esas páginas no lo duraría ni un momento.

Voy a ahorrarme cualquier comentario

Tú te lo pierdes...

Dios, juro que si cierro los ojos soy capaz de imaginar cómo se cuela la risa entre sus labios como si lo dijese en voz alta y no fuera un simple mensaje de texto.

¿Qué tal la tarde?

Bien, los chicos han venido a jugar un rato

¿Y la tuya?

No tan divertida como la vuestra, seguro

He ayudado a papá a limpiar un poco la casa y luego me he puesto con los deberes de clase

Nerd

Idiota

La carcajada sale sola. Libre. No puedo ni quiero contenerla.

Así de fácil es reír con ella.

Me lo merezco

Pero te quiero igual

Tendré que conformarme contigo, aun con tus tonterías

Te mueres por mis tonterías

No me oirás quejarme

Ah, y... ¿Bailarina?

¿Sí?

También te quiero

Bromeamos un rato más y hablamos de todo y nada hasta que ambos decidimos que es buen momento para irse a dormir. Si no, mañana seremos dos zombis en clase. Nunca decir un «te quiero» me ha salido más natural y sincero que como se lo digo a ella. No sé qué conjuro me ha lanzado, pero he caído de lleno en su red.

Y, aunque dé un miedo de la hostia, me gusta la forma en la que me hace sentir cuando está cerca.

—Tachán —le susurro al oído mientras le planto el papel casi en su nariz.

No he podido resistirme al verla de espaldas buscando algo en su taquilla, así que me he acercado lo más disimuladamente posible sabiendo que iba a asustarla.

Pero ha valido la pena por ver su cara.

—¡Serás imbécil! —me chilla después de recobrar el aliento. Es gracioso cómo trata de pegarme en respuesta sin mucho éxito. El jersey de colores que lleva hoy es magnético, con cada movimiento atrapa la mirada de cualquiera que pase a su lado. Me encanta, es muy ella.

Balanceo la hoja de nuevo frente a ella y por fin logro captar su atención. Me la arranca de las manos sin mucho cariño y me lanza una mirada cargada de chispas antes de centrarse en lo que pone.

No me doy cuenta de que estaba conteniendo el aliento hasta que he visto cómo, poco a poco, va apareciendo esa pequeña sonrisa en sus labios que ilumina mi mundo.

Y, por qué no, me permito aunque sea solo por unos segundos que el orgullo me inunde. No solo por la nota, sino por la felicidad que rezuma de su cara.

—¿Y bien? —le pregunto expectante, aunque sin poder esconder del todo la duda en mi voz.

Kira simplemente me observa. Sus ojos son tan transparentes que podría hundirme en ellos, y hay tanta calidez. Se acerca lentamente y cuando coloca sus manos, una en mi cintura y la otra en mi mejilla izquierda, me quedo paralizado en el sitio. Se pone de puntillas para llegar a mi altura y yo bajo la cabeza en su busca porque necesito acotar los centímetros que nos separan.

Siento como si mil volcanes erupcionaran a la vez dentro de mí, y el calor de su piel se colara por cada poro de la mía. Pero es esa sonrisa que no puedo dejar de mirar y que me tiene hechizado la que me termina de rematar.

Porque la siento segundos antes de que se pegue a mis labios y dé paso a un beso de los que quitan el aliento. O al menos a mí me lo quita.

Kira me deja sin respiración.

Es solo entonces cuando logro recuperar el control de mi cuerpo y no me quedo atrás. La acerco más a mí estrechándola por la cintura, haciendo que nuestros cuerpos conecten en los lugares correctos ignorando al resto de la gente.

Porque en momentos como este solo existimos ella y yo.

Cuando se separa y deja de estar de puntillas, pero sin soltarse de mi abrazo, siento cómo sus manos bajan desde mi cuello hasta posarse en mi pecho. Todo esto sin dejar de ser cautivo de su mirada.

—Lo sabía —susurra tan cerca que siento su aliento contra mi piel.

—No es la nota más alta, pero sí la máxima que he sacado nunca en Álgebra —comento distraído, a lo que ella simplemente chista. Yo no puedo evitar reír ante su respuesta—, he tenido una buena profesora.

—Primero, has sacado un B+, Matt. Está más que bien, es genial. Y lo has hecho tú, yo solo te he dado algún que otro empujón para que no te caigas en el camino, pero este partido lo has ganado tú solito —me dice convencida y sé que es capaz de repetírmelo las veces que hagan falta hasta que me lo crea—, y segundo —hace una pequeña pausa dramática que le hubiera salido bien si no se hubiera reído entre medias, pero no seré yo quien se lo diga—, soy la mejor tutora que has podido tener.

—Eso ni lo dudes, Bailarina.

Ahora soy yo quien no se aguanta y barre la distancia entre nosotros. La beso como si nunca pudiera estar del todo saciado, y creo que con Kira siempre será así.

Siempre quiero más.

—Sé que sacarás notas iguales o mejores a estas en los finales del semestre, Quarterback.

—No puedo dejarte en mal lugar, ¿no? —bromeo.

—Exacto.

—Eh, tortolitos. Si habéis acabado, tenemos clase —nos grita Archer desde una esquina y tengo que controlar las ganas de lanzarle el libro a la cabeza.

La risa de Kira se pierde en mi pecho y me hace cosquillas.

—Será mejor que le hagamos caso.

—¿Segura? Porque nuestro plan de hace solo unos segundos me parecía mucho más interesante que cualquier clase —le digo tratando de llamar su atención.

Se ha escapado de mi abrazo y me mira divertida.

—No me cabe la menor duda, pero te recuerdo que para aprobar es importante ir a clase.

—Aburrida.

—Idiota.

—Sexi —susurro a centímetros de sus labios.

Veo cómo sus pupilas se dilatan y tengo que contenerme. Y mucho. Joder, para que luego digan que los adolescentes no tenemos autocontrol.

—Idiota —murmura, y yo no puedo evitar reírme.

—Sabes que en mi cabeza tus «idiota» suenan diferente, ¿no?

—Miedo me da preguntar.

Comenzamos a caminar por el pasillo hacia nuestras respectivas aulas aprovechando este rato juntos.

—Claro. Por ejemplo, está el «idiota» que significa «macizo», el «idiota» ardiente, el «idiota» encantador… ¿Sigo?

—Tu ego debe estar por las nubes a estas alturas.

—Más o menos.

—Para mí significa «te quiero» —me suelta y me deja descolocado. Como cada pequeña bomba que deja caer como si nada, y que deja una sonrisa de tonto enamorado en toda mi cara, seguro.

—Repítelo —la reto.

He detenido sus pasos atrayéndola de nuevo hacia mí. Me da igual si llegamos tarde. Unos minutos más o menos no harán mucha diferencia. Además, estamos cerca de las puertas y veremos llegar a los profesores.

—Que yo prefiero más que signifiquen «te quiero» —vuelve a murmurar presa de la timidez.

—¿Sabes qué?

—¿Qué?

Alza la cabeza presa de la curiosidad y yo aprovecho el momento para robarle un beso rápido antes de contestar.

—Que tu opción me gusta más, pequeña.

Capítulo 31

-KIRA-

Fika: (n.) un momento para reducir la velocidad y apreciar las cosas buenas de la vida.

—¡Feliz cumpleaños! —grita un coro de voces ante mí, cosa que hace que me despierte del susto y pegue un grito de la hostia.

Ellos me dan un margen de cinco segundos para recomponerme, volver en mí, colocarme contra el respaldo de la cama y ajustar mis ojos a la luz de la habitación antes de romper a carcajadas y comenzar a cantar.

Las chicas se sientan cada una a un lado de mi cama y papá se queda en un rincón sentado sujetando un pequeño *muffin* de chocolate mientras trata de que la vela no se caiga de su sitio y comience un incendio por la habitación.

Y yo solo sonrío ante la imagen.

Porque a pesar de que definitivamente no se trata de un coro de ángeles y puede, y solo puede, que estén destrozándome los tímpanos, la intención es lo que cuenta.

A estas alturas llegar a los diecisiete viva y cuerda, sobre todo lo último, es un gran hito en mi persona. Cuando los tres acaban su recital y me dejan soplar la vela, dejo el pastel a un lado y abro los brazos de par en par para que vengan.

El calor del abrazo de los míos es la mejor cura que tengo para todo. Y es un cargador increíble de energía para el alma.

—Gracias, chicos —susurro en el nudo de extremidades en el que yo sola me he metido, sin saber muy bien si son capaces de oírme entre las risas.

Papá es el primero en separarse y las chicas no tardan en seguirle.

—Bueno —se aclara un poco la voz antes de seguir y por su mirada no sé si es de la emoción o del sueño—, os dejo para que os cambiéis y así termino de preparar el desayuno. ¿Os parece? ¿Ayudáis vosotras a la peque? —nos pregunta a Cosi y a mí.

—¡Papi! Yo sé cambiarme solita, soy mayor y no necesito ayuda —se queja poniéndose seria con los brazos en las caderas. Tengo que hacer uso de todo mi autocontrol para no reírme y avivar aún más su pequeña rabieta.

—Por supuesto que sí, ratoncita. Ya eres toda una señorita, solo decía que tal vez tus hermanas podían ayudarte a elegir la ropa, ¿te parece?

Se ha colocado a su altura y la mira mientras ella se queda pensativa. Aprovechando que está en su mundo, nos mira y solo le falta un cartel de SOS enorme en la cabeza.

Me voy a arrepentir de esto luego, pero hago lo único que se me ocurre para terminar de convencerla.

—Venga, June, ¿qué te parece si nos ayudas con nuestra ropa y luego bajamos para que te vistas?

—¿En serio? —pregunta Cosi a mi lado no muy convencida.

—En serio —sentencio sin dejarle lugar a ningún debate posible.

June salta feliz y la perdemos en cuanto abre la puerta de mi armario y se sumerge en el caos que es mi ropa.

Papá nos susurra un sentido «gracias» antes de salir cual torpedo de la habitación. El pobre lo intenta, no diré que no, pero hay veces que June puede ser bastante intensa.

Un día no hubo forma de quitarle de la cabeza que podía usar su vestido de estrellas favorito, unas botas marrones para la lluvia y un jersey lila encima.

¿El problema? Que estábamos a casi cuarenta grados y hacía un calor horrible. Lo que nos costó conseguir que se cambiara... Solo espero que lo que elija para nosotras no sea demasiado locura.

Después de desayunar, dejamos a papá para que termine de limpiar y nos dirigimos las tres hacia la casa de enfrente. Los mayores van a encargarse de la comida, por lo que nos toca a nosotros ir a por los alimentos y todo lo que vamos a necesitar, sobre todo picoteo y bebidas. El pavo ya deben de tenerlo a punto para cocinar, y antes de irnos papi nos ha dicho que el postre será sorpresa.

June toca el timbre y los chicos abren enseguida.

La peque se cuela entre ellos en búsqueda de su amiga preparadas para hacer cualquier trastada, y la dejan pasar sin inmutarse porque se han quedado mirándonos como si en vez de nosotras hubieran llamado al timbre unos extraterrestres.

Tal vez mi idea no fuera tan buena después de todo.

—Menudos *outfits* —silba Jack ganándose un codazo de su hermano, pero este tampoco puede disimular del todo la sonrisa.

Ambas los miramos serias y, en cuanto Matt se centra en mí, no puedo evitar alzar una ceja retándolo a decir algo.

—¿Vais a quedaros ahí mirándonos como monos de feria mucho tiempo más o nos vais a dejar pasar? —los increpa mi hermana y parecen reaccionar, apartándose rápido para hacernos sitio. Entra la primera no sin antes acercarse a Jack y señalar su pecho con un dedo acusador—. Y tú, ni se te ocurra decir un comentario.

—Pero si no sabes lo que estoy pensando. —Levanta las manos en señal de paz, pero se ve a kilómetros que se está descojonando de lo lindo por dentro.

Cosi se quita las gafas de sol que lleva puestas —parte de su vestimenta, cómo no, esta vez June sí se ha lucido— y le mira con una mirada asesina y una sonrisa que promete el peor de los castigos.

—Nos conocemos, Jones, así que calladito. —Se gira hacia mí sin dejarle opción a respuesta y sentencia cual reina antes de dirigirse hacia las escaleras—. Me pido primera el baño.

Dicho lo cual, sale escopeteada y la perdemos en cuestión de segundos. Su tutú rosa chillón es lo último que veo cuando desaparece.

—¿Vas a contarnos ahora de qué va todo esto, Bailarina, o tenemos que adivinarlo? —me pregunta Matt a mi espalda.

Me giro para encararlos y tomo aire antes de explicarles mi brillante idea de esta mañana.

—Y por eso Cosi y yo parece que acabamos de salir de un carnaval o un circo, según como lo miréis.

—Tampoco estás tan mal —bromea.

—Ni lo intentes, Quarterback.

—Muy bien, muy bien, seré una tumba. —Sella sus labios como si fueran una cremallera y no puedo evitar suspirar en respuesta. Mira que es idiota cuando quiere. Pero un idiota muy mono—. Puedes cambiarte en mi habitación si quieres. Deduzco que en la bolsa llevas otra ropa, ¿no?

—Qué listo, Sherlock.

—Que te den, Jack.

Este le enseña el dedo medio antes de ir hacia el salón y tirarse en el sofá. De reojo veo la tele encendida, así que supongo que estarían jugando a algo antes de que llegáramos.

—Por favor —le agradezco a Matt antes de seguirle—, quiero cambiarme antes de que alguien más de esta familia me vea con estas pintas.

June ha elegido para mí un sobrero playero de esos de paja viejos y horribles. Una camiseta blanca de manga larga, y encima me ha hecho ponerme un vestido y unas mallas debajo. Al menos conseguí que no me obligara a usar los únicos pares de tacones que tengo.

A Cosi le ha tocado disfrazarse de espía y va de negro de pies a cabeza sin contar ese dichoso tutú y, como con mi sombrero, sigo sin saber de dónde han salido.

A saber qué pasaba por su cabeza cuando iba sacando la ropa del armario. Yo creo que en el fondo lo ha hecho para divertirse a nuestra costa. Los pequeños pueden ser auténticos demonios de la conspiración si se lo proponen.

Me cambio rápido y opto por unos vaqueros y una camiseta negra con un dibujo de una guitarra y las palabras *rock and roll* bien grandes. Me ato el pelo en una coleta y desisto cuando los mechones rebeldes de siempre se escapan al agarre que intento imponerles, por lo que los dejo libres sobre mis sienes.

Al menos puedo usar las Converse blancas que eligió June.

—¿Qué tal? —le pregunto en cuanto salgo.

Me mira de arriba abajo apoyado frente a mí en la barandilla de las escaleras y me muerdo el labio tratando de evitar reírme.

—Mejor, aunque sigo pensando que el otro *outfit* era muy original. Seguro que marcabais tendencia en el supermercado.

—Sí, para el recuerdo. —Me acerco hasta estar a centímetros de su cara y, antes de que se dé cuenta, le revuelvo el pelo (cosa que odia) solo para chincharle, antes de separarme y correr hacia la escalera—. El último en llegar pierde.

No se hace de rogar y me sigue enseguida entre risas, eso sí, gritándome que pagaré lo del pelo.

Menos mal que paro a tiempo al bajar, porque por poco me como a Freida.

—Vaya, chicos, sí que tenéis energía de buena mañana. —Se ríe al vernos luchar contra la falta de aire.

—Se hace lo que se puede, *ma*.

—Muy bien, ya que estáis tan enérgicos, no tardéis mucho con las compras —nos pide de camino a la cocina—. Tu hermano ya tiene la lista y creo que os esperan en el coche. En cuanto tu padre llegue, Kira, nos pondremos manos a la obra con la comida.

Nos despedimos prometiendo ser rápidos y, de camino al garaje, veo cómo las pequeñas están jugando y Hannah está terminando de preparar todo en el jardín.

—Por cierto, hoy también conocerás a mi padre, viene a comer —murmura Matt a mi lado algo serio.

—¿Todo bien?

—Sí, claro, todo genial —promete, aunque esa seguridad no llega a sus ojos.

—Sabes que puedes decirme lo que quieras, ¿verdad?

—Lo sé, Bailarina, no es nada. Al menos nada serio.

Sé que quiere decir algo más, aunque las palabras se le atasquen en la garganta y se hagan de rogar, pero llegamos al coche y los otros dos nos esperan con cara de pocos amigos. Hoy parece que tienen un humor de perros.

Al final tardamos casi una hora entre ir, comprar todo lo de la lista y volver de la cantidad de gente que había. Supongo que siempre hay alguien haciendo compras de último momento. Nunca fallan. Tampoco ayuda que de la nada se nos ocurriera la brillante idea de dividirnos por equipos y hacer una carrera por ver quién acababa antes con los ingredientes de su lista. Cosi y yo nos subimos dentro de los carritos y, a pesar de la vergüenza que me dio ver las miradas de la gente al pasar, la risa de fondo de Matt y las ganas de ganar a nuestros hermanos fue más fuerte. Y pasamos un buen rato haciendo el tonto.

Dejamos las bolsas en la cocina y ayudamos a terminar los preparativos para la comida. Y justo a tiempo, porque poco después de decidir ver un rato la tele mientras esperamos, suena el timbre y llegan: primero, Archer y Louis con más bebida y radiantes de felicidad, algo bueno tiene no ir a clase entre semana, y el último en llegar es el padre de Matt.

Es un hombre corpulento, de la misma estatura que el mío, y a primera vista impone un poco. Le veo saludar primero a los mayores desde el salón, Matt está algo tenso a mi lado y sé que en realidad no está prestando atención a lo que están dando en la tele como el resto.

Aprieto su mano y dejo pequeños círculos dibujados en el interior de su palma cuando capto su atención. Le robo un rápido beso antes de apoyar mi cabeza en su hombro y dejar escapar el aire que contenía sin saberlo al notar cómo se relaja a mi lado.

—Gracias —me susurra al oído para después darme un beso en la cabeza.

—No hay de qué.

Me mira sonriendo hasta que su vista se pierde en algún punto a mi espalda. Le veo suspirar cansado antes de levantarse y tirar de mí suavemente para que le siga.

Cuando me giro, entiendo el porqué. Al parecer, nuestros padres ya han hecho buenas migas y se acercan a nosotros.

—Por fin puedo conocer a la jovencita que le ha robado el corazón a mi hijo —comenta divertido el señor Jones. Mira a Matt y le sonríe antes de darle un fuerte abrazo para luego tenderme una mano—. Encantado de conocerte, querida.

—Lo mismo digo, señor. —El apretón es suave pero seguro, como una aceptación—. Es un placer.

—Qué hijas más educadas, Michael, tienes que contarme tu secreto —bromean entre ellos—, pero, por favor, nada de «señor», que me hace sentir viejo. Llámame Alex.

Después de saludar al resto, ambos salen al patio a beber y charlar. Matt no se ha perdido nada del intercambio y mira el espacio de la puerta de cristal abierta por donde han salido, bastante pensativo.

—Tu padre es muy agradable, aunque da algo de miedo a primera vista —bromeo tratando de que vuelva a mí.

Y lo consigo, aunque sea a medias. Niega con la cabeza y algunos de sus mechones rebeldes bailan al compás del movimiento.

—Suele causar esa primera impresión, pero es inofensivo —bromea.

—Bueno es saberlo.

—¿Y sabes qué más?

—¿Qué?

Seguimos mirando al jardín, no nos hemos movido del sitio. Simplemente se ha colocado tras de mí y sus brazos me rodean atrayéndome hacia él mientras su voz suena ronca, cálida y muy cercana. Poniéndome la piel de gallina.

—Lo tienes en el bote.

—Pero si apenas hemos hablado dos palabras.

—¿Es que aún no te has dado cuenta?

—¿Darme cuenta de qué? —pregunto curiosa mientras me giro entre sus brazos hasta quedar cara a cara.

—Eres inolvidable. Tienes un aura que te atrapa sin poder evitarlo —murmura antes de besarme.

Y yo me olvido de dónde estamos, de con quiénes estamos y siento dentro de mí cómo estallan miles de fuegos artificiales.

No dura mucho, o al menos a mí se me hace corto, como si pudiese perderme durante horas en esa sensación de ingravidez que me recorre cuando estamos así de juntos. Y es su sonrisa pegada a la mía la que me hace cosquillas por dentro.

—Eres idiota, Quarterback.

—Yo también te quiero, Bailarina.

Damos las gracias y comemos entre risas y bromas todos juntos. Incluso Isla ha logrado sacar un hueco de su agenda y la tenemos sentada en la mesa, aunque sea de manera virtual.

Alex se interesa por conocernos, por saber de nosotros y cómo nos hemos ido adaptando al pueblo estos meses. También nos preguntan todos a su manera —nada obvio, por supuesto— qué tal nos van las clases y cómo llevamos el final del semestre. Ya no queda nada y los exámenes están a la vuelta de la esquina.

Ante esto las respuestas son variadas y alguno se va un poco por las ramas tratando de esconder lo mal que lo lleva. Los mayores solo se ríen ante nuestro sufrimiento.

Cuando terminamos con el pavo y el resto de la comida, delicioso todo, papá saca de sorpresa una tarta de chocolate y acaban cantándome el «cumpleaños feliz» todos juntos.

Si alguien me hubiera dicho que acabaría pasando mis diecisiete rodeada de tanta gente, no solo mi familia, y que además tendría novio, me hubiera reído en su cara.

Qué curiosa puede llegar a ser la vida a veces.

Por la tarde bailamos, cantamos, jugamos y hacemos un poco el tonto antes de decidir jugar un partido de fútbol.

Aun con trampas, Cosi y yo logramos llevar a nuestro equipo a la victoria.

—Habéis dejado que nos ganen —oímos cómo Jack les gruñe a Matt y Louis de fondo, aunque nosotras seguimos festejando a lo nuestro.

—Qué va.

—No sé de qué hablas.

—Seréis calzonazos.

—¡Hay que saber perder, Jones! —Cosi salta cual koala sobre su espalda y por poco no acaban en el suelo ambos—. Venga, admite que somos mejores y ya está.

Jack intenta quitársela de encima sin mucho éxito y, ante las risas de mi hermana, solo puede gritar algún que otro improperio.

—Sabe tu hermana que el mío se la va a devolver, ¿verdad? —me susurra Matt mientras se coloca a mi lado para disfrutar del espectáculo.

—No te quepa la menor duda.

—Diez dólares a que tu hermana le tumba —suelta Louis de la nada.

—Yo apuesto por Jack —añade Archer sumándose al grupo.

Ambos han traído algo de bebida y solo nos faltarían las palomitas.

—Acepto, veo tus diez y sumo otros. Mi hermana le va a dar una paliza.

—¿De verdad estamos apostando por quién de los dos acaba peor? —nos pregunta Matt mirándonos como si nos hubieran salido tres cabezas de más a cada uno.

—Por supuesto —confirmamos a la vez.

—Sois de lo que no hay. —Niega con la cabeza antes de volver la vista al centro del patio donde ahora están ambos peleando cual luchadores de sumo—. Yo voy con Jack, que, aunque pierda, luego tengo que escucharle si se llega a enterar de esta apuesta clandestina.

—Así me gusta, que se note el amor fraternal —le chincha Archer.

La cosa acaba en empate por intromisión de los padres, que al parecer se han cansado de ver a sus hijos actuar como niños pequeños, por lo que nos hemos quedado sin saber el resultado final, pero yo sigo apostando que a cabezota —y bruta— a Cosi no la gana nadie.

Cuando cae la noche nos despedimos de los Jones y después de ducharme me quedo un rato tumbada en la cama, pensativa. Me gustaría saber qué es lo que le pasaba a Matt, pero tampoco quiero agobiarle. Yo mejor que nadie sé lo que cuesta lidiar con lo que uno lleva dentro gran parte del tiempo, y exteriorizar lo que nos preocupa, asusta o daña es una de las cosas más difíciles que existen.

Estoy a punto de escribirle cuando unos golpes en la ventana llaman mi atención. Últimamente por la noche hace más frío, así que suelo cerrarla.

Cuando me acerco y la abro, oigo cómo me chistan desde abajo y, al mirar, veo que Matt está de pie bajo mi ventana sonriendo.

—Rapunzel, o Rapunzel —susurra de manera teatrera y lo más bajo que puede, más que nada porque todos duermen y, como le pillen, nos va a caer una buena—, deja caer tu cabellera.

—Pues vamos listos —le digo señalándome mi moño recogido—, no creo que mi cabellera baste para la locura que tienes pensada.

—Había que intentarlo, entonces tendré que subir de otra forma.

Espera, ¿qué?

—Matt, ¿qué vas a hacer? —murmuro preocupada mientras mira concentrado la enredadera de la pared—. No hagas el tonto, por favor.

—Tranquila, está controlado.

Le cuesta un poco al principio, pero poco a poco veo cómo trepa hasta llegar a mi altura. Yo por mi parte tengo casi medio cuerpo fuera y lo ilumino como puedo con la linterna del móvil. Solo respiro cuando le ayudo a entrar y pisa con ambos pies el suelo de mi habitación.

—Mira que eres idiota cuando quieres. Y esta vez no lo digo en el sentido bonito, que lo sepas.

—Me lo suponía, pero mira... —Se señala a sí mismo y me doy cuenta de que se ha cambiado por algo más cómodo que lo que llevaba en la comida. Unos pantalones de deporte y una camiseta básica blanca—, de una pieza.

—¿Y a qué debo el honor de esta visita nocturna, si puedo saberlo?

Intento mantenerme seria, pero la curiosidad me puede más.

Ambos nos acomodamos en la cama mientras le veo sacar algo de su mochila.

—No pensarás que no iba a darte nada por tu cumpleaños, ¿verdad?

—Matt... No tenías por qué. ¿Era por eso por lo que estabas raro en la cena?

—Lo sé, pero quería, y un poco sí. —Me entrega una pequeña cajita cuadrada antes de volver a acomodarse a mi lado—. Anda, ábrela.

No me hago de rogar porque en el fondo con los regalos soy como una niña el día de Navidad. Eufórica, feliz... y con poca paciencia.

Rompo el papel del envoltorio con poco cuidado y, al abrir la cajita y ver lo que esconde en su interior, me quedo sin palabras.

Creo que mi asombro se refleja a la perfección en cuanto le miro.

—¿Te gusta? —me pregunta burlón.

—Matt, es precioso. —Acaricio el collar con la yema de los dedos y el frío del metal me da un pequeño escalofrío. Como puedo, lo saco con manos temblorosas y lo coloco en la palma de mi mano para apreciarlo más de cerca.

No tengo que verle para saber que está atento a todos y cada uno de mis movimientos.

—Quería darte algo especial y, en cuanto lo vi, no pude resistirme —comienza a contarme mientras me insta a girarme para que pueda ponérmelo. Oigo el suave clic tras de mí, y no puedo evitar acariciar la pequeña flor que descansa sobre mi piel—. Es un regalo para que recuerdes que te quiero de la misma forma que tus girasoles quieren al sol.

—Eres... eres... —trato de encontrar las palabras para explicar todo lo que siento ahora mismo, pero no salen. Es como si quisiera decirlas todas a la vez y se atascaran en mi garganta, o no se hubieran inventado aún las correctas para expresar todo lo que llevo dentro.

Así que me lanzo hacia él y dejo que sean mis labios quienes hablen por mí.

Nos perdemos en ese beso, como si ambos nos expresásemos mejor así y quisiéramos contar mucho más y no podamos. Tumbados en la cama somos un lío de manos que buscan contacto, piel contra piel y piernas enredadas.

Lo siento duro junto a mí y la excitación baila por cada poro de mi piel.

Quiero más, necesito más. Algo que nunca he vivido, pero que mi cuerpo me pide explorar, que sean sus manos quienes me guíen.

Cuando el beso acaba, estamos los dos abrazados, perdidos en la mirada del otro y nuestras respiraciones se entremezclan.

—Estar contigo es como subirse a una montaña rusa. Me vas a matar.

—Mira quién fue a hablar, como si yo no estuviera igual.

—Me alegra saberlo, no escalo ventanas y me cuelo en habitaciones ajenas por cualquiera.

—Más te vale, Quarterback —trato de bromear, pero cierta amenaza se cuela entre mis palabras.

—Tranquila, fiera, eres la primera y la única. Lo prometo.

Nos acomodamos un poco más y acabo descansando mi cabeza en su pecho, que sube y baja con cada respiración en un movimiento hipnótico que incita al sueño.

Sus manos van dejando caricias por mi brazo y en ese momento me doy cuenta de que podría quedarme así para siempre.

—Gracias, Matt. Por todo.

—No tienes que darlas, pequeña —susurra y su voz va perdiendo intensidad, preso también de esta burbuja de relajación donde nos hemos transportado. Porque por mucho que me muera de ganas de seguir y avanzar con él, sé que aún no estoy preparada. Y que lo entiende. Aunque con momentos como este la tentación es difícil de resistir—. Y gracias por estar ahí también esta tarde.

—¿Todo bien con tu padre? —pregunto con algo de miedo ante la respuesta.

Noto cómo se tensa, pero no me mueve ni se separa, es más, incluso siento como si su abrazo fuera más intenso, como si tuviera que sujetarse a algo.

Mantenerse a flote.

—Lo de siempre —comienza a explicarme—. El otro día Jack y yo le ayudamos con la mudanza y después nos invitó a comer. Sé que no lo hace a mal, pero siempre está ahí el comentario sobre mi futuro. Con Jack también es igual de curioso, pero, como él tiene muy claro que quiere estudiar Medicina, le deja más a su aire. Siempre está dispuesto a ayudarme a elegir las mejores universidades con equipos de élite, que tiene contactos y que está deseando que comience esta nueva etapa.

—¿Y tú le has contado lo que quieres de verdad?

—Cuando saco el tema de cualquier otro futuro, sobre todo de lo artístico, arde Troya. O se hace el sordo. No sé qué es peor.

—Pero al final es tu futuro, Matt. —Me separo de su agarre y él se coloca más erguido contra el cabezal de la cama. Yo aprovecho y me siento a horcajadas para estar más cerca antes de volver a abrazarlo—. Eres tú quien debe vivir tu vida.

—Lo sé, si tan solo supiera lo que quiero de verdad. Tengo tantos frentes abiertos y tantas dudas. ¿Y si me equivoco? No quiero decepcionarlos.

Dejo que mis manos suban por sus brazos, su cuello, hasta sujetar su rostro y jugar con su pelo.

—Cariño, es normal estar perdidos a veces, da igual la edad que tengas. La vida da mil vueltas y el futuro es incierto. Lo mínimo que podemos hacer es buscar algo que nos guste. Sin importar lo que digan los demás. —Me mira y yo trato de encontrar las palabras para expresar lo que quiero decirle—. Aunque dé miedo, aunque nos equivoquemos. Lo importante es no guardarnos las cosas dentro. Porque cuando lo hacemos esa bola que nos oprime el pecho y la garganta se va haciendo más y más pesada y nos impide respirar. Hay que sacarlo antes de que nos consuma. Tú me has enseñado eso.

Sus ojos se empañan ante el despertar de las lágrimas y sé que su primer instinto es limpiarlas, barrerlas de un manotazo y guardar la pena dentro. Lo sé porque yo lo he hecho muchas veces y, aunque llorar no hará que eso que nos ahoga desaparezca, sí puede llegar a ser liberador. Un gran paso.

Así que asiento para que entienda que puede sacarlo, que puede llorar si lo necesita y que no tiene que esconderse, no de mí. No después de todo lo que él ha visto sobre mí.

Llora en silencio y yo me aferro a él acariciando su pecho embravecido de tantas emociones. Saca todo lo que necesita antes de volver a besarme, esta vez en la frente.

—Eres maravillosa —murmura mientras se limpia lo que queda de las lágrimas—, y perdona que haya acabado dándote la tabarra con esta tontería. Sé que hay problemas mucho peores que este.

—Y tú increíble —confieso antes de ponerme seria y pegarle en el hombro.

—Ay, ¿y eso? Creí que habías dicho que era increíble, ¿a qué viene el golpe?

—Y lo eres, el golpe viene por lo otro.

—¿Lo otro?

—El comentario de después —le digo antes de ponerme seria—, no quiero que vuelvas a decir que algo así es una tontería, ¿me oyes? Los miedos, dudas y preocupaciones que acaban rondando nuestra mente y asfixiándonos poco a poco no lo son. Y solo tú sabrás cómo te afecta, así que nunca le des a nadie, ni de fuera, ni conocidos ni desconocidos, el poder para decidir y juzgar cómo de legítimo es aquello que atenta contra tu salud mental.

Se queda un rato mirándome fijamente, solo pestañea y temo que me haya pasado de profunda. Pero es lo que siento de verdad. Y si no lo digo reviento, puede que a mí me cueste a veces interiorizar esas mismas palabras, pero no pienso dejar que él sufra por lo que puedan llegar a decir los demás.

—Te amo.

Esas dos palabras, dichas aún con la voz rota y los ojos brillantes, consiguen prender una llama dentro de mi alma más que cualquier otra cosa.

—Yo también, Quarterback, yo también —musito entre sus brazos.

—Debería irme.

—Quédate —le pido a su vez.

Porque no quiero que esté solo esta noche, donde las voces de la duda pueden volver a atacar, y porque yo no quiero estar sola esta noche, donde mis propios fantasmas pueden venir a visitarme.

Me gusta nuestra pequeña burbuja y quiero permanecer en ella, aunque solo sea un poco más.

—¿Segura?

—Segura.

—Muy bien entonces. —Ambos nos movemos sin levantarnos del todo y quitamos las mantas para meternos bajo ellas y colocarnos mejor. Apago las luces y, cuando vuelvo a estar entre sus brazos, le oigo murmurar—. Prometo que me iré temprano, antes de que tu padre descubra siquiera que he estado aquí.

—Muy bien, Romeo, pero con cuidado, eh. No quiero que por hacerte el héroe te rompas la crisma.

—Lo tendré en cuenta.
—Buenas noches, Quarterback.
—Que descanses, Bailarina.

Capítulo 32

-MATTHEW-

Pygalgia: (n.) un dolor en el culo, literalmente.

—Sigo sin entender por qué me lo preguntas a mí —expresa Louis en un tono cada vez más cansado—. ¿Por qué no esperas a Kira? Seguro que ella te ayuda mejor que yo.

—Eso. Y, hablando de la reina de Roma, ¿dónde está? —pregunta Archer a su lado mientras aprovecha el despiste de su chico para robarle trozos de fruta del almuerzo.

—Está en un ensayo con los del coro, tienen que preparar el festival para final de semestre y votaron que usarían las horas de comedor para practicar, así no tienen problemas para cuadrar agendas, o eso me dijo.

—Entonces te comes el marrón tú solo.

—No lo sería tanto si me ayudarais a repasar.

—¿Todo bien?

Cosi llega cual ninja sin hacer apenas ruido y se sienta en la mesa como si nada. Por la hora que es, sé que Jack no tardará en seguirla y no me equivoco. Como si lo hubiera conjurado, aparece en mi campo de visión segundos después.

Ambos se sientan juntos cerrando el espacio y así tenemos el círculo completo. Algo más amplios esta vez al faltarnos uno.

—Matt tiene uno de esos *quiz* evaluables a última hora de Química y estábamos repasando.

—Querrás decir que yo estaba repasando mientras intentaba que me hicierais caso.

Ambos se miran casi a la vez y basta con verles las caras para saber que se están divirtiendo de lo lindo con mi sufrimiento.

—Eso ha dolido, Capi.

—Exacto, ahora te las apañas solito —sentencia Louis—. Búscate a otros que te escuchen hablar sobre fórmulas y bacterias sin aburrirse.

—Las bacterias son de biología —acabamos respondiendo casi todos, menos Jack, que está centrado en su hamburguesa.

—Que os den.

Yo por mi parte recojo ese cabreo y los miro tratando de calmarme, porque, si no, en el fondo así solo perderé más tiempo. Ni siquiera he tocado mi sándwich de pavo, así que mientras me relajo le doy un par de bocados antes de volver a sumergirme en los apuntes.

—Tranquilo, Matt, verás cómo te va genial —trata de calmarme Cosi—. Kira ayer estuvo recitándome un par de cosas y, aunque me sonaban a chino, si quieres puedes probar también conmigo.

Jack por poco se queda muerto en el sitio del ataque de tos que le pega de golpe. Y los otros dos tontos tratan de disimular sus sonrisas.

—¿Se puede saber qué narices os pasa ahora?

—Nada, nada —comenta mi hermano cuando recupera la voz—, es solo que has elegido un final de frase muy interesante, rubia.

Ambos se miran un rato y juraría que de ahí sale algo más que chispas, pero se va tan rápido como viene en cuanto Cosi le corta el rollo.

—Más quisieras, Jones —masculla antes de dedicarle una última mirada y volver a centrarse en mí—. ¿Por dónde te has quedado?

Le paso las tarjetas que estaba repasando y me ayuda más de lo esperado el recitarlo en voz alta con alguien que en verdad me escucha.

Sé que la nota no cuenta tanto como para saber cómo vamos, y que lo importante son los finales de mayo, pero quiero acabar bien el semestre.

Después de la campana nos separamos cada uno a lo suyo y consigo pillar a Kira en las taquillas antes del cambio de clase.

—Hey, tú.

—Hey, tú —repito antes de robarle un beso—, ¿qué tal el coro?

Se aparta un poco para dejarme sitio y me espera mientras recojo mis libros para la siguiente hora.

—Bien, ya casi tenemos todo el repertorio montado, aunque sigue dándome algo de miedo escénico el cantar ante tanta gente.

—¿Es la primera vez que lo haces?

—Sí, cuando estoy tocando el piano, me evado del público y siento solo el instrumento. Aquí no habrá manera de evitarlo.

—Siempre puedes imaginártelos desnudos.

—¿De verdad? ¿Esa es tu mejor solución? —inquiere sonriente.

—O también —me acerco lo suficiente para que solo me oiga ella a pesar de la gente que se pasea por el pasillo— siempre puedes imaginarme a mí desnudo. Así focalizas tu atención en una sola cosa. O persona en este caso.

Veo cómo a medida que voy soltando la broma, su sonrisa va desapareciendo y sus pupilas se van dilatando a la par que su respiración comienza a volverse algo irregular, imperceptible si no fuera por la poca distancia que hay entre nosotros.

Mierda, tal vez este juego no haya sido tan buena idea.

—Podría probar —carraspea mirándome de arriba abajo y, joder, qué buena es. Qué rápido me la ha devuelto.

—Tenemos Teatro ahora; si sigues mirándome así, voy a tener serios problemas para prestar atención a las lecciones de la señora Fergus.

—¿Quién imagina a quién ahora?

—No tientes a la suerte, Bailarina, no la tientes —vuelvo a susurrarle al oído porque no me fío mucho de mi propia voz y, antes de dirigirme a clase, no puedo evitar soltar un último comentario—. Y que sepas que no necesito ninguna excusa para imaginarte desnuda.

No le doy tiempo a decir nada más y me alejo por el pasillo porque, si me quedo, no sé de lo que sería capaz. Con ella han ido apareciendo nuevas sensaciones que hasta ahora han estado dormidas y que me muero por explorar.

—¡Arriba esas piernas, Stuart! ¡Jones, mi hija pequeña es capaz de hacer un placaje mejor que ese! ¡Callagh, Austin, Michaels, esa defensa! —grita el entrenador a diestro y siniestro. Hoy recibimos todos por todos lados, no se salva ninguno.

Después de estirar logro suspirar por fin.

Sin duda ha sido una de las tardes más duras de la temporada. No me extraña que el entrenador esté así de nervioso, queda un partido antes de saber qué equipo pasa a la final y estamos empatados con los Snakes de Devon High. Si les ganamos mañana, podremos clasificarnos y descansar los meses que nos quedan hasta la final contra los anteriormente campeones Lions de Faith Valley.

—¿Creéis que ganaremos a los Snakes mañana? —oigo cómo alguien pregunta al salir de las duchas.

Estamos todos en el vestuario y se nota el cansancio acumulado tanto de los partidos ya jugados como de los entrenos diarios.

—Tenemos que darlo todo, como siempre —trato de animarlos—. Ganemos o perdamos, lo importante es salir al campo y jugar al máximo. Claro que nos merecemos ganar, pero solo lo lograremos si estamos centrados, si trabajamos como uno y no cometemos errores. ¿Qué me decís?

Todos estamos a medio cambiar, pero da igual, la adrenalina inunda cada metro cuadrado de la estancia y algunos comienzan a aporrear las taquillas mientras corean:

—¡Arriba, Sharks! ¡Arriba, Sharks! ¡A cazar, a ganar!

—Más os vale traer toda esta energía mañana por la mañana al campo, ¿entendido?

El entrenador se asoma desde su despacho y nos mira serio, aunque en el fondo sé que está contento de ver que hemos llegado tan lejos en la liga.

—¡Sí, señor!

—Y ahora cambiaos y salid de mi vista. Os quiero a todos fuera en menos de cinco minutos —nos avisa antes de volver a su cueva.

Bromeamos mientras tratamos de apurar el tiempo y, en cuanto estoy, salgo escopeteado hacia casa.

Ya he llegado, en nada estoy

Ven cuando quieras

Sé que está conectada, pero no me detengo en ver si los lee o no. Me cambio lo más rápido que puedo —tengo que luchar con Jack por el baño más de lo esperado— y, al bajar, para mi sorpresa ya me está esperando.

—Llegas tarde —comenta sonriente desde el taburete de la cocina.

Lleva unos vaqueros verdes, una blusa tres cuartos de girasoles y unas de sus Converse a juego que chocan con el vaivén de sus pies. Por la altura del asiento, no llega al suelo y quedan colgando, es bastante graciosa la estampa.

—¿Y tú cómo lo has hecho tan rápido? —Me acerco hasta ella y veo que está bebiendo un poco de limonada, así que me sirvo otro vaso—. Te he mandado un mensaje hace nada. ¿Quién te ha abierto? No he oído la puerta.

—Vivo enfrente, genio. Además, estaba casi lista cuando me has escrito. —Termina su bebida y la deja sobre la encimera. Veo cómo unas gotas caen rebeldes por la comisura de su labio, hace el amago de limpiarlas, pero le gano la carrera y las quito con el pulgar, deteniéndome más de lo necesario en ese rincón de su cara que me tiene hipnotizado—. Hannah me ha abierto y me ha ofrecido bebida antes de perderse en su despacho —consigue decir mientras sus mejillas se van tiñendo de rojo poco a poco. Verlo de cerca es tan cautivador como excitante. Me acerco para besarla, pero la voz de mi madre a mi espalda me detiene en seco.

—¿Ya estáis, chicos? —comenta como si nada internándose en la cocina mientras busca un par de cosas. Nada mejor para cortar el rollo que te pillen alguna de tus madres.

—Sí, ya nos íbamos.

—Tened cuidado, ¿vale?

—Gracias por la limonada, Hannah, estaba buenísima.

—De nada, cariño. Ven cuando quieras.

Nos despedimos y la llevo hasta la moto que guardo en el garaje.

—¿Vas a decirme ya a dónde vamos? —pregunta curiosa.

—*Nop*, te dije que sería sorpresa, ¿recuerdas? Y tú estuviste de acuerdo, así que ahora te aguantas.

La ayudo a abrocharse el casco y, después de comprobar que está todo en orden, nos ponemos en marcha a pesar de sus pucheros.

Sentir la adrenalina correr por mis venas cada vez que me subo a la moto y esa sensación de ingravidez y libertad que me recorren por dentro son indescriptibles, creía que nada podría superarlo, pero sentir el calor del abrazo de Kira y el vibrar de su risa hace que todo se eleve a la enésima potencia.

Salimos del pueblo y nos incorporamos a la carretera principal. No tardaremos mucho más en llegar, pero no tengo que verla para saber que en su mirada crece cada vez más la curiosidad ante nuestro destino.

Después de media hora de trayecto y aún con luz de la tarde para disfrutar, llegamos de una pieza. Aparco frente a un viejo edificio y dejo que Kira me imite.

—¿Es aquí cuando me matas y escondes mi cadáver? —pregunta mirando a su alrededor.

Mira que llega a ser exagerada.

—¿Crees que me iría tan lejos para eso? Ves demasiado esos programas de Netflix de crímenes sin resolver, te está empezando a afectar. Además, sería el primer y único sospechoso como no me invente algo muy pero que muy bueno a la vuelta, teniendo en cuenta que te han visto salir conmigo y que estamos juntos.

—Me quedo más tranquila entonces, no porque no vayas a asesinarme, sino porque ahora mismo te va un poco mal, Quarterback.

—Si se presenta la oportunidad, serás la primera en saberlo —la pico.

—Eres idiota.

—El sentimiento es mutuo, pequeña.

Sé que va a añadir algo más porque no puede quedarse sin decir la última palabra, pero los astros hacen que gane esta vez mandándome a mi ángel guardián.

—Por fin estás aquí, ya pensábamos que no llegarías, Matty.

—¿Matty? —susurra entre risas Kira a mi lado y yo la callo con la mirada. Aunque sin mucho éxito.

Una mujer de mirada infinita y sonrisa radiante llega hasta nosotros en cuestión de segundos. Su melena blanca baila al son del viento y su vestido gris hasta las rodillas y las viejas gafas de pasta que cuelgan de su cuello imitan la misma danza.

—¿Cómo faltar cuando me llamas, Sam?

Ella niega con la cabeza como quien tiene que lidiar con un niño pequeño antes de abrir sus brazos y permitirme perderme en ellos.

—¿Soy yo o has crecido desde la última vez que te vi? —bromea.

—Eso me pregunto yo casi cada día —comenta Kira y se calla casi de golpe al ver que la hemos oído—. Mierda, he dicho eso en voz alta, ¿verdad?

—Ya te digo, Bailarina.

—¿Y tú quién eres, jovencita? —le pregunta Sam olvidándose al momento de mí. Y por su mirada sé que va a pasárselo en grande.

—Soy Kira, señora, la novia de Matt —se presenta algo cohibida.

—Así que novia, ¿eh?

Esto último lo dice hacia mí después de saludarla y presentarse como toca.

—Ya ves, te he traído a mi chica para que la conozcas.

—Pues será mejor que entremos entonces.

—¿Por qué? —pregunta Kira.

—Porque seguro que acabará lloviendo.

—Pero si hace un sol horrible —comento aun sabiendo por dónde vendrán los tiros.

—Tú trayéndome por fin a una novia... Va a llover, te lo digo yo. —Kira se muere de la vergüenza y yo otro tanto, pero a Sam le da igual y no duda en partirse de risa—. Anda, entremos antes de que se os haga de noche, gracias de nuevo por la ayuda, Matty.

—No hay de qué, ya lo sabes.

La seguimos hasta el interior del edificio y, al entrar, es como si traspasase una puerta de esas mágicas que te transportan a otro mundo, porque no tiene nada que ver.

Todo está la mar de modernizado. Es un edificio con sus oficinas por los lados ahora cerradas por el horario y, en medio, de estilo abierto, cuenta con un amplio patio en el cual hay colgado un lienzo de lado a lado.

Está a medio terminar y me sorprendo al estar más nervioso que otras veces, será porque esta vez es ella quien, sin saberlo, será una crítica en la sombra. Las primeras impresiones siempre lo son todo en el mundo del arte.

—Pues ahí te hemos dejado todo como siempre, cariño. Si necesitas cualquier cosa, estoy en mi despacho. Divertíos.

—Gracias, Sam.

La veo alejarse mientras nos mira feliz. Kira ha lanzado un escueto «adiós» que se ha perdido entre sus labios de lo absorta que está mirándolo todo.

En realidad el cuadro no es tan grande, de largo es casi como dos de nosotros y de altura mide casi casi como yo.

—Esto es... Uff, Matt, es precioso —suelta de golpe cuando se gira hacia mí—. Lo has hecho tú, ¿verdad?

—Sí —confieso algo cohibido, así que me pierdo en mi obra sin acabar para tratar de calmar mis miedos.

El cuadro en sí es el atardecer cuando se mezcla con la salida de la noche besando al mar. Pero me gusta haber reflejado un poco de mí en la nada blanca.

—Es tu refugio...

—Nuestro refugio, Bailarina. Hace tiempo que dejó de ser solo mío —la corrijo.

—No sé qué decir, me encanta. Tienes un talento inmenso. ¿Tienes que acabarlo? —Me mira y algo en mi cara debe haberla puesto en alerta, porque se tensa y comienza a negar con la cabeza—. *Nop,* ni hablar.

—Pero si no sabes qué iba a decir.

Me voy moviendo por la zona hasta que recojo un par de pinceles y los colores principales que necesitaremos para acabar de rellenar los recovecos que faltan.

—Tienes esa sonrisa tuya dibujada en la cara, y se te marca el hoyuelo de la perdición.

—¿Hoyuelo de la perdición? —Suelto una carcajada porque no me esperaba esa salida.

—No te hagas el perdonavidas, ya lo sabes. —Se señala sus labios cerca de la comisura donde según ella está mi hoyuelo—. Cuando te ríes de esa forma, sale ese hoyuelo tuyo que me atrapa sin remedio.

—Tomo nota entonces.

—¡Matthew, no te rías, que voy en serio! —se queja—. No pretenderás que yo también pinte, ¿verdad?

—No voy a obligarte, por supuesto. Pero me encantaría que me ayudaras —le pido mientras le tiendo uno de los pinceles y espero a ver su respuesta.

Por dentro estoy temblando. No sé por qué cuando Sam me llamó pidiendo ayuda para terminar el proyecto cuanto antes, pensé en ella y en compartir este momento.

Tal vez sea algo aburrido y no le apetezca. Tendría que haberle preguntado.

Mientras las preguntas y las dudas inundan mi mente, ella no deja de mirar el cuadro y a mí.

—Matt, ¿no lo entiendes? —susurra cansada—. No quiero estropear algo tan bonito.

Por un momento quien no la conozca podría pensar que solo habla del cuadro, pero sus palabras esconden mucho más.

—Kira —me acerco hasta ella y atrapo su mentón con mi mano mientras la otra descansa en su cintura, atrayéndola cerca—, tú no puedes estropear nada, ¿y sabes por qué?

—¿Por qué?

—Porque toda tú eres arte.

—¿Y si ya no sé hacer arte, Matt? ¿Y si lo he olvidado? —pregunta casi sin voz, pero su mirada grita con la fuerza que le falta a sus palabras. Se separa y esa distancia se convierte en hielo bajo mis venas, necesito volver a sentir el fuego de su cercanía.

—Nunca puedes olvidar algo que vive en ti, Bailarina. Lo oigo cada vez que consigo espiar parte de tus ensayos en tu habitación.

—Ni siquiera puedo tocar una canción sin romperme o hacer algo mal, así que no sé dónde ves ahí el ejemplo.

—Pero lo intentas. —Sus ojos vuelven a conectarse con los míos más brillantes que antes, por todas las emociones que encierran—. Sigues intentándolo. Has vuelto a tocar y eso es lo que importa. Y por eso, porque tus dedos vibran cuando tocan las teclas del piano de la misma manera en que los míos me queman cada vez que siento la necesidad de pintar, sé que no podrías hacer nada mal. ¿Qué me dices, pequeña? ¿Pintas conmigo?

Se lo piensa, veo las dudas aún asomarse en su mirada, pero cuando da el último pestañeo logra barrerlas lejos. Me tiende una mano y me mira un poco más decidida, aunque su cuerpo siga temblando.

Esa es mi guerrera. Plantándole cara al sol, sin importar la adversidad.

—Bien —claudica—, pero te aviso que si queda mal serás el único responsable.

Sonrío feliz y, antes de tenderle su herramienta de trabajo, aprovecho la mano que descansa entre nosotros y la atraigo hacia mí para perderme en su boca.

—Eres idiota, Quarterback. Un gran artista, pero un idiota.

—Yo también te amo, Bailarina —susurro contra sus labios, disfrutando del momento—. ¿Lista?

—Lista, qué remedio.

Y así pasamos lo que queda de tarde. Pintando. Dejando nuestros miedos, todo lo malo en el lienzo para convertirlo en algo bello.

El naranja y azul se entremezclan para crear un universo nuevo. Y verla reír a mi lado es como sentir que todo cobra sentido.

—¿Qué? —me pregunta mientras trata de quitarse unas pequeñas manchas que he dejado a traición en su rostro. Lleva el pelo atado con pequeñas trenzas y la vista es hermosa desde donde estoy.

Con el cuadro terminado y ambos llenos de pintura, solo puedo quedarme con la melodía de mi corazón y el hormigueo de mi piel.

—Cuando te miro —me acerco a ayudarla y mis dedos acarician cada rincón de su rostro, haya o no pintura mientras sus manos se cuelan en los bolsillos traseros de mi pantalón—, es como si pudiera ver el mundo de otra forma. De otro color.

—¿Y eso es bueno o malo?

—Es una jodida tortura, pero pago lo que sea para seguir viviéndola.

—Yo también, Quarterback, yo también.

Capítulo 33

-KIRA-

Laconic: (adj.) que expresa mucho en pocas palabras.

—Perdona, cielo, pero he pedido un café con leche —me dice la señora Clarson en cuanto le dejo su taza.

Al verlo solo quiero darme golpes contra la pared más cercana.

No es el primer error de la tarde y sé que tengo que controlar los nervios, pero, entre que vamos perdiendo y que Will lleva unos cuantos minutos tratando de arreglar la radio que se va parando cada dos por tres, estoy hecha un flan.

—Mierda, lo siento. Enseguida le traigo su café.

—Tranquila, cariño, los nervios del partido se notan en el aire, ¿verdad?

Si usted supiera…

Hoy los chicos se juegan mucho y me da rabia no poder estar ahí con Matt. Pero Sally salió de cuentas hace unos días y ha tenido un bebé precioso y sano. Así que al ser una menos tenemos que repartirnos más los turnos. Sigue sin afectarme con las clases, pero hoy al ser finde no me libro.

—¿Otra vez? —me pregunta Olly en cuanto llego a la barra para preparar otro café. Me sonríe para darme ánimos, pero con tanto estrés de poco me sirven, aunque se lo agradezco.

—No sé cuántos llevo ya. Si no es el café, es la salsa de unas patatas, o un refresco *light* en vez de normal. Te lo digo yo; si al final del día Will no me despide, será un milagro.

—Tranqui, está bastante ocupado como para darse cuenta.

Ambas miramos en su dirección y vemos cómo celebra por fin haber solucionado cualquiera que fuera el problema del dichoso aparato.

Solo quedan dos cuartos y van a ser los minutos más largos de mi vida.

El bar está medianamente lleno, aunque la mayoría son mayores, como la señora Clarson, que prefieren evitar las multitudes que se crean en las gradas del instituto y alrededores. Aunque también hay algún que otro trabajador tardío como nosotros, que acaba de terminar su turno y viene en busca de algo de ambiente para sufrir o celebrar en compañía.

JONES LANZA UN GRAN PASE Y TIENE UN RECEPTOR LIBRE POR LA DERECHA. **ANDREWS CORRE COMO UN RAYO** Y LOGRA SORTEAR LOS PLACAJES DEL RIVAL. SIN DUDA, LOS SNAKES ESTÁN DEMOSTRANDO SER DUROS DE ROER Y MUY DIFÍCILES DE ATRAPAR. **PERO NUESTROS SHARKS NO SE RINDEN Y... TOUCHDOWN, AMIGOS**. POCO A POCO VAMOS VOLVIENDO AL JUEGO.

—¡Sí! —grito sin pensarlo y, aunque al principio lo hago sola, un coro de animadores se suma y celebramos el nuevo punto mientras seguimos el juego entre comanda y comanda.

Le pido a Anton una hamburguesa doble con patatas a la vez que preparo una cola *light* cuando, de repente, el silencio se hace en la sala.

Mira que lo intento, pero a pesar de todos estos meses sigo sin saberme ninguna de las reglas del dichoso deporte. Aunque Matt lo ha intentado más de una vez, al día siguiente lo que sea que había logrado entender se marcha por arte de magia.

Es superior a mí.

Así que en casos como este me dejo llevar por la gente, sus caras, sus reacciones, porque, salvo falta, placaje o *touchdown,* pocos términos más logro entender.

Cojo un par de cafés y los coloco en la bandeja mientras trato de centrarme y enterarme de qué pasa ahora.

Hemos superado el penúltimo cuarto con cuatro *touchdowns* a nuestro favor y ahora les toca a los *Snakes* sacar.

EL BALÓN ESTÁ EN POSICIÓN DE LOS SNAKES Y PUEDE SENTIRSE EL CANSANCIO DE ESTOS CHICOS DESDE AQUÍ. GANE O PIERDA CUALQUIERA, NADIE PODRÁ DECIR QUE NO NOS HAN DADO UN DIGNO PARTIDO. EL LANZAMIENTO ES MUY BUENO, SIN DUDA SU QUARTERBACK TIENE UN GRAN FUTURO EN EL DEPORTE, **MCADAMS LO RECIBE SIN PROBLEMA** Y LOS SHARKS TIENEN DIFICULTADES PARA ATRAPARLO PERO, **OH, AMIGOS, AHÍ ESTÁ NUESTRO CAPITÁN**. JONES SE LANZA AL PLACAJE **Y LO FRENA**. AMBOS CAEN AL SUELO, LA CAÍDA HA SIDO DURA, NO NOS VAMOS A ENGAÑAR.

MCADAMS SE LEVANTA SIN PROBLEMA, **PERO NUESTRO QUARTERBACK SIGUE EN EL SUELO SUJETÁNDOSE LA PIERNA DERECHA**, ¿SE HABRÁ LESIONADO? DE SER ASÍ, ESTOS ÚLTIMOS MINUTOS SERÁN UN AUTÉNTICO INFIERNO.

Logro dejar los cafés sin ningún percance, pero al llegar a la barra necesito sentarme porque las piernas me fallan.

Nadie dice nada, todos estamos atentos al dichoso aparato y siento como si el corazón se me fuera a salir del pecho.

—Tranquila, Kira, respira. —Olly llega a mi lado y trata de calmarme. Sus manos se deslizan arriba y abajo por mi espalda, y me aferro a eso—. Estará bien, ya verás.

—Sí, seguro que sí —logro decir al cabo de unos instantes, aunque es más para autoconvencerme a mí misma que otra cosa.

Aprovecho que el viejo Shepherd se ha quedado mudo, supongo que mientras atienden a Matt, para enviarles un mensaje a Jack y Cosi por si lo ven y pueden decirme algo.

VALE, AMIGOS, PARECE QUE, A PESAR DE LA POSIBILIDAD DE SACARLO DEL CAMPO, NUESTRO QUARTERBACK DECIDE CONTINUAR EL JUEGO. **ESTÁ CLARO QUE TIENE ALGUNA MOLESTIA EN SU PIERNA DERECHA**, PERO SE LEVANTA Y CAMINA HACIA LA LÍNEA DE SAQUE.

—¿Es que acaso está loco? ¿Por qué no para y descansa? —pregunto a la nada.

—Estos chicos viven estos partidos al máximo, querida. Si Matt siente que puede seguir, y el entrenador evalúa que no es grave, lo hará. —Will se acerca a nosotras y espera noticias también.

Ojalá no tuviera razón. Ojalá el muy idiota no fuera tan cabezota. Lo entiendo, pero no puedo evitar preocuparme.

ÚLTIMOS MINUTOS, AMIGOS, LA TENSIÓN SE PALPA EN AMBAS GRADAS Y TODO ANCHOR HIGH ESTÁ EXPECTANTE POR SABER CÓMO SALDRÁN NUESTROS CHICOS. **ESTAMOS A UN PUNTO DE DIFERENCIA**; SI LOGRAMOS AL MENOS UN TOUCHDOWN MÁS Y NUESTRA DEFENSA SE VUELVE DE HIERRO, **PODREMOS CLASIFICARNOS**.

JONES GRITA UNA JUGADA A SUS COMPAÑEROS Y TODOS SE PONEN EN POSICIÓN. **EL ÁRBITRO LANZA EL PITIDO Y LA ACCIÓN COMIENZA**. VEMOS CÓMO VARIOS JUGADORES CORREN POR EL CAMPO Y JONES AGUDIZA SU VISIÓN, **¿A QUIÉN SE LO LANZARÁ?** ESTIRA EL BRAZO Y... **GRAN LANZAMIENTO**, SÍ, SEÑOR, A PESAR DE QUE SE QUEDA COJEANDO UN POCO HA LOGRADO LANZAR UN PASE A CODY QUE LO RECIBE SIN NINGÚN PROBLEMA Y **COMIENZA A CORRER. ¡MENUDO GIRO HA DADO PARA DESPISTAR EL BLOQUEO DE LOS SNAKES!** SIGUE EN PIE, SIGUE CORRIENDO Y... **¡TOUCHDOWN, AMIGOS!**

EL CAOS ESTALLA EN SEGUNDOS. LA GENTE SE PONE EN PIE, GRITA, SE ABRAZA Y APLAUDE.

LO HAN LOGRADO, LOS SHARKS **HAN CONSEGUIDO EN EL ÚLTIMO MOMENTO CLASIFICARSE PARA LA FINAL**. Y LA EMOCIÓN ES MÁS QUE EVIDENTE ENTRE ESTOS MUCHACHOS Y, POR QUÉ NO, UN SERVIDOR, ASÍ QUE AHORA A CELEBRAR Y **NOS VEMOS EN UNOS MESES EN LA GRAN FINAL**.

—¡Kira, lo han conseguido! ¡Se han clasificado! —Olly me levanta del asiento y me abraza tan fuerte que casi no puedo respirar. Pero me da igual.

—¡Dios mío, estamos en la final! —grito extasiada.

—¡Estamos en la final! Para celebrarlo la casa invita a una ronda, amigos. Vamos a divertirnos mientras llegan los chicos.

En cuanto Will lo anuncia, todos exclaman felices en agradecimiento y nosotras volvemos al trabajo.

No he podido parar ni un momento y tengo que tragarme las ganas de llamarle para verle y saber que de verdad está bien.

Cuando decido que la siguiente comanda puede esperar, a pesar de que cada vez ha ido entrando más gente desde el final del partido, no oigo el reciente tintineo de la campana avisando de nuevos clientes que me detengo en seco.

Los chicos han llegado.

—¡Ya están aquí los Sharks! —anuncia Louis con todo su desparpajo y no podemos evitar reírnos—. Directos a la final.

Van entrando y saludando a los vecinos que se paran a felicitarles, pero yo solo tengo ojos para él en cuanto le veo cruzar el umbral.

Ni me lo pienso dos veces.

Corro hacia donde está, y gracias al cielo que estaba atento o esto habría acabado muy mal. Me lanzo a sus brazos y me coge al vuelo.

Le beso con ansias, pero también dejando salir parte del miedo y la angustia que llevaba guardándome toda la tarde. Al recordar su choque, me bajo enseguida y comienzo a tocarle casi por todas partes ignorando los silbidos de fondo.

—No es que me queje, Bailarina, pero tenemos público para hacer según qué cosas —bromea el muy tonto y juro que podría matarlo ahí mismo si no me gustase tanto.

Cuando me aseguro de que está de una pieza, cojo aire antes de soltar todo lo que tengo que decirle.

—¿Cómo se te ocurre hacer algo así? ¿Estás bien? ¿Te duele algo? Eres un idiota, podrías haberte lesionado volviendo al campo así porque sí. —Hubiera seguido si su risa y sus manos firmes en mis mejillas no me hubieran detenido.

—Calma, fiera. Estoy bien, tranquila —intenta apaciguar mi caos emocional, pero sin mucho éxito. Mientras nos lleva hacia nuestra mesa, le pide, al pasar junto a Will, si no le importa que me siente con ellos. Mi turno termina en unos minutos, pero acepta sin problema—. ¿Lo ves? —se señala a sí mismo antes de dejarse caer sobre el sillón de cuero rojo—. Como una roca.

—Más te vale, no sabes lo mal que lo he pasado.

—Siento haberte preocupado, pequeña. —Su brazo está apoyado en el respaldo del asiento y descansa por detrás de mi cabeza, acortando las distancias entre ambos—. Estoy bien, te lo prometo. Tengo molestias, pero el míster dice que, si me lo tomo con calma de aquí a la final y no la lío en los entrenos o los amistosos, no habrá problema. De todas formas el lunes tengo revisión, así que si surge cualquier complicación serás la primera en saberlo.

—Te tomo la palabra. —Me pellizca la nariz antes de dejar un casto beso en su lugar y yo trato de no derretirme en el sitio.

Los demás aprovechan nuestra conversación para pedir un par de bebidas, y la música comienza a sonar con los primeros valientes frente al karaoke.

Cosi y Jack no tardan mucho más en llegar, y, cuando la tengo al lado, celebro también con ella la victoria del equipo.

—¿Te lo puedes creer? La final —murmura antes de dar un par de sorbos a su cocacola.

—Mamá estaría orgullosa de ti, peque —le digo y veo la emoción en su mirada.

—Papá me ha dicho lo mismo, ojalá estuviera aquí para ver todo esto. Y sé que también está muy orgullosa de ti.

—Lo está, siempre estará cerca.

Aprieto su mano bajo la mesa y ella aprovecha para robar un trozo de *pizza* del centro.

La conversación ha vuelto a irse por las ramas como siempre cuando estos chicos se juntan, y aún sigo sin saber cómo hemos acabado hablando de posibles apocalipsis zombis.

Ah, sí, porque van a estrenar en el viejo cine la última película de Tyler Posey, *Alone,* creo que se llamaba, y quieren ir a verla. Aunque no soy fan de estar en tensión constante, por ver a Tyler en la pantalla grande puedo hacer un sacrificio así.

—Muy bien, me toca —comenta Archer levantando la mano para pedir su turno y pillando un par de patatas fritas de camino—. ¿Vosotros qué haríais si de repente hubiera un apocalipsis zombi?

—Esta es fácil, al resto no sé cómo nos iría, aunque seguro que entre nuestras cualidades encontramos alguna para sobrevivir lo máximo posible —responde Jack sin dudar.

—Gracias por el voto de confianza, hombre. Con gente como tú en un equipo, ¿quién necesita motivación? —le chincha Cosi.

—Vamos, rubia, no te pongas así. Mira, yo nado de la hostia, estos dos —señalando a Louis y Archer— corren rápido. Tú eres muy flexible y con tus piruetas y saltos seguro nos salvas de más de un percance. Y tu hermana es muy lista, alguien tiene que ser el cerebro del equipo.

—Gracias, creo. —No sé cómo tomarme del todo la falta de fe en mis dotes físicas, pero le doy un punto por valorar mi cerebro.

—¿Y yo qué, genio? —pregunta Matt a mi lado.

Trato de no reírme y permanecer lo más seria posible, pero, en cuanto veo cómo los labios de Jack se van curvando hasta formar una sonrisa burlona, sé que se va a liar parda. Este chico no sabe controlarse.

—¿Tú? Tú te salvas seguro, hermanito.

—Me voy a arrepentir de preguntar esto, lo veo venir, pero ¿por qué sería el único que se salvaría sin problema? Por favor, ilumínanos.

Todos nos miramos expectantes ante la respuesta y sé que Jack está disfrutando. Como también sé que Matt está más que listo para atacar en cuanto su hermano abra la boca, lo conoce demasiado bien y yo a ellos, y la tensión de su cuerpo a mi lado solo es un presagio de la movida que están a punto de montar estos dos por una tontería.

Cosi, a mi izquierda, niega con la cabeza como si lo viera venir también.

—¿Qué comen los zombis? Cerebros.

Y se queda tan ancho. Los cinco nos quedamos mirándole con cara de no entender muy bien por dónde va su razonamiento.

—¿Y? Hasta esa lógica llegamos todos —le apura Matt sin poder evitar que ciertos dejes de cabreo se escapen en su tono.

—Pues que tú estarías a salvo ante cualquier ataque. Llegarían, te verían u olerían, porque a saber cómo funcionan estos bichos, y pasarían de largo.

En ese momento pasan tres cosas a la vez:

Louis es el primero en reírse a carcajada limpia y el resto no tardamos en seguirle en cuanto entendemos el trasfondo del mensaje. Bueno, todos menos Matt y yo, que trato de ser una buena novia y no reírme cuando se meten con mi chico, pero el chiste es muy bueno.

Yo me aparto un poco y Cosi hace lo mismo porque a Matt solo falta que le salga humo por las orejas.

Y, después de fallar lo que a priori parecía un ejercicio de contención, Matt mira a su hermano, coge lo que tiene más a mano, que en este caso es su bebida y se la lanza a la cara.

—Pero qué coño...

A Jack no le da tiempo a reaccionar antes de que Matt se lance sobre él o lo intente porque, en cuanto Will ve la escena, nos avisa que o nos comportamos o nos echa a patadas.

—Eres un crío —anuncia Matt ya más calmado después de ver cómo ha quedado de empapado Jack. Este, cabreado, se levanta y se va al baño para tratar de limpiarse, pero sin contenerse en sus insultos.

—Yo creo que a críos estáis empatados en el primer puesto —dice Archer cuando logra recuperarse de la escena.

Los demás secundamos lo dicho ganándonos también una mirada de furia del *quarterback*.

—Muy bonito todo.

Matt se levanta y se aleja a la barra. Yo suspiro y les digo a los chicos que trataré de calmarlo. Pero en el fondo sé que estos dos, de la misma forma que se pelean, hacen las paces enseguida.

—Hey, tú. —Llego a su lado, pero al principio no parece querer hacerme caso—. Si vas a pasar de mí cuando vengo en son de paz, vuelvo a la mesa.

Me coge de la muñeca y me gira para quedar de nuevo cara a cara.

—Perdona, es solo que a veces lo mataría cuando hace este tipo de bromas, es tan crío, tan despreocupado, pero…

—¿Es tu hermano? —termino por él.

—Supongo, estamos atados, somos familia y tengo que aguantarle. Aunque venga defectuoso de fábrica.

—Es lo que tiene ser los hermanos mayores.

—¿Sabes de qué me he dado cuenta?

—¿De qué?

—De que, aunque pasen de mí como dice Jack por mi falta de cerebro, al menos tenemos el tuyo para sobrevivir.

—Qué gracioso. —Sus manos acarician mis caderas y nos balanceamos al compás de un desafinado *The way you look tonight*, de Sinatra. La pobre pareja hace lo que puede, pero está claro que se les escapa en algunas partes. Aunque espíritu no les falta.

Me pierdo en el brillo de sus ojos y su sonrisa ladeada. El calor de su cuerpo junto al mío y el compás de la canción crean una pequeña burbuja en la que solo estamos nosotros dos.

Cuando la canción termina y Jack regresa, conseguimos que hagan las paces y que incluso salgan a cantar. Los vitoreamos como si fuéramos los fans más sentidos del mundo.

Mañana nos toca visitar de nuevo a la abuela y no quiero pensar en lo duros que están siendo los últimos encuentros ni si aguantaré mucho más.

Pero, al ver a mis amigos celebrar y hacer el tonto, y a Matt cantando sobre el escenario, es cuando me doy cuenta de que esto es lo que necesito. Días simples. Días de reír mucho, respirar profundo y amar con todo mi corazón y sentir ese amor de vuelta.

Tal vez así logre ahuyentar las sombras de mi mente.

Capítulo 34

-MATTHEW-

Eutony: (n.) el placer que provoca el sonido de una palabra.

—¿Estás segura? —le pregunto cuando llegamos a la puerta de la residencia.

—Que sí, no te preocupes y espérame por aquí, ¿vale? Verás que en un parpadeo estoy fuera.

La veo perderse tras la puerta de madera y, cuando esta se cierra, se instala en mi pecho la misma sensación fría de siempre.

La misma que me acompaña desde que conocí a su abuela y, sobre todo, desde que veo cómo sale de estos encuentros.

Aunque quiera esconderlo, aunque quiera negarlo, puedo ver cómo le duele en el alma todo esto, pero sobre todo lo que más rabia me da es que crea que se lo merece. Que tiene que aguantar este malestar para aferrarse a algo que cree que la mantendrá cerca de su madre cuando tiene a su familia dispuesta a todo por ella, y que siguen compartiendo la música, aunque ella ya no esté.

Que no se crea digna de disfrutarla con el talento que tiene y lo que significa para ella se siente como mil cuchillos clavados en el pecho.

—Tú eras el chico de Kira, ¿verdad? —me pregunta una voz a mi lado devolviéndome de la negrura a la que me llevaron mis pensamientos—. Parece que mi sitio de descanso secreto ya no es tan secreto.

Cuando me giro veo a una mujer de la edad de mis madres, la he visto de refilón a veces en la cafetería mientras esperaba. Tiene un refresco en la mano y un paquete de tabaco en la otra, y está sonriéndome de oreja a oreja.

—Sí, estoy esperando a que termine la visita con su abuela —respondo— y, perdona, si quieres puedo irme a esperar a otro sitio o...

—Eh, tranquilo, que era broma. —Su risa inunda el silencio hasta ahora ensordecedor que bloqueaba mis oídos—. Me alegra tener algo de compañía, hay días que pueden ser bastante duros por aquí. Soy Tiffany.

—Yo Matt, encantado.

—Lo sé, Kira no deja de hablar de ti ahí dentro cuando no está con su abuela.

—Ah, ¿sí?

—*Sip*. —Hace un amago de coger uno de los cigarros del paquete y, antes de llevárselo a la boca, me pregunta—: ¿Te importa? Necesito mi dosis del día o me dará algo.

—No, claro, sin problema. ¿También tienes a un familiar ingresado?

Muy bien, genio, menuda pregunta. ¿Por qué estaría aquí si no?

—Mi madre.

—Lo siento mucho.

—Gracias, es ley de vida, supongo. ¿Y por qué no esperas dentro?

—Kira prefiere que me quede por aquí, por si me aburro dentro o si mi presencia pudiera llegar a alterar a su abuela.

—Ya veo. —Se apoya junto a mí en una de las columnas del porche antes de tenderme la bebida—. Me alegra que te tenga por aquí.

—Bueno, en realidad yo solo la acompaño, tampoco es que haga mucho.

Aunque ojalá pudiera hacer más. Ayudarla más.

La mirada tierna que me devuelve y el suave apretón que me da en el hombro parecen decir que ha oído aquello que no he dicho con palabras.

—Créeme, haces más de lo que piensas. Puede que ahora no lo veas, ni siquiera ella misma parece ser capaz de hacerlo, pero nosotras, las que la conocemos desde hace años, sí vemos su cambio.

—¿A qué te refieres?

—A veces las personas necesitamos tiempo. Tiempo para saber qué queremos, tiempo para poner todo en su lugar. Es imposible controlarlo todo y mucho menos nuestras emociones. No estamos preparados para entender por qué razón a veces en la vida ocurren cosas malas. —Oírla reflexionar, a pesar de que esté hablando sobre Kira, hace que me sienta también identificado en parte en ese discurso—. O por qué hay cosas que duelen como duelen. Al menos al principio. Cada uno tiene un camino y un momento concreto y, a veces, para sanar es necesario romper con aquello que nos sigue anclando en ese pozo sin fondo.

—Pero es su abuela.

—Y nunca dejará de serlo. El problema, y esto puede doler al principio, es que hay familias que restan en vez de sumar. Que hacen daño, consciente o inconscientemente. Y, cuanto más nos aferramos a ello, más nos apagamos nosotros. —Su mirada se pierde en un punto fijo de la puerta de entrada y juraría que en su voz viaja la experiencia—. Y Kira tiene una luz demasiado hermosa como para que se apague tan pronto.

—No sé qué hacer —confieso, para mi sorpresa en voz alta, poniendo en palabras parte de mi miedo.

—A veces necesitamos de un empujón para enfrentarnos a la realidad. Y para tomar las decisiones correctas en esta vida es importante saber escucharnos. Para ello, hay momentos en los que es necesario sentir la soledad, y eso es algo a lo que la mayoría de las personas temen.

La miro sin saber muy bien qué responder, pero sintiéndome como una esponja, absorbiendo cada una de sus palabras para encontrarles el sentido más tarde.

—Gracias.

Ella le da una última calada al cigarro antes de apagarlo y ponerse de nuevo en pie.

—No hay de qué. Lo creas o no, hablar contigo también me ha servido de terapia. —Se acerca a la puerta, pero se detiene en el último momento antes de abrirla, con la mano descansando en el picaporte—. Si sientes que necesitas entrar, no lo reprimas. Más veces de las que creemos, nuestros cuerpos y emociones tienen más razón que nuestros pensamientos.

—Lo haré, gracias, Tiffany.

—De nada, Quarterback. —Me guiña un ojo antes de entrar y yo suelto una carcajada.

Cuando al cabo de un rato me armo de valor para entrar, consulto el reloj y me doy cuenta de que Kira estará por acabar ya, así que no pasa nada si nos encontramos a medio camino, ¿no?

Las enfermeras me saludan y me indican que ambas están en la salita, pero las veo algo alertas, por lo que me dirijo hasta el rincón del piano donde una Kira cabizbaja está sentada sobre el taburete cerca del instrumento mientras escucha los gritos de su abuela.

Siempre es lo mismo. Que no aprende, que lo hace mal, que o practica más o nunca llegará a nada.

En el fondo me pregunto a quién le estará gritando de verdad. ¿A Kira? ¿A su hija? ¿O a ella misma?

Cuando veo el irregular subir y bajar de sus hombros, decido que es hora de irse. Pero, antes de que pueda siquiera dar un paso, algo ocurre y su abuela estalla.

Con un movimiento rápido, le da un golpe al piano y esto hace que la tapa caiga como en una fila de dominó.

Kira apenas tiene casi tiempo de apartar las manos antes de que se cierre sobre sus dedos y se pone de pie de golpe, por el susto.

Le dice algo a su abuela, intentando llegar a ella, que no logro oír, pero solo hace que su temperamento empeore.

—¡Esto es todo culpa tuya! —le grita antes de darle una bofetada.

Estoy a su lado en cuestión de segundos y la abrazo sin dudarlo, alejándola de ella mientras un grupo de enfermeras trata de contenerla.

Le dan algo para calmarla y se la llevan a su habitación.

Sostengo a Kira entre mis brazos, pero es como un fantasma ahora mismo, como si aún no creyera lo que acaba de pasar.

—Kira, cariño, ¿estás bien? —le pregunta la enfermera jefe en cuanto llega a nuestro encuentro—. Lo siento muchísimo, tesoro, estas últimas semanas ha tenido algún que otro altibajo, pero nunca había reaccionado así. No sabemos qué ha podido pasar.

—Estoy bien, no te preocupes. —Su voz suena plana, casi robotizada. Como quien se aprende un discurso y lo vomita sin pensar.

—¿Seguro?

—Me la llevo de aquí si no le importa —la apuro porque no quiero que pase un segundo más en este lugar.

—Claro, claro. Tened cuidado.

Salimos en silencio, pero ni de coña rompo el contacto.

Ni siquiera sé cómo logro llevarla hasta el coche y por una vez me alegro de que el destino haya querido que la moto no funcionara, porque no sé si hubiera podido traerla de vuelta a casa en estas condiciones. Por mucho que finja, sé que no está bien.

—Sube, por favor —le pido mientras le abro la puerta del copiloto.

Entra sin decir ni mu y, cuando veo el ligero temblor de sus brazos al coger el cinturón, decido ayudarla.

Arranco el coche solo después de comprobar que está bien. Al menos todo lo bien que puede estar en momentos así.

Conduzco en silencio y de reojo no pierdo ningún detalle. Ha apoyado la cabeza contra el cristal y mira el paisaje pasar.

No paro hasta que llegamos al mar. Una vez en nuestro pequeño refugio, la dejo sentirlo todo.

La brisa marina, las olas del mar, la sal en la piel. La libertad.

Camina hasta llegar casi a la orilla y se detiene cuando el agua acaricia sus pies descalzos.

—Estoy aquí, pequeña. Háblame —le suplico porque el silencio me está matando.

Las pocas nubes sobre nuestras cabezas amenazan con lluvia, pero me da igual. Sé que necesita sacarlo, necesita curarse y no conozco remedio mejor que el mar.

—Me ha pegado, Matt. ¿Discutir? Sí, a sus gritos e inconformismos estoy acostumbrada, pero ¿esto? —Se acaricia la mejilla derecha y poco a poco su voz se va rompiendo con cada palabra que deja salir de dentro—. Hago lo que me pide, pero nunca parece suficiente.

Aparto su mano y dejo que sean mis dedos quienes acaricien esa zona dolorida. Quiero borrar cualquier rastro de pesar que tenga.

Quiero verla brillar. Pero para eso necesita sanar antes.

—Primero, tú no tienes la culpa de nada de lo que ha ocurrido esta tarde, ¿me oyes? —Su mirada se centra en mí y veo las lágrimas asomarse—. Ha sido ella, no tú. Y segundo, Kira esto te está haciendo más mal que bien, tal vez deberías...

No me deja terminar porque niega con la cabeza y mi mano cae hasta su hombro.

—Lo sé, Matt, lo sé —suena derrotada, como una niña perdida en medio de una muchedumbre—, pero ahora mismo no quiero pensar, no puedo pensar en nada.

Sé por qué lo dice. Por el miedo a lo que pasará si pone todo eso en palabras.

Puede que a veces no sepa qué hacer, pero sé cómo ayudarla ahora si lo que quiere es olvidar.

La beso en los labios, tratando de calentarla lo máximo que puedo.

Aún quedan unas semanas para que llegue el auténtico frío típico del invierno, por lo que tenemos que aprovechar los últimos días de tregua.

—¿Confías en mí? —le pregunto como otras tantas veces. Sé la respuesta, pero quiero darle la oportunidad de cambiar de opinión si así lo desea.

—Siempre.

—Recuérdalo entonces y cierra los ojos.

Cuando hace lo que le pido, me quito la sudadera quedándome solo con los pantalones y la camiseta tres cuartos de debajo y me acerco a ella para hacer lo mismo.

—¿Qué haces? —pregunta algo tensa cuando nota mis dedos rozar su costado. Pero no se mueve y, cuando entiende lo que quiero hacer, suspira y levanta los brazos para que pueda quitarle su jersey.

—Tranquila, y recuerda lo que has prometido. Mantén los ojos cerrados hasta que te lo diga, ¿vale?

—Vale.

Dejo nuestra ropa doblada en un rincón lejos del agua y, cuando vuelvo a su lado, cojo ambas manos y comienzo a caminar dirección al mar.

—Matt, espera, yo... —Trata de luchar contra lo que la frena dentro de ella.

Voy dando pequeños pasos deteniéndome cuando lo necesita. Cuando veo que su respiración comienza a ser irregular, trato de calmarla, susurrándole al oído y dejando caricias por su piel mientras el agua del mar nos va rodeando, abrazándonos y dándonos la bienvenida como una vieja amiga.

Me detengo cuando el agua me llega a la cintura y Kira hace lo mismo.

Estamos aún con las manos enlazadas, uno frente al otro, y a pesar de estar a finales de noviembre, de estar empapados y con la ropa que parece cemento ahora mismo, juraría que podría volar si lo quisiera. Con ella cualquier cosa es posible.

Incluso sentir el calor del verano en pleno invierno.

—Abre los ojos, Bailarina. —Cuando oye mi voz, despierta como si hubiera estado en un trance y no se creyera lo que acaba de hacer—. Deja que el mar te cure el alma.

—Estoy... estoy en el agua.

—Como una sirena.

Su agarre se vuelve más rígido y, cuando me abraza, siento cómo, con ese último suspiro, se rompe por fin.

La dejo llorar, sacarlo todo, mientras el mar nos mece.

Cuando siente que ya no tiene nada más guardado que arrancarse del pecho, se separa, pero solo unos centímetros y, cuando nuestros alientos se entremezclan con cada respiración, sonrío.

Porque se necesita valor para dar el paso que ha dado. El primero de muchos. Romperse en dos para después tratar de recomponer lo que está fracturado por dentro siempre da miedo, pero nadie sabe de verdad lo liberador que puede llegar a ser hasta que lo logra.

—Gracias.

—No tienes por qué darlas, yo solo te he acompañado. Tú has hecho lo más importante.

—Has hecho mucho más que eso, Matthew. Sin ti no lo habría logrado.

—Siempre que lo necesites, pequeña.

—¿Te quedarás a mi lado?

—Créeme, no pienso ir a ninguna parte. Si tú te quedas, yo me quedo.

Y no me refería solo a este rato en el mar.

Vuelvo a respirar con normalidad cuando veo que una pequeña sonrisa va tomando fuerza y comienza a dibujarse en su rostro.

Y, como si la naturaleza notara también este cambio, es entonces cuando las primeras gotas comienzan a resbalar por nuestras caras. Ambos miramos hacia el cielo y vemos cómo este llora para poder limpiar lo que queda feo dentro de nosotros.

Entonces recuerdo lo que significa para ella la lluvia y juraría oírla susurrar un ligero «mami» al cielo.

Kira se ríe y, mientras se relaja por primera vez en el agua, me tomo mi tiempo para besar el camino que han dejado sus lágrimas, para ayudar a la lluvia a borrarlas, y esos besos me saben a ella, a lluvia y a mar.

Y creo que no podría existir una combinación mejor.

No estamos mucho tiempo más porque, a pesar de que la lluvia es suave, estamos empapados y tenemos que cambiarnos o cogeremos un resfriado.

—¿Y ahora qué hacemos? —me pregunta al salir mientras caminamos hacia el coche—. Vamos a dejarlo todo perdido.

—Tranquila, lo tengo todo controlado.

Siempre llevo ropa de repuesto en una bolsa dentro del coche, por los entrenamientos y tal. Y aunque toda esta tarde ha sido lo más espontáneo que existe, lluvia incluida, me alegro de haber sido previsor al menos en eso.

Abro el maletero para que se resguarde de la lluvia y enciendo la calefacción para ir calentando un poco el vehículo.

Le paso la ropa deportiva y mi chaqueta del equipo mientras de reojo veo cómo me mira alzando una ceja.

—¿Quieres que me ponga tu ropa? —inquiere ya más tranquila, y me alegra que sea capaz de sacar la bromista que lleva dentro.

Aunque, si lo pienso bien, puede que yo vaya a pasarlo realmente mal. Pero no pienso quejarme.

—Por favor, y gracias.

—Eres de lo que no hay, Quarterback.

—Eso me han dicho.

La ayudo a cambiarse sujetando la toalla mientras trato de darle la máxima privacidad que un momento tan íntimo como este me permite, y cuando está lista la mando al asiento del copiloto porque, después de ver cómo le quedan mis pantalones y camiseta, debo tenerla lejos, aunque sea unos minutos, o no seré responsable de mis actos.

Llegamos a nuestras casas enseguida y no tarda mucho en coger sus cosas para salir. Supongo que no querrá que su padre o sus hermanas la pillen y tenga que dar explicaciones.

Antes de que se vaya, logro retenerla unos instantes, en los que me recreo a gusto viéndola. Es una jodida diosa y yo tengo una suerte de campeonato.

Nunca pensé que el que una chica llegara a usar mi ropa pudiera ponerme tanto. Tengo que dejar de meterme con los libros que lee.

—¿Puedo verte esta noche? —le pregunto.

Es extraño cómo, de un momento puntual, como aquella primera noche que dormí en su habitación, hemos creado una pequeña rutina siempre que podemos.

Y más raro aún que no nos haya pillado ninguna de las familias.

—Dejaré la ventana abierta, Quarterback.

—Allí estaré, Bailarina.

Capítulo 35

-KIRA-

Altelophobia: (n.) el miedo a la imperfección. De nunca ser suficiente.

—Y... listo. Yo creo que lo tenemos.

—¿Segura? —me pregunta Matt desde el suelo de mi habitación.

Me giro en la silla para hacerle frente y de paso moverme un poco. La última hora y media editando me ha dejado el cuerpo hecho una mierda.

—Que sí, listillo. Hubiera ido más rápida si no hubiera tenido que editar ambos vídeos yo sola —le suelto con algo de retintín.

—Mujer, ya que estabas... Además, yo no tengo ni idea de cómo se hace eso, ¿o ya no te acuerdas de que te rendiste después de los primeros quince minutos tratando de enseñarme cómo cortar un clip y superponerlo con otro?

—Mira, ni me lo recuerdes.

Él se ríe desde el suelo y yo le lanzo el cojín que tengo más cerca con tal de quitarle la bromita de encima, pero fallo estrepitosamente.

—Vamos, vamos, no saques las garras. Estoy seguro de que te han quedado genial.

Si tan solo no se hubiera reído cada dos palabras, tal vez lo hubiera dejado pasar.

Pero se tenía que descojonar en mi cara.

Se va a enterar.

—Conque no saque las garras, ¿eh?

Me lanzo sin darle apenas tiempo de reacción y acabamos dando vueltas uno encima del otro hasta que choco con la cama y quedo debajo de él.

Una de sus piernas se cuela entre las mías y el roce de nuestros cuerpos hace que la temperatura suba. Descansa ambos brazos a cada lado de mi cabeza para repartir su peso y me mira divertido desde arriba.

—No vas a oír que me queje del placaje, Bailarina. Y más si puedo tenerte así.

Siento el calor en zonas concretas de mi cuerpo y sé que mi cara es una de ellas. Debo parecer un volcán a punto de erupcionar, pero no me importa.

—Mira que eres idiota —susurro.

Su cara va descendiendo poco a poco hasta que su nariz choca con la mía.

—Si tan solo pudieras verte como te veo yo ahora... —Su aliento choca con mi piel y me hace cosquillas mientras va dejando besos por mi costado hasta esconderse en el hueco de mi cuello.

—¿Cómo?

—Como una obra de arte.

Me besa y yo me dejo arrastrar.

De repente somos todo manos, explorando tímidas al principio, pero con cada roce de piel vamos perdiendo ese miedo.

Matt se separa hasta quedarse sentado a mi lado y yo tardo un poco más en reaccionar.

—¿Por qué has parado? —le pregunto aún algo aturdida. Las dos trenzas con las que he atado mi pelo me hacen cosquillas en las mejillas cuando me giro para encararlo nerviosa—. ¿He hecho algo mal?

—El mundo se acabará el día que eso suceda, Bailarina. —Me tiende una mano para ayudarme a sentarme y yo aprovecho para, en vez de colocarme enfrente de él, sentarme sobre su regazo—. Es solo que a veces temo ir muy rápido. Solo quiero que sepas que, pase lo que pase, puedes pararlo en cuanto quieras.

—Lo sé, Matt. —Mis dedos juguetean con su pelo y comienzo a hacerle pequeñas caricias mientras me acomodo mejor sobre él—. Una parte de mí quiere explorarlo todo contigo, es como si nunca me cansase.

—¿Y la otra? —pregunta curioso mientras disfruta del masaje.

—A la otra le da vergüenza no saber qué hacer a veces, o hacer algo mal. Eres la primera pareja que tengo.

—¿Nunca habías estado con ningún chico?

En su voz no hay rastro de prejuicios ni burla.

—No.

—¿Te cuento un secreto?

—Claro.

—También eres mi primera, Kira.

Probablemente ahora esté boqueando cual pez fuera del agua, pero eso sí que no me lo esperaba. Es verdad que nunca le he visto, desde que nos conocemos, interesarse por otras chicas, pero de ahí a no haber estado con nadie...

—¿En serio?

—Te lo juro. Y la próxima vez intenta no parecer tan sorprendida —bromea.

—Lo siento, es que... no me lo esperaba.

—No estamos en una de tus novelas, pequeña. —Coge mis manos y me da pequeños besos en el interior de mis muñecas que mandan corrientes eléctricas desde mi cabeza hasta la punta de los pies. Se toma su tiempo y se nota que está disfrutando poniéndome nerviosa—. Qué feo que tú, especialmente tú, Bailarina, hayas caído en el viejo cliché de los deportistas.

—Bueno, qué quieres que te diga. Eres guapo, divertido, y le caes bien a todo el mundo. Es solo que me ha sorprendido, eso es todo.

—Tal vez estuviera esperando a alguien que me dejara sin aliento. —Vuelve al ataque con sus besos mortales y ahora comienza un recorrido por el interior de mis brazos, dándoles el tiempo que se merecen a ambos—. Que me devolviera mis bromas, que se colara en mis sueños y que se sintiera hogar.

Cuando llega a mi cuello, se detiene por unos instantes aspirando mi aroma, y yo muevo la cabeza un poco hacia atrás para dejarle espacio y alentar así el contacto.

Mis caderas buscan la fricción de nuestros cuerpos, y una de sus manos cae en mi costado para guiarme. Mientras la otra baja suavemente desde mi rostro hasta mi pecho, sin perder nunca el contacto visual. Como si me diera el poder de pararlo si lo deseo, como me prometió.

—¿Y la has encontrado? —consigo decir entre jadeos contra su cuello.

Es increíble cómo puedo sentirlo a pesar de tener tanta ropa entre nosotros. No quiero ni pensar en cómo sería si no estuviera.

—¿Tú qué crees, Kira?

Nos movemos al compás y siento su mano colarse por debajo de mi camiseta, tanteando el terreno hasta llegar a mi sujetador.

Se cuela por debajo sin problema y, cuando me acaricia donde nadie más que yo me había tocado, me pierdo.

Su boca se abalanza sobre la mía y nos movemos a la par. La fricción cada vez es más insoportable y no creo que aguante mucho más.

—Matt, yo… —trato de decir algo, de encontrar las palabras, pero no me sale nada cuerdo —, joder.

—Lo sé, pequeña, lo sé. No creo que dure mucho más tampoco.

Cuando me armo de valor, dejando que sean mis sentidos quienes decidan y tomen el mando, cuelo una de mis manos entre nuestros cuerpos acariciando su miembro por encima del pantalón mientras aprovecho el roce y me masturbo también.

—Joder, nena, voy a…

—Yo también —murmuro sobre sus labios y, cuando ya no puedo más, cuando el clímax llega y siento todo explotar a mi alrededor, me dejo llevar sobre él.

Matt no tarda mucho más y la sensación es alucinante.

—Ha sido…

—Una puta pasada —termina por mí.

Los dos respiramos con dificultad y siento aún algo débil mi cuerpo. Estoy segura de que si me levanto en este preciso momento mis piernas se volverían de gelatina.

—Es la primera vez desde los catorce años que me corro en mis pantalones.

Me descojono ante su comentario porque solo él puede decir algo así en un momento como este.

—¿Y qué tal la experiencia? ¿Mejor?

—Joder, y tanto. ¿Cuándo repetimos?

—Eres de lo que no hay, Quarterback.

—Lo sé.

Me coloco mejor la ropa sin separarme del todo de donde estoy y, cuando voy a rebatir, papá toca la puerta y entra.

—Chicos, la merienda ya está. Matt, si quieres puedes quedarte a cenar.

—Gracias, señor. —Trata de sonar lo más serio posible como si yo no siguiera sentada sobre él o acabásemos de montárnoslo hace nada en el suelo de la habitación.

—Genial, ah, y por cierto… —Nos mira divertido y yo solo quiero que la tierra me trague.

—¿Sí, papi? —logro preguntar aún no sé muy bien cómo.

—Para próximas veces, os sugiero que aviséis si vas a quedarte también a dormir. Ni tus madres ni yo queremos que te rompas la crisma una noche de estas trepando por la enredadera, Matt.

Y, después de dejar el mensaje, lanza una bomba de humo y, cual ninja, sale de escena.

Ninguno nos movemos supongo que porque estamos tratando de asimilar el significado.

—Entonces, ¿nuestros padres lo saben? —pregunto a la nada aun conociendo la respuesta.

—Eso parece.

—¡Y tanto que lo saben! —oímos a Cosi gritar desde su habitación—, sois lo peor tratando de esconderlo. La próxima vez intentad no hacer tanto ruido.

La madre que la parió.

—¡Cosima, te mato!

—¡Tú y cuántos más!

Esto es el colmo. Parece un circo todo, ¿hay alguien que no supiera de nuestros encuentros clandestinos o se ha enterado todo el barrio?

—Pues parece que ahora solo podré hacer una cosa —suspira resignado.

—¿Qué?

—Tendré que preguntarle también a tu padre si puedo quedarme a dormir.

Trato de esconder la risa, pero me resulta imposible ante lo surrealista que se ha vuelto todo.

—Mira que eres idiota.

—Yo también te quiero —responde, aunque la frase se pierde en cuanto nuestros labios vuelven a buscarse.

Capítulo 36

-MATTHEW-

Raconteur: (n.) un excelente narrador.

Las semanas pasan más rápido de lo previsto y, en un abrir y cerrar de ojos, la Navidad llega al pueblo.

Los exámenes finales del semestre han sido una locura y con el grupo hemos estado estudiando a tope. Al menos hemos conseguido aprobarlo todo, aunque tengo que dar un mayor empujón en el próximo y prepararme más los finales del curso si quiero mantener la media y conseguir buenas becas para la universidad.

Las vacaciones son un respiro y, aunque el entrenador nos ha amenazado con torturarnos de lo lindo a la vuelta si nos pasamos estas fiestas, nos ha hecho prometerle que disfrutaríamos con cabeza.

Nos lo hemos ganado después de la temporada que hemos tenido.

El concierto de invierno de esta noche tiene a todo el pueblo emocionado. Aunque sé de una que estará como loca de los nervios.

—¿Irás al concierto? —me pregunta Louis al mismo tiempo que me lanza el balón.

—Menuda pregunta —le responde Archer sin darme tiempo a decir nada—. Kira canta con el coro, para no ir.

—Es verdad, se me había olvidado.

Hemos venido los tres a la playa para correr un rato y jugar al fútbol.

Les lanzo el balón de vuelta y ambos corren para tratar de cogerlo, pero acaban chocando y cayendo a la arena.

—Mira que sois brutos. Con que lo hubiera atrapado uno, bastaba —bromeo al llegar hasta ellos sin evitar reírme.

Tendría que haber leído mejor las miradas que se lanzan estos dos, porque, cuando les tiendo las manos para ayudarles a levantarse, tiran de mí y acabo de bruces entre ellos.

—Uy —oigo que dicen, así que ni lo pienso y, cuando logro sacar la cara de la arena y limpiarme un poco, recojo un puñado en cada mano y se la lanzo sin remordimientos.

Acabamos los tres inmersos en una guerra improvisada que acaba con nosotros rebozados y con restos en sitios de lo más incómodos.

—Menuda estampa —oímos cómo se burla Jack mientras se adentra en la playa.

Lleva unas birras en la mano y las agita como si fuera el mayor de los tesoros.

—¿Qué haces por aquí? ¿No tenías entreno? —le pregunto cuando me tiende la mía.

En unos meses tiene una competición de natación y sé que, aunque no lo diga, es muy importante para él. Siempre bromeamos en casa al decirle que es como un pez fuera del agua, pero es verdad. Cuando nada, se vuelve uno con el agua, es como su segunda casa y se nota que ama el deporte.

Estamos los cuatro sentados frente al mar después de darnos un remojón para quitarnos la arena del cuerpo y no creo que haya mayor paz que esa.

El lugar, la compañía… A veces las pequeñas cosas, los gestos más sencillos son los que más llenan.

—*Nah*, al final hemos acabado antes. Y mamá dijo que estarías por aquí, así que pensé en pasarme.

—Gracias, tío.

—Sí, la cerveza está buenísima.

Estos dos ya están bebiendo como si volvieran de estar meses en el desierto. Siempre igual.

—¿A qué hora es el concierto? —me pregunta Jack.

—A las nueve —respondo sin tener que pensarlo demasiado. Puede, y solo puede, que tenga apuntada la fecha y hora en la agenda desde que Kira me la dijo hace semanas. Pero eso ellos no tienen por qué saberlo.

—Estás perdido, colega —me dicen los tres casi a la vez después de cachondearse de mí.

Se miran como si compartiesen la más divertida de las bromas y brindan por ello.

—¿De qué coño habláis?

—Pues que Kira te ha dado fuerte. Hasta vas a ir al concierto de invierno solo por verla cantar, ¿cuánto? ¿Tres, cuatro canciones? Y te comerás el resto de las actuaciones, que sabemos que son infumables, porque lo único bueno de eso es el coro, solo por verla.

—¿Y?

—Que te has enamorado pero bien, hermanito.

—Y ya era hora, hombre —concuerda Archer.

—Pues sí, no os voy a mentir. —Le doy un nuevo trago a la bebida porque el ardor que me baja por la garganta con cada sorbo me da más valor para confesar en voz alta lo que guardo dentro—. Estoy loco por ella.

—Por el amor entonces —propone Louis mientras acerca su botella.

—Por el amor —decimos Archer y yo uniéndonos al brindis.

Jack nos mira con cara de estreñido y no puedo evitar reírme.

—Por las tías, yo de momento paso del amor —acaba sumándose, aportando su propio brindis.

—Ya te llegará, ya.

—Pues que no tenga prisa, que estoy muy bien así.

—Ojalá te encuentres algún día con una tía que te plante cara y te las haga pasar putas, verás que no te ríes tanto —le chincha Louis.

—Pero ¿tú qué clase de amigo eres?

—Uno al que le gusta ver cómo te ponen en tu sitio para variar, *sirenito.*

—Llámame *sirenito* otra vez, Louis, y te comes la arena.

Archer suspira a mi lado y yo decido que lo mejor es dejarles y disfrutar del mar y la bebida. La calma durará poco, lo presiento.

—¿Y qué harás, *sirenito*?

—Le avisé —Nos mira mientras deja su bebida a un lado antes de sonreír a Louis—. Te avisé, Callagh. Prepárate.

Ambos salen corriendo, uno tratando de que no le partan la cara y el otro en busca de revancha.

—Son peores que unos críos.

—Qué me vas a decir, mira que se lo tengo dicho, controla tus ganas de chinchar a la gente porque te pasará factura algún día. —Archer se relaja a mi lado mientras ve cómo su chico trata de huir de Jack—. Pero nada, que no aprende.

—¿Quién crees que se cansará antes? —le pregunto divertido.

—Louis —contesta seguro—, le quiero, pero es la verdad. Dale un tiempo y acabará pidiendo una tregua.

—¿Vais a iros de viaje estas fiestas también? —le pregunto cambiando de tema mientras dejamos que los otros dos se maten.

Desde que comenzaron a salir hará unos dos años, sus familias suelen aprovechar las vacaciones para viajar juntas.

—Sí, iremos a Nueva York y luego estaremos en Nevada con su familia. Supongo que nos quedaremos hasta final de año.

—Qué guay.

—¿Y tú qué tal? —me pregunta después de unos minutos de silencio.

Los chicos llegan reventados y tirándose al suelo sin ningún tipo de delicadeza.

Al menos me dan unos segundos para pensar en la respuesta.

—Bien, ¿por qué?

—No sé, te he notado algo más distraído últimamente.

—¿Ha pasado algo? —pregunta Louis metiéndose de cabeza en la conversación, porque, si no, no sería él—. Sabes que puedes contar con nosotros para lo que sea, ¿verdad?

—Eso, tío.

Los miro y me debato entre soltar las dudas que llevan instaladas en mi mente desde hace días o callarme.

Pero son mi familia, y joder si necesito algún consejo.

—Es sobre Kira —suelto al final.

—¿Lo habéis hecho ya?

—¿Vais a hacerlo?

—Espera, si necesitas consejo o condones, solo tienes que pedirlo.

Los tres lanzan sus comentarios prácticamente a la vez y sus preguntas se entremezclan.

—Sois idiotas, que no es nada de eso.

—¿Seguro que no es por el sexo? —sigue Jack.

—Y dale, que os estáis yendo del tema. No, aún no ha pasado eso entre nosotros —les aseguro para que me dejen en paz.

—Pero sí han pasado otras cosas, ¿eh?

—Yo hoy te mato —le suelto a mi hermano. Este solo se ríe.

—¿Entonces?, ¿ha pasado otra cosa? —Archer trata de poner orden y volver a reorientar la conversación.

—Solo puedo deciros que sé de algo que le hace daño, pero no quiere que nadie más lo sepa —trato de explicarme sin contar su secreto manteniendo mi promesa—, y no sé qué hacer. He intentado hacerla entrar en razón, pero no sé si he tenido mucho éxito. Le prometí que no diría nada, pero estoy hecho un lío. Odio verla mal.

Se quedan un rato callados y por esos segundos odio el silencio que se crea entre nosotros.

—A veces no somos capaces de ver qué es lo que nos daña.

—O no podemos aceptarlo.

—Pero tienes que pensar qué es lo mejor para ella —añade Jack a lo dicho por los chicos y me sorprende lo serios que se han puesto. Me da un suave apretón en el hombro antes de seguir—. Le has prometido guardar el secreto, pero hay momentos en los que necesitamos que nos quiten la venda de los ojos.

—¿Aunque pueda llegar a odiarme? —les pregunto exteriorizando el mayor de mis miedos.

—Puede que al principio se enfade, pero, si a la larga eso resulta un paso necesario para ella, tendrá que entenderlo.

—Piensa qué haría ella en tu lugar y, si tanto te preocupa la situación, toma una decisión al respecto.

—Gracias, chicos. Trataré de volver a hablar con ella y ver cómo sale todo.

—Para eso estamos, Capi —dice Louis—, en las buenas y las malas.

—Como un matrimonio.

Ante ese último comentario acabamos descojonándonos de risa.

Me alegra haber podido sacarlo de dentro. Puede que tengan razón, tendré que pensar bien en qué hacer.

Pero no podré soportar ver cómo se va apagando sin hacer nada por ayudarla.

Tenían razón. Se me había olvidado porque siempre me escaqueaba de venir a estas celebraciones. Hay actuaciones que son aburridísimas, pero ha valido la pena por verla cantar.

Han salido los segundos. Todos vestidos a conjunto, las chicas con camisas azul cielo y los chicos con otras más oscuras.

En cuanto se han colocado, no he podido apartar los ojos de ella.

Kira brillaba como la estrella más grande del firmamento.

Y su voz, joder. Ha habido un momento, en una de las canciones típicas de Navidad, que ha cantado sola y la piel se me ha puesto de gallina.

El público estaba extasiado y no es para menos.

Michael a mi lado se secaba las lágrimas de la emoción y, cuando acabaron, nuestra fila, donde estaba tanto su familia como la mía, nos hemos levantado los primeros para aplaudirla y vitorearla como se merece.

—¡Has estado genial, Kira! —grita mi hermana en cuanto llega a nuestro encuentro con su carpeta de partituras abrazada a su pecho.

—¡Sí! Mi hermana es la mejor cantante del mundo —secunda la pequeña June dando saltitos a su lado.

—Eh, ¿y yo qué, enana?

—Tú eres mejor bailarina, Cosi, pero cantas muy mal.

Todos nos reímos ante esa salida y me alegro de ver a Kira tan feliz. Que haya dejado atrás los nervios que la perseguían por semanas cada vez que la fecha se acercaba ha sido un alivio.

Dejo que todos pasen ante mí para saludarla y felicitarla primero.

Después, mientras van caminando hacia la salida del recinto directos al *parking*, aprovecho para acercarme.

—¿Te ha gustado? —me pregunta mientras camina a mi lado.

—Lo has bordado, pequeña. Pero eso yo ya lo sabía.

Su sonrisa es capaz de eclipsar al mismísimo sol.

La beso sin poder contenerme. Y me recreo en cómo sus ojos siguen abriéndose de la sorpresa cada vez que no se lo espera. O cómo su cara se sonroja y se muerde el labio inferior tratando de ocultar una tímida sonrisa.

—Veros a todos ahí me ha calmado. No sabes cómo temblaba antes de salir.

—¿Has tenido que imaginarnos desnudos? —le pregunto recordando nuestra broma.

—No ha hecho falta, y menos mal.

—Una pena. Hubiera sido divertido.

—No tienes remedio, Quarterback —bromea feliz.

Al llegar a casa, nos separamos, pero solo por un rato. Esta vez la cena será en casa de Kira, así que dejamos las cosas, nos arreglamos y vamos a su encuentro.

Zeus, el lobo de June —porque yo sigo diciendo que ese bicho no puede ser un perro normal—, es el primero en recibirnos.

Después de la bienvenida, los mayores se pierden en la cocina para terminar de preparar la cena, las peques se van a jugar al jardín y Cosi arrastra a Jack hasta el sofá para jugar al nuevo juego que ha conseguido.

Yo escondo la bolsa que he traído donde hemos preparado los regalos de Santa en un rincón para que ni Emma ni June los encuentren, y subo las escaleras hasta su habitación.

La puerta está entreabierta y la veo frente al espejo probándose unos pendientes.

Lleva un vestido blanco de tirantes que está sin abrochar. Dejando su espalda al descubierto.

No lleva sujetador.

Joder, esta noche voy a sufrir de lo lindo porque no podré quitarme esta imagen de la cabeza.

—Estás preciosa —le digo para hacerme notar, a lo que ella pega un salto del susto.

—Mierda, Matt, me has asustado.

—Lo siento, pequeña. Pero me he entretenido un poco con las vistas —le susurro en cuanto llego a su altura, colocándome tras ella y mirándola a través del espejo.

—¿Ah, sí? ¿Y qué tal?

—Impresionante.

Lleva el pelo recogido en una coleta y, cuando se mueve, me hace cosquillas en la cara.

—Anda, ayúdame a subirme la cremallera.

—Si me lo pides así, cómo negarme.

Acaricio sus brazos mientras voy descendiendo desde sus hombros hasta sus muñecas. Me tomo mi tiempo sintiendo cómo me voy calentando cuando la noto temblar bajo mi tacto. Cuando llego al cierre, lo subo lentamente sin apartar la mirada de la suya en el espejo.

Todo el proceso acaba convirtiéndose en una deliciosa tortura.

Una vez que está lista, se gira entre mis brazos y acaba abrazándome por el cuello.

—Tú también estás muy guapo, Quarterback. Me gusta cómo te queda el esmoquin.

—Para servirla, mi señora.

—Eres idiota, pero te quiero.

—Yo también.

Sonríe pícara y comienza a dejar pequeños besos en la curvatura de mi cuello haciéndome sentir en el mismísimo infierno.

—No es ninguna queja, que lo sepas, pero el viajecito que están haciendo tus labios ahora mismo por mi cuello me está volviendo loco.

—Ya lo noto, ya —bromea cuando acerco mis caderas a las suyas.

Sus labios deciden que ya han torturado esa zona lo suficiente y se deslizan seductoramente hasta mi boca, donde ataca sin piedad.

La alzo y ella suelta un gritito ante la sorpresa y se sujeta envolviendo sus piernas a mi alrededor haciendo que el vestido se le suba. Camino hasta colocarla contra la pared y tener así un mejor acceso a sus labios, y nuestros cuerpos acaban alineados en las zonas correctas.

—Deberíamos bajar —murmura entre beso y beso.

—Deberíamos.

Pero ninguno hacemos ademán de parar.

La puerta sigue abierta y podría subir cualquiera, pero joder si me importa.

Sus manos recorren mi espalda, mi pecho, y se mueve contra mí inconscientemente, siguiendo lo que sea que su cuerpo le está pidiendo.

Y me vuelve loco.

Nos separamos solo para recobrar el aliento y, cuando estoy listo para más, el timbre y unos gritos en la planta baja nos hacen detenernos en seco.

—¿Qué narices pasa ahora? —pregunto indignado.

Ella se baja enseguida y trata de arreglarse la ropa y el peinado lo mejor que puede. Yo me miro unos instantes en el espejo y hago lo mismo.

Cuando ambos estamos listos, la cojo de la mano y nos dirigimos hacia abajo.

En cuanto llegamos a la mitad de la escalera y ve quién está en la puerta, me suelta y corre a su encuentro.

—¡Islaaaa! —grita en cuanto se lanza a los brazos de su hermana mayor.

—¡Sorpresa!

—Dios mío, estás aquí.

—Ya sabes lo que se dice, no hay mejor época para volver a casa que en Navidad.

—Papi, ¿tú lo sabías? —pregunta mirándole aún rebosante de alegría por la emoción.

—No sabéis lo que me ha costado contenerme. —Cosi y June también se unen al abrazo y por poco la ahogan—. Anda, chicas, dejad que vuestra hermana entre en casa.

Michael coge las maletas de su primogénita y las entra mientras las chicas comienzan a hablar sin parar.

Jack se acerca a mí y las mira curioso.

—Así que por fin conocemos a todas las Young.

—Eso parece.

Isla saluda a nuestras madres y a Emma antes de girarse en nuestra dirección.

Y la mirada que nos dedica es totalmente diferente. Y yo que pensaba que solo sentiría este miedo frente a Michael.

—Así que vosotros sois los que volvéis locas a mis hermanas.

Ambos nos miramos sin saber qué decir.

—A mí no me mires —trata de escaquearse Jack—, el novio eres tú.

—Jack, ¿verdad? —se dirige hacia él y juraría que le he visto tragar nervioso—. A ti no te perderé de vista tampoco. Encantada, por cierto. Soy Isla, la hermana mayor.

—Esto... Encantado, creo...

—Y tú eres Matt, ¿verdad?

—Eh... Sí, soy yo.

—Bien, aprovecharé y lo diré solo una vez. Sonreíd, que seguro que las chicas nos están viendo. —Miro por encima de su hombro y, en efecto, las dos están con el ceño fruncido, curiosas por nuestro pequeño encuentro—. Como les hagáis daño, de la forma que sea, os cojo de los huevos, los retuerzo, os los corto y se los doy a Zeus de merienda. ¿Queda claro?

—Clarísimo.

—Cristalino —logramos decir después de tan vívida amenaza.

—Bien. —Sonríe de la nada y toda ella cambia—. Ahora, un abrazo.

Y se lanza sobre nosotros como si nada. Con uno de esos abrazos que quitan el aire.

—Bienvenidos a la familia.

—Pero yo no... —trata de decir Jack, pero se calla en cuanto vuelve a recibir una de esas miradas que matan—. Nada, gracias.

—Eso me parecía. ¿Y mis chicas? ¿Quién quiere su regalo? —pregunta al girarse de nuevo hacia sus hermanas.

—¿Qué acaba de pasar? —me pregunta Jack.

—Ni idea. Creo que nos ha amenazado.

—Joder con esta familia.

Y tanto.

Después de la inesperada incorporación cenamos todos juntos. Isla aprovecha y nos cuenta cómo fue preparar la sorpresa. Después jugamos a varios juegos mientras hacemos tiempo a que las niñas se cansen y quieran irse a dormir.

—¡Unicornio! —grita Jack.

—Pero, vamos a ver, ¿cómo va a ser eso un unicornio? —le responde Cosima.

—Te digo yo que es un unicornio.

Mientras se meten en un bucle estúpido e interminable, yo sigo imitando y tratando que adivinen antes de que se nos acabe el tiempo. Al menos que Isla y Kira logren captar el mensaje.

—¡Lobo! —dice Isla, y yo asiento feliz.

Bien, ahora solo queda la segunda palabra.

Comienzo a moverme, y los tres se me quedan mirando sin saber qué decir.

Suspiro antes de volver a intentarlo.

Venga, que esta película es fácil.

—¡Bailando con lobos! —sentencia Kira.

—¡Por fin! —respondo feliz, a la vez que mamá anuncia que se nos acabó el tiempo.

Menos mal, porque, si llega a ser solo por Cosi o Jack, no acertamos nunca.

—¿Unicornio? ¿En serio? —le pregunto a mi hermano después de darle una colleja.

—Joder, es que lo haces fatal.

—Y tú adivinas de culo, no te jode.

—Chicos, ese lenguaje —nos riñe mami mientras el resto de su equipo decide quién va primero.

Nos quedamos jugando a las adivinanzas un rato más hasta que es hora de irse a dormir. Perdemos por poco, pero al menos nos echamos unas risas.

Convencer a las peques ya es otro cantar. Nos cuesta bastante al principio por las ganas que tienen de ver llegar a Papá Noel.

—Pero, chicas, ya sabéis que, si no nos vamos a dormir, él no vendrá.

—Joooo —se quejan, pero acaban claudicando después de preparar la leche y galletas para que se lleve cuando venga con los regalos, como dicen ellas.

Una vez que las perdemos por el pasillo de la mano de Isla, preparamos todo para que puedan encontrarlo a la mañana siguiente y apagamos las luces del salón.

—Muchas gracias por la velada, Michael. Como siempre, ha sido una maravilla —le agradece mamá desde la puerta.

—Cuando queráis, sabéis que esta es vuestra casa también.

—Nos vemos mañana pues, que descanséis familia.

Nos despedimos y vamos para casa con uno menos.

Solo espero que Emma no sea la única que pase la noche fuera hoy.

—Bueno, yo me voy ya a dormir, ¿vale?

Jack hace rato que ha subido a su habitación y ambas me miran sospechosas, pero no dicen nada.

—Muy bien, cariño, que descanses.

—Buenas noches, cielo.

Las saludo a las dos y subo a mi habitación a ponerme el pijama y, cuando estoy, me tumbo en la cama haciendo tiempo.

Cuando estoy perdido en mis pensamientos decidiendo si debo esperar un poco más o ya ha pasado suficiente, veo cómo algo se cuela por mi ventana.

Al acercarme me topo con lo que parece un intento de avión de papel que no sé ni siquiera como ha logrado llegar hasta aquí.

Me río mientras lo abro, porque sigue, a pesar de haberle enseñado varias veces, sin salirle bien.

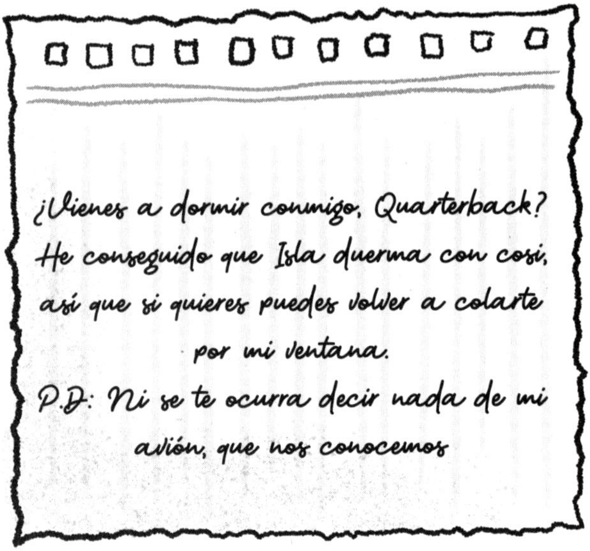
¿Vienes a dormir conmigo, Quarterback?
He conseguido que Isla duerma con cosi,
así que si quieres puedes volver a colarte
por mi ventana.
P.D: Ni se te ocurra decir nada de mi
avión, que nos conocemos

Cojo el móvil y meto una muda cualquiera en una pequeña maleta antes de salir de la habitación y asegurarme de que nadie me ve.

No tiene que pedírmelo dos veces.

En nada me tienes ahí, Bailarina

Capítulo 37

-KIRA-

Aubade: (n.) una canción de amor cantada al amanecer.

«Bip, bip, bip, bip…».

Trato de moverme para apagar la maldita alarma del móvil, pero un agarre en mi cintura me lo impide.

Cuando logro estirarme lo suficiente y apago el dichoso aparato, me permito unos segundos para centrarme y volver en mí.

Es entonces cuando soy consciente del abrazo de Matt y de su cuerpo pegado al mío.

—Matt —susurro mientras me muevo tratando de moverme para salir de su agarre.

—Mmm.

—¿Estás despierto?

—No —murmura, y el muy cabrón en vez de ayudar me atrae más hacia él.

—Mentira.

—Verdad.

—Pero si me estás respondiendo.

—Soy sonámbulo, ¿no lo sabías? —Una de sus manos se cuela por debajo de mi camiseta y comienza a dejar pequeñas caricias sobre mi estómago.

—Lo que eres es imbécil.

—Nunca he dicho que no lo fuera. —Su aliento me hace cosquillas en la nuca y noto cómo se ríe mientras su cuerpo vibra—. Y, por cierto, Bailarina, como sigas moviéndote así, vamos a tener un problema.

Detengo mi serpenteo enseguida.

Yo solo quería escapar de su agarre, pero lo único que he logrado es pegarme más a él y su dureza.

Genial todo.

—Tienes que irte antes de que alguien te vea.

—Pero si ya saben que duermo aquí —se queja.

—Una cosa es que lo sepan y otra es que a mi padre le apetezca pillarnos en la cama.

En cuanto digo esas palabras, oímos como las peques gritan desde la planta de abajo algo así como «¡los regalos!» y «¡Papá Noel!».

Pero no es eso lo que me pone en alerta.

Sino las minipisadas que se escuchan segundos después.

No tardo nada en reaccionar, cual ninja, y me muevo sin importarme si termino de despertarle o no.

—¡Arriba, ya!

Matt acaba en el suelo del susto y me mira con cara de pocos amigos.

—¿Qué cojones, Kira?

—¿Quieres que nuestras hermanas nos pillen durmiendo medio en pelotas? —pregunto señalando mi vieja camiseta que de poco sirve para cubrir mis bragas y su torso desnudo.

Me mira aún medio dormido, pero los ruidos de fondo le ayudan a espabilarse y recoge sus cosas.

—¿Y dónde me meto yo ahora? Vaya manera de empezar el día —refunfuña el señorito mientras se revuelve el pelo nervioso.

Piensa Kira, piensa.

—Escóndete debajo de la cama.

—Estarás de broma.

—Ba-jo la ca-ma.

Me mira con una mezcla de somnolencia y sorpresa, y juraría que hay retrasos de lujuria asomando en sus pupilas.

—No veas cómo me pone cuando me das órdenes. Y lo sexi que estás recién levantada —bromea mientras trata de esconder su metro setenta y seis bajo el mueble.

—Eres incorregible.

Oigo cómo se ríe bajo la cama, pero se calla en cuanto se da un golpe, creo que en la cabeza. Maldice, pero no me da tiempo a preguntarle nada más porque, en cuanto vuelvo a esconderme bajo las sábanas, las niñas abren la puerta sin importarles nada.

—¡Kira, que ha venido Papá Noel!

June salta en mi cama cual gimnasta y tengo que morderme el labio inferior para controlar la risa que lucha por salir de dentro. Además, se supone que acaban de despertarme.

—¡Síííí! —añade Emma subiéndose también. Dios, Matt lo debe de estar pasando realmente mal ahí abajo—, y ha traído muchos regalos. Hay para todos, tienes que bajar.

—Enseguida voy chicas, me cambio y bajo, ¿vale?

—¿Vamos a despertar a Isla y Cosi?

—Vale.

Y así, como si nada y una vez cumplida su misión, se marchan.

—Joder, qué estrés.

—¿Todo bien, cariño? —pregunta papá desde el umbral de la puerta.

—¡Papi! ¡Hola! Sí, claro. Todo genial, normal. Perfecto. ¿Por qué no iba a estarlo? —comienzo a farfullar sin parar y él me mira sorprendido alzando una ceja.

Desde abajo noto cómo dan un pequeño golpe.

Vale. Que me calle, lo pillo.

—Ya veo, ya —trata de ocultar una sonrisa sin mucho éxito—, venía a decirte que el desayuno está listo y que los Jones llegarán en nada. Así que puedes bajar cuando quieras.

—Gracias —murmuro con la sábana casi pegada a la cara porque, entre el cansancio y la vergüenza, ya no puedo más.

—Ah, y cielo…

—¿Sí? —miedo me da preguntar.

—Dile a Matt que salga de ahí, el pobre debe de estar pasándolo fatal. No tardéis mucho, que la comida se enfría.

—Escóndete bajo la cama. No te verá nadie… —le oigo imitarme con un tonito de burla que me pone de bastante mal humor, mientras sale como puede de su no tan buen escondite—. Me debes un masaje, que lo sepas.

—Oh, cállate.

Le lanzo una de mis almohadas, que impactan de lleno en su cara y con eso ya me siento algo mejor.

—Te vas a enterar, Bailarina.

Cuando quiero darme cuenta, lo tengo encima haciéndome cosquillas hasta que suplico que pare.

Después de cambiarnos y dejar de hacer el tonto, bajamos a desayunar porque de nada sirve tratar de esconder que no estábamos juntos. Eso sí, el sonrojo no me lo quita nadie durante un buen rato.

Comemos todos juntos y luego nos ponemos a abrir los regalos. Emma y June son las encargadas de ir repartiendo los de todos, y cada uno se va sorprendiendo a medida que le llega alguno que no esperaba, sobre todo Isla.

—Mira, Kira, este pequeñito también es para ti —me dice mi hermana en cuanto me tiende el paquete.

—Ah, ¿sí?

—Y este es tuyo, Matt.

—Gracias, enana.

Veo cómo coge mi regalo y por un segundo me olvido del que tengo entre manos para verle abrir el suyo.

Nosotros nos hemos sentado en el suelo cerca del árbol, así que estamos algo más alejados del bullicio del resto, que se ha colocado en los sofás.

Como si estuviéramos en nuestra propia burbuja, pero sin alejarnos del todo de la familia.

Rompe el papel con mimo y trato de no perderme ningún detalle de las caras que va poniendo a medida que abre la tapa de la caja y extrae por fin su regalo.

Ni siquiera busca a nadie más, su mirada impacta con la mía en cuestión de segundos.

—Has sido tú.

No tiene ni que preguntarlo, así de seguro está.

Yo asiento feliz, esperando que le haya gustado.

Acaricia el set de pinceles y la paleta de madera con tanto mimo, como si fuese a romperse en cualquier momento.

—Quería que tuvieras algo que te recordara a mí cuando pintaras —le confieso. También quería que poco a poco se animase a perderle el miedo a disfrutar de eso que tanto ama, pero no lo digo con palabras—. Dale la vuelta.

Hace lo que le pido y una carcajada se escapa de sus labios cuando lee la inscripción de atrás.

—Para el Quarterback idiota, con amor. —Me mira y sus ojos brillan con un calor que promete consumirme entera—. Gracias, pequeña, es precioso.

—Me alegra que te guste. ¿Me prometes una cosa?

—Lo que sea.

—Úsalos. Persigue tus sueños sin importar nada más. Yo también quiero verte brillar —le pido con un hilo de voz por la emoción, recordando lo que él me dijo a mí una vez.

—Te lo prometo.

—Más te vale; si no, me enfadaré.

—¿Y tú vas a abrir el tuyo? —pregunta divertido.

Yo, que me había olvidado por un instante de mi último regalo, lo miro con mayor interés. Me había quedado sin idea de quien podría haber sido hasta que le miro.

Al verle tan relajado y cómo se le marca ese maldito hoyuelo, tardo nada en deshacerme del dichoso envoltorio y la caja protectora y cuando saco el objeto en cuestión me quedo sin palabras.

Ante mí está la figura de un carrusel. La más hermosa que he visto en mi vida.

—Si le das cuerda —susurra Matt a mi lado, acercando sus manos a mi cuello, yo le miro sin entender del todo qué va a hacer hasta que noto cómo desabrocha de mi cuello el collar que me regaló, que no me he quitado desde entonces, y acerca el girasol a la parte inferior de la figura, donde se esconde un pequeño hueco en el que entra a la perfección, convirtiéndose a su vez en una llave dorada; la gira tres veces y los caballos comienzan a dar vueltas al son de la música—, se mueve.

—Matt... Es el regalo más bonito que me han hecho nunca.

—Cuando fui a comprarte el colgante, el artesano tenía la caja de música también. En cuanto la vi quedé prendado de ella y pensé que podría gustarte, le pedí si podía vendérmelo también y hacer que el collar fuera la llave y me dijo que sí.

—Eres fantástico —murmuro sobre sus labios antes de besarle.

—Tú tampoco te quedas atrás, Bailarina. —Señala su regalo—. Sé por qué lo has hecho, y tienes razón, puede que sea hora de que vaya perdiendo el miedo de mostrar al mundo esta otra parte de mí.

—¡Halaaaa, qué carrusel más chulo!

June aparece de la nada y me lo roba para mostrárselo al resto. Yo me río y le pido que tenga cuidado, mientras me coloco más cerca de Matt y admiramos los regalos del resto.

—Entonces, era esta tecla y esta otra, ¿verdad?

Matt está tumbado en mi cama con el piano eléctrico encima de sus muslos. Llevamos un rato haciendo el tonto en la habitación y, en cuanto lo vio escondido en un rincón, me pidió que le enseñase a tocarlo.

—Exacto. Con estas dos tienes un do menor.

—Vale, creo que me acuerdo del resto.

Intenta recordar cómo comenzaban los primeros acordes de la *Canción de cuna* de Brahms y no lo hace tan mal como pensaba.

—Muy bien, aprendes rápido, Quarterback.

—Soy una caja de sorpresas. De aquí a nada podré dar un concierto a tu lado —bromea.

—Echa el freno, anda.

—¿Cómo llevas el concierto ese de tu anterior conservatorio? —me pregunta al cabo de un rato mientras busca otra canción en la *tablet.*

Hará unas semanas se lo conté porque descubrió uno de los correos sin responder de la señorita Ribas y porque necesitaba decírselo a alguien.

—Aún no sé si llegaré o si vale la pena que me presente. Por mucho que me ponga ante el piano, es como si no pudiera crear nada.

—Sabes que me tienes para lo que necesites y, aunque no sepa nada de música clásica, sé escuchar. Y tú tienes mucho talento, pequeña —trata de animarme. Deja el piano a un lado y comienza a masajearme los hombros mientras me susurra al oído—. Una vez una joven muy sabia me dijo que persiguiera mis sueños y que silencie al miedo, que si no lo intento nunca sabré lo que se siente. Tienes que darte esta oportunidad, Kira. Por ti, para sanar como mereces.

—¿Crees que puedo hacerlo?

—Creo en ti. Eres capaz de eso y más, tú eres suficiente.

—Lo pensaré, ¿vale?

—Por ahora eso bastará.

Nos tumbamos juntos y me relajo sintiendo el subir y bajar de su pecho bajo mi cara. Me abraza y sujeta fuerte, como si temiera que fuera a desaparecer con la brisa que se cuela por la ventana.

Puede que sea hora de que empiece a creerlo. Que puedo hacerlo y que valgo la pena.

Sintiendo todo eso, mientras nuestras respiraciones se van acompasando a medida que el sueño viene a por nosotros, recuerdo lo que mamá me dijo una vez: que las almas de las personas eran capaces de reconocerse por vibraciones. Igual que en la música.

Y Matt y yo vibramos al mismo compás.

Capítulo 38

-KIRA-

Cafuné: (v.) pasar los dedos por el cabello de la persona que amas.

—¿Qué vas a ponerte esta noche? —me pregunta Isla.

—Pues aún no lo tengo claro.

—Es fin de año, tienes que vestir algo que diga: «vamos a empezar rompiendo con todo» o «soy pura dinamita», que viene a ser lo mismo.

Cosima trata de ayudar, pero, mientras, pasa y pasa prendas en mi armario sin elegir ninguna. Supongo que no encuentra nada acorde a su definición de ser «dinamita».

—Tiene que llevar algo con lo que esté cómoda.

—Pero seguro que querrá que Matt se quede sin habla, ¿o no? —me pregunta.

—Bueno, sí, pero…

No me deja ni responder y ambas vuelven a su conversación como si no estuviera. Aunque sea sobre mí.

En momentos como este me arrepiento de haberles contado mis planes.

—A ver, se ponga lo que se ponga el chaval va a quedarse a cuadros, ¿o no ves que lo tiene comiendo de su mano?

—Que sí, que sí, pero siempre viene bien volverlos locos un poco. —Después de casi media hora enterrada entre mi ropa, logra salir victoriosa con algo entre las manos—. Eureka.

Miro el vestido que ha elegido y no puedo evitar ponerme colorada.

—Este es perfecto —concuerda Isla, y ambas me miran felices.

La prenda en cuestión es un vestido negro con mangas de seda y un poco de escote, pero sin pasarse. El problema es la espalda, que la tiene al descubierto.

Lo compré un día con Cosi por comprar y nunca lo he estrenado.

—¿Estáis seguras?

—Nena, hoy triunfas.

Después de elegir lo que ambas van a llevar, Cosi se decanta por un mono blanco con un hombro al aire e Isla unos pantalones negros ajustados y una blusa rosa con volantes, bajamos a ayudar a papá a preparar todo para el pícnic de hoy.

Nos vamos los cinco de excursión a la playa aprovechando que, a pesar de que hace algo de frío, se puede estar fuera. Y así salimos y estamos el máximo de tiempo con Isla antes de que se vaya de vuelta a Edimburgo.

Esta noche iremos todos al Jolly a celebrar el fin de año, luego Jack y Cosi se van a una fiesta que han preparado algunos del instituto y papá e Isla se quedan con las peques en casa, ya que Freida y Hannah pasarán la noche fuera.

Me pregunto si Matt estará de acuerdo con la idea que tengo para nosotros.

—¿Lo tenéis todo, chicas? —nos pregunta papi antes de subirnos al coche.

—Sííí.

Una vez que estamos los cinco listos, arranca dirección a la playa.

Es una sensación rara, pero a la vez cálida, el estar todos juntos de nuevo pasando el rato. Será duro volver a decirle adiós en unos días, pero al menos disfrutaremos de este tiempo al máximo.

Llegamos y el mar nos recibe golpeando la orilla de la arena como una canción. Las chicas corren entre risas jugando mientras se mojan los pies y yo ayudo a papá a prepararlo todo.

Y mientras miro a mi familia disfrutar del día, del océano ante nosotros, la música se va colando por cada poro de mi piel. Va surgiendo ante mí una melodía que solo yo puedo oír y me dejo llevar por ella, la siento, dejo que me abrace, que se cuele dentro.

—¿Todo bien, Hadita? —me pregunta sentado junto a mi lado.

—Ahora sí, *pa*. Ahora sí —susurro por fin, mirando al cielo.

Y siento como si una parte de mí comenzase a sanar.

Incluso, y para sorpresa de mi familia, me animo y después de comer me meto un poco en el agua con mis hermanas.

Pillo a papá tratando de esconder las lágrimas, pero no lo hace lo suficientemente rápido, sé lo que significa este paso para él, para mí, para nosotros. Y lo disfruto como se merece.

Cuando cae la noche, no sé quién de las tres está más nerviosa.

—¡Cosima, sal ya del baño! —grita Isla por millonésima vez a medio vestir.

—¡Que ya va!

Yo por mi parte termino de arreglarme frente al espejo aplicándome un poco de base y delineador, nada demasiado excesivo, tratando de hacerme a la idea de que el reflejo que me devuelve el espejo soy yo.

Noto cómo vibra el móvil sobre el escritorio y, cuando me asomo a ver quién es, no puedo contener la risa en cuanto leo su mensaje.

Quarterback idiota

¿Has vuelto a correr las cortinas?

Puede...

¿Y eso?

Ah... sorpresa

¿Ya estabas espiándome?

Puede...

Y espiar es una palabra muy fea, Bailarina

Solo quería saber qué tal ibais

Por aquí ya estamos, ¿vosotras?

—¡Cosima, como no salgas en cinco segundos, tiro la puerta abajo!

Aquí aún queda un poco

Si no se da antes la tercera guerra mundial

En ese caso nos vemos en el Jolly's

Ok, en nada estamos por allí

—Estás preciosa, Hadita —me saluda papá en cuanto me ve bajar las escaleras.

—Usted tampoco está mal, señor Young —bromeo, y le doy un tierno beso en la mejilla.

Lleva puesto un pantalón gris oscuro y una camisa blanca. Las canas ya comienzan a pintarle de experiencia y madurez su cabellera, pero a él no le importa. Dice que le hace ver más sexi.

June lleva un vestido azul cielo y papá le ha recogido el pelo en dos moños. Está preciosa.

Cuando las dos rezagadas bajan por fin, Isla nos pide una foto antes de irnos. Quiere llevarse un recuerdo para Escocia.

—¿Listos? Decid: patata.

—Patata.

Después del selfi, nos metemos todos en el coche y aprovecho para avisarles de que los Jones ya están de camino al local.

Cuando llegamos el ambiente se siente en cada esquina.

Will ha adornado todo para despedir el año como se merece. Hay confeti, guirnaldas y banderines con los colores del equipo por todas partes. Incluso tengo que parpadear varias veces al verlo de esmoquin y no con su habitual vestimenta.

Todos están guapísimos.

No hay demasiada gente, la justa para que el ambiente sea agradable y familiar. Supongo que algunas familias del pueblo habrán decidido pasar este día en otro lugar o en casa.

Saludo a mis compañeros de camino a la mesa en la que están los Jones y, en cuanto llegamos saludamos a todos, quedándonos Matt y yo para el final.

—Estás... estás... quiero decir... vas... —comenta en cuanto me ve y no deja de repasarme de pies a cabeza, sin dejar un solo rincón por observar.

Cosi aprovecha y, para chincharle más, coge mi mano y me obliga a dar una vuelta sobre mí misma, enseñando también la obertura que deja el vestido por la parte de atrás.

Juraría que le oigo maldecir por lo bajo.

—Genial, Kira —comienza a decir Jack sentado tan tranquilo en el sofá cerca de Emma—, te has cargado a mi hermano.

Todos nos reímos menos Matt, claro, pero él sigue sin quitarme los ojos de encima, y por una vez me alegra haberles hecho caso a mis hermanas.

Los demás se van sentando ajenos a nosotros y, cuando él consigue reaccionar, carraspea y me agarra de la mano para conducirme hasta el hueco que hay a su lado.

—Estás preciosa —logra decirme por fin—, qué digo preciosa, estás sexi como el infierno. Ahora mismo estoy controlándome para no levantarme, cogerte en brazos y sacarte de aquí —me susurra.

Miro mis manos apretadas contra mi regazo mientras trato de controlar la respiración. No puede decirme este tipo de cosas y quedarse tan ancho. Dejar imágenes en mi cabeza y pretender que no prendan cual mecha listas para explotar.

Que estamos con nuestras familias delante, joder.

—Tú tampoco estás mal —logro decirle, aunque mi voz sale más ronca de lo que pretendía.

Matt se descojona mientras posa uno de sus brazos sobre mis hombros atrayendo la atención de todos, a lo que yo le doy con el codo tratando de lograr que se controle.

Will llega al poco tiempo para preguntarnos qué querremos cenar y, después de tomar nuestras comandas, disfrutamos del ambiente y con las chicas incluso nos animamos a estrenar el karaoke.

—¿Preparadas? —nos pregunta Isla en el centro del escenario.

—Por favor, yo nací lista.

—Yo ahora mismo me estoy arrepintiendo un poco —le digo.

—Pues te aguantas —me responden ambas.

Y poco puedo añadir, porque comienzan a sonar los primeros acordes y las luces van bajando su intensidad hasta enfocarse en nosotras tres.

Comenzamos a cantar a la vez, pero después del primer estribillo las veo separarse y comenzar a señalar hacia nuestra mesa mientras cantan sus respectivas partes.

Friday night and the lights are low
Looking out for a place to go
Where they play the right music
Getting in the swing
You come to look for a king

Tengo que hacer mi mayor esfuerzo mientras me concentro en bailar y cantar a la vez y no hago caso en cómo señalan a Matt todo el rato. Incluso los de la mesa las ayudan, al menos no soy la única que lo pasa mal.

Anybody could be that guy
Night is young and the music's high
With a bit of rock music
Everything is fine
You're in the mood for a dance
And when you get the chance

Cuando vuelven al centro del escenario, dejando las coñas a un lado, nos preparamos para darlo todo como bien sabemos. Disfrutándolo al máximo.

You are the dancing queen
Young and sweet
Only seventeen
Dancing queen
Feel the beat from the tambourine, oh yeah
You can dance
You can jive
Having the time of your life
Ooh, see that girl
Watch that scene
Digging the dancing queen

Al acabar la canción, todos en el local nos aplauden, incluso nos piden un bis, pero nosotras reclinamos la oferta, tal vez más tarde, más que nada porque vemos cómo comienzan a llegar los platos con nuestras comidas.

Cojo mis zapatos con una mano y veo cómo mis hermanas me imitan. Caminamos descalzas hacia nuestra mesa. La verdad es que a divas aguantamos poco, pero los tacones y yo no nos llevamos muy bien.

Cenamos entre bromas y vitoreamos cuando conseguimos convencer a nuestros padres que se animen a una canción.

Matt me saca a bailar al ritmo del *Dancing in the moonlight* cantado entre nuestros progenitores y ahí, entre sus brazos, siento que redescubro el significado de la palabra «hogar».

Cuando llega la hora de despedir el año, nos reunimos todos frente a la gran pantalla que marca la cuenta atrás.

—Diez, nueve, ocho... —Papá coge a June en brazos y se abraza con Isla a mi izquierda.

—... siete, seis, cinco... —Freida y Hannah están abrazadas con Emma entre ellas contando extasiadas delante de nosotros, y Cosi está chinchando a Jack a nuestra derecha.

Matt me aprieta fuerte entre sus brazos mientras miramos los últimos números aparecer en pantalla.

—... cuatro, tres, dos, uno... ¡Feliz Año Nuevo!

La locura estalla ante nosotros, pero no me da tiempo a ver demasiado porque los mismos brazos que hace tan solo unos segundos me sujetaban firmes me giran hasta colocarme frente a él.

Una de sus manos se cuela en el hueco de mi cuello acariciando mi mandíbula y acercando mis labios a los suyos, y entonces me devora.

No hay otra palabra mejor para describir el ataque de su boca contra la mía.

Sin piedad, sin control alguno.

Siento cómo su otra mano viaja por mi espalda desnuda y manda descargas por todo mi cuerpo, convirtiéndose en una nueva clase de tortura.

Cuando el beso acaba, más por falta de aire que por otra cosa, ambos nos miramos felices.

—Feliz año, Bailarina.

—Feliz año, Quarterback.

—No he podido contenerme, quería acabarlo y empezarlo contigo —susurra mientras su nariz juega contra la mía.

—No oirás que me queje.

Veo que hace ademán de decir algo más, pero de repente algo capta su atención y abre los ojos ante la sorpresa.

—¿Esos son...?

Cuando me giro sin separarme de su abrazo y sigo su mirada, me quedo igual de estupefacta que él.

Parece que nadie más se ha dado cuenta, pero a nuestra derecha, en un rincón algo apartado, están Jack y Cosi besándose como si no hubiera un mañana.

—¿Nuestros hermanos comiéndose la boca del otro? —pregunto a nadie en particular—, eso parece.

—No me esperaba este giro de los acontecimientos —murmura a mi lado rascándose la nuca.

—Pues yo sí, no te voy a mentir. Mucho han tardado estos dos —anuncio feliz.

Ambos se separan de golpe y se miran un buen rato sin separarse hasta que se dan cuenta de que tienen público. Entonces hacen como si nada y cada uno se va por un lado diferente.

Veo que mi hermana se dirige hacia donde está papá con las chicas y Jack hace lo mismo con su familia.

—¿Deberíamos preguntar? —le digo.

—Sigo sin saber muy bien qué decir, ¿quizás mañana?

—Me vale.

Dicho eso, vamos a celebrar también, aunque trato de no quitarle el ojo de encima a Cosima, por si acaso.

Después de regresar a casa y despedirnos de Hannah y Freida, a Cosi viene a recogerla una compañera del equipo para ir a la fiesta, luego volverá con Jack, y Matt y yo pasaremos la noche juntos en su casa.

Al principio, papá no estaba del todo contento, pero al menos nos tiene enfrente por si pasa algo.

—¿Estás seguro de que no quieres ir a la fiesta con los demás? —le vuelvo a preguntar mientras trato de calmar mis nervios una vez que estamos solos.

—Seguro, ¿y tú?

—Segurísima, no he estado más segura de nada en mi vida —suelto de golpe.

Él me besa y se ríe.

Dios, ¿puedo ser más patética? En mi cabeza todo parecía mucho más fácil.

—Tranquila, Kira, sabes que no tenemos que hacer nada, ¿verdad? Podemos poner una peli, dormir en el salón, cualquier cosa y estará bien.

—Lo sé, lo sé. —Cierro los ojos mientras logro aclarar mis pensamientos y, cuando me decido, me aferro con fuerza a la mochila que cuelga de mi hombro derecho antes de responder—. Tú quédate aquí y espera a que te avise antes de subir, ¿vale?

—Eh... Vale, pero sabes que esta es mi casa, ¿no? —comenta burlón acomodándose en el sofá mientras me mira acercarme a las escaleras.

—Que sí, todo muy bonito, pero ni se te ocurra subir, ¿queda claro?

—A sus órdenes, mi capitana.

Cuando llego a la habitación, cierro la puerta tras de mí como si me persiguiera el mismísimo diablo.

«Vale, Kira, respira. Quieres esto, quieres a Matt y va a salir todo genial».

«Solo trata de no parecer un pato mareado y lo demás vendrá solo».

Mientras dejo que mi subconsciente siga mandándome mensajes subliminales sobre cómo saldrá esta noche, saco todo lo que he traído conmigo de casa —consejo de mis hermanas—, y comienzo a prepararlo todo.

Capítulo 39

-KIRA-

Redamancy: (n.) el acto de amar a quien te ama; un amor devuelto en su totalidad.

—Ya puedes subir, Quarterback —le grito tratando de no sonar demasiado nerviosa.

Oigo sus pisadas e intento colocarme de forma sexi sobre la cama, aunque no sé si lo logro del todo. Me quedo quieta al tercer cambio porque comienzo a darme pena a mí misma.

Me siento como en una peli de comedia barata, ojalá pudiera reírme de mí misma como se reiría un espectador.

Y es en esa guisa que me encuentra Matt en cuanto entra en la habitación.

—Pero ¿qué…?

Sus ojos se pasean por toda la estancia y no es para menos, me he esmerado de lo lindo.

He decorado todo con velas de estas que huelen a bosque —porque eran las únicas que tenía por casa—, he puesto un par de pétalos de rosa por el suelo y la cama y luego estoy yo, que no sé si seré la guinda del pastel o no, pero me he puesto un camisón negro que me ha prestado Isla y estoy en lo que espero sea una pose sexi, porque, si no, dejaré que la tierra me trague ahora mismo.

—¿Sorpresa? —digo porque se ha quedado petrificado en la puerta y puede que haya pasado. O tal vez hubiera sido buena idea preguntarle antes, mierda. ¿Y si lo de la peli de antes no era para darme una excusa a la que aferrarme, sino porque a él no le apetecía nada más? ¿Tan mal se me da leer entre líneas?—. ¿Es demasiado?

—No, no, qué va, es solo que... no lo esperaba.

—Ya... —Me levanto de la cama y me abrazo a mí misma tratando de comerme la vergüenza—. En el fondo debería habértelo preguntado, o sea, a ver... He asumido por los dos que tú también querrías...

—Y quiero.

—¿Qué?

Se acerca tratando de no tirar ninguna de las dichosas velas, lo que hace que sus movimientos sean más exagerados de lo que deberían en un principio, por lo que trato de no reírme, ya que estamos en medio de un momento muy bonito e importante en nuestra relación.

—Que también quiero esto, pequeña. Ojalá pudiera ser capaz de explicarte cómo el brillo de tus ojos y el sonido de tu voz cuando hablas o te ríes me llena de mariposas. Cómo tu sonrisa hace que mi corazón se salte los límites de velocidad y vaya por libre y cómo, cada vez que estoy contigo, me siento tan completo —me dice cuando logra llegar hasta mí por fin. Sus manos viajan hacia arriba por mis brazos hasta colocarse en mis hombros dejando caricias a su paso, y poniéndome los pelos de punta. Sabe cómo de nerviosa me pone y lo disfruta—. Es solo que me has sorprendido, eso es todo.

—Espero que para bien.

—Joder, y tanto. No te haces una idea de lo reina que pareces ahora mismo.

—¿Ah, sí? —Me muerdo el labio para tentarlo y sé que lo logro al ver cómo su respiración se vuelve irregular.

—Me vas a matar, ¿lo sabías?

—De algo tenemos que morir.

—Conque esas tenemos, ¿eh?

Me río porque sus caricias y sus comentarios logran calmarme sin darme cuenta.

—Mmm.

Mis manos comienzan a tener vida propia y comienzan a desabrochar uno a uno los botones de su camisa hasta que libero a su cuerpo de ella.

Cuando ya no hay nada entre mis dedos y su piel, recorro a gusto cada rincón de su pecho, sintiendo cómo se va tensando bajo mi tacto.

No puedo dejar de mirarle, es tan perfecto.

Mío.

Este último pensamiento no abandona mi mente, pero en cuanto nuestros ojos vuelven a encontrarse es como si pudiera leerme y sonríe ante lo que ve.

—Mi turno —me avisa, y una sonrisa pícara se asoma en su rostro como único aviso antes de que me alce en vilo y se apodere de mi boca.

Su lengua se cuela sin aviso ni permiso buscando la mía, y juntas comienzan una guerra sin cuartel mientras nuestros labios les siguen el juego y nuestras manos exploran a gusto el cuerpo del otro.

De repente y sin romper el contacto, nos coloca sobre la cama y siento el suave colchón bajo mi espalda.

Se coloca sobre mí y con una de sus manos abre mis piernas para colocarse entre ellas y borrar cualquier distancia posible entre ambos.

Mis manos se pierden en su pelo y suben y bajan por su espalda mientras mi cadera choca con la suya, buscando de esa ansiada fricción que me da cada vez más y más libertad.

La ropa, que aún nos impide sentirnos del todo, se vuelve cada vez más incómoda y él también lo nota.

Va dejando pequeños besos en mi cuello y hombros mientras arrastra los tirantes del camisón hacia abajo sin apartar la vista de mi cuerpo, por lo que me voy moviendo para ayudarle a quitarme la prenda.

Matt me incita a sentarme para que baje más fácilmente y, mientras saco un brazo y otro y mis pechos quedan al descubierto ante nosotros, lucho contra la necesidad de taparme.

Al menos hasta que su boca y su mano caen para darles el cariño que merecen.

Una vez que le siento ahí, la vergüenza se marcha lejos y me dejo llevar.

—Matt… —susurro mientras me muevo bajo su tacto, sintiéndome morir con cada caricia, cada lametón.

No sé cuánto tiempo pasa, pero va alternando su atención de una a otra convirtiéndose en la tortura más larga de mi vida. Mientras que siento cómo el calor de mi centro no deja de crecer hasta el punto de hacerse insoportable.

—Joder, Matt… Necesito… —No sé ni yo misma lo que necesito, solo que no pare, que no pare nunca.

—Lo sé, pequeña, lo sé.

Su boca deja por un momento uno de mis pechos y suelto un quejido lastimero ante la repentina ausencia, pero me promete que me compensará mientras sigue masajeándome con la otra mientras que con su mano libre termina de quitarme del todo el camisón.

Cuando me quedo ante él tan solo con las bragas y nada más, le miro sin saber muy bien qué hará a continuación, pero deseando que haga algo para calmar este calor insoportable que siento por dentro.

—¿Confías en mí? —me pregunta.

—Claro.

Sonríe como si no necesitase más y, con ambas manos, coge despacio las tiras de mis braguitas para, acto seguido, quitarlas tomándose su tiempo y alargando mi tortura. Cuando están fuera se coloca frente a mí y vuelve a separar mis piernas, aunque esta vez sí que me tapo un poco.

—¿Ocurre algo? —me pregunta preocupado.

—No, bueno, es que... —Joder, qué forma de cortar el rollo yo sola, seré idiota—. Sé que dijiste que nunca has estado con ninguna otra chica, tampoco sé hasta dónde has llegado o no, pero... no me ha dado tiempo a depilarme ni nada y, bueno, es que...

Intento hablar sin mirarle mientras contengo las lágrimas porque ahora me encantaría sentirme como una de esas supermodelos de revista o tener una autoestima estratosférica para seguir disfrutando del momento, pero, como siempre, tengo que estropearlo todo.

Al no ver nada, me sorprendo cuando siento su aliento cerca de mis manos.

—¿Has acabado? —me pregunta desde ahí abajo y yo asiento sin atreverme aún a mirarle a la cara, pero notando su sonrisa contra mi piel—. Bien.

Comienza a besar ambas manos antes de apartarlas con mimo.

—Abre los ojos, Kira —me pide.

Tardo, pero le hago caso.

Cuando lo hago, siento todos los calores mudarse a mis mejillas porque su cara está a centímetros, mi centro y mi cuerpo siguen implorando por la liberación que yo misma nos he negado en mi anterior arrebato.

—Eres preciosa, y te juro que no hay un solo rincón de tu cuerpo que no me guste, no me vuelva loco, y basta con que mires mis pantalones para darte cuenta. Te juro que estoy a nada de volver a correrme solo con verte así y nunca me había pasado nada parecido, así que, si no te importa, voy a disfrutar de ti como es debido. ¿Queda claro?

—Cla... clarísimo.

—Bien. —Sus manos comienzan a acariciar mis muslos abriendo más mis piernas para él mientras comienza a besar la parte baja de mi estómago—. Ah, y... ¿Bailarina?

—¿Sí? —pregunto ya casi sin voz.

—No apartes la vista, ¿quieres?

Como si pudiera.

En cuanto le doy permiso comienza su festín.

Besa y acaricia el interior de mis piernas alargando el momento a pesar del movimiento de mis caderas, que buscan su tan ansiado turno. Después siento cómo su lengua comienza a lamerme de arriba abajo casi sin tocarme, torturándome en el proceso. Jugando también con mis labios interiores, presionando, estirando, atento siempre a la reacción de mi cuerpo.

A cada juego yo solo puedo gemir de excitación, ansiosa por alcanzar el final, pero disfrutando de la tentación en la que se ha convertido su boca.

La presión de su lengua va aumentando con cada viaje sin llegar del todo al clítoris, dejándome a las puertas del cielo y con unas ganas locas de matarle por hacerme sufrir así.

Uno de sus dedos comienza a jugar en mi entrada presionando un poco, hasta el punto de que tengo que aferrarme a las sábanas y ahogar un grito.

Sin darme cuenta acaricio uno de mis pechos sin dejar de mirarlo y él aprovecha para acariciar mi clítoris y comenzar a introducir uno de sus dedos dentro.

—Joder, Matt, no voy... no podré aguantar mucho más —le digo mientras mis caderas siguen el movimiento de su mano.

Dios, esto es algo que no había sentido nunca, no así.

No deja de besarme, de acariciarme y tentarme hasta que no puedo más y, sin apartar los ojos de los suyos, me dejo llevar y llego al clímax como nunca lo había hecho.

Tardo unos minutos en volver a recuperarme mientras intento que mi corazón no se salga del pecho.

Matt se ha quitado los pantalones y se tumba a mi lado sonriendo.

—Ha sido lo más sensual que he visto en mi vida, pequeña. Gracias.

—Gracias a ti, Quarterback.

Ambos nos miramos y rompemos a reír ante el momento.

—¿Recuerdas las mariposas de antes? Bien, olvídalas, porque ahora mismo y después de esto, noto una bandada de pájaros volando sin control.

A pesar de las risas, está claro que no pienso ser la única que disfrute en esto. Así que esta vez decido ser yo quien tome el mando y me coloco encima de él en un movimiento de cadera.

Enseguida lo noto duro debajo y le miro alzando una ceja mientras mis manos descansan en su pecho.

Él me mira burlón y se acomoda colocando sus brazos bajo la cabeza.

—A mí no me mires, ya te dije que contigo es estar cachondo 24/7. Y encima vas y te subes como una amazonas, no soy de piedra ¿sabes?

—Ya lo noto.

Me río porque está vez seré yo quien le haga sufrir, y por cómo cambia su cara parece que se está dando cuenta de ello.

—Bailarina… —comienza a decir, pero le corto enseguida en cuanto comienzo a besarle el cuello y bajo por su pecho.

—Shhh, ahora me toca a mí disfrutar torturándote.

Dejo que mis manos acaricien cada uno de sus músculos mientras voy dejando un reguero de besos por su pecho, sus abdominales, hasta llegar al borde de sus bóxer.

Ahora es él quien eleva las caderas buscando contacto.

Cuando vuelvo a mirarlo, le pido permiso para quitarle la ropa interior y, cuando me ayuda a quitársela y deja su miembro al descubierto, me quedo un rato contemplándolo.

Me tomo mi tiempo, disfrutando antes de animarme a acariciarlo por primera vez.

Cuando mi mano lo toca, le noto tensarse y temo haber hecho algo mal.

—¿Te he hecho daño?

—No, tranquila. Es solo que estoy tratando de controlarme y durar algo más que unos segundos. Pero tenerte así de cerca y tocándome me lo está poniendo muy difícil, pequeña.

Sonrío ante el poder que me dan sus palabras, pero cuando vuelvo a tocarle sé que me nota rara porque se sienta.

—¿Todo bien?

—Sí, es solo que... no sé muy bien qué puedo hacer. ¿Qué te gusta? —le pregunto, porque, aunque la teoría me la sé, ponerla en práctica por primera vez cuesta más de lo que me esperaba.

Él me atrae hacia sí y me besa hasta robarme el aliento.

—Siéntate sobre mí —me pide.

—¿Seguro? Pero pensé que...

—Tranquila, tú hazlo.

Me siento en su regazo y noto cómo su miembro erecto choca con mi entrada sin nada que nos separe.

—Dame tu mano.

Cuando lo hago, nos guía hasta su pene y lo abrazo con la suya por encima de mi mano como guía. Cuando está listo, comienza un lento movimiento de arriba abajo chocando su cadera contra la mía, aprovechando la fricción de nuestros cuerpos para aumentar la masturbación.

—¿Lo tienes? —me pregunta mientras sigo el ritmo de nuestras manos.

—Eso creo.

Entonces me suelta y me deja explorar. Le acaricio atenta a su cuerpo. Cómo reacciona al cambio de ritmo disfrutando también de las caricias que recibo de vuelta.

Me aferro a su hombro para no caerme hacia atrás, y una de sus manos descansa en mi cadera mientras que la otra juega con uno de mis pechos, pellizcando mi pezón, torturando para luego calmarlo con tiernas caricias.

Ver cómo nuestros cuerpos se buscan y ambos vamos aumentando el ritmo con cada roce hace que el tiempo se pare, es como si todo girase a otro ritmo.

—Dios, nena, no aguanto más.

—Yo tampoco, Matt, no puedo más... Necesito...

Mi agarre aumenta el ritmo y su mano en mi cadera me guía más cerca hasta que para y, cuando lo miro, entiendo que quiere evitar acabar pronto.

—Joder, nena, ni en mis sueños esto era así.

Lo amo. Sentirle así de cerca esta noche, y sobre todo después de todo lo vivido estos meses, de cómo me ha ayudado a aceptar cosas de mí misma que ni yo me atrevía a escuchar, me ha hecho darme cuenta de lo valioso que es el tiempo y que no quiero perder ni un segundo más.

—Estoy lista, Quarterback.

Me mira aún algo ido del momento anterior, pero capta rápido el mensaje.

—¿Segura, pequeña? No tenemos por qué hacer nada más hoy.

—Lo sé, pero quiero. Quiero vivirlo todo contigo, Matthew.

Cuando gira hasta volver a colocarse sobre mí y me besa, siento su sonrisa en mis labios.

Esta vez no detenemos nuestra curiosidad ni nos guiamos por tiempos, ahora nuestros cuerpos ya se conocen y van a por lo que quieren.

Manos, labios, lenguas, no hay nada que nos separe ni que nos impida explorarnos hasta que nos cansemos y, cuando estamos listos y lo siento colocarse en mi entrada después de ponerse el condón, no tengo miedo ni duda alguna.

—No puedo evitar que duela, ojalá pudiera, pero prometo compensarte luego —me jura.

—Lo sé.

Sus manos acarician mis pechos excitándome mientras su boca vuelve a la carga volviéndome loca, distrayéndome y, antes de darme cuenta, rompe la última de las barreras que lo separaba de mí y se adentra en mi interior por completo.

Al principio duele tanto que tiene que salir y no lo conseguimos hasta el tercer intento. La segunda vez el pobre solo pudo meter la mitad de su miembro de lo que dolía, pero, mientras, seguimos jugando y conociéndonos, qué nos gusta y qué no, hasta que por fin logramos ser uno.

Acabamos entre risas después de lo que nos costó y, sin duda, recordaremos esta primera vez tan catastrófica, pero era nuestra y eso era lo que importaba.

—Gracias por esta noche, pequeña. Ha sido genial.

—Lo mismo digo, Quarterback, no ha estado mal.

—Conque no ha estado mal, ¿eh? —me pregunta después de limpiarme y apagar las velas para evitar cualquier desgracia posible. Conociéndonos, todo podía pasar.

Se tumba a mi lado de un salto, ambos de nuevo con nuestros pijamas, y nos tapa antes de hacerme un par de cosquillas.

—Vale, lo siento, lo siento.

—Tendré que demostrarte la próxima cómo de bien lo hago.

—Estoy deseándolo —le digo entre besos.

—Que descanses, Bailarina.

—Buenas noches, Quarterback.

Capítulo 40

-MATTHEW-

Yonderly: (adj.) mental o emocionalmente distante; despistado.

Las vacaciones pasan igual de rápido como vinieron. Isla se marchó unos días después de fin de año prometiendo volver pronto.

Y entre Kira y yo las cosas se han vuelto explosivas desde que lo hicimos en Año Nuevo. Es como si no pudiéramos apartar las manos el uno del otro.

Aunque trato de contenerme, sobre todo desde que empezamos las clases hace unas semanas, no me lo pone nada fácil.

Es hablar o hacer algo y ya estoy cachondo. No sé qué hechizo me ha lanzado, pero estoy perdido.

En unos días jugamos contra los Gigants de Ashville High en un amistoso antes de la final y tengo que recordarles a los chicos constantemente que mantengan la cabeza en el juego porque cualquier partido es importante y que siempre nos jugamos mucho.

—¡Jones, a ver si te centras y lanzas más lejos para que el resto espabile y corra u os mandaré a todos a hacer veinte vueltas al campo! —grita el entrenador, y hago lo que me pide: centrarme.

No he querido decir nada de mi pierna y cómo siento tirones más fuertes en cada lanzamiento o carrera porque sé que, si lo hago, sonarán las alarmas y no quiero quedarme fuera de la final. De momento es algo que puedo aguantar.

Al final acabamos corriendo esas veinte vueltas y a mí me sientan como doscientas.

—Eh, tío, ¿estás bien? —me pregunta Archer a la salida del vestuario.

—Sí, claro, ¿por?

—Normalmente nos pasas a todos sin problema, pero hoy te he notado a medio gas.

—*Nah,* es solo que estoy un poco cansado.

—¿Seguro? Sabes que puedes decirme lo que sea, ¿verdad?

—Gracias, tío, ¿vas a ver a Louis? —le pregunto un poco por cambiar de tema y también para saber cómo sigue.

Lleva unos días resfriado y ha faltado a clase para recuperarse.

—Ojalá, iré a dejarle los deberes y a verle por la ventana. ¿Te puedes creer que no me deja entrar porque no quiere que me contagie?

—Puedo llegar a entenderlo.

—Ya, bueno, pero eso no hace que me sienta mejor por no poder estar ahí para él.

—Seguro que verte, aunque sea a través de un cristal, ya es mucho.

—Más le vale ponerse bueno pronto, porque esto de estar a dos manos dejó de ser divertido hace tiempo —trata de bromear, pero tiene el efecto contrario en mí, dejando imágenes que no quiero en mi cabeza.

—Joder, Archer, demasiada información.

—¿Qué eres ahora, la virgen María?

—Que te den, imbécil.

Cuando llegamos al *parking,* me despido después de hacerle prometer que no sea muy duro con Louis y me mantengan al tanto de cualquier mejora.

—Hey, tú —me saluda Kira apoyada contra el capó del coche.

—¿Qué haces aquí, Bailarina? ¿No trabajabas hoy?

La beso antes de coger sus cosas, abrir el coche y dejarlo todo dentro.

—Will ha tenido una emergencia familiar y ha cerrado el Jolly por hoy, así que me he quedado en la biblioteca estudiando y esperando a que terminaras el entreno. Además, ¿sabes qué?

—¿Qué?

Arranco y comienzo a conducir hasta casa mientras ella se distrae eligiendo la música. Siempre la dejo elegir, no sé por qué, pero me he dado cuenta de que me gusta que me sorprenda con lo que sea que elige. De la nada puede pasar de ponerte a Sinatra como suena una canción de One Direction o Taylor Swift. Y las canta todas.

—Puede que ya tenga parte de la canción para la prueba.

—¿En serio? —pregunto emocionado.

Que haya elegido empezar a componer es un paso enorme.

—He dicho «puede», así que no te emociones mucho, que nos conocemos.

—Está bien, está bien. —Trato de no sonreír demasiado, pero seguro que fracaso estrepitosamente.

—Me gustaría conseguir terminar al menos la mitad de la idea para enseñársela a la abuela cuando vayamos el domingo. Tal vez se emocione cuando le cuente lo del examen, al ser novedad y tal. El otro día me llamaron y me dijeron que ya está bastante mejor.

Su comentario me pilla por sorpresa, tanto que soy un volantazo involuntario.

—Matt, cuidado —me regaña ante mi falta de atención.

—Joder, lo siento.

Vuelvo a retomar el control del vehículo, aunque no puedo decir lo mismo de mis emociones.

¿He escuchado bien?

—¿Estás bien, cariño?

—Sí. Genial.

—¿Seguro? —pregunta no muy convencida.

—Perfecto —suelto algo más tosco de lo que me gustaría, pero, ahora mismo, si digo lo que en realidad pienso, explotaría.

—Vale…

Llegamos al cabo de unos minutos de completo silencio. Cuando apago el motor, me toma un par de respiraciones armarme de valor para preguntarle:

—¿Estás segura, Kira?

Ella me mira sin entenderme del todo.

—¿Segura de qué?

—De querer volver a ver a tu abuela.

Cuando mis palabras calan hondo creo que comprende el porqué de mi anterior reacción, aunque sé que lo que sea que me va a decir no me va a gustar, por cómo esconde la mirada tras su pelo.

—Sí, Matt, es mi abuela, tengo que hacerlo.

—No puedes seguir escudándote en…

—¡No me escudo en nada! —me grita.

—¿Ah, no? ¿No la ves por sentir cerca a tu madre? ¿Crees que tu madre estaría feliz de verte sufrir como lo haces? —le suelto de golpe y cuando escucho la última palabra salir de mi boca quiero darme una hostia. Joder, seré imbécil.

Me mira como si le hubiera dado una bofetada, y puede que mis palabras le hayan dolido igual.

—No tienes ni puta idea, Matt. Pero, tranquilo, no tienes que acompañarme ni nada, ya me busco yo la vida.

—Kira, espera, joder.

Se baja del coche dando un portazo y trato de alcanzarla antes de que llegue a su casa.

Joder, ¿cómo se ha ido todo tan a la mierda en esta discusión?

—No. —Me detiene en el sitio—. Solo déjame un rato, ¿vale? Ahora no me apetece discutir.

—Venga, Kira, por favor.

En sus ojos puedo ver que se lo está pensando, pero cuando las lágrimas comienzan a asomarse toma una decisión.

—Déjalo, Matt, quiero estar sola, ¿vale? Ya has dicho lo que pensabas.

Cuando entra, me quedo como un bobo mirando la puerta de su casa sin saber qué hacer.

—Matt, hijo, ¿todo bien? —me saluda Michael con un par de bolsas en la mano. June le sigue de cerca. Por su cara deduzco que no ha oído la discusión y a una parte de mí le gustaría que lo hubiera hecho para soltarlo todo, para que alguien me diga cómo puedo ayudarla, pero al ver cómo me sonríe no me atrevo a decir nada.

—Todo bien, señor, acabamos de volver con Kira del instituto.

—¿Quieres quedarte a cenar? Hoy toca pescado, ¿verdad, peque?

—Síií.

—Gracias, señor, pero me esperan en casa. —Nunca había dicho tantas mentiras seguidas. Siento que estas me queman la garganta y arden en el pecho.

—Otro día entonces.

Después de despedirme, subo directo a mi habitación y miro a ver si la veo, pero no hay rastro de ella.

Me tumbo en la cama y cojo el móvil.

Pequeña, perdona

Sé que tú abuela es importante para ti, es solo que...

No me gusta verte mal

¿Podemos hablar?

Sé que los lee, pero no me responde.

Decido darle el espacio que me pide, aunque me joda y me coma por dentro. Y acabo el día hecho una mierda.

Al día siguiente apenas coincidimos por nuestros horarios, y en las clases que tenemos en común el destino se encarga de hacernos imposible el poder hablar.

Si en clase de Literatura hoy toca ver una peli que irá a examen, si en Química toca hacer un experimento... Y a la hora de comer se queda con los del coro, así que no hay manera de poder disculparme.

—¿Todo bien en el paraíso? —me pregunta Archer a la hora de la comida.

—Ni lo intentes, parece que ha discutido con Kira y no hay manera de sacarle una conversación hoy —responde Jack por mí, y en el fondo lo agradezco, no tengo yo el ánimo para hablar.

—Pues mi hermana está igual.

Genial, lo que me faltaba. Saber que ella también está en la mierda. Pues que me hubiera respondido los mensajes, nos habríamos ahorrado muchísimo.

—¿Ah, sí?

—Sí —nos cuenta Cosi, aunque yo decido estar más pendiente de la comida que de la charla—. Es más, hoy ha estado muy rara no solo por estar más callada de lo habitual, sino que al parecer le han cambiado el turno en el Jolly y le toca trabajar, por lo que me toca a mí hacer sus tareas de hoy.

Frunzo el ceño extrañado porque normalmente Will la avisa con más tiempo sobre todo si es entre semana, me pregunto qué habrá pasado.

Al menos si me paso luego y está trabajando, no podrá evitarme.

El resto del día se me pasa eterno, pero, cuando el entrenamiento acaba, me dirijo al local en cuanto termino de asearme.

Pero me sorprendo al entrar y no verla, ya que su turno debería haber empezado hace una hora.

—Eh, Will, ¿hoy no trabaja Kira?

—¿Kira? No, hoy tiene libre.

En cuanto confirma mis sospechas, un mal presentimiento me recorre entero y salgo hacia el coche escopeteado.

—Cógelo, cógelo, cógelo... —En cuanto salta el buzón de voz, suelto una maldición—. ¡Joder!

Kira, ¿dónde estás?

Por favor, solo dime si estás bien

O dónde y voy a buscarte...

Nada, ni responde, ni me lee.

Trato de calmarme y pensar dónde podría estar. Y entonces recuerdo nuestra discusión.

No habrá sido capaz...

Pero, antes de pensar bien la idea, salgo del estacionamiento y me dirijo hacia la residencia sin pensármelo dos veces. Pronto se hará de noche y al menos quiero asegurarme de que no está allí antes de poner el grito en el cielo.

Tardo menos de lo que debería en llegar porque puede que me salte alguna que otra señal y pase el límite de velocidad, pero me da igual.

En cuanto llego, la veo sentada cabizbaja en las escalinatas del edificio y solo entonces ordeno a mi corazón volver a bombear con normalidad. Noto mi cuerpo temblar de la adrenalina y quiero llorar de la emoción al verla sana y salva.

También quiero zarandearla y decirle cuatro cosas por asustarme así, pero me callo en cuanto llego a su lado y me agacho hasta estar a su altura.

Porque desde la distancia no se distingue si una persona está llorando ni lo que sujeta en las manos.

—Kira...

Cuando oye mi voz, alza lentamente la cara y veo cómo las lágrimas abandonan sus ojos mientras su pecho sube y baja sin control.

Se lanza hacia mis brazos y yo apenas logro contenernos a ambos para evitar que caigamos al suelo.

—¿Qué ha pasado, pequeña? —le pregunto tratando de adivinarlo sin presionarla demasiado, pero al ver la partitura rota en el suelo puedo hacerme una idea.

—¿Puedes sacarme de aquí? —me pide con la voz rota.

—Vamos.

Sé que solo huir sin enfrentar el problema no le hará ningún bien. Pero ahora mismo no está lista para hacer frente a nada. La alzo en brazos y ella esconde su cara en mi cuello mientras nos llevo hasta el coche.

El camino de vuelta a casa es en completo silencio, pero sé que ella no puede volver así. Así que decido parar en nuestro refugio.

La ayudo a bajarse y caminamos hasta que la arena nos recibe como una vieja amiga.

Entonces me siento frente al mar y la aliento a que se siente sobre mí. Ella lo hace sin oponer resistencia alguna y, después de apoyar su espalda en mi pecho, la abrazo y comienzo a mecernos despacio, en silencio, dejando que los sonidos que nos rodean calen poco a poco en su interior.

—Cuando estés lista, pequeña, estoy aquí para ti.

Pasan los minutos y solo oímos el romper del mar contra la arena.

El atardecer nos va diciendo poco a poco adiós para ir dejando paso a la noche.

—Lo siento, te mentí, mentí a todos.

—Tranquila, déjalo salir poco a poco —la animo, porque sé que es difícil.

—Fui a verla, le pedí a una de las enfermeras que sé que trabaja de tarde si podía recogerme por hoy y subí con ella porque quería demostrarte que estabas equivocado. —Se ríe, pero es una risa seca, triste y apagada—. Le llevé parte de la partitura en la que estaba trabajando y según ella es un desastre, no estoy lista para hacerlo. La rompió ante mis ojos.

—Lo siento mucho, cariño.

—Tú me avisaste, pero tal vez tenga razón. Puede ser muchas cosas y, a pesar de su enfermedad, siempre ha entendido mucho de música y quizás he querido...

La giro para que esta vez quede frente a mí porque tengo que frenar el curso de sus pensamientos antes de que vaya más allá.

—Tú eres maravillosa y tienes un talento enorme, ¿me oyes? No dejes que nadie, nadie —repito más fuerte, porque necesito que lo entienda por fin— te diga lo contrario. Jamás.

Me sonríe, pero ese gesto no llega a sus ojos, se queda a medio camino y está cansada, demasiado cansada.

Por fin entiendo que lleva arrastrando demasiado durante más tiempo del que la conozco y que, por mucho que yo pueda decirle, necesita de alguien más para entender la realidad.

Y es entonces, aquí con ella, en nuestro refugio frente al mar, que tomo la decisión de dar el paso. Aunque la aleje de mi lado. Será suficiente si con eso logro que vuelva a brillar.

Cuando volvemos a casa, me pide que me quede y no puedo negárselo, no puedo negarle nada. Así que vuelvo a mentir —no sé cuántas veces van ya en el día— y decimos que hemos estado juntos hasta ahora y que me quedo a pasar la noche.

Me pierdo entre sus brazos y trato, lo mejor que puedo, de ayudarla a olvidar cualquier dolor que sienta con mis caricias y besos.

Hasta que los dos caemos rendidos ante el sueño.

Capítulo 41

-KIRA-

Friable: (adj.) fácil de romper en pedazos o reducido a la nada.

—Vale, te he dado tres días, no pienso moverme de aquí hasta que me cuentes qué te pasa.

Cosi entra en mi habitación como si fuera una reina, aún con su mascarilla facial en la cara, se pone cómoda sobre la cama y me mira esperando mi respuesta.

—Cosima, tengo deberes —le digo desde mi escritorio tratando de ganar algo de tiempo y que me deje en paz. Pero pasa olímpicamente de mí.

—Vuelve a intentarlo.

—No me pasa nada.

—Meeecc —trata de simular el sonido de una alarma, pero le sale de culo—, error. Estás rarísima y lo sabes.

—¿Yo? ¿Y qué hay de ti?

—¿De mí?

Me mira algo descolocada, así que decido aprovechar esta pequeña ventaja antes de que se me escurra entre los dedos.

—Sí, vienes pidiéndome explicaciones, pero ¿qué pasa contigo y con Jack? Lleváis raros desde fin de año.

Alza las cejas y me mira divertida antes de descojonarse en mi cara.

Se ríe.

La muy cabrona solo se ríe.

—Muy bien, ya que estás tan intrigada, te lo diré, pero no vas a librarte de contestarme —me amenaza—, nos liamos. Fue sin más, era fin de año. Ya sabes, esa tradición tonta de que tienes que besar a la persona que tienes más cerca y bla, bla, bla. Total, que acabamos enrollándonos y puede que tonteáramos un poco más en la fiesta luego. Pero ya está.

Ahí hay más que no me cuenta.

—A ti te gusta.

—¿Qué? ¡No! —exclama enseguida—. Bueno... Puede, un poco, tal vez. Pero da igual, porque no estamos hablando de mí, sino de ti, y de por qué llevas días como alma en pena.

—No llevo días como...

—Ah, ah, ah... Nada de negarlo. Yo ya he cantado, ahora te toca a ti.

Mientras trato de pensar en alguna excusa porque, visto lo visto, no va a dejarlo correr, papá llega y me salva.

—Cosima, cariño, ¿me dejas hablar un momento a solas con tu hermana?

—Pero estábamos hablando de algo importante y...

—Ahora, hija —sentencia, y Cosi se pone de pie enseguida.

Yo trago saliva pensando en qué lío me puedo haber metido para haberle enfadado así.

—¿He hecho algo mal, papi?

Él simplemente niega con la cabeza, suspira y se acerca a mí para luego abrazarme fuerte.

Yo le devuelvo el abrazo algo perdida, pero sin molestarme la muestra de cariño.

—Ven, vamos a dar un paseo —me pide antes de salir por la puerta.

Me apresuro a seguirle cogiendo lo esencial: mis deportivas, una chaqueta, mi bolso y el móvil.

Cuando le veo subirse al coche, la curiosidad me puede cada vez más, pero él solo conduce en silencio como si estuviera pensando qué o cómo decir las cosas.

Mientras, miro las casas pasar a nuestro alrededor e intuyo que nos dirigimos al mar. El móvil me vibra en el bolso y cuando lo saco solo se lee un escueto mensaje.

> Perdóname, pequeña. Recuerda que te quiero

Desde que me trajo de vuelta el otro día, no hemos hablado mucho sobre lo sucedido, pero lo he notado atento a todo y muy preocupado por mis estados de ánimo.

Su mensaje me pone en alerta.

Por favor, que no lo haya hecho.

Papá detiene el coche y, al bajar, me alegro de haber cogido la chaqueta porque hoy la brisa marina está fresca.

Se acerca hasta mi lado y caminamos hasta la orilla abrazados.

Nos sentamos en la fría arena y aprovecho el silencio para esconder mis pies en la gravilla, como cuando era niña y jugaba a enterrar en ella mis miedos y penas.

—¿Hay algo que quieras contarme, Hadita? —me pregunta al cabo de un rato.

Sé que me está dando una oportunidad, una baza para sacarlo todo, pero ahora mismo me siento una niña que no ha hecho otra cosa que decepcionar al héroe de sus cuentos.

Y no puedo quitarme esa sensación de encima.

Creo que me entiende porque no lo fuerza.

—Está bien. —Oigo cómo suspira y le noto cansado—. Supongo que debo quitarnos la tirita de golpe, ¿no crees? Sé lo de la abuela, y que has estado viéndola a escondidas.

Sus palabras me duelen y se clavan como dardos en el pecho.

Pero el dolor, para mi sorpresa, no viene tanto porque se sepa mi mentira, sino porque lo tiene que haber descubierto si Matt ha roto su promesa, y eso sí que me rompe en dos.

—Te lo ha contado, ¿verdad? —le pregunto con miedo mientras acerco mis rodillas al pecho y las abrazo en busca de refugio.

—Lo ha hecho porque te quiere. Y ojalá lo hubiera hecho antes o yo me hubiera dado cuenta de cuánto estabas sufriendo.

Ante ese último comentario, alzo la vista para enfrentarle porque lo último que quiero es que se culpe por mis errores.

—Papá, yo...

—No, espera —me pide—, déjame que te cuente una cosa. Sé cómo de adictiva puede llegar a ser tu abuela. Buscas su aceptación, su cariño, y crees que convirtiéndote en la mejor o logrando lo que te pide lo conseguirás, pero no es así, mi niña, porque siempre querrá más. Ya he vivido esta historia hace años, lo vi con tu madre y, aunque le rompió el corazón, María decidió que ella iba primero, que sus sueños y su familia irían primero, aunque eso la separase de su madre.

—Pero ahora la abuela está sola y...

—Tu abuela se forjó su destino hace mucho, Hadita. Pero nunca ha estado sola, aunque ella no quisiera verlo.

—¿Ah, no?

—¿Quién crees que se ha ocupado de que nunca le faltara de nada? —me pregunta sonriente.

—¿Tú? Pero creía que habías cortado lazos con ella.

—Tu madre no quería que su forma de ver la vida os afectara en lo más mínimo, le dio muchísimas oportunidades a lo largo de los años, pero Regina no supo aprovecharlas. Sin embargo, María siempre tuvo un corazón enorme y se prometió que nunca dejaría que le pasara nada, así que cuando tu abuela no pudo cuidarse por sí misma decidimos buscarle un nuevo hogar. Y, cuando mamá nos dejó —la pena comienza a romperle la voz, pero logra recomponerse a pesar de todo—, le prometí a ella y a mí mismo seguir su ejemplo.

—Cuando mamá murió, sentí que nunca más podría volver a tocar el piano, al menos no como antes, no sin derrumbarme. Y un día, cuando me escapé para ver a la abuela, me confundió con ella, y me pidió que tocara algo, lo hice.

—¿Y cómo suenas cuando tocas con ella?

—¿Cómo?

—¿Tu música cómo es en esos encuentros? —vuelve a preguntarme.

Pienso en el frío, el sudor y las cuerdas que me atan y me aprietan hasta sangrar cuando me siento en ese viejo piano a tocar. Estoy rota, como un puzle a medio completar que ha perdido sus piezas, su sentido de ser.

—Gris —suelto de golpe lo que mi alma lleva guardándose durante tanto tiempo—, es gris, oscura.

—¿Y cómo era cuando tocabas con mamá?

Miro al cielo y las estrellas iluminan la noche. La busco entre esos pequeños puntos y la encuentro en aquella que más brilla, como si nos estuviera viendo, como si me respondiese.

Ya no lucho por contener las lágrimas, me he cansado de guardar tanto dentro. Lo dejo salir, que corra libre.

Papá me acerca hacia él y me abraza fuerte, dándome su calor, su fuerza.

Recordándome que no estoy sola. Que nunca he estado sola.

—La música con mamá era como sentir todos los colores del universo en las yemas de los dedos. Era calidez y amor —le digo entre lágrimas y, sobre todo, me lo recuerdo a mí misma. Cierro los ojos y siento el cosquilleo de esa sensación en la punta de los dedos.

—Esa sensación nunca se ha ido —me jura y yo hago lo posible por creerle—, siempre ha estado aquí, escondida. El dolor lo había guardado en un lugar preciado para que no se estropeara. —Señala mi corazón y luego me limpia poco a poco las lágrimas, las veces que hagan falta—. Pero siempre ha estado ahí, esperando a que despertaras y volvieras a darle vida.

—No sé si lo merezco, papi.

—Incluso la noche más oscura tiene estrellas que la alumbren. Es normal caernos, tropezar y equivocarnos. Lo importante, hija mía, es saber levantarnos las veces que sean necesarias para seguir adelante. No puedes guardarlo todo para siempre. ¿Sabes qué me dijo mamá una vez? —me pregunta.

—¿Qué?

—Que si nos acostumbramos, si negamos nuestro dolor, nuestras heridas... ¿cómo vamos a ser capaces de encontrar una salida?

—¿Crees que podré hacerlo?

—Lo importante no es si yo creo que puedes, es que tú misma lo creas. Solo así serás capaz de comerte el mundo. No importa el tiempo que tarde, siempre recuerda que estaremos ahí para ver cada uno de tus pasos.

—Gracias, papi, y siento haberte mentido.

—Tranquila, cariño, entiendo por qué lo hiciste. No lo comparto, pero lo entiendo. Solo prométeme que la próxima vez que las cosas se compliquen, hablarás conmigo.

—Lo prometo.

—Ah, ¿y Kira?

—¿Sí?

—No voy a prohibirte ver a tu abuela, eres mayor para tomar tus propias decisiones, solo quiero que sepas que no tienes que aferrarte a algo que te hace daño por sentir cerca a tu madre. O por creer que le debes algo a tu abuela. ¿De acuerdo?

—De acuerdo, papi. Te quiero.

—Te quiero, Hadita, hoy y siempre.

—Hoy y siempre.

Nos quedamos un rato más bajo el amparo de las estrellas, y siento como si mamá nos arropara también. Como si la brisa se llevara mar adentro todos esos sentimientos oscuros que me ahogaban y no me dejaban respirar.

Puede que me cueste y que haya días en los que vuelvan, pero ahora sé que no tengo por qué merecerlos. Que puedo ser mejor si quiero. Si me lo propongo.

Llegamos a casa media hora después y las chicas nos están esperando con la cena lista. June no percibe ningún cambio, pero

Cosi sí y, en cuanto me ve entrar, me da un abrazo y yo le prometo contarle todo después.

Hablamos hasta que se queda dormida en su habitación, por lo que salgo sin hacer demasiado ruido y antes de entrar en la mía un mensaje me detiene en seco.

¿Podemos vernos, por favor?

Solo quiero saber que estás bien

Te veo fuera, ahora salgo

Estaré bajo tu ventana

Me escapo por la puerta de atrás tratando de no hacer demasiado ruido y lo encuentro donde me ha dicho.

Lleva uno de sus pantalones de chándal viejo que a menudo usa de pijama y una sudadera del equipo. Seguro que debajo no lleva nada más.

Trato de obviar el camino por el que van mis pensamientos porque, si no, no podré decir lo que tengo que decirle.

—Hola —me saluda más tímido de lo normal en cuanto llego a su lado.

—Hola.

El silencio que se instala entre ambos es el más extraño que nos ha abrazado nunca y odio esta sensación.

—Kira, yo…

—Matt, escucha…

Ambos comenzamos a hablar a la vez y nos superponemos al otro.

Acabamos sacándonos unas sonrisas nerviosas el uno al otro y veo cómo se rasca nervioso la nuca.

—Perdona, pequeña —suelta por fin y yo tengo que luchar por no volver a llorar otra vez esta noche. La cabeza me va a estallar y el pecho se me va a romper en mil pedazos—. Sé que he roto mi promesa, pero no podía seguir viéndote así de mal y no hacer nada.

—Sé por qué lo hiciste, Matt —confieso y veo cómo suspira aliviado—, pero eso no hace que duela menos. Confiaba en ti, te conté algo que nadie más sabía y se lo dijiste a mi padre. No me diste la oportunidad de tratar de solucionarlo.

—Kira, estabas cegada, no podías ver lo que tu abuela te estaba haciendo y…

—Sí lo veía, joder —grito.

Mierda, tengo que controlarme más o acabaré despertando a todo el mundo.

—¿Qué dices?

—Que sí lo sabía —confieso—, sabía que ir ahí cada domingo no era sano. Que me estaba aferrando a una ilusión que ni siquiera era la mía y que encima no me estaba ayudando. Pero, en mi mente, sentir ese dolor era mejor que no sentir nada.

—Lo siento, yo… no lo entiendo.

—Lo sé, Matt. Lo sé —suspiro cansada, de esto, de mí misma, de la situación en la que nos he metido. Cansada de joderlo siempre todo—. Me autoconvencí de que era lo único que me merecía sentir. Sé que no tiene ninguna lógica, pero para mí la tenía. Lo que me duele no es eso, es que contaras mi secreto.

—Puedo disculparme por muchas cosas, porque sé que puedo cagarla mucho. Pero no pienso disculparme por querer ayudarte. Te quiero, y no puedes pedirme que me quede quieto cuando te veo sufrir.

—Nunca te pediría algo así. —Me acerco despacio rompiendo la distancia que nos separa y que me está matando y acaricio su mejilla, sintiendo ese roce como la gloria—. Ahora mismo tengo demasiados sentimientos hechos bola dentro y necesito pensar, eso es todo. ¿Puedes entenderlo?

—No, claro que no lo entiendo.

—Vale.

Respiro como puedo y bajo la mano poco a poco, pero él la atrapa antes de que abandone su rostro.

—No lo entiendo, pero lo respeto. Y puedo esperar. Si lo que necesitas es tiempo, puedo dártelo.

Acerca mi mano a sus labios y deposita un beso en mi muñeca que enciende todas las terminaciones nerviosas de mi cuerpo.

—Gracias.

—A final de semana jugamos contra los Gigants y estaremos entrenando casi todo el tiempo, así que podré darte el espacio que quieras. Pero, si me necesitas, sea la hora que sea, puedes llamarme o silbar o mandarme un jodido avión de papel y estaré a tu lado en segundos. ¿De acuerdo?

—No te merezco —confieso y así me siento. Ver cómo aguanta mi mierda emocional, sabiendo seguro que quiere gritar o quejarse, yo lo haría, pero me deja mi espacio es... demasiado. ¿Qué he hecho para merecer a alguien así?

—Te equivocas —susurra cuando acerca su frente a la mía—, mereces esto y más. Merecemos un amor que nos quiera, nos valore y nos respete. Merecemos aceptación, alguien que sume y que esté en lo bueno, en lo malo y en lo peor. Recuerda siempre que he podido verte en tu peor momento y sigo pensando que eres lo mejor que existe. Así que tómate el tiempo que necesites, nos deje eso donde nos deje. Porque me tendrás pase lo que pase.

—Te quiero muchísimo, Matt —le digo conteniendo el llanto.

—Y eso no va a cambiar, pequeña —me promete—, pon tu cabeza y tus emociones en orden, céntrate en ti primero y lo demás irá llegando solo. Pero no podrás avanzar si no te quieres antes a ti misma.

Después de despedirnos, vuelvo a subir a mi habitación y, antes de irme a dormir, me cambio mi pijama por una de sus viejas camisetas que le robé una vez.

Solo entonces, tapada bajo las sábanas y envuelta en su aroma, logro calmar mi corazón y consigo dormirme al final.

Capítulo 42

-MATTHEW-

Drapetomanía: (n.) una abrumadora necesidad de huir.

Creí que hablar con Michael sería lo más difícil que haría en mi vida.

Faltar a clases, presentarme ante su puerta y contarle todo lo que una vez juré callar, por su bien, fue la peor experiencia que he sentido nunca, y más cuando poco a poco él también se rompía.

Pero una parte de mí sabía que era necesario, que ella necesitaba a su familia en la ecuación para sanar o no lo haría nunca, seguiría en esa adicción de dolor que se había autoimpuesto hasta que poco a poco acabara con todo lo bueno que esconde en su interior.

Creía que eso sería lo peor, pero tenerla tan cerca y no poder estar a su lado, no como quiero, como mi cuerpo me pide a gritos, es cien veces más duro.

—Así que aquí estás —murmura la última persona que esperaba ver hoy.

No me muevo del columpio y me quedo hipnotizado con el atardecer que pinta el cielo de naranja ante mí.

Se coloca a mi lado y comienza a balancearse en silencio.

—Hola, papá —digo al cabo de un rato sin saber muy bien qué decir—. ¿Qué haces aquí? No es que me queje, pero me sorprende verte, eso es todo.

—Tus madres estaban preocupadas, llevas unos días actuando raro y no respondes a mis mensajes.

—Lo siento, no quería preocuparos.

—Hacía mucho que no venía por aquí. Es increíble cómo esto sigue en pie a pesar del tiempo —comenta divertido mientras acaricia los postes de madera que sujetan el viejo columpio que un día construimos juntos.

—Hicimos un buen trabajo.

—¿Verdad que sí? —Vuelve a quedarse mudo unos segundos hasta que detiene el balanceo y entierra los pies en la arena—. ¿Cómo estás, hijo?

La pregunta y lo que veo en su mirada me dejan descolocado y sin saber bien qué decir. Siempre ha sido más reservado en lo que a afecto o interés se refiere, en ese campo mamá es la que lo borda. De ahí que no entienda muy bien la situación.

—Bien, supongo.

—¿Seguro? Sé que nunca he sido el mejor padre del mundo, pero... —Carraspea y lo veo luchar con el nudo de su corbata, como si de repente se estuviera quedando sin aire. Y es la primera vez en mi vida que le veo nervioso.

—¿Pero?

—Sabes que tienes una novia que es dura de roer, ¿verdad?

La mención de Kira hace que el pecho me duela, y todo lo vivido estos últimos días me estalle en la cara.

Noto la mano de mi padre, fuerte y firme, en cuanto me da un ligero apretón en la pierna y no puedo evitar fruncir el ceño en cuanto nuestras miradas colisionan.

—¿Por qué estás aquí, papá? —vuelvo a preguntar.

Deja escapar un sonoro suspiro antes de mirar al cielo. Cuando vuelve a mirarme, está sonriendo y la imagen y el momento no pueden ser más surrealistas.

—Veo entonces que tenía razón —comenta a la nada y yo sigo igual de perdido, pero en ningún momento rompe el contacto de su mano en mi muslo—. Soy un padre de mierda, ¿verdad?

—Esto… Yo…

—No, déjame soltarlo porque tú necesitas escucharlo y yo decirlo —me pide—, te he presionado demasiado y no me daba cuenta de que lo que yo quería para ti te estaba haciendo daño. Que tal vez estaba tratando de vivir mis sueños a través de ti y que eso era injusto. Lo siento, Matt.

—Papá…

—Ha tenido que llegar una cría de dieciséis años para ponerme en mi lugar y decirme lo mucho que la estaba cagando con mi hijo. —Se ríe y es como si con ese simple gesto sacara muchas cosas que guardaba dentro.

—¿Kira? —pregunto aún en shock por su confesión.

—Tu chica me llamó hará unas semanas, supongo que mamá le dio mi número. Me soltó unas cuantas verdades, ¿sabes? Tiene carácter —suelta sin más y antes de que pueda decir nada añade—: me gusta.

—A mí también.

—Entonces, ¿por qué estás aquí solo como alma en pena?

—Porque el que la ha cagado esta vez he sido yo —admito por fin. Y le cuento todo lo ocurrido con Kira desde que nos conocemos.

—Ya veo…

—Así que ahora no sé en qué punto nos deja lo que he hecho. Pero sí sé que lo único que quiero es que sea feliz.

—Lo sabe —sentencia antes de volver a hamacarse.

—¿Y cómo estás tan seguro?

—Porque una persona no llama a otra a las doce de la noche un día cualquiera para gritarle cuatro verdades a la cara y le hace ver lo mal que lo ha hecho con su hijo. Que no sabe el hombre en el que se ha convertido, fuerte, valiente y un artista con un talento increíble y que va a comerse el mundo porque no merece menos, por mucho que otras personas traten de apagar su luz o convertirlo en alguien que no es porque no lo lograrán. —Trato de contenerme, pero no puedo evitar la carcajada que se me escapa del pecho al escuchar el discurso. Es más, a mi cabeza ha viajado una imagen muy vívida de una Kira cabreada y orgullosa gritando todo eso a su móvil en el silencio de su habitación—. Así que, como ves, hijo, Kira lo sabe. Y estoy seguro de que, aunque ahora esté dolida, entenderá el porqué de tu decisión y que solo lo hiciste para ayudar. Solo necesita lo que ya le has ofrecido: tiempo.

—Ojalá pudiera creerlo.

—Escuchar la verdad en boca de los demás muchas veces duele, pero, aunque duela, hay momentos en nuestras vidas en que es necesario escuchar en las palabras de otro lo que no cuesta decirnos a nosotros mismos.

—¿Papá?

—¿Sí?

—No eres tan mal padre —le digo sonriendo, recalcando ese «tan» a modo de broma y él me empuja ligeramente—, siento no haber hablado contigo de lo que me pasaba.

—Y yo siento no haber escuchado todo lo que callabas, debí haberme dado cuenta. ¿Me harías un favor?

—¿El qué?

—Algún día me gustaría ver tus bocetos si es posible.

Noto cómo algo se rompe y necesito unos segundos para procesar esa emoción. De repente es como si pudiera volver a respirar, como si algo en mí hiciera un clic y el pecho dejase de doler. Como cuando era pequeño y después de la tormenta veía aparecer el arcoíris en el horizonte.

—Me encantaría —le digo, tratando de controlar la emoción escondida en esas dos palabras.

Se pone de pie y estira los brazos hacia arriba antes de sacarse la chaqueta y dejarla descansar en el columpio. Luego lo veo arremangarse la camisa y subirse el bajo del pantalón antes de mirarme divertido. Y entonces veo la palabra «peligro» tatuada en sus ojos.

—¿Sabes qué me apetece de repente?

—¿El qué? —Me pongo a su lado y pregunto, aunque me dé miedo la respuesta.

—Una carrera.

Y así, en un parpadeo, el abogado desaparece y vuelvo a ver a mi padre, como cuando era un niño. Me sonríe y yo le entiendo a la primera.

Y mientras niego con la cabeza y me quito la sudadera que llevaba puesta e imito sus anteriores movimientos, me siento como cuando tenía siete años. Nos veo a nosotros más jóvenes, en este mismo lugar y solo puedo sonreír.

—¿Listo, viejo?

—Nací listo, muchacho.

Comenzamos a correr casi a la vez y solo se escuchan nuestras risas y las gaviotas sobre nuestras cabezas. En cuanto llegamos al mar nos lanzamos como niños jugando ante la inmensidad del mar. Nos ahogamos, salpicamos y dejamos que el agua sane lo que habíamos dejado que se rompiera entre ambos.

No sé qué pasará a partir de ahora, pero siento este momento como un nuevo comienzo.

Los días pasan y con Kira las cosas siguen raras. La veo ir de clase en clase, nos saludamos y hablamos como antes de que nada pasara entre nosotros, incluso en la cafetería todo continúa como siempre, aunque los chicos saben que algo ha pasado. Cosi me mantiene al tanto y sé que lo está pasando mal. Pero nos dan nuestro espacio y yo se lo doy a ella.

Como me pidió.

Entiendo que lo necesita para entender todo lo que ronda por su cabeza.

Pero eso no hace que duela menos.

Me vuelco en los entrenamientos porque necesito apagar mi cerebro, aunque sea por unas horas, quemar toda la adrenalina que me recorre por dentro y, por qué no, sacar el enfado que guardo.

En casa todos tratan de hablar conmigo y, aunque les he contado un poco por encima que Kira y yo nos estamos dando un tiempo, no he querido entrar en más detalles, más por mí que por otra cosa, porque si hablo me rompo. El único momento en el que me permití sacar algo fue con papá en el mar.

Nunca pensé que podría llegar a significar tanto.

El viernes llega y el partido me da una excusa para no tener que verla por los pasillos y sentirme un acosador. Necesito sacármela de la cabeza un rato. Esta situación no nos hace bien a ninguno de los dos.

—Hey, tú —me saluda en cuanto chocamos en medio del gentío ante el cambio de clase.

Está preciosa, joder. Incluso con su moño a medio hacer o las ojeras que se marcan bajo sus ojos.

Está preciosa y yo perdido.

—Hey, tú —le respondo por inercia y porque mi parte masoquista quiere volver a oír su voz, aunque sea una vez más.

—¿Os vais ya?

Yo asiento y me coloco mejor la bolsa de deporte donde llevo el resto del equipo. Al menos al jugar en otro instituto podemos saltarnos parte de las clases.

—Sí, el autobús nos está esperando, yo he vuelto porque se me habían olvidado unos permisos, pero ya me iba.

—Ah, vale —murmura, y su mirada esquiva la mía mientras abraza la carpeta que lleva entre los brazos como si fuera un escudo.

—¡Jones, nos vamos! —oigo que me grita el entrenador desde el fondo del pasillo antes de perderse por las puertas blancas de salida.

—Te reclaman.

—Eso parece.

Debería moverme. Tengo que moverme. Pero mis piernas no obedecen.

—Mucha suerte hoy, Quarterback. Sé que es un amistoso, pero... machacadlos.

—Cuenta con eso, pequeña.

Me mira y, cuando sus ojos impactan con los míos, es como si me golpeara una bola de demolición. Brillan y soy capaz de ver la batalla que está librando consigo misma, quiere decir tanto...

—Kira...

—¿Sí?

—Después del partido, ¿podemos hablar? ¿De nosotros? ¿De todo? —le suplico. Sé que le dije que la esperaría, pero esto no es vida para ninguno de los dos. Aunque, si me dice que no está lista aún, lo entenderé.

Veo cómo suspira antes de contestar y poco a poco una tímida sonrisa comienza a dibujarse en sus labios. Cuando su mano acaricia mi hombro desnudo, tengo que controlarme por no ir a por más.

—Sí, Matthew, cuando vuelvas hablaremos. Te estaré esperando.

—Gracias, universo —digo al cielo y ella se ríe. Cómo había echado de menos ese sonido—. Nos vemos en unas horas, Bailarina.

—Hasta después, Matt. Y suerte.

El trayecto hasta Ashville High dura casi una hora, pero Louis se encarga de animar el ambiente como contrapunto a la seriedad del entrenador, que nos pide que, una vez pisemos el campo contrario, nos concentremos en el juego y no pensemos en nada más.

—Quiero que veáis este partido como una preparación antes de la gran final, ¿queda claro? No quiero errores.

—¡Jugar para ganar! —comienzo a gritar nuestro lema y todos acaban siguiéndome.

—¡Jugar con cabeza!

Cuando llegamos nos encontramos con los Gigants ya en el campo de juego; si no recuerdo mal, a ellos los eliminaron a principio de temporada. Por sus caras no parecen muy felices de tenernos por aquí.

Pasamos por su lado sin hacerles mucho caso, pero de repente uno de ellos se agacha y hace como si cogiera algo del suelo.

—¡Eh, vosotros! Se os ha caído esto.

El grupo está un poco fraccionado porque ya hay algunos que están en el vestuario, pero los que estamos más en la retaguardia nos giramos, aunque tengo un mal presentimiento.

Cuando veo al que creo es el *quarterback* del equipo contrario bromear con sus compañeros mientras se abanica con un par de plumas, tengo que controlarme para no darle un puñetazo y borrarle esa maldita sonrisa de la cara.

—¿Eres gilipollas o simplemente has nacido así? —ataca Louis, y reacciono rápido para sujetarlo por el brazo y evitar que se lance sobre él.

—Vaya, así que son tuyas, ¿no?

—¿Tienes algún problema? —Archer se acerca y se coloca a su derecha para tratar de calmarlo.

Ante el ruido el resto también ha venido a ver qué pasa y enseguida hemos rodeado a los chicos en una barrera diciendo sin palabras que, si les tocan un pelo, se las verán con todos.

—Será mejor que os dejéis de tonterías y vayáis a calentar —alzo la voz dirigiéndome solamente al capitán.

Este se ríe y su equipo hace lo mismo.

—Ah, ¿sí?

—Sí, porque necesitarás toda la ayuda divina que puedas conseguir para evitar que mis chicos y yo os hagamos tragar barro y de paso todas las tonterías que os empeñéis en soltarnos.

Las risas se cortan de golpe y sé que quiere pelea, pero no seré yo el que empiece.

Con el ambiente así de caldeado es como nos encuentran los entrenadores.

No decimos nada y, cuando nos mandan al vestuario, tengo que hacer más de un esfuerzo por apartar a Louis del grupo. No es la primera vez que tanto él como Archer reciben comentarios o insultos por ser quienes son y por quererse, y más de una vez nos hemos metido en peleas por ello.

Nunca entenderé por qué la gente tiene que seguir cuestionando a quién debemos amar, cómo debemos ser, o con quién podemos estar solo porque no seguimos una misma regla. Ojalá algún día abran los ojos y vean que el amor no entiende de normas ni patrones. El amor es libertad, es esa mano que te sostiene al caminar, es un abrazo cálido cuando por dentro sientes la más fría de las tormentas. Quien señala, quien insulta, quien odia... nunca ha podido sentir esa clase de amor.

—¡Joder! —Louis acaba por soltar su frustración contra la taquilla más cercana y, como siga así, se hará daño.

Me acerco hasta él y le sujeto las manos. Trata de alejarse, pero se lo impido.

Le cojo de los hombros cuando noto que se calma un poco más y, gracias a un agarre suave en su nuca, logro acercar su frente a la mía.

—Escúchame, no quiero que les des un solo segundo de tu tiempo a esos cabrones de ahí fuera, ¿me oyes? —Archer se acerca y poco a poco el resto le imita hasta que hacemos una piña—. Y esto es una orden y va para todos. Vamos a salir ahí, vamos a jugar como sabemos y vamos a patearles el culo. Vamos a ganar, como la familia que somos. Juntos. ¿Entendido?

—Sííí.

—¡No os oigo!

—Sííí —gritan todos.

Cuando nos separamos, Louis y Archer me abrazan y yo les devuelvo el gesto fuerte, dejándoles claro también sin palabras que estaré a su lado pase lo que pase. Siempre.

—Muy bien, chicos. —El entrenador entra con su pizarra y nos colocamos a su alrededor para repasar las jugadas antes de salir—. No quiero saber qué ha pasado fuera porque, si no, querré patear algún trasero y tengo que estar centrado. Solo quiero pediros que deis juego limpio y que os merendéis a esos niños de mamá. ¡A cazar, Sharks!

—¡Sí, señor!

La primera mitad pasa sin incidencias. Aunque ha comenzado a llover y eso dificulta algunas de nuestras jugadas.

Vamos ganando por veinte puntos y en este tercer cuarto nos toca defender, pero lo que está claro es que los Gigants se están calentando porque sus ataques y placajes cada vez son más duros, llegando a hacer jugadas que rozan el límite del juego limpio.

Consiguen marcar un *touchdown* gracias a un placaje bastante cuestionable que le hacen a Austin y, cuando me voy a quejar al árbitro, tengo que aguantar al gilipollas de Stuart, su *quarterback*.

—Qué, ¿no sabes perder, Jones? —ataca sin pensárselo dos veces.

—Por si no sabes contar, Stuart, cosa que no me sorprendería lo más mínimo, según esos números que están ahí en grande —le señalo el tablón donde nuestras puntuaciones brillan en grande, cosa que no le gusta lo más mínimo—, vamos ganando.

—No te lo creas tanto. —Se acerca hasta que nuestros cascos chocan antes de añadir—: Vais a perder.

—Yo no estaría tan seguro y, cuando el pitido final suene y recordéis lo perdedores que sois, espero que sea mi cara la que veas por la noche. Nadie se mete con mis chicos, nadie.

Me empuja y no lo veo venir. Resbalo y caigo mal, pero lo peor no es eso, es el tirón de la pierna que me hace ver las estrellas.

El caos se desata y los jugadores de ambos equipos están dispuestos a llegar a las manos si hace falta, hasta que el árbitro nos separa y nos manda de nuevo a nuestras posiciones.

—¿Estás bien, Matt? —oigo que me pregunta el entrenador por el intercomunicador, y yo hago mi mejor esfuerzo por disimular la cojera y hacerle una señal para que sepa que todo va como la seda.

No puedo parar. No ahora.

Este cuarto acaba sin mucho cambio, aunque se han acercado bastante a nosotros, pero seguimos por delante.

Me coloco y, después de dar la jugada en cuanto siento el balón en mis manos, comenzamos a movernos. Lanzo un pase largo por la izquierda y no respiro hasta que veo cómo Becker lo intercepta y logra quitarse de encima la defensa contraria y marcar un nuevo *touchdown* para el equipo.

Conseguimos sumar algún punto más en medias yardas y, cuando veo el tiempo, suspiro tranquilo porque ya poco queda por hacer. Unas últimas jugadas y volveremos a casa. Dejaremos este mal momento atrás y podré volver a ella.

Es su cara la que se aparece ante mí y me preparo para lanzar decidido esta vez, pero la pierna no me responde. Puedo moverla, pero me cuesta colocarme para hacer un buen pase.

Joder, me quedo sin opciones.

Tengo a Austin más cerca, si tan solo pudiera llegar hasta él. Cuando me ve y entiende la jugada que quiero hacer, se prepara.

Corro en su dirección evitando a la defensa y, cuando le lanzo el balón, tengo que aguantar el grito que se me instala en la garganta cuando hago el movimiento. Frenar de golpe está descartado, pero me sorprendo cuando veo a uno de los *guards* de los Gigants agacharse cerca de mí en vez de tratar de saltar para coger el balón.

Lo siguiente pasa demasiado rápido y no tengo apenas tiempo de nada.

Pero lo más curioso es que parece como si a mi alrededor el mundo comenzara a ir a cámara lenta. Veo delante de mí cómo Austin trata de coger el balón hasta que algo tras de mí le llama la atención y comienza a llamarme a gritos, pero no me da tiempo a girarme del todo hasta que lo tengo encima.

Siento sus manos sobre mi cadera, cómo tira de mí hacia abajo por el placaje y lo primero que golpea el suelo es mi cabeza.

Siento el infierno arder en mi pierna, pero no me da tiempo a decir nada porque, en cuanto el casco vuelve a rebotar contra el suelo en la siguiente vuelta que damos, todo mi mundo se vuelve negro.

Capítulo 43

-KIRA-

Dystychiphobia: (n.) el miedo a lastimar a alguien.

—¡Por favor, por favor, por favor! —rezo a quien sea que me esté escuchando—, otra vez no, por favor.

Estoy sentada en la sala de espera del hospital y todo es un caos. Todo ha sido un caos desde que hace unas horas mi mundo se viniera abajo. Otra vez.

Cuando llegué a casa con Cosi después de su entreno, ninguna podíamos imaginar lo que nos esperaba dentro.

Papá estaba sentado serio en el sofá y, cuando nos vio, trató de parecer fuerte, pero yo había visto esa cara antes, y el frío se instaló en mi cuerpo, gélido, cortándome por dentro sin piedad.

Bastó con que dijera su nombre para que las piernas dejaran de sostenerme. Si Cosi no llega a estar junto a mí, podría haber caído de cara al suelo, pero me da igual.

Allí, sentada en la fría madera con mi hermana abrazándome por detrás y mi padre sujetándome las manos como si fuera mi ancla en pleno oleaje, nos contó lo que había pasado.

Que Matt había tenido una caída en el partido y estaba inconsciente.

Su familia ya estaba en el hospital y él quería ser quien nos lo contara antes de llevarnos allí.

Cogimos todo lo básico sin pensar demasiado. Yo llevo desde entonces con el piloto automático puesto y no siento ni padezco.

En cuanto llegamos, Freida y Hannah nos cuentan que de momento están haciéndole pruebas y que sigue inconsciente. Tiene una fractura en la pierna derecha, pero lo que más les preocupa es que no tenga ningún daño cerebral. Quieren estar seguros antes de hacer cualquier diagnóstico.

Al no ser familiar, Freida no puede atenderle, pero tiene a todos sus compañeros pendientes y la avisan de cualquier novedad. Incluso logra pasar a ver cómo va todo.

Mientras, los demás solo podemos esperar.

Louis y Archer llegan poco después y nos cuentan un poco cómo fue todo, más a nosotros para no preocupar a sus madres. Al parecer, fue una falta buscada por uno de los jugadores del otro equipo, que se la tenía jurada a Matt.

El partido se suspendió después y algunos de los jugadores acabaron peleándose.

Ambos tienen algunos moretones en la cara, pero no parece grave.

—Hemos venido en cuanto hemos podido —dice Louis tratando de controlar los nervios de su voz.

Cosi está a mi lado, no se ha separado de mí desde que hemos llegado, y los chicos se han sentado junto a Jack, quien parece también a punto de derrumbarse.

Veo moverse lentamente las manijas del reloj frente a mí, como si se estuvieran riendo de mi sufrimiento con cada tictac.

—Todo saldrá bien, Kira —susurra mi hermana a mi lado y el apretón de sus manos me da calor para poder seguir un poco más—. Matt es fuerte.

—Lo es. Es muy fuerte —repito, tratando de convencerme a mí misma, a mi alma y a mi corazón, que ahora mismo están llorando—. Cosi, he sido una estúpida.

—No digas eso.

—Lo he sido. Temía hacerle daño, estaba hecha un lío con todo lo que había pasado y creí que necesitaría algo de tiempo para poner mi cabeza en orden, pero solo necesité un día para darme cuenta de que puedo necesitar alejarme de todo menos de él —acabo confesándole entre lágrimas—. Luego como una estúpida me acojoné y pensé que le había apartado demasiado, pero cuando me pidió hablar de nuevo fue como si volviera a salir el sol. Y ahora…

—Ahora va a despertarse y le dirás todo esto a él, ¿me oyes? Y dejaréis de ser idiotas los dos.

—Vaya, gracias. —Trato de reírme, pero con todo los nervios que aún tengo dentro sale un ruido raro.

—Hablo en serio. Desde que se metió en tu vida, o tú en la suya, aún no sé muy bien cómo fue eso, has cambiado. Has vuelto a ser la Kira que eras antes, la que brillaba más que las estrellas. Echaba de menos a mi hermana.

—Lo siento, pequeña. Por haberme ido.

—Me alegra tenerte de vuelta. Y tu idiota volverá; si te prometió que teníais que hablar, lo hará. No conozco a nadie que pueda ganarte a cabezonería y eso es mucho, pero él es capaz.

Le sonrío en agradecimiento y me aferro a sus palabras como me aferro a su agarre.

Cuando Freida sale con un doctor al cabo de otra hora más, todos nos ponemos en pie cual robots. Logro respirar un poco al verla sonriendo, pero sé que no podré calmarme hasta que no lo escuche con palabras.

Si el médico se sorprende al ver a tanta gente reunida, no dice nada.

—Le hemos hecho todas las pruebas necesarias y más para descartar cualquier complicación —habla para todos, pero sobre todo para sus madres— y han sido negativas. Tiene una contusión, pero se pondrá bien. Está sedado por la pierna, hemos tenido que operarle la fractura, pero en unos meses podrá volver a jugar como nuevo.

—¿Y cuándo despertará? —pregunta Hannah, que llora feliz abrazada a su mujer.

—Eso no podemos saberlo con certeza, pueden ser horas o días. Pero con su pronóstico no creemos que tarde mucho. Les mantendremos al tanto de cualquier cambio. Está en una habitación, pero conviene no atosigarle demasiado, así que las visitas por favor de una en una y no mucho rato, ¿de acuerdo? La familia puede quedarse a pasar la noche.

—Gracias, doctor.

Todos le agradecemos y nos abrazamos felices por la noticia.

—Voy a avisar a los chicos y al entrenador, estaban esperando cambios —nos comunica Louis mientras se aleja para hablar por teléfono.

—Nosotras nos quedaremos a pasar la noche, como ha dicho el médico —dice Freida—. Cariño, ¿quieres quedarte también?

—No te preocupes mamá, seríamos demasiados, y Matt ahora necesita descansar. —Su voz aún suena algo rota de la emoción y las lágrimas no dejan de salir, pero está feliz—. Lo importante es que esté bien. Iré a casa y me quedaré con Em.

—Podéis venir a la nuestra. Nos vendrá bien estar juntos, a las peques les servirá para distraerse —dice papá mientras mira el rincón donde ambas se han quedado dormidas una junto a la otra—, y así si hay cualquier cambio podemos venir más rápido.

—¿Seguro, Michael? —pregunta Freida.

—Claro, mujer, ¿para qué están los amigos? —Papá las abraza y me alegro muchísimo de que se hayan encontrado—. ¿Por qué no vamos a tomarnos un café? Ahora poco podemos hacer por él.

—Gracias.

—Esto, señora Jones…

—¿Sí, cariño? —me pregunta Hannah.

—¿Le importa si entro a verle antes de irnos? Prometo que será un minuto y salgo.

Ambas se miran y me sonríen de vuelta.

—Claro que no, cariño, estoy segura de que le vendrá bien escuchar una voz conocida.

—Gracias —les agradezco aún con la emoción en la punta de la lengua.

Cosi me guiña un ojo animándome, antes de girarse hacia Jack y juntar su mano con la suya. Este la mira sorprendido, pero no se aparta, sino que la atrae hacia él y juntos van hacia los asientos que están cerca de las pequeñas.

Después de armarme de valor, pregunto y no tardo mucho en encontrar su habitación.

Cuando entro, el silencio me recibe, roto a momentos por el pitido de las máquinas que están a su lado. Y no puedo evitar recordarla. Las lágrimas se escapan solas, van por libre y no puedo ni quiero controlarlas.

Está tumbado en la cama, tan quieto, tan tranquilo, que tengo que repetirme que está dormido. Solo eso. Y que pronto va a despertar.

Me acerco poco a poco, paso por el lado derecho, donde su pierna escayolada descansa en una pequeña grúa que la eleva unos centímetros y, al llegar hasta su mano, la acaricio con cuidado, como si fuera a romperse si presiono muy fuerte.

Cuelo la mía debajo y, cuando nuestros dedos se entrelazan, me muerdo el labio inferior para controlar el temblor que me recorre.

—Hey, tú —le digo, aunque sé que no puede contestarme.

Mi mano libre le acaricia el pecho deteniéndose donde su latido baila bajo mi contacto y por un momento es el único sonido que me permito sentir.

—Sé que estás ahí, Quarterback, así que más te vale escucharme y hacerlo atentamente —le medio amenazo y me río de mí misma porque a saber qué imagen estoy dando—. Ahí fuera tienes a muchas personas que se mueren por volver a verte. Y a la otra línea del teléfono tienes a tu otra familia también preocupadísima por ti. Así que más te vale que espabiles, te pongas bueno pronto y abras los ojos.

Su respiración es regular, y el subir y bajar de su pecho es lo único que me recuerda que sigue aquí conmigo. Le acaricio el pelo, tomándome mi tiempo y haciendo pequeñas fotos mentales de él para llevarme a casa. Para tenerlas hasta que pueda volver a crear nuevos recuerdos juntos si me deja.

—Voy a hacerlo, Matt. Voy a presentarme al examen. No tengo mucho tiempo, pero daré lo mejor de mí, te lo prometo —le confieso mis planes y, si cierro los ojos, soy capaz de imaginarme esa sonrisa suya tan pedante mientras me anima a ir a por ello—. Te prometo que no pararé hasta conseguirlo y que ojalá puedas estar ahí y verme tocar. Tú y yo tenemos una conversación pendiente y pienso cobrármela. Tengo muchas cosas que decirte, así que no me hagas esperar demasiado, ¿vale?

—Hadita… —Papá entra sin dudar en la habitación hasta llegar a mi lado. Yo no he soltado su mano desde que entré hace unas horas, y el calor de sus dedos contrasta con el frío de los míos. Lo ve y me aprieta el hombro—. Todo saldrá bien, pequeña.

—Tengo miedo —dejo escapar en un susurro las dos palabras que me destrozan por dentro—. Y si…

—Él no es mamá, mi vida. Saldrá de esta.

—Volver aquí me ha hecho pensar en lo que más recuerdo de esa época.

—¿El qué? —Su voz suena rota, aunque quiera esconderlo. Es lo que hace el dolor, da igual el tiempo que pase.

—En que pensé que aún tendríamos algo de tiempo. La última vez que la abracé… pensé que teníamos tiempo —ahora la que se rompe soy yo—, ojalá la hubiera abrazado más fuerte. Ojalá no la hubiera soltado.

—Tenía que irse, Kira.

—Lo sé.

—Matt volverá, ¿y sabes por qué lo sé? —Le miro con esperanza en los ojos, esa que creí que se había extinguido—. Porque él tiene razones para luchar, para volver aquí, con nosotros, contigo.

Antes de irnos le beso en los labios, una suave caricia que me guardo en el corazón y que espero que pueda sentir esté donde esté.

El domingo después de comer decido cerrar la única puerta que queda abierta de una herida que tendría que haber dejado cicatrizar hace tiempo.

—¿Estás segura, cariño? —me pregunta papá desde el asiento del conductor—. Puedo entrar contigo si quieres.

Me planteo por un segundo su oferta, pero me recuerdo a mí misma por qué estamos aquí y lo que necesito. Tengo que hacerlo sola.

—Gracias, *pa*. Pero puedo con esto.

—Sé que puedes, y recuerda que estaré aquí fuera. Así que tómate el tiempo que necesites.

Trato de no emocionarme al recordar que eso mismo era lo que me decía Matt cuando me acompañaba en nuestras escapadas. Va mejorando poco a poco, pero aún no se ha despertado. Aunque los médicos están muy optimistas con su recuperación, yo no podré estar tranquila hasta que le vea abrir los ojos.

Salgo del coche y, por primera vez, el camino hacia la residencia no se me hace pesado. Ni siento los calambres y el frío que me recorría cuando el miedo hacía acto de presencia.

Me siento yo misma y es lo más liberador que he sentido nunca.

Saludo a las enfermeras antes de dirigirme a su encuentro.

Está sentada en su viejo sofá amarillo. Recta, pulcra, mirando por la ventana con la vista perdida en algún punto del paisaje, y juraría que la veo suspirar. Pero, cuando se percata de mi presencia, todo su lenguaje corporal cambia, poniéndose en alerta.

—María, llegas tarde.

—Hola, abuela —la saludo y me acerco a su lado. Me siento en el pequeño banco que hay a su derecha y espero a que vuelva a sentarse. Me mira sin comprenderlo, pero acaba claudicando a regañadientes—, tenemos que hablar.

—Más vale que sea importante, estás perdiendo tiempo de práctica y así no mejorarás nunca.

Suspiro y trato de que, con esa respiración breve, el valor no abandone mi cuerpo.

—Seré rápida. —Cojo sus manos y, aunque al principio temo que me aparte, no lo hace. Me mira seria, cuestionando cada uno de mis movimientos, pero no me aparta a un lado, así que me aferro a eso para darle una última despedida—. Abuela, soy Kira, no María. No sé si mis palabras te llegan o se pierden en algún punto del camino, pero quería decirlo una última vez. Mamá ya no está y no va a volver. Yo he intentado este tiempo aferrarme a lo que sea que hubiera entre nosotras por ella, por ti y por mí, pero ya no puedo más. —Hago de tripas corazón y no lucho contra las lágrimas porque hace poco aprendí que llorar no tiene nada que ver con ser más o menos valientes, sino que llorar es necesario y punto. No podemos frenar lo que nos pide salir, y yo llevo guardando mucho demasiado tiempo—. Así que creo que es hora de dejarlo ir. Y, aunque parezca mentira, a una parte de mí le duele porque te quiero. A pesar de los gritos, las quejas o los reproches, te quiero y eso no se irá. Pero también puedo entender mejor a mamá. A veces el amor no basta.

—María...

—No puede bastarme, abuela, cuando duele tanto. He tenido la suerte de encontrar y tener gente a mi lado que me ha ayudado a darme cuenta de eso. Soñar despierta por algo que no va a pasar no es sano, y es hora de que comience a pensar en mí. Voy a seguir tocando, seguiré aprendiendo y seguro que me caeré más de una vez por el camino, pero me levantaré las veces que haga falta. Solo espero poder llegar a ser una ínfima parte de lo que fue mamá.

Brillar como ella. Y disfrutar de la música que tanto amamos. Por eso... —acaricio sus manos arrugadas por el paso del tiempo una última vez— esta soy yo cortando el hilo que me ahorcaba y no me dejaba respirar. Esta soy yo haciendo algo que debí haber hecho hace meses, decirte adiós.

—¿Y ya está? —me pregunta como si nada—, ¿piensas marcharte y seguir con tu patética vida? Si dejas todo atrás, María, solo tendrás miserias.

Le sonrío con pena porque en el fondo solo ha conocido lo que el dinero es capaz de dar. Ha vivido toda su vida trabajando, rodeada de lujos y sin amor, hasta que se le ha escapado de las manos.

—Prefiero vivir en miseria, pero rodeada de amor y con los míos, que sola y con dinero o títulos que con el tiempo acabarán desapareciendo entre mis dedos.

—En ese caso, vete. Si lo que quieres es tirar tu vida a la basura, hazlo —me grita poniéndose en pie. Esto llama la atención de los sanitarios, pero los detengo con un gesto de mano—. Pero no vuelvas pidiendo perdón.

—Ojalá no tuviera que ser así, de verdad —le digo y no puedo evitar que una parte se rompa al dejarla ir—, pero necesito hacer esto o me consumiré aquí contigo. Prometo que siempre estaremos cerca y, si nos necesitas, solo tienes que llamarnos. Estaremos velando por ti, abuela.

—Vete fuera —me echa mientras vuelve a sentarse en su trono como una reina a quien han enfadado—, no quiero la condescendencia de nadie.

—Adiós, abuela.

Me despido por última vez y, cuando salgo de la residencia, siento como si algo dentro de mí se reseteara. Como si las piezas encajaran por fin.

Camino hasta papá y me lanzo hacia sus brazos en los últimos pasos, a lo que me atrapa sin problema.

—Shhh, ya está pequeña, lo has hecho —me susurra mientras contiene mi llanto—, lo has logrado. Estoy orgulloso de ti.

—Duele, papi, duele mucho.

—Lo sé, mi vida. Decir adiós siempre es difícil. Pero con el tiempo sanará, y siempre estaremos cerca de ella.

—¿Lo prometes?

—Lo prometo.

—¿Vamos a casa? —me pregunta una vez que nos ponemos de nuevo en marcha.

—¿Te importa dejarme en un sitio?

Él asiente y me sonríe mientras vuelve su atención a la carretera.

Necesito hacer una última parada.

Cojo mi mochila y la sujeto fuerte contra el hombro mientras veo marchar el coche por el camino de piedra.

El mar me recibe como una caricia. El olor a sal se me cuela dentro, como una droga de la que no puedes escapar.

Dejo caer la mochila y, sin perder de vista mi objetivo, voy quitándome una a una las capas de ropa que siguen el mismo camino hasta aterrizar en la arena. Me quedo solo en ropa interior y, paso a paso, me acerco hasta la orilla.

Cuando las primeras olas acarician mis dedos, el frío pasa a convertirse en una segunda piel, como una armadura invencible.

Voy adentrándome poco a poco, como si le pidiera permiso a la inmensidad frente a mí, quien me recibe con los brazos abiertos.

Y es como si le sintiera también a él. Porque Matt al final es arena, océano y sal.

Es este refugio que me ha sanado por dentro y por fuera.

No sé cuánto tiempo permanezco flotando en el agua o sumergiéndome en ella hasta que mis pulmones me gritan por aire, pero cuando salgo estoy tiritando de frío y mis dedos parecen pasas resecas.

Saco la toalla de la mochila y me seco rápido para entrar en calor, y una vez que estoy cambiada me siento en la arena y cojo el viejo cuaderno donde tengo algunas de mis canciones sin acabar.

—¿Sabes qué? —le cuento al cielo, a ella, y el viento acaricia mi mejilla como una caricia y sonrío al sentirla a mi lado—, me he acordado de algo que me contaste de pequeña, que a veces hay personas que llegan a nuestra vida como luciérnagas en la oscuridad y te brindan un poco de su luz para iluminarnos en el camino. Matt es mi luciérnaga, mamá. Como papá fue la tuya. La he encontrado por fin.

Paso horas frente al mar, viendo cómo el sol poco a poco va desapareciendo ante mí, ocultándose tras el infinito dando paso a la noche. Y me dejo llevar, pienso en todo lo que he vivido hasta hoy, pienso en las risas, los olores, las caricias, los besos, pienso en mi familia, en los amigos que he hecho y en él. Sobre todo en él. Y dejo que mis dedos cobren vida propia y pongan sonido a todas esas emociones y sentimientos que me hacen sentir tan viva.

Capítulo 44

-MATTHEW-

Saorsa: (n.) libertad.

Las notas viajan libres, como crías de pájaro en su primer vuelo, creando melodías que se cuelan por mi ventana llenando la habitación de música. Y de su esencia.

Cierro los ojos y dejo que mi mente viaje lejos, atraído por la historia que Kira crea entre sus manos. Sintiéndome en un tiovivo emocional con cada giro de ritmo, y sé, sin necesidad de verla, que ella lo vive igual.

—¿Sabes? Me das tanta pena que creo que sería capaz de dejarte mi consola para que las horas te pasaran más rápido —se burla Jack desde la puerta y ni siquiera abro los ojos para prestarle atención—. ¿Seguís con la tontería esa de no veros? ¿Cuánto ha pasado ya? ¿Una semana, semana y media desde que te despertaste?

—Dos semanas y no es ninguna tontería —le digo mientras trato de colocarme mejor en la cama.

Él resopla, pero no tarda nada en venir a ayudarme con las almohadas y la pierna mala.

—Joder, no sé cómo aguantáis, aunque estando como estás pocos trotes puedes dar, ¿no?

—Sigue mofándote y te comes la almohada.

—Vaya... Nos hemos levantado gruñones esta mañana, ¿eh?

—Eso, tú sigue.

Se ríe antes de saltar sobre la cama, evitando mi pierna, claro, y se tumba a mi lado mientras escuchamos cómo Kira sigue tocando desde su casa.

—Por mucho que me lo expliques, sigo sin entender por qué sois tan cabezotas, qué más dará si os veis un rato. Y la ventana no cuenta, que nos conocemos.

—Porque me hizo una promesa —le digo por millonésima vez y Jack solo se burla.

Cuando desperté en el hospital todo fue cuesta abajo, al menos al principio. La pierna dolía horrores y la cabeza no estaba mucho mejor, pero poco a poco fui recordando lo que había pasado.

Me cabreé muchísimo, por culpa de ese jugador iba a perderme la final, pero después de despotricar e insultar hasta quedarme a gusto, comprendí que nada se podía hacer salvo trabajar para volver lo más pronto posible al campo.

Lo bueno era que la lesión no era grave y no me quedarían secuelas.

Tanto mamá como Freida parecían magdalenas las primeras visitas y Jack, por mucho que tratara de esconderlo, estaba igual, la más fuerte de todos era sin duda Emma. Supongo que por su edad no entendía del todo lo que podría haber llegado a pasar, y en parte me alegro. Que todo quedara en un susto.

Cosi fue la primera de los Jones a la que vi, y ella me contó lo que Kira había hecho. El paso que había dado con su abuela y que estaba trabajando como loca para llegar a tiempo al examen. Cosa digna de admirar teniendo también las clases y el trabajo.

Entonces recordé una especie de sueño que tuve con ella donde la oía, pero no podía acercarme ni tocarla. Según Freida, es normal, hay personas que pasan tanto tiempo inconscientes como yo, que son capaces de sentir su entorno en cierta manera.

Así que si mi sueño fue algo real decido que haré lo que sea para que se cumpla.

Fue entonces, la segunda semana, cuando me dejaron ir por fin a casa, que les pedí a todos que le dijeran a Kira que no quería verla hasta que no pasara su concierto.

Al principio estaba cabreada, pero entendió el mensaje subliminal bastante rápido y se le tomó incluso como un reto. A pesar de no vernos en persona, sí que hablamos por el móvil y me cuenta cómo sigue la vida ahí fuera, ya que vivir preso en tu propia habitación está guay los primeros días, pero tener que permanecer encerrado en casa por obligación deja de ser gracioso cuando ves los días pasar y la monotonía te atrapa en su red.

—¿Qué hay de ti? ¿Alguna novedad? —le pregunto tratando de que no se quede dormido, porque ya es lo que me faltaba.

—Poco que contar, las clases siguen igual de aburridas, los profesores preguntan mucho por ti y el mundo sigue girando.

—Ja, ja, ja, qué gracioso.

—Para eso vivo.

Veo cómo se estira para coger el mando de la tele antes de volver a su posición anterior y comienza a hacer *zapping* buscando algo interesante que ver.

—¿Qué tal con Cosima? —pregunto como si nada y noto cómo se tensa a mi lado. Lo esconde bien, pero lo he visto.

—¿Qué pasa con ella?

—No sé, dímelo tú.

—No empieces tú también, ¿vale? Tus otros dos mosqueteros ya han estado como moscas cojoneras a mi alrededor estos días.

Me río ante la mención de Louis y Archer y es que al estar yo recluido en casa necesitaba que fueran mis ojos y oídos.

—Pero ¿hay algo entre vosotros o no?

—Qué pesado, ya sabes que no me gustan las etiquetas, pero... —me suelta y su mirada no se aparta del techo.

—¿Pero?

—Me ha pedido salir.

Toso ante la sorpresa y me quedo mirándolo un rato con cara de tonto.

—No me jodas… ¿Y qué le has dicho?

La sonrisa pícara que me devuelve lo dice todo.

—¿Qué le voy a decir? Soy irresistible, así que le dije que podíamos intentarlo. A ver qué pasa.

—Espero que te ahorraras lo de «irresistible».

—Pues no, genio, lo solté también. —Le miro alzando las cejas y él me saca la lengua—. ¿Qué?

—Supongo que como es ella te habrá dado una hostia.

—Mira que eres imbécil.

—Pero lo hizo, ¿verdad?

—Sí… —confiesa por lo bajini.

Y yo me descojono en su cara.

—Perdón, perdón —le digo al ver que hace el amago de irse—, así que tú y Cosima, eh…

—No suena mal.

—No, no lo hace —Nos quedamos callados por unos segundos mientras busco las palabras correctas—. ¿Jack?

—Mmmm…

—Solo… ten cuidado, ¿vale? No quiero que sufras. Y, si necesitas hablar en algún momento, ya sabes dónde estoy.

—Sí, sí, postrado en la cama. No hay pérdida.

—Serás imbécil, niñato de mierda. —Trato de golpearle, pero estoy algo limitado con mis movimientos y lo sabe, por lo que se ríe ante mis pobres ataques. Ten hermanos para esto, uno les da la mano y te comen el brazo—. Ya vendrás llorando, ya verás.

—Vamos, vamos… No te pongas así.

—Tú sigue, que lo estás arreglando.

—Si te enfadas conmigo, ¿quién va a llevarte esta tarde al concierto, eh?

Le miro sorprendido porque juraría que había sido más cauto con mis movimientos, pero al parecer no sirvo como agente del servicio secreto.

—No sé de qué hablas.

—Ya claro, y yo soy uno de los chicos de One Direction, no te jode. —Se sienta en el hueco que queda libre y cruza las piernas cual indio para mirarme desde arriba, ya que yo sigo tumbado—. ¿Crees que no sé que planeas coger el autobús, idea estúpida por cierto, e ir tú solo media hora de viaje hasta el Central Palace para verla tocar por sorpresa?

—¿Cómo lo has sabido?

—Primero, nunca eliminas tu historial del ordenador; y, segundo, llevas usando la misma contraseña desde sexto —enumera como si nada.

—¿Y por qué coño coges tú mi portátil?

—Eso es lo de menos, sabes que las mamás no te dejarán ir, así que soy tu única salida.

—Podría pedírselo a los chicos.

—Tienen entreno esta tarde.

Mierda, lo tiene todo controlado.

—Está bien, tendrás que llevarme tú —claudico al final porque, en realidad, si tengo que elegir entre estar media hora en un autobús con las muletas y la pierna hecha una mierda a ir en coche, casi que me quedo con la segunda opción—. ¿Qué?

—¿Cómo se pide?

La madre que lo parió.

—Por favor.

—¿Por favor...? —me anima a seguir.

Por favor, dios, dame paciencia para no darle un guantazo y terminar con la gracia de las narices.

—Por favor, Jack, ¿puedes llevarme al concierto de Kira?

—¿Ves como no era tan difícil?

—Yo te mato. —Trato de levantarme y el tirón de la pierna hace que me tumbe enseguida—. Te juro que, en cuanto me quiten esta dichosa cosa, te mato.

—Pero para eso falta... —canturrea desde la puerta y veo cómo se pierde de mi vista, dejándome con la palabra en la boca.

Bailarina

Hey, tú

Mi móvil vibra a mi lado y sonrío a la pantalla como un idiota en cuanto veo que es ella.

Hey, tú

¿Qué tal estás?

Nerviosa

Irá genial, ya lo verás

Ojalá pudieras estar ahí

Lo sé, pequeña, pero prometo no perderme tu siguiente concierto

Mira que te tomo la palabra, eh

De todas formas, seguro que papá acaba grabándolo en vídeo, así que cuando vuelva podrás verlo

Estoy deseándolo

Escribiendo...

Escribiendo...

Veo que esa dichosa palabra no deja de salir, pero nunca llega a mandar nada.

¿Todo bien, Bailarina?

Si, esto... Verás, me preguntaba si...

¿Sí?

Ya que el concierto es hoy, ¿podría verte esta noche?

«Error 404. Not found».

Mi cerebro acaba de cortocircuitar con esas últimas cuatro palabras.

Ella. Yo. Esta noche. Solos.

Recuerdos de nosotros en su casa, en su cama y en la mía invaden mi mente y no me dejan pensar. Llevo tanto tiempo sin sentirla cerca que mi cuerpo vibra por ella solo de pensarlo, hasta el punto de tener que calmarme y controlarme o voy a tener que estar con un puto cojín tapándome hasta que se me pase el calentón. Porque ni de coña pido ayuda a mi hermano para que me acompañe hasta el baño.

Entonces recuerdo mi pierna y las ilusiones bajan un poco, porque siendo realistas tampoco es que vayamos a hacer mucho. Pero el simple hecho de poder tenerla por fin entre mis brazos es suficiente para calmarme.

Si estás cansado o prefieres estar solo, puedo ir a verte por la mañana. No me importa

Pero a mí sí me importa.

Esta noche es perfecta, pequeña

Pero esta vez tendrás que ser tú quien se cuele en mi ventana, porque yo lo tengo un poco complicado

Tranquilo, yo me las arreglo

Nos vemos esta noche

En realidad será antes de lo que piensas, Bailarina.

Hasta esta noche

Ah, y... ¿nena?

¿Sí?

Dales caña

Capítulo 45

-KIRA-

Sarang: (v.) el sentimiento de querer estar con alguien hasta la muerte.

—¿Estás segura de que lo tienes todo? —me pregunta Cosi mientras esperamos en el amplio salón del Palace a que vengan a buscarme.

—Sí, Cosi. Por millonésima vez: tengo las partituras, el agua, la bolsa y mis documentos.

—Perdona, es que estoy nerviosa.

—Pues anda que yo… —suelto y camino un poco para tratar de despejarme.

—Irá genial, ya verás —me anima papá que se ríe ante nuestro estrés.

Al menos uno de nosotros disfruta el momento.

Mucha gente va y viene, con distintos instrumentos y por un momento los nervios me juegan una mala pasada. ¿Y si no estoy preparada?

La colleja de Cosi impacta de lleno en mi mejilla y me deja descolocada en el sitio.

No ha sido muy fuerte, pero sí pica.

—¡Joder, Cosima! ¿A qué ha venido eso? —pregunto mientras me acaricio la zona dolorida.

—Para que te centres, ¿o crees que no sé por dónde iban tus pensamientos? Puedes hacerlo. Vas a salir ahí y vas a triunfar.

—¿Y era necesaria la violencia?

—Ya me lo agradecerás luego —dice como si nada, quitándole importancia—. Si vuelves a ponerte nerviosa, piensa en la irritación de tu mejilla y listo.

—Serás…

—¿Señorita Young? —me llaman y, al girarnos, vemos a una mujer del *staff* mirándonos impaciente—. ¿Está lista? Saldrá en cinco minutos.

—¿Ya? —pregunto con voz chillona, y los demás me abrazan y tratan de darme ánimos.

Antes de irse hacia la zona de los asientos, Cosi se señala la mejilla para que no lo olvide, y consigue sacarme una risa.

—¿Vamos?

—Vamos, estoy lista —me digo más a mí misma que a ella, porque comienza a caminar sin apenas esperarme.

Me deja en un camerino y me pide que espere hasta que vuelvan a buscarme.

Yo cojo todo lo necesario y reviso que todos mis amuletos están en su sitio.

La pulsera de gomitas, regalo de June; el anillo de la suerte de Cosi; la estampita de la virgen que llevo escondida dentro del pantalón de seda negro que me ha dado papá para que me proteja; el broche dorado del pelo de mamá; y por último, al revisar el reflejo que me devuelve el espejo, veo cómo el collar de girasoles descansa por debajo de mis clavículas. La camiseta de tirantes negra que he elegido a juego con el pantalón tiene una pequeña apertura en forma de triángulo y deja el collar a la vista.

Nada revelador ni demasiado llamativo, pero me siento más tranquila llevando una parte de todas las personas que quiero conmigo.

En cuanto uno de los realizadores viene a por mí, rezo una pequeña plegaria a mamá para que, esté donde esté, me acompañe esta tarde.

Salgo al escenario sola y por un instante los focos me ciegan un poco.

Me centro primero en el jurado, y en un rincón cerca de las primeras filas veo a la señorita Ribas, animándome feliz, orgullosa incluso. Como si siempre hubiera sabido que vendría.

Asiento con la cabeza para hacerle saber que la he visto y me presento ante los jueces antes de colocarme frente al instrumento.

Abro y cierro la tapa cuatro veces como parte de mi ritual y acaricio las teclas ante mí mientras me mentalizo de lo que estoy a punto de hacer.

Entonces antes de empezar los busco entre las gradas y sonrío al verlos, pero justo cuando voy a comenzar un estruendo por la zona superior hace que nos giremos todos a ver qué ocurre.

—Perdón, lo sentimos, llegamos tarde —oigo que dice Jack y ahogo un grito al ver quién va a su lado.

Ha venido. Está aquí.

Matt ha venido a verme.

Se sientan como pueden sin hacer mucho caso de la regañina de sus madres o de las quejas del jurado, pero su mirada no se aparta de la mía ni un segundo.

—Tú puedes con todo —dice desde la lejanía o al menos eso consigo entenderle a falta de palabras y, cuando me guiña un ojo y veo cómo se acomoda para disfrutar de la actuación, vuelvo a colocarme bien frente a mi compañero de batallas, esta vez sí, lista para todo.

La primera canción que comienza a escaparse entre mis dedos con cada caricia que roza las teclas es la primera que aprendí.

Una que me lleva directa a otro tiempo, donde unas manos más grandes y seguras abrazaban las mías, diminutas en comparación, mientras les enseñaban el camino.

Con *Ballade pour Adeline* regreso a mi infancia, a los abrazos de mamá, su risa, sus bailes descalza por casa, el olor a café por las mañanas y sus cuentos antes de dormir.

Y uso la canción para contar todo eso, mi historia con ella. Nuestra historia. Una que nunca tendrá final mientras yo pueda seguir recordándola, mientras pueda seguir disfrutando de la música y la sienta a mi lado, como ahora.

Me muevo al compás como si fuera una con la canción con cada subida, con cada cambio de registro, hasta que vuelvo a empezar. Me empequeñezco y agrando en cuestión de segundos hasta que la última de las notas se escapa entre mis dedos y queda flotando en el aire.

Sé que estoy llorando, pero no me permito borrar estas lágrimas porque son de felicidad; demuestran cuánto estoy disfrutando esto, como hacía tiempo que no hacía.

Además el examen es seguido, así que respiro para calmar el temblor de mis manos antes de comenzar esta vez con la canción de mi autoría.

Dejo que las primeras notas, que para mí representan el cantar de las gaviotas y la brisa salada acariciando mi cara, llenen poco a poco el teatro.

—Esta pieza se titula *Mi refugio a la vera del mar*; nació en un lugar que me permitió sanar, reencontrarme a mí misma y conocer a personas que me han robado el corazón. Espero que la disfruten —anuncio a los jueces y al público antes de volver a centrarme en la pieza.

Como antes, dejo que sea mi cuerpo, mis pies, mis manos y el vaivén de mi torso quienes tomen el control. Contando mi nueva historia.

Una que habla de caídas, de encuentros imprevistos, de amigos que se convierten en familia, de abrazos que se vuelven hogar y besos que queman hasta sanar.

Hablo de la valentía de mi padre por cuidarnos a pesar de que el dolor muchas veces lo anime a rendirse. Cómo sigue siendo mi héroe a pesar de todo.

Hablo de mis hermanas, de su locura, de cómo quiero matarlas la mitad del tiempo, pero al final del día quemaría el mundo por ellas.

Hablo de esos amigos que han llegado sin avisar, regalándome risas y cariño cuando no sabía que lo necesitaba.

Y hablo sobre todo de él. De sus bromas, de su amor incondicional y constante, de cómo me ha enseñado a buscarme y aceptarme a mí misma antes que nada. Hablo de cómo me siento cuando estoy con él porque, cuando las palabras no son suficientes para expresar lo que el alma encierra, la música habla.

Y ahora mismo la música y yo somos una.

No soy consciente del momento en el que todo se termina hasta que los vítores y aplausos del fondo, provenientes de mi familia, llenan el silencio del salón.

Todos están de pie, menos Mat, claro, pero aplaude como el que más. Incluso veo cómo se limpia las lágrimas desde aquí y la emoción es demasiada.

—Muchas gracias, señorita Young —comentan desde el jurado—, ha sido un repertorio precioso. Le comunicaremos los resultados en unas semanas.

—Gracias por la oportunidad, de verdad. —Por el rabillo del ojo veo cómo poco a poco se van poniendo en pie para salir al pasillo a esperarme. Cuando Matt se queda apoyado contra el asiento, no puedo contenerme más—. ¿Ya está?, ¿se ha acabado?

—Esto... Sí, claro —comentan sorprendidos.

Yo les sonrío y saludo feliz una última vez antes de coger mis cosas e irme. Pero, en vez de volver por donde he entrado, bajo las escaleras y corro hacia él.

Puede que haya roto algún que otro protocolo, pero me da igual. En cuanto llego a su lado, me recibe sin dudarlo entre sus brazos y aspiro su aroma como llevo queriendo hacerlo desde que supe que se había despertado.

—Kira, ha sido una auténtica maravilla —comienza a felicitarme, pero a mí en realidad es lo que menos me importa y le callo enseguida.

El beso nos descoloca a ambos al principio, como si fuera el primero que nos damos. Y en realidad es el primero de una nueva etapa, así que podría contar como tal.

Pero nos habituamos enseguida y sus manos se pierden en mi cadera y nuca, atrayéndome hacia él lo máximo posible, dejándome sentir que no soy la única que sufre aquí.

Cuando nos separamos me da pequeños besos en la nariz, como si no quisiera dejarme ir del todo y yo me rio, porque le echaba de menos.

Joder, cómo lo echaba de menos.

—No es por estropear el momento de película que acabáis de tener... —murmura Jack a nuestro lado.

—Un poco sí; la verdad que parece que venís de la guerra y no os veis desde hace años —añade Cosi.

—La cuestión es que creo que estamos interrumpiendo un poco. —Jack señala al escenario y veo que un nuevo participante y el propio jurado nos miran expectantes.

Trato de no morirme de la vergüenza mientras nuestros hermanos siguen cachondeándose de nosotros hasta la salida.

Una vez fuera, todos aprovechan para felicitarme.

—Has estado espléndida, Kira —me dicen Frida y Hannah—, al final hemos acabado grabándote nosotras porque tu pobre padre no podía de la emoción.

—Oh, papá. —salto a sus brazos al ver que sigue aún llorando con June al lado tratando de calmarlo.

—Lo siento, lo siento —trata de disculparse, pero yo le aseguro que no tiene por qué—, es que estoy tan orgulloso de ti, y estoy seguro de que tu madre está igual de feliz ahora mismo.

—Gracias, *pa*.

—Eres maravillosa, Hadita. No lo olvides nunca.

—Bueno, ¿qué? —pregunta Cosi con June en brazos—. Ahora a celebrarlo, ¿no?

—¡Esooo! —exclaman las peques y todos nos reímos.

Volvemos a casa todos juntos y cenamos en la de los Jones. Louis y Archer se han unido también.

Hay música, barbacoa y muchas fotos. Me muero de vergüenza y odio ser el centro de atención, pero papá no deja de poner mi actuación cada dos por tres para que todos la vean.

Bailamos hasta que los pies nos duelen y, cuando llega la hora de partir, no tengo ni que preguntarlo, es como si papá me leyera la mente.

—¿Ten cuidado, vale? —me pide—. Descansad y usad protección.

—Papá, por favor... —Me tapo los oídos porque con tener esa dichosa conversación con él me bastó.

Se marcha con las chicas y Freida y Hannah no tienen ningún problema en que me quede, pero nos recuerdan lo mismo que papá y me pregunto cuántas veces una tiene que desear que la tierra la trague para que ocurra de verdad.

—Menudo día —suelto mientras me dejo caer en su cama.

—Y que lo digas.

Veo cómo trata de quitarse la ropa y me acerco a él sin pensarlo dos veces.

—¿Puedo? —le pregunto y espero que mi voz haya salido sexi. Al menos en mi cabeza sonaba así.

—Puedes hacer lo que quieras conmigo, estoy a tu merced, preciosa. Siento no ser de mucha ayuda ahora mismo —se lamenta y yo trato de que se olvide de su pierna, al menos esta noche.

La camiseta sale fácilmente y, cuando se pone de pie, conseguimos sacarle los pantalones de chándal para ponerle el pijama.

Puede que me tome mi tiempo en cada movimiento y eso lo ponga un poco nervioso.

Mentiría si dijera que no disfruto con este nuevo poder.

—Ahora faltas tú —me dice.

—Dame un momento —le pido y cojo el móvil de mi mochila.

Está apoyado contra el respaldo de la cama para estar más cómodo y tener la pierna en alza, pero me mira curioso.

Cuando encuentro la canción que quiero, reviso que la puerta esté cerrada antes de darle al *play* y trato de controlar los nervios.

Comienzo a danzar con la música en movimientos cortos, sensuales, o al menos trato de que lo sean, mientras voy quitándome la ropa sin apartar la mirada de la suya.

Primero me quito los pantalones y subo mis manos acariciando mis costados como si fuera él, hasta que llego al borde de mi camiseta. Subo poco a poco con ella y, cuando voy a quitármela, esta se atasca.

—Tienes que estar de coña —comienzo a tirar por liberarme olvidándome ya de parecer sexi, pero no hay manera de quitarme el dichoso trasto de la cabeza.

Oigo que Matt se ríe y odio que las cosas no me salgan bien. ¿Tan difícil es hacer un estriptis a tu novio? Por qué estas cosas tienen que pasarme a mí.

—Anda, ven aquí, nena.

Me acerco hasta él tentando el terreno porque no veo nada. Y, con su ayuda, me siento sobre su regazo resignada por mi fracaso absoluto.

Una vez que estoy libre, me juro no volver a usar esa camiseta nunca más.

—No te rías —le ordeno, aunque trato de esconder mi bochorno ocultando mi cara entre las manos—, ha sido ridículo y tú no ayudas.

—Lo siento —trata de disculparse, pero el muy idiota sigue riéndose. Le doy un golpe en el hombro y me quedo un poco más a gusto—. Vamos, no ha sido para tanto.

—¿Que no? ¿No estabas mirando?

—Créeme, Kira, no me perdía ninguno de tus movimientos —su voz pierde de golpe la diversión de antes y se vuelve más ronca—, tendría que estar ciego para no verte.

—Me hubiera gustado acabar de otra forma, lo que he hecho tiene poco de sexi.

—Pues estoy en desacuerdo con eso, que lo sepas.

—Vamos, Matt, solo lo dices para hacerme sentir mejor.

—Oh, ¿eso crees? —Se mueve un poco hacia un lado y yo caigo en la cuenta de que estoy sentada a horcajadas sobre él. Solo estamos en ropa interior y es inevitable sentir cómo de duro está debajo de mí—. Creo que mi cuerpo opina otra cosa.

—Eres imbécil.

—Y tú una jodida diosa que ha venido de mi infierno particular para tentarme y hacerme sufrir —contraataca—. Si no llevase esta maldita escayola, te puedo asegurar que te abría cogido y lanzado sobre la cama mucho antes de que tu camiseta llegase a atascarse.

—Qué gráfico.

—No te haces una idea de lo que ha sido verte ahí, siendo toda tentación y no poder tocarte como quiero.

—¿Y cómo quieres tocarme, Matt? —le pregunto deseando sentir sus manos sobre mí.

Él sonríe y me derrito en cuanto veo marcarse ese hoyuelo suyo.

Cuando sus manos toman el mando, me dejo llevar y hacer. Y no pasa mucho tiempo hasta que mis caderas se mueven contra él buscando también cariño y atención.

—Me vas a matar —susurra contra mi oído mientras que con un giro de muñeca logra deshacerse de mi sujetador y liberar mis pechos.

Juega con ellos, torturándome de paso, y me pregunto quién acabará matando a quién antes.

Mientras su boca se apodera de la mía, una de sus manos se cuela entre nosotros y busca su camino hacia mi interior. Yo ya estoy mojada y se cuela sin problema.

Antes de llegar al clímax, le pido que pare.

—¿Estás bien? ¿Te he hecho daño? —me pregunta enseguida y yo le beso para calmarle.

—Tranquilo, todo está bien, es solo que quiero probar otra cosa. —Me mira sin entenderme y yo me muerdo el labio jugando con él—. ¿Tienes un condón cerca?

Sus ojos se abren y me río al verle porque parece las caricaturas de los dibujos animados que veíamos de pequeños cuando se les enciende una bombilla sobre la cabeza.

—En el segundo cajón de la mesita de noche.

Me acerco hasta donde me dice y lo encuentro sin problema.

Cuando vuelvo a colocarme en la posición de antes, rompo el envoltorio con las manos y saco su miembro de su bóxer para ponerle el condón.

Lo hago despacio, sintiendo cómo se tensa ante mi agarre y, cuando está, me quito rápido las braguitas antes de colocarme sobre él, pero sin saber muy bien qué hacer.

Matt parece leerme entera porque coge su miembro con una de sus manos y lo acerca lentamente hasta mi entrada, preguntándome en todo momento para saber si estoy cómoda hasta que estoy lista.

Entonces bajo despacio guiándome con sus manos en mi cadera y, cuando lo siento llenarme entera desde esa posición, siento como si miles de fuegos artificiales explotaran dentro de mí.

Trato de no hacer movimientos bruscos por su pierna y me sujeto a sus hombros, pero ambos poco a poco vamos aumentando el ritmo hasta que acabamos llegando al clímax.

—Ha sido una de tus mejores ideas, Bailarina —me dice cuando nos recuperamos un poco—. Por favor, no te cortes siempre que te vengan y quieras probar.

—Lo tendré en cuenta, Quarterback.

Después de limpiarle y asearme en el baño nos tumbamos de lado y no tardo mucho en sentir cómo el sueño gana la batalla y se relaja a mi espalda, abrazándome fuerte.

Es entonces, perdida en el calor de su cuerpo y todo lo vivido esta noche, cuando entiendo que siempre soñé con una historia como la de los libros que me robaban el sueño. Pero hasta que Matt no llegó a mi vida no comprendí que la mejor historia de amor no es la perfecta ni en la que todo es un camino de rosas, sino que ocurre cuando te enamoras de la persona más inesperada en el momento menos pensado.

Como nosotros.

Con ese pensamiento flotando entre nosotros y la sonrisa boba dibujada en la cara dejo que Morfeo me atrape entre sus redes.

Epílogo

-MATTHEW-

Minutiae: (n.) los pequeños detalles que hacen a uno único.

—No puedo creer aún que hayas sacado matrícula en Álgebra —noto cómo Kira se queja entre mis brazos.

La pobre sigue sin superar que haya sacado más nota que ella en la dichosa asignatura y, la verdad, ni yo mismo me lo explico aún.

Estamos en nuestro rincón frente al mar, celebrando. Louis y Archer están dentro del agua algo alejados y prefiero no saber lo que están haciendo. Jack y Cosi están discutiendo por alguna tontería seguro, y veo a algunos del equipo bailar cerca de la orilla.

—Vamos, ¿vas a estar con eso mucho más? Nos dieron las notas hace unas horas, es tiempo de que lo superes. Somos libres y el verano está ante nosotros. Ahora toca disfrutar.

Al final los chicos ganaron la temporada en ese último partido. El entrenador me dejó estar con ellos animándolos —y gritando más de la cuenta— desde el banquillo, así que no me sentí tan mal por perdérmelo. Y, cuando el pitido final sonó y nos coronamos como los vencedores, no podía creérmelo.

Habíamos ganado la liga y nos llevábamos el título a casa. Éramos campeones.

La mitad de curso que quedaba pasó más rápidamente de lo esperado y los últimos meses los pasamos a tope preparando los finales.

Incluso saqué a Kira más de una vez de sus casillas por no entender lo que me explicaba. Sin embargo, cuando llegó la hora de hacer los exámenes, era como si las cosas me salieran solas, como si por fin ante mí viera algo con lógica, y no solo números y letras al azar.

Ella se ha graduado este curso con matrícula en la mayoría de sus asignaturas, así que está feliz. Ha sido la mejor de nuestra promoción este curso. Y yo por mi parte no me puedo quejar con mi media.

He logrado salvar otro año y ahora solo nos queda un último empujón antes de que esta etapa acabe.

—Estaré molesta todo lo que quiera, pero no es que no te crea capaz de lograrlo —me dice tratando de restar un poco de enfado de sus palabras.

—Me quedo más tranquilo. —Bebo un sorbo de mi cerveza mientras ella continúa con su dilema interno. Está demasiado mona cuando se enfada.

—Es que o me mentiste y no se te daban tan mal —me acusa— o yo soy un genio enseñando.

—Quedémonos mejor con la segunda opción, ¿te parece?

Se gira un poco para encararme y me saca la lengua en respuesta.

Muy madura, sí, señora.

—Por cierto, ¿te han llamado por lo del examen?

—Sí, al final no pasé el corte —comenta por lo bajini y tengo que levantarle el mentón para que no evite mi mirada.

—¿Estarán de coña, no? Pero si arrasaste ese día. Dame su número, que se van a enterar estos jueces de pacotilla de lo que vales.

—Tranquilo, Supermán —me pide entre risas, pero yo lo digo muy en serio—, está bien. La verdad es que hay mucho nivel y yo ya sabía que iba con el tiempo justo para prepararme. Pero no me rendiré, tengo otra oportunidad el año que viene y esta vez empezaré a practicar antes.

—¿Estás segura de que estás bien, pequeña?

—*Sip*. Solo necesito uno de tus abrazos. Nada más. Solo sentir tus brazos a mi alrededor para recordarme que todo está bien es más que suficiente —murmura y acaba girando del todo para quedar cara a cara y se abraza a mi nuca antes de besarme suavemente. Hago lo que me pide sin pensarlo y la aprieto fuerte contra mí—. Y gracias por defenderme así, al menos sé que mi honor está a salvo contigo.

—Que se atrevan a cuestionar tu talento —la aviso—, que se las verán conmigo.

—Eres idiota.

—Yo también te amo, pequeña.

—Quién nos diría que acabaríamos así aquel día en el que me espiaste por la ventana.

—Así no sé —confieso—, pero, en cuanto te vi, sentí que ibas a cambiar mi vida.

—La primera vez que te conocí no fue amor a primera vista, mi amor por ti sin duda se formó poco a poco, como una semilla floreciendo. Tu forma de ser, tu voz, tu pelo —va relatando y dejando besos por mi cara y cuello volviéndome loco—, tus ojos, tus bromas, cómo seguías ahí incluso después de ver las partes más oscuras que escondía, me fui dando cuenta de que eras exactamente lo que estaba buscando.

—Me alegro de que te quedaras con la habitación frente a la mía, Bailarina.

Se ríe contra mi boca y la sensación de ingravidez es maravillosa.

—Joder, y yo, es la primera vez que me alegro de que Cosi me ganara en algo.

Los demás nos llaman para jugar y no podemos escaquearnos, pero me prometo a mí mismo demostrarle cuánto la amo en cuanto estemos solos.

—¿Qué crees que nos deparará el próximo curso? —me pregunta tratando de retrasar el tener que levantarnos lo máximo posible.

—Ni idea, pero, mientras estés conmigo, será divertido descubrirlo juntos.

—Puede que no nos aburramos demasiado —comenta señalando hacia el rincón donde nuestros hermanos se pican continuamente y nos reímos al ver cómo Jack acaba en el suelo después de sufrir una de las llaves de Cosi. Louis y Archer salen del agua y tratan de separarlos, pero la cosa no acaba bien para ellos.

—Sin duda, con ellos nunca podemos quejarnos de monotonía en nuestras vidas.

—Solo espero que no se maten antes.

—Habrá que controlarlos —la reto.

—Me gusta cómo piensas, Quarterback.

—Y tú me vuelves loco a mí, Bailarina.

—Te amo.

—Yo también —susurro antes de besarla y disfrutar por última vez esta tarde del mar que tanto nos ha dado.

No lo alargamos más y nos unimos al resto para celebrar el fin de un curso que sin duda nos ha traído a todos cambios de lo más imprevistos, pero que nos han cambiado para siempre.

FIN

Nota de la autora

En esta historia he tratado temas con los que yo me he sentido identificada en algún momento de mi vida y que tú, como lector, puedes hacerlo también. El miedo y la incertidumbre al futuro, las presiones familiares, el duelo, la pérdida de un ser querido, los sueños incumplidos y el miedo al fracaso, el no ser suficiente... Por ello, me gustaría mandar un mensaje a todas las personas que se adentren en esta novela. Si alguna vez has sentido o sientes alguna de estas cosas, si el pecho te duele hasta dejarte sin fuerzas, si quieres llorar, pero ya no tienes más lágrimas que derramar, si te sientes diminuto ante el mundo o si solo lo necesitas... por favor, pide ayuda. No estás solo/a, nunca lo estaréis, sois increíbles, maravillosos y no hay nada de malo en necesitar sacar lo que nos aprieta por dentro. No dudéis ni por un segundo en refugiaros en los vuestros, en amigos, familia, en quienes os quieren y están ahí para vosotros. Hay personas que pueden convertirse en refugio y están ahí para ti. Y por supuesto buscad ayuda profesional si sentís que es lo mejor. Nuestra salud mental se tiene que cuidar como quien se cura una herida. Que nadie os haga creer que sois menos por cuidaros primero.

Sé que podrás seguir adelante. No dejes que nadie nunca apague tu luz. No dejes de brillar y cuídate mucho.

Agradecimientos

Esta historia fue mi escape y mi refugio durante gran parte de la cuarentena que vivimos debido al coronavirus en nuestro país, y siempre tendrá un lugar especial en mi corazón. Cuando la incertidumbre, el miedo y el desasosiego se colaban por la ventana y el silencio reinaba en las calles vacías, pude cerrar los ojos, abrir el ordenador y dejarme arrastrar hasta Sunset Bay y ver cómo dos personas totalmente distintas, que solo existían en mi cabeza, se enamoraban y aprendían a sanar sus heridas. Y de paso yo con ellas.

Mi refugio a la vera del mar no existiría sin la ayuda de muchas personas:

Las primeras, sin duda, mi familia. Ella es el faro que ilumina mis días más oscuros. Cuando la ansiedad aparece por la puerta y el futuro se vuelve tan incierto que asusta, son el refugio donde puedo resguardarme. A mi madre, Anabella, y mi padre, Gabriel, solo puedo decirles «gracias» y me quedo demasiado corta. Pero no hay palabras suficientes para lo que significan para mí, son los héroes de todas mis historias. Ellos, al igual que la familia de Kira, y muchas otras en el mundo, arriesgaron todo lo que creían seguro para buscar un futuro mejor lejos de la única casa que habían conocido, para darles un futuro mejor a sus hijos. La palabra «valientes» no les hace justicia, y el amor que siento en mi pecho por ellos es infinito.

A mis hermanos, Santi y Lucas. Mis pequeños demonios, que de «pequeños» hace tiempo que tienen poco, pero que, para mí, da igual el tiempo que pase, seguirán siendo mis niños. Mis compañeros de aventuras y las dos mitades de mi todo. Os quiero, enanos.

Un «gracias» enorme a mis abuelos, Nuria y Alberto, por ser las dos personas más buenas, fuertes y maravillosas que conozco.

Por ser ese abrazo al que siempre quiero volver. Por alumbrar mis días y por apoyarme siempre. Ojalá fuerais eternos.

«Gracias» con todas las letras también a mis amigas: Isabel Fernández, por ser una guía indiscutible en todo lo referente a la vida en un instituto americano. Sin ti, amiga, la historia no habría ni empezado. Gracias por aguantar todos esos audios y esas dudas a las tantas de la madrugada. A mi Rorro, mi parabatai, Cristina Sanagustin, por ser la primera lectora beta de esta historia, por enamorarte de mis niños más incluso que yo y por creer en este proyecto y en mí cuando yo misma dudaba de todo. A Enara Ziaran, por ser la mejor *fangirl* que esta novela podría tener, por tu ayuda con mis dudas y por esa corrección maravillosa que me hiciste. Eres luz e inspiración, amiga.

A Javi G. de Hita, por emocionarse con cada uno de mis proyectos y por dejarme ser parte de los suyos, leerte siempre me deja el corazón calentito, mi elfo, y una sonrisa pintada en la cara. A Tamara Sánchez, mi *sis*, y a Miriam Iglesias, gracias por estar siempre a mi lado y por emocionaros más incluso que yo con cada novedad y avance de esta historia. A Leire García Pascual, Raquel Jiménez y Lorena Rodríguez, por ser un apoyo constante y con quienes puedo *fangirlear* de lo que sea. Gracias por estar siempre.

Amigos… Gracias por aparecer en mi vida para quedaros y, a pesar de la distancia, hacerla más bonita.

Un «gracias» igual de grande que La Seu, nuestra catedral, a mis amigas de toda la vida. Aina, Tahiri… Media vida juntas y lo que nos queda. Sois dos mujeres maravillosas que me inspiráis cada día, y veros cumplir vuestros sueños me hace la persona más feliz del mundo.

A Lourdes Molina, gracias, mi niña, por acompañarme durante estos años y ayudarme y animarme en cada nuevo proyecto. Lo que la universidad ha unido que no lo separe nadie. Y mención especial a Alejandro Molina, mil gracias por ser mi gurú en todo lo referente al fútbol americano.

Gracias a Teresa, mi editora, y a la editorial por darme la oportunidad de cumplir mi sueño, de confiar en esta historia y de cuidarla tanto. Sois maravillosos. Y es un lujo y un honor poder formar parte de la familia y ser una chica Kiwi.

Y solo puedo acabar esto con el «gracias» más importante. A vosotros, queridos lectores.

Gracias por querer sumergiros entre estas páginas, por querer a Matt, Kira y compañía y hacerlos vuestros. Por pasear conmigo por esa playa que es refugio, espero que esta historia haya sido un abrazo de esos que te rozan el alma, como lo fue para mí. Y que al acabarla os deje con una sonrisa en la cara. Si consigo eso, yo ya soy feliz. Y, recuerda, da igual cuándo necesites leer esto... eres importante, eres fuerte, eres único y no estás solo. Si necesitas hablar, si necesitas ayuda en algún momento de tu vida, no dejes que nadie te diga jamás que no vales la pena, busca esa ayuda y cúrate el alma. Tú eres lo más importante siempre. Que nadie apague esa luz tan bonita que guardas dentro.